James McBride

Diácono King Kong

TRADUÇÃO
MARCIA BLASQUES

astral
cultural

Copyright © 2020, James McBride
Título original: Deacon King Kong: a novel
Primeira publicação em 2020.
Tradução para Língua Portuguesa © 2021, Marcia Blasques
Todos os direitos reservados à Astral Cultural e protegidos pela Lei 9.610,
de 19.2.1998.
É proibida a reprodução total ou parcial sem a expressa anuência da editora.
Este livro foi revisado segundo o Novo Acordo Ortográfico da Língua Portuguesa.

Produção editorial Aline Santos, Bárbara Gatti, Jaqueline Lopes,
Mariana Rodrigueiro, Natália Ortega e Renan Oliveira
Preparação de texto Audrya de Oliveira
Revisão de texto Letícia Nakamura
Arte e design de capa Jaya Miceli
Adaptação de capa Aline Santos
Foto do autor © Chia Messina

Dados Internacionais de Catalogação na Publicação (CIP)
Angélica Ilacqua CRB-8/7057

M249d
    McBride, James
        Diácono King Kong / James McBride ; tradução de Marcia Blasques.
— Bauru, SP : Astral Cultural, 2021.
        368 p.

    Título original: Deacon King Kong
    ISBN: 978-65-5566-158-3

    1. Ficção norte-americana I. Título II. Blasques, Marcia

21-2281
                                                                CDD 813.6

Índice para catálogo sistemático:
1. Ficção norte-americana

 ASTRAL CULTURAL EDITORA LTDA.

BAURU
Av. Duque de Caxias, 11-70
CEP 17012-151
Telefone: (14) 3235-3878
Fax: (14) 3235-3879

SÃO PAULO
Rua Major Quedinho 11, 1910
Centro Histórico
CEP 01150-030
Telefone: (11) 3048-2900

E-mail: contato@astralcultural.com.br

Para os povos de Deus — todos eles.

Sumário

1. O queijo de Jesus 07
2. Um homem morto 19
3. Jet 26
4. Fugindo 38
5. O Governador 50
6. Bunch 66
7. A Marcha das Formigas 75
8. A escavação 95
9. Sujeira 105
10. Sopa 122
11. Uva-de-rato 146
12. Feitiço 160
13. A camponesa 174
14. Dedo-duro 197
15. Você não tem ideia do que está vindo 206
16. Que Deus o tenha... 223
17. Harold 235
18. A investigação 256
19. Traído 269
20. O homem das plantas 278
21. Sujeira nova 290
22. Rua Delphi, 281 304
23. Os últimos outubros 313
24. Irmã Paul 320
25. Faz 336
26. Lindo 349

Agradecimentos 367

1

O queijo de Jesus

O DIÁCONO CUFFY LAMBKIN, DA IGREJA BATISTA DAS CINCO PONTAS, tornou-se um morto-vivo em uma tarde nublada de setembro de 1969. Naquele dia, o velho diácono, conhecido como Paletó por seus amigos, seguiu pela praça do Projeto Habitacional Causeway, no sul do Brooklyn, enfiou um antigo Colt .38 na cara de um traficante de drogas de dezenove anos chamado Deems Clemens e apertou o gatilho.

Circularam muitas teorias pelo projeto habitacional sobre o motivo pelo qual o velho Paletó — um homem de aparência desleixada e sorridente que tinha tossido, espirrado, arrebentado, gargalhado e bebido no Habitacional Cause durante a maior parte de seus setenta e um anos — tinha atirado no traficante mais implacável que o lugar já conhecera. Ele não tinha inimigos. Era o treinador do time de beisebol do projeto habitacional há quatorze anos. Sua falecida esposa, Hettie, fora tesoureira do Clube de Natal da igreja. Ele era um homem pacífico, amado por todos. Então, o que acontecera?

Na manhã seguinte ao tiroteio, a reunião diária de funcionários públicos aposentados, mendigos dos albergues, donas de casa entediadas e ex-presidiários, que acontecia no meio do projeto habitacional, no banco da praça perto do mastro, para bebericar café e saudar a bandeira que se erguia ao céu, tinha todo tipo de teorias sobre por que o velho Paletó fizera aquilo.

— O Paletó tinha febre reumática — declarou a Irmã Veronica Gee, presidente da Associação de Inquilinos do Habitacional Cause e esposa do pastor da Igreja Batista das Cinco Pontas, onde Paletó servia há quinze anos. Ela contou aos presentes que Paletó planejava fazer seu primeiro sermão no próximo Dia da Família e dos Amigos na Igreja das Cinco Pontas, intitulado "Não coma o molho de salada sem confessar". Também deixou escapar que o dinheiro do Clube de Natal da igreja tinha sumido — Mas se foi Paletó quem pegou, foi por causa da febre — observou.

A Irmã T. J. Billings, chamada carinhosamente de "Bum-Bum", monitora-chefe na Cinco Pontas, cujo ex-marido era a única alma na história registrada daquela igreja a deixar a esposa por um homem e viver para contar (ele se mudou para o Alasca), tinha sua própria teoria. Ela disse que Paletó atirara em Deems porque as formigas misteriosas tinham voltado ao Edifício 9.

— O Paletó está sob algum feitiço maligno — afirmou com severidade. — Tem magia aí.

A srta. Izi Cordero, vice-presidente da Sociedade do Estado Porto--Riquenho do Habitacional Cause, que estava a menos de dez metros de distância quando Paletó disparou sua velha arma no crânio de Deems, disse que a confusão começou porque Paletó estava sendo chantageado por um certo "gângster espanhol do mal", e ela sabia exatamente quem era esse gângster e planejava contar sobre ele à polícia. Claro que todo mundo sabia que ela estava falando do ex-marido dominicano, Joaquin, que era o único coletor de apostas honesto no projeto habitacional, e que ela e Joaquin se odiavam com todas as forças, e que, nos últimos vinte anos, cada um fazia o possível para ver o outro preso. Então era isso.

Salsicha Quente, o zelador do Habitacional Cause e melhor amigo de Paletó, que hasteava a bandeira toda manhã e distribuía café grátis no Centro para Idosos do Habitacional Cause, disse para os presentes que Paletó atirou em Deems por causa do jogo anual de beisebol entre o Habitacional Cause e seu rival, o Habitacional Watch, cancelado dois anos antes.

— Paletó é o único árbitro permitido para ambas as equipes — comentou com orgulho.

Mas foi Dominic Lefleur, o Cozinheiro Sensação Haitiano, que vivia no mesmo prédio que Paletó, quem melhor resumiu os sentimentos de todos. Dominic tinha acabado de voltar de uma viagem de nove dias para ver sua mãe em Porto Príncipe, onde contraíra e depois transmitira um estranho vírus do Terceiro Mundo que assolara metade de seu edifício, sendo evitado durante dias por moradores cagando e vomitando —embora o vírus aparentemente não o tivesse afetado. Dominic viu toda a estúpida farsa pela janela do banheiro, enquanto se barbeava. Seguiu até a cozinha, sentou-se para almoçar com sua filha adolescente que tremia sob uma temperatura de quarenta graus, e disse:

— Eu sempre soube que o velho Paletó faria algo grande em sua vida.

O fato é que ninguém no projeto habitacional sabia realmente por que Paletó atirara em Deems —nem mesmo o próprio Paletó. O velho diácono não conseguia explicar por que fizera isso, assim como não podia explicar por que a lua parecia feita de queijo, ou por que as moscas das frutas iam e vinham, ou como a cidade tingia de verde as águas da enseada Causeway, ali perto, no dia de São Patrício. Na noite anterior, ele sonhara com a esposa, Hettie, que desaparecera durante a grande nevasca de 1967. Paletó adorava contar essa história para os amigos.

— Era um dia lindo — ele dizia. — A neve caía como cinzas do céu. Tudo era um grande cobertor branco. O projeto habitacional parecia tão pacífico e limpo. Hettie e eu comemos caranguejos naquela noite, depois ficamos na janela vendo a Estátua da Liberdade na enseada. Então fomos dormir. No meio da noite, ela me acordou. Abri os olhos e vi uma luz flutuando pelo quarto. Era como uma luz de vela. Ela deu voltas até sair pela porta. Hettie falou: "É a luz de Deus. Tenho que colher algumas damas-da-noite na enseada". Vestiu o casaco e saiu.

Quando perguntado por que não foi até a enseada Causeway atrás dela, Paletó ficava incrédulo.

— Ela estava seguindo a luz de Deus — repetia. — Além disso, o Elefante estava lá fora.

Fazia sentido. Tommy Elefante, o Elefante, era um italiano corpulento e taciturno que gostava de ternos mal ajustados e administrava suas empresas de construção e transporte em um velho vagão de trem no cais do porto, a dois quarteirões do Habitacional Cause e a um quarteirão da igreja de Paletó. O Elefante e seus italianos silenciosos e sombrios, que trabalhavam na calada da noite transportando Deus sabe o que para dentro e para fora daquele vagão, eram um mistério. Eles deixavam todo mundo morrendo de medo. Nem mesmo Deems, por mais malvado que fosse, mexia com eles.

Então Paletó esperou até a manhã seguinte para procurar por Hettie. Era domingo. Ele acordou cedo. Os moradores do projeto habitacional ainda estavam dormindo, e a neve recém-caída ainda estava quase toda intocada. Ele seguiu o rastro dela até o cais: ele terminava na beira da água. Paletó ergueu os olhos da água e viu um corvo voando bem em cima de sua cabeça.

— Era lindo — ele contava aos amigos. — Ele circulou algumas vezes, depois voou mais alto e sumiu.

Paletó observou até o pássaro sumir de vista, então caminhou de volta pela neve até a minúscula estrutura de blocos que era a Igreja Batista das Cinco Pontas, cuja pequena congregação se reunia para o culto das oito da manhã. Ele entrou bem quando o Reverendo Gee, parado no púlpito na frente da única fonte de calor da igreja, um velho fogão a lenha, estava lendo a Lista de Oração para os Doentes e Incapacitados.

Paletó se sentou em um banco, em meio a alguns crentes sonolentos, pegou um minúsculo programa de uma folha da igreja, rabiscou com mão trêmula "Hettie" e entregou-a para a monitora, Irmã Gee, que estava vestida de branco. Ela foi até o marido e entregou o papel para ele, bem quando o Reverendo Gee começou a ler a lista em voz alta. A lista era sempre comprida e, em geral, tinha sempre os mesmos nomes: este aqui doente em Dallas, aquele outro morrendo em algum lugar no Queens e, é claro, a Irmã Paul, uma fundadora original da Cinco Pontas. Ela tinha cento e dois anos e vivia em um asilo para idosos em Bensonhurst há tanto tempo que só duas pessoas na congregação ainda se lembravam dela. Na verdade, havia certa dúvida se a Irmã Paul ainda estava viva, e havia um ruído geral na congregação que talvez alguém —como o reverendo —deveria ir até lá verificar.

— Eu iria, mas gosto dos meus dentes — dizia o Reverendo Gee.

Todo mundo sabia que os brancos em Bensonhurst não gostavam de negros. Além disso, o Reverendo observava, animado, o dízimo de quatro dólares e treze centavos da Irmã Paul chegar todo mês religiosamente, e isso era um bom sinal.

Parado no púlpito, recitando a Lista de Oração para os Doentes e Inválidos, o Reverendo Gee recebeu o papel com o nome de Hettie. Quando leu o nome dela, sorriu e brincou:

— Que golpe na alma, irmão. Uma esposa que trabalha é boa para a vida!

Era uma cutucada engraçada em Paletó, que não tinha um trabalho estável há anos, enquanto Hettie criava o único filho do casal e ainda tinha um emprego. O Reverendo Gee era um homem bonito, bem-humorado, que gostava de uma piada, embora naquela época tivesse acabado de sair de um escândalo: fora visto recentemente no Silky's Bar, na rua Van Marl, tentando converter uma condutora do metrô com peitos do tamanho de Milwaukee. Estava caminhando sob gelo fino com a congregação por causa disso, então, quando ninguém riu, sua expressão ficou séria, e ele leu o nome de Hettie em voz alta; então começou a cantar *Somebody's calling my name*. Os fiéis se juntaram a ele, cantaram e oraram, e Paletó se sentiu melhor. Assim como o Reverendo Gee.

Naquela noite, Hettie ainda não tinha voltado para casa. Dois dias depois, os homens do Elefante viram Hettie flutuando perto da beira do cais, o rosto envolto gentilmente com o cachecol que usava no pescoço ao deixar o apartamento. Eles a tiraram da baía, envolveram seu corpo em um cobertor de lã, colocaram-na com cuidado em um grande monte de neve limpa e branca perto do vagão e mandaram chamar Paletó. Quando ele chegou, deram-lhe uma garrafa de uísque sem dizerem uma palavra, chamaram a polícia e desapareceram. O Elefante não queria confusão. Hettie não era uma das suas. Paletó compreendeu.

O funeral de Hettie foi a extravagância usual reservada à morte na Igreja das Cinco Pontas. O Reverendo Gee chegou uma hora atrasado à cerimônia porque a gota tinha deixado seus pés muito inchados e ele não conseguia calçar os sapatos do culto. O diretor da funerária, o velho Morris Hurly, de cabelos brancos, que todo mundo chamava de Hurly Garotinha pelas costas porque, bem... Todo mundo sabia que Morris era... Bem, ele era barato e talentoso e sempre atrasava duas horas com o corpo, mas todo mundo sabia que Hettie ficaria incrível — o que aconteceu. O atraso deu ao Reverendo Gee a chance de presidir uma conversa entre os monitores sobre os arranjos de flores. Ninguém sabia onde colocá-los. Sempre tinha sido Hettie quem decidia onde as flores deveriam ficar, colocando os gerânios neste canto, as rosas perto deste banco e as azaleias perto do vitral para confortar esta ou aquela família. Mas hoje Hettie era a convidada de honra, o que significava que as flores ficariam espalhadas de qualquer jeito, bem onde os entregadores tinham deixado, então foi necessário que Irmã Gee, tomando à frente como sempre, se encarregasse do assunto. Enquanto isso, a Irmã Bibb, a voluptuosa organista da igreja, que aos cinquenta e cinco anos era corpulenta, suave e marrom como uma barra de chocolate, chegou em terrível forma. Ela vinha de seu *jamboree* anual do pecado, uma noite inteira de atracações físicas, bebedeira, um caso desvairado e delicioso de língua naquilo e aquilo na língua com seu namorado eventual, Salsicha Quente, até Salsicha abandonar as festividades por falta de resistência.

— A Irmã Bibb é uma máquina — ele reclamou para Paletó certa vez. — E não estou me referindo ao órgão.

Ela chegou com dor de cabeça e com dor no ombro por algum tipo de mau jeito ocorrido durante a abençoada esbórnia da noite anterior. Sentou-se diante do órgão, em estado de estupor, a cabeça apoiada nas teclas, enquanto a congregação entrava. Depois de alguns minutos, deixou o santuário e se dirigiu ao banheiro das mulheres, esperando encontrá-lo vazio. Mas, no meio do caminho, tropeçou ao descer as escadas e torceu feio o tornozelo. Sofreu a dor sem xingar ou reclamar, vomitando a folia da noite anterior no vaso sanitário do banheiro vazio, retocando o batom e arrumando o cabelo, e então voltou ao santuário, onde tocou durante toda a cerimônia com o tornozelo tão inchado que parecia um melão. Depois voltou mancando para seu apartamento, furiosa e arrependida, cuspindo veneno ao pensar em Salsicha Quente, que já tinha recuperado o fôlego da confusão da noite anterior e agora queria mais. Ele a seguiu até em casa como um cachorrinho, caminhando meio quarteirão atrás dela, escondendo-se atrás dos arbustos que ladeavam as calçadas do projeto residencial. Toda vez que olhava por sobre o ombro e via o chapéu *porkpie* de Salsicha Quente aparecendo sobre os arbustos, Irmã Bibb ficava furiosa.

— Saia daqui, seu verme — exclamou ela. — Cansei de me divertir com você!

Paletó, no entanto, chegou à igreja em grande forma, depois de passar a noite anterior celebrando a vida de Hettie com seu amigo Rufus Harley, conterrâneo de Paletó e seu segundo melhor amigo no Brooklyn, depois de Salsicha Quente. Rufus era zelador no Habitacional Watch, a poucos quarteirões dali e, embora não se desse bem com Salsicha Quente — Rufus era da Carolina do Sul, enquanto Salsicha vinha do Alabama —, fazia uma receita especial de cidra caseira conhecida como King Kong de que todos, até Salsicha Quente, gostavam.

Paletó não gostava do nome da especialidade de Rufus e, ao longo dos anos, propusera diversos nomes alternativos para a bebida.

— Você podia vender essa coisa como pão quente se não tivesse nome de gorila — disse certa vez. — Por que não a chama de Trago da Nellie ou Molho de Gideon?

Mas Rufus sempre fazia pouco caso da ideia.

— Eu costumava chamá-la de Sonny Liston — respondeu, referindo-se ao temido campeão negro de pesos pesados cujos punhos de aço nocauteavam os oponentes na hora —, até que Muhammad Ali apareceu.

Paletó tinha de concordar que, apesar do nome, a cidra caseira de Rufus era a melhor do Brooklyn.

A noite fora longa e feliz, com conversas sobre a cidade natal deles, Possum Point. Na manhã seguinte, Paletó estava em boa forma, sentado no primeiro banco da Igreja Batista das Cinco Pontas, sorrindo enquanto as senhoras de branco se agitavam ao seu redor e quando as duas melhores cantoras do coro começaram a brigar pelo único microfone da igreja. As brigas na igreja são normalmente abafadas, assuntos cochichados pelos cantos, cheios de traições silenciosas, intrigas e fofocas sussurradas sobre maus cônjuges. Mas essa disputa era pública, o melhor tipo. As duas participantes do coro envolvidas, Nanette e Milho Doce, conhecidas como as Primas, eram ambas cantoras maravilhosas e lindas de trinta e três anos. Tinham sido criadas como irmãs, ainda viviam juntas, e tinham tido uma disputa terrível recente sobre um jovem desocupado que morava no projeto habitacional, chamado Pudim. Os resultados foram fantásticos. As duas descontaram a raiva uma da outra na música, cada uma tentando superar a outra, bradando com selvageria gloriosa sobre a redenção vindoura de nosso Todo-Poderoso Rei e Senhor, Jesus Cristo de Nazaré.

O Reverendo Gee, inspirado pela visão dos belos seios das Primas sob as túnicas enquanto rugiam, fez na sequência uma elegia estrondosa para compensar pela piada sobre Hettie quando ela já estava morta no cais, o que tornou a coisa toda o melhor culto que a Igreja Batista das Cinco Pontas via há anos.

Paletó assistiu a tudo com admiração, deleitando-se com o espetáculo, maravilhando-se com as Voluntárias em seus vestidos brancos e chapéus elegantes que corriam de um lado para o outro e cuidavam dele e de seu filho, Dedos Gorduchos, que estava sentado ao seu lado. Dedos Gorduchos, vinte e seis anos, cego e considerado meio fraco da mente, tinha passado da gordura infantil para uma magreza doce, suas feições esculpidas em chocolate ocultas por óculos escuros caros, que foram doados por algum funcionário de uma agência de serviço social. Como sempre, ele ignorou tudo o que se passava, embora não tivesse comido a refeição servida depois do culto, o que não era normal para Dedos Gorduchos. Mas Paletó adorou tudo.

— Foi maravilhoso — confidenciou a seus amigos depois da cerimônia. — Hettie teria amado.

Naquela noite, ele sonhou com Hettie e, como costumava fazer nas noites em que ela estava viva, contou-lhe os títulos dos sermões que estava planejando fazer um dia, o que em geral a divertia, já que ele sempre tinha os títulos, mas nunca o conteúdo: "Deus abençoe a vaca", "Eu O agradeço pelo milho" e "Bu! Disse a galinha". Mas, naquela noite, ela parecia irritada, sentada na cadeira com um vestido roxo, as pernas cruzadas, ouvindo com o cenho franzido enquanto ele falava, então ele começou a contar as notícias animadoras de seu funeral. Contou para ela como o culto fora bonito, as flores, a comida, os discursos e a música, e como ele ficara feliz por ela ter ganhado asas e ter ido em busca de sua recompensa, embora a esposa pudesse ter deixado algum conselho de como ele receberia o Seguro Social. Ela não sabia o quanto era horrível passar o dia inteiro na fila do Seguro Social no centro da cidade? E quanto ao dinheiro do Clube de Natal, que ela arrecadava, e no qual os membros da igreja colocavam alguma quantia toda semana para que pudessem comprar presentes para seus filhos no Natal? Hettie era a tesoureira, mas nunca dissera onde escondia o dinheiro.

— Todo mundo está perguntando da grana — comentou ele. — Você devia falar onde escondeu.

Hettie ignorou a questão enquanto alisava uma parte enrugada do corpete do vestido.

— Pare de falar comigo como se eu fosse criança — ralhou ela. — Você fala assim comigo há cinquenta e um anos.

— Onde está o dinheiro?

— Vá cuidar das suas coisas, seu cão bêbado!

— Temos uma grana lá também, sabia?

— Nós? — Ela deu um sorriso irônico. — Você não coloca um centavo aqui há vinte anos, seu bobo da alegria, preguiçoso, vagabundo!

Ela se levantou e os dois saíram discutindo como nos velhos tempos, uma briga de cão e gato que evoluiu para os urros usuais, os xingamentos e as bravatas que continuaram depois que ele acordou, com Hettie o seguindo de um lado para o outro como sempre, com as mãos nos quadris, fazendo comentários quando ele tentava se afastar, dando respostas malcriadas por sobre o ombro. Eles discutiram naquele dia e no dia seguinte, se atracando durante o café da manhã, o almoço e o jantar, até outro dia. Para quem visse de fora, Paletó parecia falar com as paredes enquanto fazias seus deveres diários: descer até a sala das caldeiras do projeto habitacional para um papo rápido com Salsicha Quente, subir as escadas de volta até o apartamento 4G, sair novamente para levar Dedos Gorduchos até o ponto onde o ônibus o pegava para levá-lo ao centro social para cegos, depois sair para seus bicos habituais, e então de volta para casa novamente. Onde quer que estivesse, os dois estavam discutindo. Ou, pelo menos, Paletó discutia. Claro que os vizinhos não conseguiam ver Hettie: eles só o encaravam enquanto ele conversava com alguém que ninguém conseguia ver. Paletó não dava a mínima para quem olhava. Discutir com Hettie era a coisa mais natural do mundo a se fazer. Tinha feito isso por quarenta anos.

Ele não conseguia acreditar. A coisinha carinhosa, tímida e doce que ria em Possum Point, quando eles se escondiam no milharal do pai dela e Paletó derramava vinho em sua blusa e acariciava seus seios, tinha sumido. Agora, ela era toda Nova York: insolente, tagarela e moderna, aparecendo do nada nos momentos mais estranhos do dia, e cada vez usando uma maldita peruca nova na cabeça, o que, ele suspeitava, era algo que ela recebera do Senhor como presente pela vida difícil. Na manhã em que ele atirou em Deems, ela apareceu ruiva, o que o surpreendeu e, pior, ficou furiosa quando ele perguntou pela enésima vez sobre o dinheiro do Clube de Natal.

— Mulher, cadê o dinheiro deles? Tenho que encontrar a grana das pessoas.

— Não vou te contar.

— Isso é roubo!

— Olhe quem fala. O ladrão de queijo!

Este último comentário o incomodou. Por anos, a Autoridade Habitacional da Cidade de Nova York, uma burocracia imensa e inchada, um viveiro de subornos e corrupção, jogos, funcionários fantasmas, caloteiros, golpistas e indicados políticos de longa data, que administrava o Habitacional Cause e todos os outros quarenta e cinco projetos de moradia com arrogante ineficiência, havia liberado inexplicavelmente um presente fenomenal para o Habitacional Cause: queijo grátis. Quem apertava o botão, quem preenchia a papelada, quem fazia o queijo aparecer como mágica, ninguém sabia — nem mesmo Bum-Bum, que durante anos fez de sua razão de ser descobrir a origem do queijo. A presunção era que vinha da Autoridade Habitacional, mas ninguém era estúpido o bastante para despertar a besta indo até o centro da cidade perguntar: "Por que vocês fazem isso?". O queijo era grátis. Chegava religiosamente há anos, todo primeiro sábado do mês, aparecendo como mágica nas primeiras horas da manhã na sala das caldeiras de Salsicha Quente, no porão do Edifício 17.

Dez engradados, recém-esfriados em pedaços de dois quilos. Não era a velha e simples "comida sabor queijo" dos projetos habitacionais; não era um tipo relutante de queijo suíço fedorento e coalhado, retirado de alguma bodega esquecida por Deus em algum canto, que juntava bolor em alguma vitrine suja enquanto camundongos o roíam durante a noite, para ser vendido para algum otário recém-chegado de Santo Domingo. Era um produto fresco, rico, celestial, suculento, suave, cremoso, Deus me acuda, vacas já morreram por isso, deliciosamente salgado, muuuuuuito bom, o bom e velho queijo de gente branca, um queijo pelo qual vale a pena morrer, um queijo para fazer você feliz, um queijo para derrotar o chefe de todos os queijos, um queijo para o grande queijo, um queijo para o fim do mundo, um queijo tão bom que inspirava uma fila todo primeiro domingo do mês: mães, filhas, pais, avós, deficientes em cadeiras de rodas, crianças, parentes de outras cidades, pessoas brancas que viviam ali perto, em Brooklyn Heights, e até mesmo operários sul-americanos da usina de processamento de lixo na avenida Concord, todos pacientemente parados na fila que se estendia do interior da sala das caldeiras de Salsicha Quente, até a porta principal do Edifício 17, subindo a rampa até a calçada, dobrando a esquina do edifício e seguindo até a praça do mastro da bandeira. Os azarados no fim da fila eram obrigados constantemente a olhar por sobre os ombros em busca de policiais — grátis ou não, algo tão bom assim devia ter algum problema — enquanto os que estavam já se aproximando do queijo salivavam e avançavam ansiosos, esperando que o suprimento durasse, sabendo que ver o queijo e testemunhar o suprimento acabar era quase como experimentar um súbito coito interrompido.

Claro que a afinidade de Paletó com o muito importante distribuidor do produto, Salsicha Quente, lhe garantia um pedaço, não importava a demanda, o que era sempre uma notícia boa para Hettie e para ele. Hettie, em especial, amava aquele queijo. Então, a conversa dela sobre o assunto o enfureceu.

— Você comeu aquele queijo, não? — disse Paletó. — Toda vez comia como se fosse o cachorro do açougueiro. Roubado ou não. Você bem que gostava.

— Era de Jesus.

Aquilo o deixou louco, e ele discutiu até ela desaparecer. As brigas deles, nas semanas anteriores ao tiroteio, tinham se tornado tão acaloradas que ele começou a ensaiar os argumentos consigo mesmo antes que ela aparecesse, bebendo na ausência dela para clarear os pensamentos e limpar as teias de aranha da mente, para que pudesse, assim que ela chegasse, explicar seu raciocínio com clareza e mostrar a ela quem era o chefe por ali, o que o tornava ainda mais bizarro para os residentes do Habitacional Cause, que viam Paletó no hall do prédio segurando uma garrafa do King Kong de Rufus no ar e dizendo para ninguém em particular:

— Quem trouxe o queijo? Jesus ou eu? Se sou eu que fico na fila para pegar o queijo... e sou eu que pego o queijo. E sou eu quem traz o queijo para casa, na chuva ou na neve. Quem é que traz o queijo? Jesus ou eu?

Seus amigos arrumavam desculpas para esse comportamento. Os vizinhos ignoravam. Sua família na Igreja Batista das Cinco Pontas dava de ombros. Grande coisa. E daí que Paletó estava meio doido? Todos no Cause tinham motivo para ser um pouco fora da caixinha. Olhe só Neva Ramos, a beldade dominicana no Edifício 5, que despejava um copo de água na cabeça de todo homem estúpido o bastante para parar sob sua janela. Ou Dub Washington, do Edifício 7, que dormia na velha fábrica no píer Vitali e era pego todo inverno por furtar na mesma mercearia em Park Slope. Ou Bum-Bum, que parava diante da imagem do Jesus negro pintado na parede de trás da Igreja das Cinco Pontas toda manhã antes do trabalho para orar em voz alta pela destruição de seu ex-marido, que o Senhor poderia tacar fogo em suas bolas e que elas poderiam chiar em uma frigideira como duas minúsculas panquecas de batata amassada. Tudo isso era explicável. Neva fora injustiçada no trabalho pelo chefe. Dub Washington queria uma cadeia quentinha. O marido da Irmã Bum-Bum a deixara por um homem. E daí? Todo mundo tinha motivo para ser doido no Cause. Em geral havia um bom motivo por trás de tudo.

Até Paletó atirar em Deems. Aquilo era diferente. Tentar encontrar um motivo para aquilo era como tentar explicar como Deems deixou de ser um chatinho lindo e o melhor jogador de beisebol que os projetos habitacionais já viram para se tornar um idiota assassino assustador, vendedor de venenos, com todo o apelo de um ciclope. Era impossível.

— Se não existe limite nas previsões do biscoito da sorte, Paletó pode conseguir — comentou Bum-Bum. — Mas, fora isso, acho que ele está na lista.

Ela estava certa. Todo mundo concordava. Paletó era um homem morto.

2

Um homem morto

CLARO QUE O PESSOAL DO HABITACIONAL CAUSE PREVIA A MORTE de Paletó há anos. Todo ano, na primavera, quando os moradores do projeto habitacional emergiam de seus apartamentos como marmotas enterradas para caminhar pela praça e desfrutar de qualquer bom ar que restasse em Causeway — muito do qual era poluído pela usina de tratamento de resíduos ali perto —, alguns residentes espiavam Paletó cambaleando pela praça depois de uma noite bebendo King Kong na casa de Rufus ou jogando cartas no Silky's Bar, na rua Van Marl, e diziam:

— Esse já era.

Quando ele pegou gripe em 1958, a mesma que assolou metade do Edifício 9 e deu ao Diácono Erskine da Mão Poderosa do Tabernáculo do Evangelho suas Asas Finais, a Irmã Bum-Bum declarou:

— Esse vai logo atrás.

Quando a ambulância veio buscá-lo depois de seu terceiro AVC, em 1962, Ginny Rodriguez do Edifício 19 resmungou:

— Ele está acabado.

Isso foi no mesmo ano que a srta. Izi da Sociedade do Estado Porto-Riquenho ganhou ingressos em um sorteio para ver o New York Mets no Polo Grounds. Ela previu que o Mets, que ganhara cento e vinte jogos naquele ano, ganharia novamente, e foi o que aconteceu, e isso a encorajou a anunciar a morte de Paletó duas semanas depois, explicando que Dominic Lefleur, a Sensação Haitiana, acabara de voltar de Porto Príncipe, depois de visitar sua mãe, e que ela realmente vira Paletó cair no chão, bem diante de seu apartamento no quarto andar, por causa do estranho vírus que Dominic trouxera naquele ano.

— Ele tava só o pó da rabiola! — ela exclamou. Já era. Acabado. Do outro lado. Ela até apontou para a van preta do necrotério da cidade que apareceu naquela noite e carregou um corpo como prova, só para se retratar na manhã seguinte, quando descobriram que o corpo que tinham levado pertencia ao irmão do Sensação Haitiana, El Haji, que se convertera ao islamismo e partira o coração de sua mãe, e então caíra duro de um ataque cardíaco depois do primeiro dia de trabalho dirigindo um ônibus municipal — depois de tentar entrar no departamento de trânsito por três anos, imagine só.

Mesmo assim, Paletó parecia destinado à morte. Até mesmo as alegres almas da Igreja Batista das Cinco Pontas — onde Paletó servia como diácono e presidente do capítulo das Cinco Pontas da Grande Irmandade da Brooklyn Elks Lodge nº 47, que pela grande soma de dezesseis dólares e setenta e cinco centavos tinha a garantia permanente dos manda-mais da Igreja Batista das Cinco Pontas de "fazer o funeral de todo e qualquer membro da Brooklyn Elks Lodge que precise do serviço final, a preço de custo, claro", com a atuação de Paletó como carregador de caixão honorário — tinham previsto sua morte.

— Paletó é um homem doente — disse a Irmã Veronica Gee, da Cinco Pontas, com sobriedade.

Ela estava certa. Aos setenta e um anos, Paletó já tinha contraído quase todas as doenças conhecidas pelo homem. Tinha gota. Tinha hemorroida. Tinha artrite reumatoide, que deformara tanto suas costas que ele andava mancando como um corcunda nos dias nublados. Tinha um cisto no braço esquerdo, do tamanho de um limão, e uma hérnia na virilha, do tamanho de uma laranja. Quando a hérnia cresceu até o tamanho de uma toranja, os médicos recomendaram cirurgia. Paletó os ignorou, e então uma gentil assistente social da clínica de saúde local o inscreveu em todas as terapias alternativas conhecidas pelo homem:

acupuntura, magnetoterapia, plantas medicinais, cura holística, aplicação de sanguessugas, avaliação clínica de marcha e plantas medicinais com variações genéticas. Nada disso funcionou.

Sua saúde declinava a cada fracasso, e as previsões de sua morte ficavam mais frequentes e assustadoras. Mas nenhuma delas se provou verdadeira. O fato é que, sem o conhecimento dos moradores do Cause, a morte de Cuffy Jasper Lambkin — o nome verdadeiro de Paletó —fora prevista muito antes de sua chegada ao Habitacional Cause. Quando levou aquela palmadinha ao nascer, em Possum Point, Carolina do Sul, setenta e um anos antes, a parteira que acompanhara seu parto viu horrorizada quando uma ave entrou voando pela janela aberta, pairou sobre a cabeça do bebê e saiu voando novamente, um mau sinal. Ela anunciou:

— Ele será um idiota. Entregou o bebê para a mãe e desapareceu, mudando-se para Washington, DC, onde se casou com um encanador e nunca mais fez o parto de outra criança.

O azar parecia acompanhar o bebê por onde quer que ele fosse. O bebê Cuffy teve cólicas, febre tifoide, sarampo, caxumba e escarlatina. Aos dois anos, engolia tudo o que via — bolinhas de gude, pedras, terra, colheres — e uma vez ficou com uma concha presa no ouvido, que teve que ser extraída por um médico no hospital universitário de Columbia. Aos três anos, quando o jovem pastor local veio abençoá-lo, vomitou uma gosma verde por toda a camisa branca limpinha do homem. O pastor anunciou:

— Ele tem o entendimento do diabo. E foi embora para Chicago, onde abandonou o evangelho, tornou-se um cantor de *blues* chamado Tampa Red e gravou o hit monstruoso "Entendimento do diabo", antes de morrer no anonimato e falido e se esgueirar para a História, imortalizado nos cursos universitários sobre música e rock 'n' roll em todo o mundo, idolatrado por escritores brancos e intelectuais da música por seu hit do *blues* clássico que foi a pedra fundamental do império de quarenta milhões de dólares da Gospel Stam Music Publishing, da qual nem ele nem Paletó receberam um centavo.

Aos cinco anos, o pequeno Paletó engatinhou até um espelho e cuspiu em seu reflexo, um sinal de chamada para o diabo e, como resultado, não lhe cresceu um único dente até os nove anos. Sua mãe tentou de tudo para que seus dentes crescessem. Desenterrou uma toupeira, cortou as patas e as pendurou em volta do pescoço da criança, em um colar. Esfregou miúdos frescos de coelho em sua gengiva. Enfiou chocalho de serpente, rabos de porcos e, por fim, dentes de jacaré em seus bolsos, sem sucesso. Deixou um cachorro pisar nele, um remédio certo, mas o animal o mordeu e saiu correndo. Por fim, ela chamou uma velha curandeira de Sea Island, que cortou um galho de arbusto verde, falou o nome verdadeiro de Cuffy para o galho e o pendurou de cabeça para baixo no canto da sala. Quando partiu, disse:

— Não diga o nome verdadeiro dele novamente por oito meses.

A mãe obedeceu, passando a chamar o menino de "Paletó", um termo que ouvira enquanto colhia algodão na fazenda de J.C. Yancy, em Barnwell County, onde trabalhava por temporada, de um de seus patrões brancos para se referir ao seu casaco novo xadrez branco e verde, que ele vestiu orgulhosamente na mesma tarde em que o comprou, fazendo uma figura deslumbrante em cima de seu cavalo sob o forte sol do sul, a espingarda no colo, cochilando sobre sua montaria no fim da fileira de algodoeiros enquanto os trabalhadores negros tiravam sarro às escondidas e os outros capatazes davam risadinhas. Oito meses depois, ela acordou e descobriu que a boca de Paletó, então com dez anos de idade, estava cheia de dentes posteriores. Animada, mandou buscar a curandeira, que examinou a boca de Cuffy quando chegou e disse:

— Ele vai ter mais dentes do que um jacaré.

A mãe deu um tapinha feliz na cabeça do menino, deitou para uma soneca e morreu.

O menino nunca se recuperou da morte da mãe. A dor em seu coração cresceu até chegar ao tamanho de uma melancia. Mas a curandeira estava certa. Ele ficou com dentes suficientes para duas pessoas. Eles brotavam como flores silvestres. Bicúspides, molares, alinhados, incisivos longos, dentes largos na frente, estreitos no fundo. Mas havia dentes demais, e eles lotavam suas gengivas, e tinha de ser retirados, as extrações devidamente feitas por encantados alunos brancos de odontologia da Universidade da Carolina do Sul, que precisavam desesperadamente de pacientes nos quais praticar a fim de obter seus diplomas e, assim, manter Paletó bem cuidado, extraindo seus dentes e lhe dando *muffins* e garrafinhas de uísque como pagamento, pois nessa época ele já tinha descoberto a magia do álcool, em parte para celebrar o casamento de seu pai com sua madrasta, que com frequência recomendava que ele fosse brincar nas montanhas Sassafras, a mais de quatrocentos quilômetros de distância, e pulasse do alto, pelado.

Aos quatorze anos, ele era um alcoólatra e o sonho de um estudante de odontologia. Aos quinze, a faculdade de medicina o descobriu, quando a primeira de muitas doenças reuniu forças para atacá-lo. Aos dezoito, a sepse explodiu seus linfonodos, que ficaram do tamanho de bolas de gude. O sarampo reapareceu, junto a uma série de outras enfermidades, que sentiam a carne vermelha de um perdedor marcado para morrer e passavam para dar uma voltinha em seu corpo: escarlatina, doenças hematológicas, infecção viral aguda, embolia pulmonar. Aos vinte anos, o lúpus fez sua jogada e desistiu. Quando fez vinte e nove, uma mula lhe deu um coice que quebrou a órbita de seu olho direito, o que o fez cambalear por meses. Aos trinta e um anos, um serrote cortou fora seu polegar esquerdo. Os delicados estudantes de medicina da universidade costuraram o dedo de volta, com setenta e quatro pontos, fizeram uma vaquinha e compraram para ele uma serra elétrica usada de presente, que ele usou para arrancar fora o dedão do pé direito. Eles colocaram o dedo de volta com trinta e sete pontos e, como resultado, dois estudantes conseguiram fazer sua residência em hospitais importantes no Nordeste e lhe mandaram dinheiro suficiente para comprar uma segunda mula e uma faca de caça, que ele usou para cortar a aorta, sem querer, enquanto esfolava um coelho. Desta vez, ele ficou inconsciente e quase morreu, mas foi levado às pressas para o hospital, onde ficou morto por três minutos na mesa de cirurgia, mas retornou depois que o residente enfiou uma sonda em seu dedão, o que o fez se sentar, xingando e falando palavrões. Aos cinquenta e um, o sarampo voltou para uma última tentativa e desistiu. E, então, Cuffy Jasper Lambkin, rebatizado como "Paletó" por sua mãe e amado e admirado por todos que o conheciam em Possum Point, exceto as duas pessoas responsáveis por seu bem-estar no mundo, sua madrasta e seu pai, ignorou as súplicas dos gratos alunos de medicina do estado da Carolina do Sul e se aventurou na cidade de Nova York, para se juntar à sua esposa, Hettie Purvis, sua namorada de infância que se mudara para lá e ajeitara tudo direitinho para ele, conseguindo emprego como doméstica de uma boa família branca no Brooklyn.

Ele chegou ao Habitacional Cause em 1949, cuspindo sangue, tossindo um catarro preto nojento e bebendo Everclear caseiro, que mais tarde trocou pelo amado King Kong de Rufus, o que o preservou bem até os sessenta anos, quando as cirurgias começaram. Os médicos tiraram pedaço por pedaço dele. Primeiro um pulmão. Depois um dedo do pé, depois um segundo dedo, seguido pelas usuais amídalas, bexiga, baço e duas cirurgias renais. Tudo isso enquanto ele bebia até suas bolas doerem e trabalhava como um escravo, pois Paletó era um faz-tudo. Conseguia consertar qualquer coisa que caminhasse, se mexesse ou crescesse. Não havia fornalha, aparelho de TV, janela ou carro que ele não pudesse consertar. E, mais do que isso, Paletó, filho do campo, tinha o dedo mais verde de todo o Habitacional Cause. Era amigo de tudo o que podia ser plantado: tomates, ervas aromáticas, fava, dente-de-leão, carrapicho, boldo, samambaia, gerânio. Não havia uma planta que ele não pudesse tirar de seu esconderijo, nem uma semente que não conseguisse obrigar a sair ao sol, nem um animal que não pudesse atrair para si ou convencer a fazer algo com um sorriso fácil e mãos fortes e afáveis. Paletó era um gênio ambulante, um desastre humano, um idiota, um milagre da medicina e o maior árbitro de beisebol que o Habitacional Cause já vira, sem contar que atuava como treinador e era fundador do time de beisebol All-Cause Boys.

Era um faz-tudo maravilhoso para os residentes do Habitacional Cause, o cara que você chama quando seu gato revira o lixo e deixa um pedacinho de cocô preso na sua mochila, porque Paletó era um velho homem do campo e nada o afastava do bom propósito de Deus. Da mesma forma, se o reverendo visitante tivesse diabetes e pesasse duzentos quilos, e se fartasse com muita gordura e coxas de frango no almoço da igreja, e sua congregação precisasse de um homem forte o bastante para ajudar aquele corpo do tamanho de um trailer se deslocar até o toalete e depois até o ônibus de volta para o Bronx para que alguém pudesse trancar a maldita igreja e ir para casa — ora, Paletó era a escolha ideal. Não havia trabalho pequeno demais, milagre maravilhoso demais, odor fétido demais. Por isso, ao vê-lo cambalear pela praça todas as tardes, bêbado, indo para algum trabalho estranho, os moradores costumavam murmurar uns para os outros:

— Este idiota é incrível — enquanto diziam a si mesmos em segredo:

— Está tudo bem no mundo.

Mas todos concordavam que tudo isso mudou no dia em que ele atirou em Deems Clemens.

Clemens era a Nova Raça de negros no Cause. Deems não era apenas um garoto negro do sul ou de Porto Rico ou de Barbados que chegara a Nova York com os bolsos vazios, uma Bíblia e um sonho. Não tinha sido humilhado por uma vida colhendo algodão na Carolina do Norte ou no transporte de cana-de-açúcar em San Juan. Ele não chegara a Nova York vindo de algum lugar pobre, onde as crianças corriam soltas sem sapatos e comiam ossos de frango e sopa de tartaruga, mancando até Nova York com um centavo nos bolsos, morrendo de alegria pela perspectiva de chegar à cidade para limpar casas, esvaziar banheiros e jogar o lixo fora, esperando por um emprego caloroso na cidade ou mesmo uma educação aos cuidados de boas pessoas brancas. Deems não dava a mínima para pessoas brancas, educação, cana-de-açúcar, algodão ou mesmo para o beisebol, no qual tinha sido um gênio. Nenhum dos costumes antigos significava o mínimo para ele. Ele era um filho do Cause, jovem, esperto, e ganhava dinheiro vendendo drogas em um nível jamais visto antes no Habitacional. Tinha amigos importantes e muitas conexões na parte leste de Nova York até Far Rockaway, Queens, e qualquer idiota no Cause que fosse estúpido o bastante para abrir a boca em sua direção terminaria bem machucado ou enterrado em uma urna em um beco qualquer.

Paletó, todos concordavam, finalmente ficou sem sorte. Era, realmente, um homem morto.

3

Jet

HAVIA DEZESSEIS TESTEMUNHAS NA PRAÇA DO HABITACIONAL Cause quando Paletó assinou sua sentença de morte. Uma delas era uma Testemunha de Jeová que parava os transeuntes, três eram mães com bebês em carrinhos, uma era a srta. Izi da Sociedade do Estado Porto-Riquenho, uma era um policial disfarçado, sete eram consumidores de drogas e três eram membros da congregação Cinco Pontas que distribuíam folhetos anunciando o próximo culto anual do Dia dos Amigos e da Família da igreja — que contaria com o próprio diácono Paletó fazendo seu primeiro sermão. Nenhum deles disse uma palavra aos policiais sobre o tiroteio, nem mesmo o policial disfarçado, um detetive de vinte e dois anos da 76ª Delegacia chamado Jethro "Jet" Harman, o primeiro detetive negro no Habitacional Cause.

Jet estava trabalhando no caso Deems Clemens há sete meses. Era sua primeira missão disfarçado, e o que descobriu o deixava nervoso. Clemens, ele percebera, era o peixe miúdo de uma rede de tráfico de drogas, cuja cadeia alimentar levava a Joe Peck, uma figura importante do crime italiano no Brooklyn, cuja organização violenta causava nervosismo em todo patrulheiro da delegacia de Jet, a 76ª, que valorizasse sua vida. Peck tinha conexões — dentro do distrito, na prefeitura no

Brooklyn, e com a família de criminosos Gorvino, gente que arrancava as tripas de um policial por sete gramas de drogas e saía impune. Jet fora alertado sobre Peck por seu antigo parceiro, um sargento irlandês mais velho chamado Kevin "Potts" Mullen, um policial honesto que voltara recentemente à delegacia depois de ser banido para o Queens pelo terrível hábito de realmente querer prender bandidos. Potts, passara na delegacia uma tarde para ver como andava seu antigo pupilo, depois de descobrir que Jet resolvera ser voluntário para trabalhar disfarçado no Habitacional Cause.

— Por que vai arriscar sua pele? — Potts lhe perguntou.

— Estou abrindo caminho, Potts — disse Jet, com orgulho. — Gosto de ser o primeiro. Fui o primeiro negro a tocar trombone na minha escola primária, a PS 29. Depois, o primeiro negro na Junior High School 219 a participar do clube de matemática. Agora, sou o primeiro detetive negro no Cause. É um novo mundo, Potts. Sou um pioneiro.

— Você é um idiota — comentou Potts. Estavam parados do lado de fora da delegacia enquanto conversavam. Potts, vestido com o uniforme de sargento, encostou no para-choque de sua viatura e balançou a cabeça. — Saia — pediu ele. — Isso é muito além da sua liga.

— Acabei de entrar, Potts. Está tudo bem.

— Você perdeu a cabeça.

— É só coisa pequena. Fraude. Joias. Roubos. Um pouco de narcóticos.

— Um pouco? Qual é o seu disfarce?

— Serei um zelador com vício em drogas. O primeiro zelador negro nos projetos habitacionais com menos de vinte e três anos!

Potts balançou a cabeça.

— Isso são drogas — ele comentou.

— E daí?

— Pense em um cavalo — explicou Potts. — Agora pense em uma mosca nas costas do cavalo. É você.

— É uma oportunidade, Potts. A força policial precisa de negros disfarçados.

— Foi assim que o tenente te convenceu?

— Foram suas exatas palavras. Por que está me amolando, cara? Você também trabalhou disfarçado.

— Isso foi há vinte anos. — Potts suspirou, sentindo fome. Já era quase hora do almoço, e ele estava pensando em ensopado de cordeiro e em ensopado de bacon com batatas, este último seu preferido. Fora assim que conseguira seu apelido, Potts, de sua avó, porque quando era pequeno não conseguia falar "batata".

— Naquela época, o trabalho infiltrado consistia principalmente de memorandos — disse ele. — Corridas de cavalo. Roubos. Agora é heroína. Cocaína. Tem muito dinheiro nisso. Ainda bem que na minha época os italianos por aqui não gostavam de drogas.

— Está falando de Joe Peck? Ou do Elefante? — Jet tentou disfarçar a animação na voz.

Potts franziu o cenho e olhou por sobre o ombro para a delegacia, para ter certeza de que nenhum conhecido os ouvia.

— Esses dois têm ouvidos na delegacia. Deixe-os em paz. Peck é maluco. Provavelmente vai ser queimado pelo próprio pessoal. O Elefante... — Deu de ombros. — É da velha guarda. Transporte, construção, depósitos... É um contrabandista. Tira coisas do porto. Cigarros, pneus, esse tipo de coisa. Não mexe com drogas. É um jardineiro e tanto.

Jet olhou fixo para Potts, que parecia distraído.

— Elefante é um tipo estranho. Qualquer um pensaria que ele está mais para trens ou barcos de brinquedo, ou coisas do tipo. Seu jardim parece uma exposição de flores.

— Talvez ele cultive flores para esconder pés de maconha — sugeriu Jet. — O que é ilegal, diga-se de passagem.

Potts hesitou e pareceu irritado.

— Achei que gostasse de desenhar histórias em quadrinhos.

— Eu gosto, cara. Desenho o tempo todo.

— Então volte para a patrulha e desenhe seus gibis à noite. Quer ser o primeiro em alguma coisa? Seja o primeiro policial negro esperto o bastante para esquecer a merda de Dick Tracy e se aposentar com a cabeça inteira.

— Quem é Dick Tracy? — perguntou Jet.

— Você não lê a seção de quadrinhos?

Jet deu de ombros.

Potts deu uma risadinha.

— Caia fora. Não seja idiota.

Jet tentou cair fora. Chegou a tratar do assunto com seu tenente, que o ignorou. A 76ª Delegacia, onde Jet começara a trabalhar recentemente como detetive, era uma desmoralização. O capitão passava a maior parte do tempo em reuniões em Manhattan. Os policiais brancos não confiavam em Jet. Os poucos policiais negros, farejando sua ambição, e com medo de serem transferidos para a parte leste de Nova York — considerada o inferno na Terra —, o evitavam. A maioria não queria conversar sobre nada além de pesca no interior do estado aos finais de semana. A papelada era esmagadora: doze cópias para uma prisão por furto em loja. O esquadrão antibomba ficava jogando cartas o dia todo. Potts era o único em quem Jet confiava, e Potts, aos cinquenta e nove anos, esperava a hora de se aposentar com um pé na porta, tendo sido apanhado pelo sargento por motivos nunca comentados. Potts planejava se aposentar em menos de um ano.

— Vou cair fora depois que tiver feito isso por um ano — garantiu Jet. — Aí posso dizer que sou um pioneiro.

— Tudo bem, Custer. Se algo der errado, eu ligo para sua mãe.

— Pare com isso, Potts, já sou um homem.

— Custer também era.

***

NO DIA DO TIROTEIO, JET, VESTIDO COM O UNIFORME AZUL DE zelador da Autoridade Habitacional e apoiado em sua vassoura, estava parado na praça, sonhando em aceitar um emprego na lavanderia de seu primo e se tornar o primeiro negro a inventar um novo vaporizador de camisas, quando viu Paletó com seu casaco esportivo e calças surradas sair trôpego do corredor escuro do Edifício 9 e seguir em direção à multidão de garotos ao redor de Clemens, que estava sentado perto do mastro da praça, cercado por sua gangue e seus clientes, a pouco mais de quatro metros de onde Jet estava parado.

Jet notou Paletó sorrir, o que não era incomum. Já tinha visto o velho abobalhado por ali, sorrindo e conversando consigo mesmo. Viu quando Paletó parou por um instante na praça lotada de gente, fez pose de rebatedor, balançando um taco imaginário, então se endireitou, esticou o corpo e oscilou para a frente. Jet deu uma risada e estava prestes a dar meia-volta quando viu — ou achou ter visto — o velho puxar uma pistola grande e enferrujada do bolso esquerdo do casaco e colocá-la no bolso direito.

Jet olhou ao redor, impotente. Essa era o que Potts chamava de "uma situação". Até agora, grande parte de seu trabalho tinha sido fácil. Fazer compras. Fazer anotações mentais. Identificar alguém aqui. Descobrir o que algum outro queria. Obter a configuração do terreno. Descobrir para onde ia a teia de aranha — chegava até um fornecedor em Bed-Stuy chamado "Bunch" e até um temido executor da gangue de Bunch chamado Earl, que andava por ali para distribuir as drogas e recolher o dinheiro. Era até onde Jet chegara. Ouvira dizer que havia um assassino, um matador de aluguel chamado Harold que aparentemente era tão horrível que todo mundo parecia ter medo de mencionar seu nome, incluindo o próprio Deems. Jet esperava não conhecê-lo. Do jeito que as coisas estavam, não estava se sentindo desconfortável em sua missão. Toda vez que informava o tenente sobre seus progressos, o homem parecia indiferente. "Está indo bem, está indo bem", era tudo o que dizia. Jet sabia que o tenente estava em busca de uma promoção, e também estava com um pé para fora da porta, como a maioria dos comandantes na 76ª. Com exceção de Potts e de uns dois outros detetives de mais idade, Jet estava por conta própria, sem orientação ou direção, então desencanou e começou a fazer o trabalho do jeito mais fácil possível, como Potts o instruíra. Nada de batidas. Nada de capturas. Nada de comentários. Não fazer nada. Só observar. Era o que Potts dissera.

Mas aquilo... aquilo era algo diferente. O velho estava se aproximando com uma arma. Se estivesse em seu lugar, o que Potts faria?

Jet olhou ao redor. Tinha gente por todo lado. Era quase meio-dia, e o grupo de vizinhos fofoqueiros que se reunia no banco ao lado do mastro todas as manhãs para tomar café e saudar a bandeira ainda não tinha ido embora. Jet notou que uma estranha trégua tinha se desenvolvido entre Deems e sua gangue de traficantes e as pessoas de idade que apareciam ali todas as manhãs para fofocar e insultar umas às outras com piadas. Por um breve período, entre as onze e meia e o meio-dia, os dois grupos dividiam a área do mastro. Deems trabalhava em um banco de um lado do mastro, e os moradores se reuniam do outro lado, resmungando sobre o estado decadente do mundo que incluía, Jet notara, o próprio Deems.

— Eu acertaria o taco de beisebol naquele cabeça de minhoca se ele fosse meu filho — Jet ouvira a Irmã Veronica Gee comentar um dia. E Bum-Bum acrescentou:

— Eu o faria ir embora mancando, mas por que interromper minhas orações?

E Salsicha Quente completou:

— Vou dar um jeito nesses moleques... quando eu não estiver alto.

Jet notou que Deems os ignorava, sempre mantendo o volume do tráfico ao mínimo, até os mais velhos irem embora, deixando as reclamações, a postura, os xingamentos, as discussões duras e até as brigas para depois. Antes do meio-dia, a praça estava a salvo.

Até agora, pensou Jet.

Ele olhou o relógio de pulso. Eram 11h55. Alguns dos moradores mais velhos começavam a se levantar do banco enquanto o velho e sua arma se aproximavam, agora a quinze metros de distância, a mão enfiada no bolso da arma. Jet sentiu a boca seca só de olhar o velho bêbado cambalear um metro e meio por vez, parando para balançar o taco de beisebol imaginário, então avançando mais uma vez, sem pressa, aparentemente tendo uma conversa consigo mesmo:

— Não tenho tempo para você, mulher... Não, hoje não! Você não está em seu estado normal hoje. E isso é uma melhora!

Jet observava, sem acreditar, quando Paletó chegou a doze metros. Depois nove. E então sete, ainda falando consigo mesmo enquanto se aproximava de Deems.

Quando chegou a seis metros de distância, o velho parou de murmurar, mas continuou avançando.

Jet não podia evitar. Seu treinamento era mais forte. Abaixou-se para pegar o revólver de cano curto, calibre 38, que tinha preso no tornozelo, mas então parou. Uma arma presa no tornozelo seria uma revelação mortal. Ficaria na cara que ele era da polícia. Então ele se levantou e se afastou, enquanto o velho dava a volta na multidão que cercava Deems. Com o máximo de discrição possível, Jet foi até a ampla base circular de concreto do mastro, apoiou a vassoura na base, alongou os braços e fingiu bocejar. Olhou de relance para o banco onde os mais velhos se sentavam, e viu alarmado que alguns deles ainda estavam ali.

Estavam gargalhando, despedindo-se enquanto se levantavam, brincando, sem pressa alguma. Dois deles olharam para Deems e sua gangue, reunidos, ignorando alegremente os mais velhos no banco oposto, as jovens tropas ao redor de seu rei. Um dos meninos entregou um saco de papel para seu líder, Deems, que o abriu e pegou um grande sanduíche e o desembrulhou. De onde estava, Jet pôde sentir o cheiro de atum. Olhou de relance para os mais velhos.

Apressem-se.

Por fim, o último deles se levantou. Jet viu aliviado quando Salsicha Quente pegou a garrafa térmica de café e Bum-Bum recolheu os copos de papel, e foram embora, deixando apenas as duas últimas: a srta. Izi e a Irmã Gee. A Irmã Gee se levantou primeiro, os braços cheios de panfletos, e se foi. Então sobrou apenas a srta. Izi, uma porto-riquenha corpulenta, de pele clara e cabelo preto sedoso, cuja gargalhada seguia a Irmã Gee, sua risada soando como giz riscando a lousa.

Vá embora, pensou Jet. Vá, vá!

A porto-riquenha idosa observou a Irmã Gee partir, esfregou o nariz, coçou a axila, olhou feio para os usuários de drogas que agora se reuniam ao redor de Deems, disse algo em espanhol na direção do rapaz, que Jet achou ser uma praga e, por fim, começou a se afastar.

Enquanto isso, o velho se aproximava. Três metros. Sorriu para Jet ao passar por ele, exalando um cheiro forte de bebida, e então entrou no círculo dos viciados em heroína que cercava Clemens, desaparecendo da vista de Jet atrás dos ombros dos usuários ansiosos que clamavam pela primeira dose do dia.

O medo de Jet se transformou em pânico. Em que diabos o velho tolo estava pensando? Ele ia ser arrebentado.

Esperou pela pancada, apavorado, o coração acelerado.

Nada. O círculo não se moveu. Os garotos continuaram em volta de Deems, brincando como sempre, provocando uns aos outros e brincando.

Jet pegou a vassoura que estava apoiada no mastro e, avançando na direção do círculo de garotos, tentou aparentar indiferença, varrendo distraído, pegando pedaços de lixo no caminho, sabendo que Deems, em geral cuidadoso, não se incomodaria com sua presença, já que ele também era um cliente. Ao varrer perto do grupo, parou para amarrar o sapato, colocando a vassoura no chão. Deste ponto de vista, agachado no chão e a menos de três metros de distância, dava para ver pelo ângulo dos corpos bem dentro do círculo que cercava Deems e o velho. Deems estava sentado no braço do banco, ainda comendo o sanduíche e conversando com outro garoto, os dois gargalhando. Nenhum deles notou Paletó se aproximar.

— Deems? — chamou o velho.

Clemens ergueu a vista. Pareceu surpreso em ver o velho bêbado cambaleando diante de si.

— Paletó! Meu chapa. — Mordeu o sanduíche, e o atum com maionese e tomate escorreu. Paletó sempre o deixava um pouco desconfortável. Não eram as bebedeiras do velho, ou suas bravatas, ou seus sermões severos sobre drogas que o incomodavam. Era a lembrança, de não muito tempo atrás, de Paletó arremessando bolas para ele no campo de beisebol nas tardes quentes de primavera; fora Paletó quem o ensinara a girar e rebater até a base inicial, a cem metros de distância. Foi Paletó quem o ensinara como arremessar, como jogar o peso do corpo no pé traseiro quando terminava, a estender o braço ao mandar a bola para a base, segurar a bola direito para jogar em curva, e avançar com as pernas para que todo seu peso e força estivesse na bola, não no ombro. Paletó o transformou em uma estrela do beisebol. Ele era invejado pelos garotos brancos no time da John Jay High School, que se admiravam com os olheiros das faculdades que arriscavam a vida para se aventurar no campo de beisebol sujo e fora de mão do Habitacional Cause para vê-lo arremessar. Mas isso havia sido em outra época, quando ele era um garoto e seu avô estava vivo. Agora ele era um homem de dezenove anos, um homem que precisava de dinheiro. E Paletó era um pé no saco.

— Por que você não joga mais, Deems? — perguntou Paletó.

— Beisebol? — quis saber Deems, mastigando.

— Isso mesmo. Beisebol — falou Paletó, cambaleando.

— Tenho um jogo maior agora, Paletó — disse Deems, piscando para seus companheiros enquanto dava outra bela mordida no sanduíche. Os garotos riram. Deems deu mais uma mordida, mal olhando para Paletó, a atenção voltada para o recheio do sanduíche que escorria enquanto Paletó o encarava, pestanejando de forma estúpida.

— Não tem nada maior que beisebol, Deems. Eu sei disso. Sou o manda-chuva quando se trata de beisebol aqui nos projetos.

— Tá certo, Paletó. Você é o cara.

— Melhor árbitro que os projetos habitacionais já tiveram — garantiu Paletó, orgulhoso, oscilando. — Eu que garanto o queijo. Não Peter. Nem Paul. Nem Jesus. Eu. Eu garanto o queijo, sabia? E não dei permissão para você, Deems Clemens, parar de jogar beisebol, entende? Pois é o que faz de melhor. Então como é que não está jogando beisebol?

Ainda segurando o sanduíche com as duas mãos, Clemens riu e disse:

— Para com isso, Paletó.

— Você ainda não me respondeu. Eu treinei você no caminho de Deus, filho. Ensinei você na escola dominical. Ensinei você a jogar.

O sorriso de Deems desapareceu. O brilho cálido em seus olhos castanhos sumiu; um olhar sombrio, vazio o substituiu. Não estava a fim de ouvir as baboseiras do velho. Os dedos compridos e escuros que seguravam o sanduíche ficaram tensos, espremendo a maionese branca e o molho de tomate, que escorreram em suas mãos.

— Dá o fora, Paletó — avisou ele. Lambeu os dedos, mordeu o sanduíche mais uma vez e sussurrou uma piada para o garoto sentado no banco ao seu lado, o que fez os dois rirem.

Naquele momento, Paletó deu um passo para trás e colocou a mão calmamente no bolso.

Jet, a quatro passos de distância, ainda agachado, as mãos nos cadarços do sapato, viu o movimento e proferiu as palavras que, no fim, acabariam salvando a vida de Deems. Gritou:

— Ele tem uma arma!

Clemens, com a boca cheia de sanduíche de atum, virou a cabeça instintivamente na direção do grito de Jet.

Nesse momento, Paletó atirou.

O disparo, dirigido para a testa de Deems, errou o alvo, e a bala acertou sua orelha, machucando-a, e fez a bala parar no chão atrás dele. Mas a força do disparo pareceu arrancar a cabeça de Deems. Jogou-o para trás, por sobre o banco, e arremessou o pedaço de sanduíche de atum para o fundo de sua garganta e traqueia, engasgando-o.

Ele caiu de costas no chão de concreto, tossiu algumas vezes, então rolou de barriga e começou a asfixiar, tentando desesperadamente se apoiar nas mãos e nos joelhos enquanto os outros garotos, atordoados ao seu redor, saíam correndo, cada um para um lado, e a praça virou um caos, panfletos no chão, mães empurrando carrinhos de bebês a toda velocidade, um homem em cadeira de rodas se movimentando em círculos, pessoas correndo com carrinhos de compras e derrubando os sacos de compras em pânico, uma multidão de pedestres fugindo aterrorizada pelos panfletos que voavam e pareciam estar por toda parte.

Paletó apontou a velha pistola para Deems mais uma vez, mas então viu o garoto de quatro, engasgado, e mudou de ideia. De repente, ficou confuso. Tinha sonhado com Hettie na noite anterior, usando a peruca vermelha e gritando com ele por causa do queijo, e agora ele estava parado ao lado de Deems, e a maldita coisa em sua mão tinha disparado de algum modo, e Deems estava no chão à sua frente, tentando respirar. Ao observá-lo, Paletó teve uma epifania.

Nenhum homem devia morrer de quatro, pensou Paletó.

O mais rápido que pôde, o velho passou por sobre o banco, subiu em cima de Deems, que ainda estava de quatro, e com a arma ainda em punho, fez a manobra de Heimlich nele.

— Aprendi isso de um moleque na Carolina do Sul — resmungou com orgulho. — Um sujeito branco. Cresceu e virou médico.

O efeito geral, visto do outro lado da praça, da rua ali perto, e de todas as janelas que davam para a praça — trezentos e cinquenta no total —, não era nada bom. Ao longe, parecia que o perverso traficante de drogas Deems Clemens estava de quatro, sendo fodido por trás por um velho, Paletó entre todas as pessoas, pulando em cima de Deems com seu velho casaco esportivo e chapéu porkpie.

— Ele fodeu com força — contou mais tarde a srta. Izi, quando descreveu o incidente para os membros fascinados da Sociedade do Estado Porto-Riquenho do Habitacional Cause. A sociedade era formada por apenas duas outras pessoas, Eleanora Soto e Angela Negron, mas as duas gostaram muito da história, em especial a parte em que Deems cuspiu o pedaço de sanduíche, que parecia, segundo a srta. Izi, os dois minúsculos testículos brancos de seu ex-marido, Joaquin, depois que ela jogou azeite de oliva quente neles quando o pegou roncando nos braços de sua prima Emelia, que a visitava de Aguadilla.

A trepada não durou muito. Deems tinha vigias em todos os lugares, incluindo os telhados dos quatro edifícios que davam para a praça, e eles não demoraram a entrar em ação. Os vigias dos telhados dos Edifícios 9 e 34 desceram correndo as escadas, enquanto dois dos traficantes de Deems, que tinham saído correndo após o disparo inicial, recuperaram o juízo e avançaram na direção de Paletó. Embora ainda estivesse bêbado, Paletó sabia o que o esperava. Soltou Deems e rapidamente girou o grande cano do .38 na direção deles. Os dois meninos fugiram de novo, de uma vez por todas, desaparecendo no porão do Edifício 34, ali perto.

Paletó os viu fugir, de repente ficou confuso mais uma vez. Com a arma ainda na mão, virou-se para Jet, que estava a três metros de distância, em pé e paralisado agora, com uma mão na vassoura.

Jet, apavorado, encarou o velho, que semicerrou os olhos para enxergá-lo sob o sol da tarde, que estava alto agora. Seus olhos se encontraram e, naquele momento, Jet sentiu como se estivesse olhando para o oceano. O olhar do velho era profundo, distante, calmo, e Jet, de repente, sentiu como se estivesse flutuando em um mar plácido enquanto ondas gigantes se agitavam, cresciam e se erguiam das águas ao seu redor. E teve uma revelação repentina. Somos iguais, pensou Jet. Estamos presos.

— Eu consegui o queijo — disse o velho diácono com calma, enquanto os gemidos de Deems vinham por detrás dele. — Entendeu? Consegui o queijo.

— Você conseguiu o queijo — repetiu Jet.

Mas o velho não ouviu. Já tinha dado meia-volta, guardado a arma e saído mancando rapidamente na direção de seu edifício, a cem metros dali. Mas, em vez de se dirigir à entrada, ele desviou, cambaleando até a rampa lateral que levava para a sala da caldeira no porão.

Jet, paralisado de medo, o observou partir e, de canto de olho, viu as luzes da viatura da polícia vindo pela rua que beirava a praça de pedestres, a um quarteirão de distância. O carro derrapou até parar, deu ré e entrou direto pelo caminho de pedestres em sua direção. O alívio tomou conta dele enquanto a viatura abria caminho pelos pedestres que saíam correndo, fazendo o motorista brecar, virar para a esquerda e depois para a direita, para evitar os espectadores em pânico. Atrás daquele carro, Jet vislumbrou mais duas viaturas entrando depois da primeira. Seu consolo era tão grande que sentiu que tinha acabado de mijar de alívio, um mijo que drenara cada gota de sua força vital.

Ele se virou mais uma vez para ver a cabeça do velho desaparecer pela rampa do porão do Edifício 9, então sentiu suas entranhas destravarem e se sentiu capaz de agir. Largou a vassoura e saltou por sobre o banco na direção de Clemens, no momento em que ouviu os pneus da viatura derraparem até pararem atrás dele. Enquanto se agachava ao lado de Clemens, ouviu um policial gritar para ele parar, se levantar e erguer as mãos.

Ao fazer isso, Jet disse para si mesmo: *"Não vou mais fazer isso. Terminei aqui"*.

— Não se mova! Não se vire!

Duas mãos o agarraram por trás e prenderam seus braços. Seu rosto foi esmagado contra o capô da viatura. Sentiu algemas se fechando em seus pulsos. De onde estava, com a orelha esmagada contra o capô do carro, conseguia ver a praça — cheia como uma estação de trem minutos antes — completamente vazia, alguns panfletos voando ao vento e a mão grossa e branca do policial no capô, perto de seu rosto. O policial colocou a mão ali para apoiar o peso do corpo, enquanto a outra mão segurava a cabeça de Jet no lugar. Jet encarava a mão a poucos centímetros de seus globos oculares e notou uma aliança de casamento nela. *Conheço esta mão*, pensou.

Quando sua cabeça foi arrancada do capô, Jet se pegou encarando seu velho parceiro Potts. Deems estava no chão, a seis metros e cercado por policiais.

— Não fiz nada — gritou Jet, alto o bastante para que Clemens e qualquer um ali perto pudesse ouvir.

Potts o virou de costas, revistou-o de cima a baixo, evitando com cuidado o .38 preso em seu tornozelo. Ao fazer isso, Jet murmurou:

— Me prenda, Potts. Pelo amor de Deus.

Potts o agarrou pelo colarinho e o jogou no banco de trás da viatura.

— Você é um idiota — murmurou baixinho.

4

Fugindo

PALETÓ SEGUIU ATÉ A SALA DA CALDEIRA NO PORÃO DO EDIFÍCIO 9 e se sentou bufando na cadeira perto da gigantesca fornalha de carvão. Ouviu o gemido da sirene e se esqueceu de tudo aquilo. Não se importava com sirene nenhuma. Estava procurando por algo. Seus olhos esquadrinharam o chão, então pararam quando de re`ente se lembrou que devia decorar um verso da Bíblia para seu sermão no Dia dos Amigos e da Família que se aproximava. Era sobre consertar erros. Era da Carta aos Romanos ou de Miqueias? Não se lembrava. Então sua mente escorregou para o mesmo problema de sempre: Hettie e o dinheiro do Clube de Natal.

— Nós nos demos bem até você resolver brincar com aquele maldito Clube de Natal — bufou ele.

Procurou por Hettie pelo porão. Ela não apareceu.

— Você me ouviu?

Nada.

— Bem, também está tudo bem — retrucou. — A igreja não vai me amolar por causa do dinheiro desaparecido. É você quem tem que viver com isso, não eu.

Ele se levantou e começou a procurar uma garrafa de King Kong que Salsicha sempre deixava escondida em algum lugar para emergências, mas ainda estava embriagado, se sentindo confuso e com a mente turva. Empurrou ferramentas e partes de uma bicicleta que estavam largadas no chão com o pé, resmungando:

— Tem gente que precisa ficar brava para não ficar brava — reclamou. — Tem gente que vai da pregação à intromissão e da intromissão à pregação e mal consegue notar a diferença. Bem, não é meu dinheiro. Hettie. É o dinheiro da igreja. — Parou de empurrar as coisas com o pé por um momento e se acalmou, falando com o ar. — É tudo a mesma coisa — anunciou ele. — Você tem que ter princípio ou não tem nada. O que acha disso?

Silêncio.

— Foi o que eu pensei.

Mais calmo agora, começou a procurar novamente, dobrando o corpo e conversando enquanto olhava nas caixas de ferramenta e embaixo dos blocos.

— Você nunca pensou no meu dinheiro, né? Como naquela velha mula que eu tinha em casa — comentou. — Aquela que o sr. Tullus queria comprar. Ele me ofereceu cem dólares por ela. Eu falei: "Sr. Tullus, vai custar uns duzentos para tirar ela daqui". O velho não pagaria tanto, lembra? Aquela mula se levantou e morreu duas semanas depois. Eu podia ter vendido ela. Você devia ter me dito para soltá-la.

Silêncio.

— Bem, Hettie, se eu não aceitei aqueles cem dólares de um homem branco por princípio, certamente não vou aceitar essa bagunça que você fez com quatorze dólares e nove centavos que pegou do dinheiro do Clube de Natal e escondeu em algum lugar.

Ele fez uma pausa, olhou de canto de olho, e falou baixinho.

— São quatorze dólares, né? Não são, digamos, duzentos ou trezentos dólares, né? Não posso lidar com trezentos dólares. Quatorze dólares é dinheiro de pinga. Consigo levantar isso dormindo. Mas trezentos dólares está além da minha capacidade, querida.

Ele parou de se mexer, frustrado, ainda olhando ao redor, incapaz de descobrir o que estava procurando.

— Aquele dinheiro... não é meu, Hettie!

Ainda não havia resposta, e ele voltou para a cadeira, confuso.

Sentado no assento frio, teve a sensação desconhecida, estranha e incômoda que algo terrível acontecera. Aquele sentimento não era incomum para ele, em especial depois que Hettie morrera. Em geral, ele o ignorava, mas desta vez estava mais forte que o normal. Não dava para identificar o que era, mas de repente ele viu o prêmio que procurava e se esqueceu do problema no mesmo instante. Levantou-se, foi até o aquecedor de água, enfiou a mão por baixo e pegou a garrafa de King Kong caseiro de Rufus.

Segurou a garrafa contra a lâmpada do teto.

— Eu digo uma bebida, eu digo um copo. Eu digo você me conhece? Eu digo que devemos fazer um resumo! Eu digo traga as galinhas! Eu digo vamos transar, Hettie. Eu digo só Deus sabe quando! Prepare-se!

Paletó virou a garrafa, tomou um bom gole, e a sensação incômoda se dissipou. Colocou a garrafa de volta no esconderijo e relaxou na cadeira, satisfeito.

— Vamos lá, King Kong — murmurou. Então se perguntou em voz alta: — Que dia é hoje, Hettie?

Percebeu que ela não estava falando com ele, então disse:

— Bem, eu não preciso de você. Consigo ler... — O que não era exatamente verdade. Ele podia ver um calendário. Ler palavras era outra questão.

Paletó se levantou, foi até o velho calendário de parede, olhou para ele através da névoa de sua embriaguez e assentiu. Era quinta-feira. Dia de Itkin. Ele tinha quatro empregos, um para cada dia, exceto domingo: às segundas, limpava a Igreja das Cinco Pontas. Terças, esvaziava o lixo da casa de repouso. Quartas, ajudava uma velha senhora branca com o jardim de sua casa. Quintas, descarregava caixotes na loja de bebidas de Itkin, a apenas quatro quarteirões do Habitacional Cause. Antigamente, sextas e sábados eram dias de treino do time de beisebol do Habitacional Cause, antes de o time se desfazer.

Paletó olhou para o relógio de parede. Quase uma da tarde. Tinha que ir trabalhar.

— Preciso ir, Hettie! — falou animado.

Pegou a garrafa novamente e tomou outro gole rápido do Kong, guardou-o no esconderijo e saiu pela porta dos fundos do porão, que ficava a um quarteirão da praça do mastro da bandeira. A rua estava tranquila e silenciosa. Saiu cambaleando, livremente, o ar fresco firmando um pouco seu andar e limpando parcialmente a névoa da embriaguez. Em poucos instantes, descia pela fileira de lojas elegantes da rua Piselli, a vizinhança italiana ali perto. Ele adorava caminhar até a loja do sr. Itkin, em direção ao centro do Brooklyn, só para ver as casas e vitrines elegantes, as lojas cheias de vendedores, alguns dos quais acenavam quando ele passava. Guardar bebida e ajudar clientes a levar o vinho até seus carros era um de seus trabalhos favoritos. Trabalhos simples que não duravam mais do que um dia e não exigiam ferramentas eram perfeitos para ele.

Dez minutos mais tarde, caminhou até a porta sobre um toldo que dizia "Bebidas do Itkin". Ao chegar lá, uma viatura da polícia passou a toda. Depois outra. Paletó parou na porta, apalpou o bolso da frente do casaco, onde guardava bebida ou qualquer garrafa que podia ser enfiada ali em algum momento prévio de bebedeira — esquecendo totalmente os bolsos laterais — e então girou a maçaneta.

A sineta tocou quando ele entrou e fechou a porta atrás de si, deixando de fora o uivo de mais uma viatura e de uma ambulância que passaram correndo.

O sr. Itkin, o proprietário, um judeu robusto e descontraído, estava limpando o balcão, com a pança se projetando na beirada. A loja estava silenciosa. O ar-condicionado estava ligado. Ainda faltavam cinco minutos para a hora de abertura. Itkin acenou com a cabeça por sobre o ombro de Paletó, para os carros que passavam correndo na direção do Habitacional Cause.

— O que está acontecendo lá?

— A diabetes está matando todos eles, um a um — disse Paletó, passando com dificuldade por Itkin, até o estoque dos fundos. Entrou no aposento, onde pilhas de caixas recém-chegadas de bebida esperavam para serem abertas. Sentou-se em uma caixa com um suspiro. Não se importava com as sirenes.

Tirou o chapéu e secou a testa. O balcão onde Itkin estava ficava a uns bons seis metros da porta dos fundos, mas, de onde estava, Itkin podia ver Paletó claramente. Parou de limpar e disse:

— Você parece um pouco abatido, diácono.

Paletó descartou a preocupação com um sorriso e um bocejo fácil, esticando bem os braços.

— Estou me sentindo muito bem — comentou.

Itkin voltou a limpar o balcão, saindo de vista para continuar do outro lado, enquanto Paletó, tomando cuidado para ficar fora da linha de visão de Itkin, pegou um refrigerante de uma caixa, abriu-o, tomou um longo gole e colocou-o em uma prateleira ali perto, e começou a empilhar caixas. Olhou de relance para se assegurar de que Itkin ainda estava do outro lado do balcão e fora de sua vista e, com a suavidade trazida pela prática de um ladrão experiente, pegou uma garrafa de gim de uma caixa ali perto, abriu a tampa e colocou metade do conteúdo na lata de refrigerante, fechou a garrafa, guardou-a no bolso lateral do casaco, tirou o casaco e o colocou em uma prateleira próxima. O casaco fez um barulho estranho.

Por um instante, Paletó pensou que tinha uma garrafa esquecida guardada no bolso do outro lado, já que só remexera rapidamente no bolso da frente antes de entrar na loja, e não nos bolsos laterais, então pegou o casaco novamente, enfiou a mão nos bolsos laterais e pegou o velho .38.

— Por que minha arma está aqui? — murmurou.

Foi então que a sineta da porta tocou. Ele enfiou a arma de volta do casaco e ergueu os olhos para ver vários dos primeiros clientes do dia entrando, todos brancos, seguidos pelo chapéu porkpie familiar e o rosto preocupado de Salsicha Quente, que ainda usava o uniforme de zelador da Autoridade Habitacional.

Salsicha parou na porta por um instante, fingindo interesse em uma vitrine de bebidas ali perto, enquanto os clientes pagantes se espalhavam. Irritado, Itkin olhou para ele.

Salsicha falou de repente:

— O diácono esqueceu algo em casa.

Itkin fez um sinal curto com a cabeça na direção do aposento dos fundos, onde Paletó podia ser encontrado, então foi chamado em um dos corredores por um cliente, o que permitiu que Salsicha passasse para o outro lado do balcão e depois até o aposento dos fundos. Paletó notou que ele suava e sua respiração era pesada.

— Salsicha, o que você quer? — perguntou. — Itkin não gosta que venha aqui.

Salsicha Quente olhou por sobre o ombro e falou baixinho:

— Seu maldito idiota!

— Por que está tão nervoso?

— Você precisa fugir! Agora!

— Por que está tão nervoso? — repetiu Paletó. Ofereceu a lata de refrigerante. — Tome um gole para se acalmar.

Salsicha pegou a lata de refrigerante, cheirou-a e a colocou em uma caixa com tanta força que o líquido saltou pela abertura.

— Negão, você não tem tempo para ficar bebendo por aí. Precisa colocar o pé na estrada!

— O quê?

— Você precisa ir!

— Ir para onde? Acabei de chegar.

— Vá para qualquer lugar, idiota. Fuja!

— Não vou largar meu emprego, Salsicha!

— Clemens não morreu — disse Salsicha.

— Quem? — perguntou Paletó.

— Deems! Ele não morreu.

— Quem?

Salsicha Quente deu um passo para trás, confuso.

— Qual é o seu problema, Paletó?

Paletó se sentou em uma caixa, cauteloso, balançando a cabeça negativamente.

— Não sei, Salsicha. Estive conversando com Hettie sobre o sermão do Dia dos Amigos e da Família. Ela está me amolando por causa daquele queijo de novo, e pelo dinheiro do Clube de Natal. Então ela meteu minha mãe no meio. Disse que minha mãe não...

— Pare de bobagem, Paletó. Você está encrencado!

— Com Hettie? O que eu fiz agora?

— Hettie está morta há dois anos, imbecil!

Paletó fechou a cara e falou baixinho.

— Não precisa falar mal da minha querida Hettie, Salsicha. Ela nunca fez mal a você.

— Ela não era tão querida assim semana passada, quando você estava berrando como um bezerro por causa do dinheiro do Clube de Natal. Esqueça dela por um minuto, Paletó. Deems não morreu!

— Quem?

— Deems, idiota. O neto do Louis. Lembra do Louis Clemens?

— Louis Clemens? — Paletó inclinou a cabeça de lado, parecendo verdadeiramente surpreso. — Louis está morto, Salsicha. Vai fazer cinco anos agora em maio. Ele está morto há mais tempo que minha Hettie.

— Não estou falando dele. Estou falando do neto dele, Deems.

Paletó se animou.

— Deems Clemens! O maior jogador de beisebol já visto nos projetos habitacionais, Salsicha. Vai ser o próximo Bullet Rogan. Vi Rogan jogar uma vez, ainda em quarenta e dois. Em Pittsburgh, antes de vir para cá. Um diabo de jogador. Ficava discutindo com o árbitro e foi expulso do jogo. Bob Motley era o árbitro. Motley era uma coisa e tanto. O maior árbitro negro que já existiu. Motley pulava como um jogador de beisebol.

Salsicha o encarou por um momento e então disse com suavidade:

— Qual é o seu problema, Paletó?

— Nada. Hettie que anda zangada. Vem toda hora me dizer: "Eu conheço sua mãe...".

— Me escute. Você atirou no Deems e ele não morreu, e vai vir atrás de você com sua gangue. Você tem que se mexer...

Mas Paletó ainda estava falando e não o escutou:

— ... estragou você". Minha mãe não me estragou. Minha mãe não era assim, Hettie — falou ele para ninguém em particular. — Essa era minha madrasta.

Salsicha Quente assobiou baixinho e se sentou em outra caixa, diante de Paletó. Olhou para a frente da loja, onde o sr. Itkin ainda estava ocupado com os clientes, pegou a lata de refrigerante cheia de gim e tomou um longo gole.

— Talvez eu consiga um passe de visitante — comentou.

— Para quê?

— Para quando você for mandado para a penitenciária. Se viver para isso.

— Pare de me criticar por nada.

Salsicha Quente ficou pensativo por um instante, tomou o gim e tentou mais uma vez.

— Você conhece Deems, certo? O neto do Louis?

— Claro — concordou Paletó. — Treinei ele no basebol. Ensinei ele na escola dominical. Aquele garoto tinha talento.

— Levou um tiro. Quase morreu.

Paletó franziu o cenho.

— Por Deus! — exclamou. — Isso é terrível.

— Ele levou um tiro por sua causa. Juro por Deus. Você atirou nele.

Paletó gargalhou por um momento, achando que era piada. Mas o rosto sério de Salsicha não mudou, e o sorriso de Paletó se desvaneceu.

— Tá brincando, certo? — perguntou.

— Gostaria de estar. Você foi até ele e disparou aquele velho canhão nele. Aquele que seu primo do exército te deu.

Paletó se virou e enfiou a mão no bolso do casaco que estava na prateleira atrás de si e pegou o Colt.

— Eu me perguntei por que estava com essa maldita coisa... — Bateu a arma contra a mão para verificar. — Veja bem, ela não foi disparada nenhuma vez desde que a comprei. Não tem bala nela, é só para fingir. — Então notou o cartucho vazio e uma expressão pálida cruzou seu rosto enquanto segurava a arma diante de si, olhando fixo para ela.

Salsicha Quente empurrou o cano da arma em direção ao chão, olhando para a porta.

— Guarde essa maldita coisa! — sussurrou o mais baixo que pôde. — Você já causou muita encrenca com ela!

Pela primeira vez, as palavras se infiltraram no estupor embriagado de Paletó e começaram a fazer efeito. Ele pestanejou, confuso, então gargalhou e bufou.

— Não me lembro de muita coisa que faço ultimamente, Salsicha. Depois que você e eu nos acabamos no Kong noite passada, fui para casa e sonhei com Hettie, e acabamos discutindo como sempre. Então acordei, precisando de um café da manhã dos campeões, como costumam dizer, e tomei um gole de Kong para manter a fome sob controle, sabe. Fui ver Deems para falar sobre como retomar o jogo contra o Habitacional Watch. Não podemos vencer sem Deems, sabe. Aquele menino tem talento! Podia arremessar a mais de cento e vinte quilômetros por hora quando tinha treze anos. — Sorriu. — Sempre tive preferência por ele.

— Bem, você escolheu um péssimo jeito de mostrar isso. Você atravessou a praça e atirou com essa arma nele. Bem na frente de sua gangue de bárbaros.

Paletó parecia atordoado. Seu cenho se enrugou de descrença.

— Mas eu mal carrego essa coisa, Salsicha. Não sei como eu... — Umedeceu os lábios. — Acho que estava bêbado. Não machuquei muito ele, machuquei?

— Ele não morreu. Dizem que o tiro pegou só a orelha dele.

— Isso não parece algo que eu faria. Não sou inteligente o bastante para atirar na orelha de um homem. Um homem só tem duas orelhas.

Salsicha Quente não conseguiu se conter. Abafou uma risada.

— Você esteve em casa hoje?

— Não. Vim direto para o trabalho depois que eu... — Então Paletó parou por um instante, seu rosto marcado de preocupação pela lembrança. — Bem, agora que pensei nisso, me lembro de um garoto com a cabeça sangrando e engasgando por algum motivo. Lembro disso. Então fiz com ele uma coisa que vi um médico fazer lá na minha terra. Ele não conseguia respirar, pobre rapaz. Mas eu o ajudei. Acho que foi Deems que ajudei. Ele está bem agora?

— Está bem o bastante para colocar uma estrela dourada no seu peito antes de te dar um tiro.

— Não pode ser!

— Você quem fez isso!

— Eu não lembro! Não pode ter sido eu.

— Você atirou naquele garoto, Paletó. Entende?

— Salsicha, acho que a gente não deve mentir, e um garoto com um talento daqueles sem usar devia levar um tiro por desperdiçá-lo. Mas, juro por Deus, não lembro de ter atirado nele. Mesmo se fiz isso, foi só porque eu queria que ele voltasse a arremessar no beisebol. Ele vai esquecer tudo isso quando a orelha sarar. Eu mesmo só tenho um ouvido bom. Ainda dá para arremessar só com uma orelha. — Ele parou por um momento, então acrescentou: — Alguém viu?

— Não. Só todo mundo que estava na praça do mastro da bandeira.

— Meu Deus — disse Paletó baixinho. — É como na TV. — Tomou um gole de gim e se sentiu melhor. Ainda não tinha muita certeza se aquilo era um sonho.

Salsicha Quente pegou o casaco de Paletó e entregou-o ao amigo.

— Pegue a estrada agora enquanto ainda pode — falou.

— Talvez eu devesse ligar para a polícia e explicar o que aconteceu.

— Esqueça isso. — Salsicha olhou para a porta. — Você ainda tem conhecidos na Carolina do Sul?

— Não vou para minha terra natal desde que meu pai morreu.

— Vá ver Rufus no Habitacional Watch. Fique por lá. Talvez isso acabe de alguma maneira... Mas eu não apostaria nisso.

— Não vou dormir na casa do Rufus no Habitacional Watch de jeito nenhum! — bufou Paletó. — Aquele negro não toma banho há dois anos. O corpo dele está morrendo de sede. Só consigo ficar perto dele quando estou bêbado. Além disso, tenho minha própria casa!

— Não tem mais, não.

— O que vou fazer com Dedos Gorduchos? Preciso levá-lo até o ônibus da escola pela manhã.

— A igreja cuidará disso — garantiu Salsicha Quente, ainda segurando o casaco de Paletó.

Paletó pegou o casaco da mão de Salsicha e o colocou na prateleira de bebida, reclamando:

— Você está mentindo! Não atirei em Deems. Acordei essa manhã brigando com Hettie. Levei Dedos Gorduchos até o ônibus da escola dos cegos. Talvez eu tenha tomado uma ou duas doses. Então vim para cá. Em algum momento no meio disso, tomei outro gole e arranquei a orelha de Deems. Talvez eu tenha feito isso. Talvez não. E daí? Ele tem outra orelha. O que é uma orelha quando se tem um braço como o de Deems? Eu conheci um homem lá na minha terra que teve o pau cortado por um branco por roubar a bolsa de uma senhora. Ele mijou por um buraco na virilha a vida toda. E se deu bem. Ainda está vivo, até onde sei.

— O branco ou o homem sem pau?

— Os dois ainda vivem, até onde sei. E acabaram se conhecendo bem com o tempo. Então por que está todo nervoso e incomodado por causa da orelha de alguém? Nem mesmo Jesus precisava de algo mais do que uma sandália. O livro dos Salmos diz que você não desejou minhas orelhas e não as abriu ainda.

— Diz o quê?

— Algo do tipo. Que diferença faz? Deus endireita tudo. Ele fará de Deems alguém melhor do que com duas orelhas.

Encerrando o assunto, Paletó começou a tirar as bebidas de uma caixa.

— Quer ir pescar neste fim de semana? — perguntou. — Vou receber amanhã. Preciso refletir sobre meu primeiro sermão na Cinco Pontas. É em três semanas.

— Se for sobre o além, não vão faltar criaturas e crentes, tenho certeza. Se eu fosse uma mosca e quisesse ir para o paraíso, me jogaria na sua boca.

— Não tem mosca nenhuma. É sobre não comer o acompanhamento sem confessar. Carta aos Romanos, capítulo quatorze, versículo dez. Ou talvez seja Simão, capítulo sete, versículo nove. É um ou outro. Tenho que olhar.

Salsicha Quente o encarava, incrédulo, enquanto Paletó continuava a desencaixotar garrafas de bebida.

— Negão, o queijo já caiu do seu biscoito.

— Só porque você diz que alguém me deve dinheiro em algum lugar, não quer dizer que eu tenha dinheiro!

— Está me ouvindo, Paletó? Você derrubou Deems com um tiro! Depois trepou nele como um cachorro. Na frente de todo mundo.

— Você devia testar suas historinhas em outro lugar, em vez de com seu melhor amigo, Salsicha. Nunca trepei com homem na minha vida.

— Você estava bêbado!

— Não bebo mais do que qualquer outra pessoa que mora nos projetos.

— Agora quem está mentindo? Não sou eu que sou conhecido como Diácono King Kong.

— Não ligo para as mentiras e as coisas que as pessoas dizem de mim, Salsicha. Tenho minhas próprias ideias sobre as coisas.

Salsicha Quente olhou para a porta. Os clientes de Itkin tinham ido embora, e o dono da loja espiava para o aposento dos fundos, onde os dois estavam. Salsicha enfiou a mão no bolso e pegou um pequeno maço de dinheiro. Entregou as notas amassadas para Paletó, que parou diante dele, olhando feio, os braços cheios de garrafas.

— Trinta e um dólares. É tudo o que tenho. Paletó. Pegue isso e compre uma passagem de ônibus para casa.

— Não vou a lugar algum.

Salsicha Quente deu um suspiro triste, guardou o dinheiro e se virou para ir embora.

— Tudo bem. Acho que vou usar para comprar uma passagem de ônibus para visitar você na penitenciária no interior do estado. Se você viver até lá.

5

O Governador

THOMAS ELEFANTE, O ELEFANTE, FICOU SABENDO QUE O GAROTO Deems Clemens tinha levado um tiro uma hora depois do ocorrido. Ele estava mexendo no canteiro de flores de sua mãe, em seu sobrado na rua Silver, a três quarteirões do Habitacional Cause, sonhando em conhecer uma camponesa gorda e de boa aparência, quando um policial uniformizado da 76ª Delegacia o chamou de sua viatura e lhe contou as novidades.

— Eles têm uma pista sobre o atirador — garantiu o policial.

O Elefante se inclinou na porta da viatura e ouviu em silêncio, enquanto o policial contava tudo o que a polícia sabia. Conheciam a vítima. Tinham certeza de quem era o atirador também. O Elefante não se importava com atirador nenhum. Isso era problema de Joe Peck. Se os negros queriam se matar por causa da droga de Peck, isso era problema de Joe, não dele. Exceto, é claro, quando as mortes atraíam policiais como este. Policiais atrapalhavam a economia — sua economia pelo menos. Fazer contrabando com os policiais conduzindo uma investigação em seu quintal era como ser a criança mais idiota da classe, que insistia em sempre levantar a mão. Não importa o quão estúpido você seja, é só questão de tempo antes que a professora o chame.

Elefante tinha quarenta anos, era corpulento e bonito; seus olhos escuros e mandíbula fina mantinham um silêncio pétreo que escondia um senso de humor sarcástico e encantador, apesar de ter tido uma infância de decepções agridoces. Seu pai passara boa parte da infância de Elefante na cadeia. Sua mãe, teimosa e excêntrica, que administrara o cais no porto durante a prisão paterna, passava o tempo livre recolhendo plantas de todos os terrenos vazios a oito quilômetros do Cause, um passatempo para o qual arrastava cada vez mais o relutante filho solteiro que, ela observava com frequência, já passara há bastante tempo da idade de casar.

Elefante ignorava esses comentários, embora ultimamente admitisse a si mesmo que era provável que ela estivesse certa. Todas as boas mulheres italianas na vizinhança do Causeway já estavam casadas ou tinham fugido para os subúrbios com suas famílias, agora que os negros tinham se estabelecido de vez. A época de me casar era quando eu era jovem e estúpido como este policial, pensou. Até mesmo este idiota, pensou com amargura, provavelmente está namorando alguma bela jovem. Dava para ver, pelo jeito como o rapaz falava, que ele não era do Brooklyn. Provavelmente não era sequer do Distrito Cause. Mal parecia ter vinte e um anos, e Elefante, olhando bem para ele, estimou que o cara talvez ganhasse uns sete mil por ano. E, mesmo assim, ele tem uma mulher, Elefante pensou. Eu, eu sou apenas um "zé-ninguém". Um bolha. Eu bem que poderia ser jardineiro.

Ele ouviu sem prestar muita atenção enquanto o rapaz falava, então deu um passo para trás e se recostou no para-choque do carro estacionado atrás de si a fim de olhar para os dois lados da rua enquanto o policial tagarelava. O rapaz era descuidado, e obviamente inexperiente. Tinha parado em fila dupla diante da casa de Elefante, à vista de todas as casas do quarteirão, o que, como tudo por ali, Elefante pensou com tristeza, não era seguro. Não era como antigamente, quando todo mundo era italiano. Os novos vizinhos eram russos, judeus, latinos, até negros — qualquer coisa menos italianos. Ele deixou o policial falar mais um pouco, então o interrompeu:

— O Cause não é problema meu.

O policial pareceu surpreso.

— Você não tem interesses ali? — perguntou, apontando pelo para--brisas de sua viatura na direção do Habitacional Cause, que se erguia como uma pirâmide a três quarteirões dali, reluzindo sob o sol quente da tarde que enviava ondas de calor pelas ruas castigadas, e a Estátua da Liberdade, que podia ser vista tremeluzindo ao longe, no porto.

— Interesses? — falou Elefante. — Costumavam jogar beisebol lá. Eu gostava de ver.

O policial pareceu desapontado e um pouco assustado e, por um breve instante, Elefante sentiu pena dele. Incomodava-o que as pessoas, ou mesmo policiais, o temessem. Mas era o único jeito. Ele fizera algumas coisas terríveis ao longo dos anos, mas só para defender seus interesses. Claro que também fizera boas coisas, mas não recebia crédito por nenhuma delas. Era assim que o mundo funcionava. De todo modo, aquele garoto estúpido parecia bem-intencionado, então Elefante pegou uma nota de vinte do bolso, dobrada com cuidado em seus dedos da mão esquerda, inclinou-se na janela do carro, e deixou-a escorregar habilmente até o chão da viatura antes de se virar e voltar para a calçada.

— Nos vemos por aí, garoto.

O garoto foi embora bem rápido. Elefante não esperou para ver suas lanternas traseiras desaparecerem. Em vez disso, olhou na outra direção. Era um velho hábito. Se um policial vinha deste lado, procure um segundo vindo daquele lado. Quando teve certeza de que a rua estava tranquila, caminhou até seu portão de ferro forjado, abriu-o e voltou para o jardim que ficava na frente de seu sobrado modesto, fechando-o com cuidado atrás de si. Ainda vestindo seu terno, ficou de joelhos e começou a mexer nas plantas, pensando taciturno sobre o tiroteio.

Drogas, irritou-se em silêncio enquanto cavava. Malditas drogas.

Parou de cavar para olhar o jardim de flores da mãe. Analisou os diferentes tipos. Conhecia todos eles: girassóis, silenes, magnólias, gerânios, columeias, espinheiros-brancos, hamamélis, osmunda regalis, e qual era mesmo esta última, que ele estava plantando bem aqui? Fento-fêmea, talvez? As samambaias não estavam indo muito bem. Nem a hamamélis e o espinheiro.

Ele dobrou o corpo novamente e começou a cavar. Sou o único solteiro de quarenta anos em Nova York, pensou com tristeza, cuja mãe coleciona plantas como um vício...e depois espera que eu replante qualquer porcaria que encontra. Mas o fato era que ele não se importava. A tarefa o relaxava, e o jardim era o orgulho e a alegria dela. Ela pegava a maioria das plantas nos trilhos abandonados da estrada de ferro, nas valas e moitas que cresciam nos terrenos e fábricas abandonados no Distrito Cause. Algumas, como esta samambaia, eram verdadeiros tesouros, que chegavam como mato e desabrochavam em pés totalmente crescidos. Ele arrancou a samambaia, escavando ao redor, pegando terra fresca de um carrinho de mão próximo, colocando mais terra de lado, arrumando a nova terra no local e replantando a samambaia gentilmente no lugar com a eficiência suave nascida da experiência e da repetição. Parou para contemplar seu trabalho por um momento antes de começar a replantar a seguinte. Em geral, sua mãe vinha verificar seu trabalho mais tarde, mas ultimamente ela andava doente demais para sair, e o jardim começava a mostrar pequenos sinais de negligência. Várias plantas estavam secas e morrendo. Outras precisavam ser replantadas. Várias ela queria colocar no vaso e levar para dentro de casa.

— Há algo acontecendo no Brooklyn — ela afirmava. — Algum tipo de doença.

Elefante concordava, mas não o tipo de doença com o qual ela se preocupava.

Ganância, ele pensava com ironia enquanto cavava a terra. Essa é a doença. Eu mesmo a peguei.

Duas semanas antes, na calada da noite, um irlandês já de idade entrara em seu vagão de carga no cais enquanto ele e seus homens carregavam cigarros em um caminhão. Visitantes noturnos e personagens estranhos não eram incomuns, considerando sua linha de atuação, que incluía tirar contrabandos de barco no porto, guardá-los ou transportá-los para o interior ou para onde quer que o cliente quisesse. Mas aquele visitante era estranho até mesmo para seus padrões. Parecia ter cerca de setenta anos.

Estava vestido com um casaco surrado e gravata borboleta, e a cabeça com uma cabeleira cheia e branca. Seu rosto tinha tantas linhas e sulcos que faziam Elefante se lembrar de um velho mapa do metrô. Um olho estava fechado de tão inchado, aparentemente de modo permanente. Era magro, tinha aparência doentia e parecia ter dificuldade para respirar. Quando ele entrou, Elefante fez sinal para que se sentasse. O visitante concordou, agradecido.

— Eu me pergunto se você poderia ajudar um homem necessitado — disse o velho. Seu sotaque irlandês era tão carregado que Elefante teve dificuldade de entendê-lo. Apesar da fragilidade física, sua voz era clara, e o velho falava com um ar de solidez e atitude, como se entrar no vagão de carga de um dos mais imprevisíveis contrabandistas do Brooklyn às três da madrugada fosse tão simples quanto entrar em um armazém e pedir meio quilo de mortadela.

— Depende da necessidade — respondeu Elefante.

— Salvy Doyle me mandou aqui — falou o velho. — Ele disse que você podia me ajudar.

— Não conheço nenhum Salvy Doyle.

O velho irlandês deu um sorriso tolo e puxou a gravata-borboleta.

— Ele disse que você transporta coisas.

Elefante deu de ombros.

— Sou só um pobre italiano que administra uma empresa de transporte e armazenagem, meu senhor. E estamos atrasados.

— E construção?

— Um pouco de construção. Um pouco de armazenagem, algum transporte. Nada pesado. Em geral, transporto amendoins e cigarros. — Elefante acenou com a cabeça na direção das várias caixas ali perto marcadas como "cigarros". — Quer um cigarro?

— Não. Não faz bem para minha garganta. Sou cantor.

— Que tipo de música?

— O melhor tipo — disse o velho animado.

Elefante reprimiu um sorriso. Não pode se conter. O desgraçado do velho mal parecia capaz de respirar.

— Cante uma música, então — pediu. Disse isso por diversão, e ficou surpreso quando o velho virou a cabeça de um lado para o outro, para alongar os músculos do pescoço, pigarreou, se levantou, ergueu o queixo barbudo na direção do teto, abriu os braços finos e irrompeu em um tenor lindo e claro que encheu o aposento com uma canção gloriosa e cadenciada:

Lembro do dia, era selvagem e triste,
E das noites até as ondas do Hudson,
Nosso pároco levou um cadáver no esquife
Para repousar no túmulo do condenado.
A Vênus estava coberta e tensa
Era a bela de Willendorf
E repousa no fundo de um túmulo ras...

Teve um ataque de tosse.

— Ok, ok — disse Elefante antes que o velho pudesse continuar. Dois dos homens de Elefante, que iam e vinham sem parar carregando caixas de um lado para o outro do vagão até um caminhão estacionado ali perto, pararam para sorrir.

— Ainda não terminei — falou o velho.

— Já é o bastante — garantiu Elefante. — Não conhece nenhuma música italiana? Como um *trallalero*?

— Não conheço. Se eu dissesse que sei do que se trata, estaria enganando você.

— É um tipo de música do norte da Itália. Só homens a cantam.

— Faça seus próprios buldogues cantarem isso, senhor. Tenho algo melhor — falou o irlandês. Tossiu novamente, desta vez de modo torturante, então se recompôs e pigarreou. — Imagino que precise de dinheiro?

— Pareço tão mal?

— Tenho um pequeno carregamento que precisa ir para o aeroporto Kennedy — disse ele.

Elefante olhou para seus dois homens, que tinham parado para observar. Eles rapidamente voltaram ao trabalho. Aquilo era negócio. Elefante fez sinal para que o irlandês se sentasse na cadeira diante de sua escrivaninha, fora do caminho dos carregadores.

— Não levo coisas para o aeroporto — falou Elefante. — Faço armazenagem e transportes leves. A maioria para supermercados.

— Guarde essa história para o governo — disse o irlandês. — Salvy Doyle me disse que você é de confiança.

Elefante ficou em silêncio por um instante, depois falou:

— Da última vez que ouvi, Salvy estava cavando minhocas em algum lugar em Staten Island.

O irlandês deu uma risadinha.

— Não quando ele me conheceu. Ou seu pai. Seu pai e eu éramos amigos.

— Meu pai não tinha amigos.

— Na época em que éramos hóspedes do Estado, seu pai tinha muitos amigos, que Deus o abençoe em seu local de descanso eterno.

— Se quer um muro de lamentações, use a mesa — disse Elefante. — Deixe o showzinho para lá.

— Como?

— Aonde quer chegar, senhor? — perguntou Elefante impaciente. — O que quer?

— Já disse. Preciso transportar algo para o Kennedy.

— E depois que chegar no Kennedy?

— Isso é problema meu.

— É um carregamento grande?

— Não. Mas precisa de uma carona confiável.

— Pegue um táxi.

— Não confio em táxis. Confio em Salvy... que me disse que você é de confiança.

— Como Salvy ouviu falar de mim?

— Ele conhecia seu pai. Já falei isso.

— Ninguém conhecia meu pai. Ele era difícil de se conhecer.

O irlandês deu uma risadinha.

— Você está certo. Acho que ele não falava mais do que três palavras por dia.

Aquilo era verdade. Elefante guardou para mais tarde o fato de que o irlandês sabia disso.

— Então, para quem você trabalha? — perguntou.

— Para mim mesmo — disse o irlandês.

— O que isso quer dizer?

— Quer dizer que não preciso de atestado médico quando fico doente — brincou o irlandês.

Elefante bufou e se levantou.

— Pedirei para um dos meus rapazes acompanhar você até o metrô. É perigoso por aqui à noite. Os drogados do Cause vão apontar uma arma na sua cara por centavos.

— Espere, amigo — pediu o velho.

— Eu o conheço há dois minutos e já estou cansado desta amizade, senhor.

— Meu nome é Driscoll Sturgess. Tenho uma loja de bagels no Bronx.

— Você deveria parar de mentir. Um irlandês que tem uma loja de bagels?

— É legal.

— É melhor você voltar para caixa de sapatos que chama de casa, meu senhor. Meu pai não tinha amigos irlandeses. Os únicos irlandeses com quem meu pai conversava eram policiais. E eram como um fungo. Quer uma carona até o metrô ou não?

A alegria sumiu do rosto do velho.

— Guido Elefante conheceu muitos irlandeses em Sing Sing, senhor. Lenny Belton, Peter Seamus, Salvy, eu mesmo. Éramos todos amigos. Me dê um minuto, pode ser?

— Não tenho um minuto — falou o Elefante. Levantou-se e seguiu para a porta, esperando que o velho se levantasse também. Em vez disso, Driscoll só olhou para ele e disse:

— Você tem uma boa empresa aqui. Como anda a saúde dela?

Elefante voltou o olhar para o irlandês.

— Como é que é?

— Como anda a saúde da sua empresa de transportes?

Elefante se sentou e franziu o cenho.

— Como é seu nome mesmo?

— Sturgess. Driscoll Sturgess.

— Você tem algum outro nome?

— Bem, seu pai me conhecia como Governador. Que sua saúde esteja sempre boa e o vento ao seu favor. Que as estradas se abram ao seu encontro. E que Deus o tenha na palma de Sua mão. Isso é um poema, rapaz. Fiz uma canção com o último verso. Quer ouvir?

Ele se levantou para cantar, mas Elefante estendeu o braço, segurou o velho pelo casaco e deu um puxão para que ele se sentasse novamente.

— Sente-se um minuto.

Elefante o encarou por muito tempo, sentindo que suas orelhas tinham acabado de explodir em sua cabeça, sua mente zumbindo com o alerta vermelho de uma lembrança importante e obscura. O Governador. Já ouvira esse nome antes, em um passado muito distante. Seu pai o mencionara muitas vezes. Mas quando? Fora há anos. Quase no fim da vida de seu pai, e ele, Elefante, tinha dezenove anos na época, uma idade na qual adolescentes não escutam. O Governador? Governador de quê? Cavou fundo, nos recessos de sua mente, tentando extrair a informação. O Governador... o Governador... Era algo grande... Tinha a ver com dinheiro. Mas o quê?

— O Governador, você diz? — disse o Elefante, tentando ganhar tempo.

— Isso mesmo. Seu pai nunca falou sobre mim?

Elefante ficou sentado um instante, pensando, e pigarreou.

— Talvez — concedeu. Seu pai, Guido Elefante, tinha um vocabulário de seis palavras, que eram ditas quatro vezes ao dia, mas cada palavra era um sabre que cortava através do quarto mal iluminado no qual passara os últimos anos de sua vida, aleijado por um derrame sofrido na prisão, suas ordens severas e sombrias cortando o coração do menino até então feliz, que passara a maior parte de seus anos de formação correndo solto, com uma mãe incapaz de controlá-lo, criado por vizinhos e primos, enquanto Guido passara a maior parte da infância de Elefante cumprindo pena por um crime que o pai jamais revelou. Elefante tinha dezoito anos quando o pai saiu da cadeia. Os dois nunca foram próximos. Guido foi abatido por outro derrame que o pegou de jeito um pouco antes do vigésimo aniversário do filho. Àquela altura, o filho tinha passado boa parte da juventude sem pai. Além de uma rara ocasião, quando tinha cinco anos e o velho o levou para nadar na piscina do Habitacional Cause, Elefante tinha poucas lembranças de momentos de lazer com o pai. O velho que saíra da cadeia pela última vez era silencioso como sempre, um italiano severo, desconfiado, de rosto impassível, que governava esposa e filho com eficiência de ferro, guiado pelo único lema que enfiara na consciência do filho, um lema que levara Guido em segurança das docas miseráveis de Gênova até seus momentos finais em um belo sobrado no Cause, comprado e pago em dinheiro: "Tudo o que você é, tudo o que você será neste mundo cruel, depende da sua palavra. Um homem que não pode manter sua palavra é inútil", dizia Guido. Só anos mais tarde, Elefante apreciou de verdade o poder do seu velho, sua habilidade, mesmo acamado e debilitado, de gerenciar o negócio de transporte, armazenagem e construção com firmeza astuta e segura. O velho com uma esposa estranha, cuidando de seus negócios em um mundo de mafiosos de duas caras sem imaginação, e sempre disposto a quebrar seus longos silêncios com os mesmos avisos: "Fique de boca calada. Nunca faça perguntas aos clientes. Lembre-se: somos apenas um bando de genoveses pobres, trabalhando para sicilianos que não têm nossa saúde em mente". Aquilo e saúde. O velho era fanático com saúde. "Sua saúde, sua saúde é tudo. Mantenha sua saúde em mente". Elefante ouvira aquilo até enjoar. No início, Elefante achava que a crença vinha dos infortúnios na saúde do próprio velho. Mas conforme o pai espiralava em direção à morte, a advertência ganhou novo significado.

Sentado diante do velho irlandês em seu vagão de carga, um instante de realização se apossou da consciência de Elefante com eficiência impressionante, pousando em suas entranhas com o peso que parecia o martelo de um ferreiro batendo na bigorna.

Dias antes de o pai morrer, Elefante estava em seu quarto. O velho mandara a mãe de Tommy até o mercado, afirmando que precisava de suco de laranja fresco — algo do qual não gostava, mas que bebia de vez em quando para satisfazer a esposa. Os dois estavam no quarto, apenas eles, vendo Bill Beutel, o âncora eterno do Canal 7, dando as notícias locais, Elefante na única cadeira do quarto, o velho recostado na cama. Seu pai parecia distraído. Ele ergueu a cabeça do travesseiro e disse:

— Aumente o som da TV.

Elefante fez o que lhe era pedido, então aproximou a cadeira da cama. Ao tentar se sentar, o velho o agarrou pela camisa e o puxou para a cama, e aproximou a cabeça do filho da sua.

— Fique de olhos abertos para alguém.

— Quem?

— Um velho. Irlandês. O Governador.

— O governador de Nova York? — perguntou Elefante.

— Não aquele bandido — disse o pai. — O outro Governador. O irlandês. Esse é o nome dele: o Governador. Se ele aparecer... é provável que não apareça... vai perguntar sobre sua saúde. É assim que você vai saber que é ele.

— O que tem minha saúde?

O pai o ignorou.

— E ele vai cantar algo sobre uma estrada que se abre para receber você, e o vento ao seu favor, e Deus na palma de Sua mão. Toda aquela merda católica irlandesa. Se estiver falando isso e perguntando sobre sua saúde, é ele.

— O que tem ele?

— Estou guardando algo, e ele vem buscar. Dê para ele. Ele será justo com você.

— O que você está guardando?

Ouviram a porta se abrir e sua mãe voltou, então o velho se calou, dizendo que se falariam mais tarde. Mais tarde nunca chegou. O velho ficou incompreensível no dia seguinte e morreu.

Elefante, sentado diante do irlandês, que o encarava de um jeito estranho, tentou manter a voz neutra.

— Meu pai mencionou algo sobre saúde. Mas faz muito tempo. Um pouco antes de morrer. Eu tinha vinte anos, então não me lembro muito bem.

— Ah, mas ele era um companheiro justo. Nunca se esquecia de um verdadeiro amigo. O melhor homem que já conheci. Cuidou de mim na prisão.

— Olhe, vamos parar de bloquear o jogo, pode ser?

— Como?

— Coloque o show na estrada, meu senhor. O que está vendendo?

— Pela Virgem Maria, vou dizer mais uma vez. Preciso levar algo para o Kennedy.

— É grande demais para um carro?

— Não. Cabe na sua mão.

— Vai querer jogar vinte-e-um e brincar de enigmas a noite toda? Que coisa é essa?

O Governador sorriu.

— Que tipo de homem eu seria se fosse desmiolado o bastante para arrastar um barril cheio de problemas para a casa de um amigo?

— É tocante, mas me parece mentira.

— Eu o levaria pessoalmente — o velho irlandês falou. — Mas está em um depósito.

— Então vá buscar.

— É aí que está. Não posso. O cara que comanda o depósito não me conhece.

— Quem é ele?

O velho deu um sorriso tenso e olhou para Elefante de relance com o olho bom.

— Eu poderia contar em fascículos, mas, na minha idade, como isso iria funcionar? Por que não estica o pescoço e presta atenção? — Deu um sorriso severo e, de sua cadeira, cantou baixinho:

Guerras e alegrias eram compartilhadas
Até Vênus enfrentar a transgressão
Vênus, a Vênus, tão cara para mim
Em Willendorf sempre sua imagem estará
A Vênus, ah, bela
Agora coberta e tensa
Perdida para mim, mas não em vão.

Quando parou, viu que Elefante o encarava, os lábios apertados.

— Se quer manter os dentes, não cante mais — ameaçou Elefante.

O velho irlandês ficou perplexo.

— Não tenho truques — garantiu. — Algo caiu no meu colo há muitos anos. Preciso de sua ajuda para pegá-lo. E para transportá-lo.

— O que é?

Mais uma vez o velho ignorou a questão.

— Não tenho muito tempo, rapaz. Estou quase fora do jogo. Isso não vai me fazer bem. Meus pulmões já eram. Tenho uma garota crescida, uma filha. Vou deixar para ela minha loja de bagels. É um negócio bom, limpo.

— Como um irlandês vende bagels?

— É ilegal? Não se preocupe com os policiais, filho. Venha ver se quiser. É uma boa operação. Ficamos no Bronx. Bem na saída da via expressa Bruckner. Você verá que estou com tudo pago.

— Se está com tudo tão organizado assim, deixe o que tem para sua filha e viva feliz para sempre.

— Eu digo que não quero minha filha envolvida nisso. Você pode pegar. Pode ficar. Ou vender. Ou não vender e me dar um pedacinho se quiser, e guardar o resto para si mesmo. Como quiser. Será o fim disso. Pelo menos não será desperdiçado.

— Você devia organizar casamentos, meu senhor. Primeiro você quer que eu transporte alguma coisa. Depois quer dá-la para mim. Então quer que eu venda e lhe dê um pedaço. O que é, pelo amor de Deus?

O velho olhou de lado para Elefante.

— Certa vez, seu velho me contou uma história. Disse que você queria trabalhar para as Cinco Famílias quando ele saiu. Quer saber como a história termina?

— Já sei como termina.

— Não, não sabe — garantiu o Governador. — Seu pai se gabava de você na prisão. Disse que cuidaria dos negócios dele um dia. Disse que você podia guardar um segredo.

— Claro que posso. Quer ouvir um? Meu pai está morto e ele não paga minhas contas agora.

— Por que está tão agitado, filho? Seu pai presenteou você. Construiu essa coisa. Guardou para mim por anos. E você tem a chave dela.

— Como você sabe que já não usei a chave e vendi a coisa, o que quer que seja? — perguntou Elefante.

— Se tivesse feito isso, você não estaria enfiado nesse bendito vagão de carga no meio da madrugada, transportando essa merda que chama de mercadoria, que, se me lembro bem dos velhos tempos, vejamos... um caminhão de quase quatro metros, trinta e quatro caixas, a quarenta e oito dólares a caixa, se for cigarro e talvez algumas caixas de bebida, você vai conseguir... talvez cinco mil e quinhentos no bolso depois que todos forem pagos, incluindo Gorvino, que administra essas docas... que, se seu pai soubesse que você ainda trabalha para ele, provavelmente socaria você. Pelo menos ficaria abalado, com certeza.

Elefante empalideceu. O velho tinha coragem. E inteligência. E talvez estivesse certo.

— Então você sabe fazer conta — comentou. — Onde está a coisa que não pode me dizer o nome?

— Acabei de dizer o nome para você. Está provavelmente em um guarda-volumes.

Elefante ignorou aquilo. Não tinha escutado o nome de nada. Em vez disso, perguntou:

— Você tem um tíquete?

— Um o quê?

— Um recibo? Um tíquete de armazenagem. Mostrando que o depósito é seu?

O irlandês franziu o cenho.

— Guido Elefante não dava recibos. A palavra dele era o suficiente.

Ficou em silêncio enquanto Elefante pensava no que acabara de ouvir. Por fim, Elefante falou:

— Tenho cinquenta e nove guarda-volumes. Todos trancados por quem quer que os alugue. Só os proprietários têm as chaves.

O irlandês gargalhou.

— Seja um bom rapaz. Talvez não esteja em um guarda-volumes.

— Onde está, então? Enterrado em um terreno em algum lugar?

— Se quiser relaxar de chinelos, não sou seu homem. Tem que ser limpo, filho. Limpo como uma barra de sabonete Palmolive. Seu pai cuidaria disso.

— O que isso quer dizer?

— Você tem que se esforçar mais do que isso, rapaz. Acabo de lhe dizer. O que quer que seja, tem que ficar limpo. Pode apenas ser uma barra de sabonete ou estar em uma barra de sabonete. De tão pequeno que é. Seria um jeito de manter limpo, suponho, colocar em uma grande barra de sabão. É mais ou menos deste tamanho.

— Senhor, você entra aqui cheio de enigmas. Diz que essa coisa, o que quer que seja, precisa ser levada de caminhão até o aeroporto, embora tenha o tamanho de uma barra de sabão. Tem que ficar limpo como sabonete, que pode até ser sabonete. Pareço estúpido o bastante para sair correndo por aí por causa de uma barra de sabão?

— Você poderia comprar três milhões de dólares em espuma com isso. Um pouco mais, um pouco menos. Se estiver em bom estado — disse o irlandês.

Elefante observou o trabalhador mais perto dele arrastar uma caixa da porta do vagão de carga até o caminhão que esperava lá fora. Observou-o enfiar a caixa no caminhão sem dizer uma palavra ou mudar sua expressão, e decidiu que o homem não tinha escutado o que diziam.

— Eu deixaria você falar bonito assim comigo a noite toda se pudesse — comentou. — Mas me odiaria pela manhã. Pedirei que um dos meus rapazes o leve de volta ao Bronx. O metrô não é mais o que costumava ser. Farei isso por causa do meu pai.

Sturgess levantou uma mão enrugada.

— Não estou enganando você. Não tenho músculos para mover esta coisa. Conheço alguém que poderia querer comprá-la na Europa. É por isso que quero levá-la até o Kennedy. Mas agora, falando com você, vejo que é um rapaz esperto, acho melhor que você fique com isso. Venda se quiser, me dê um pedacinho se puder. Se não, está tudo bem. Não tenho nada exceto uma garota em casa. Não quero problemas para ela. Ela administra bem meu negócio. Só não quero desperdiçar a coisa, é só isso.

— O que é? Moedas? Joias? Ouro? O que vale tanto assim?

O irlandês se levantou.

— Vale muito capim — garantiu.

— Capim?

— Gaita. Dinheiro. Dólares. Guido disse que ia guardá-la, então sei que está bem guardada. Onde, eu não sei. Mas seu pai nunca voltou atrás em sua palavra.

Deixou um cartão na escrivaninha de Elefante.

— Venha me visitar no Bronx. Falaremos sobre isso. Posso até contar o que fazer com isso. Você pode me dar uma lembrancinha depois, se quiser.

— E se eu não souber onde está?

— Por três milhões em cascalho, você saberá.

— Por esse tanto de dinheiro, velho, qualquer coisa fora assassinato é truque de salão. Um cara pode parar de pagar impostos de vez para perseguir esse tipo de grana — disse Elefante.

— Não pago impostos há anos.

— Vamos falar a mesma língua, que tal? Como vou saber que é sério? O que estou procurando?

— Verifique sua carga. Veja o que consegue.

— Como vou saber se você não é só um bartender que alguém mandou até aqui só para preparar bebidas e me enrolar?

— Acha que sou um idiota que veio até aqui a esta hora para brincar? — O Governador se levantou e seguiu na direção da porta dos fundos, inclinando-se no batente, mirando o cais, onde os dois homens de Elefante podiam ser vistos a vários metros de distância, lutando para colocar uma caixa imensa e pesada no caminhão. Acenou com a cabeça na direção deles:

— Você teria acabado como eles se seu pai fosse como o restante dos imbecis que conhecemos na prisão, seguindo as Cinco Famílias por aí. A propósito, a coisa se chama Vênus. A Vênus de Willendorf. Está nas mãos de Deus. Foi o que seu pai me disse. Em uma carta.

Elefante olhou de relance para o antigo arquivo de seu pai, enfiado em um canto do vagão de carga. Já tinha remexido ali dúzias de vezes. Não tinha nada lá.

— Meu pai não escrevia cartas — respondeu.

Mas o velho já tinha saído pela porta, seguido pelo terreno vazio e escuro do outro lado da rua, e ido embora.

6

Bunch

DA JANELA SUJA DE UM APARTAMENTO ANTIGO NO SEGUNDO ANDAR de um sobrado, as belas luzes dos arranha-céus de Manhattan dançavam ao longe. Na sala escura, um homem negro alto, magro, usando um colorido gorro africano kente kufi e uma bata dashiki, segurava uma cópia do jornal *Amsterdam News* nas mãos e gargalhava de alegria. Bunch Moon tinha trinta e um anos, era o diretor da Moon Rental Cars e da Moon Steak N Go, e codiretor da Bedford-Stuyvesant Development Corporation, e estava sentado em uma mesa de jantar polida, sorrindo enquanto segurava a última edição do maior jornal negro da cidade e lia as boas notícias que tinha diante de si.

Sua gargalhada terminou em um sorriso ao virar a página e terminar a história que estava lendo. Dobrou o jornal, passou os dedos pelo cavanhaque e falou baixinho para o homem de vinte anos sentado à mesa, de frente para ele, que fazia palavras cruzadas:

— Earl, o Queens está em chamas, irmão. Os judeus estão queimando tudo.

Earl Morris, braço direito de Bunch, estava vestido com uma jaqueta de couro, as feições de seu rosto negro liso marcadas pela concentração com a qual fazia as palavras cruzadas. Tinha um lápis na mão direita e um cigarro aceso na esquerda. Estava com dificuldade em lidar com ambos enquanto tentava preencher os espaços do quebra-cabeça. Por fim, colocou o cigarro no cinzeiro e disse sem erguer os olhos:

— Tô ligaaaaado.

— A cidade quer construir um projeto habitacional em Forest Hills — disse Moon. — Então os judeus estão putos, mano!

— Tô ligaaaaado.

— O prefeito Lindsay vai até lá e eles acabam com ele. Ele fica bravo e chama todos de "judeus gordos". — Bunch deu uma risada. — Diante da imprensa e tudo. Capitão Marvel. Você vai adorar esse cara.

— Tô ligado.

— Adivinha quantos publicaram em seus jornais. Nenhum. Não o *Times*. Nem o *Post*. Ninguém. Só o *Amsterdam News*. Ele vai lá e insulta os judeus, e ninguém diz um "ai". Exceto nós. Os judeus nos odeiam, cara! Eles não querem um projeto habitacional em Forest Hills.

— Tô ligaaaado.

— E os brancos odeiam os judeus, porque os judeus são donos de tudo. Gostou?

— Tô ligaaado.

Bunch franziu o cenho.

— Você não consegue dizer outra coisa? — perguntou.

— Tô ligaaaaado.

— Earl!

Earl, ainda fazendo as palavras cruzadas, parou e ergueu os olhos:

— Hum?

— Você não consegue dizer outra coisa?

— Sobre o quê?

— Sobre o que acabo de dizer. Sobre os judeus serem donos de tudo.

Earl franziu os lábios, em silêncio, parecendo intrigado. Deu uma baforada rápida em seu cigarro, então disse baixinho:

— Quais judeus?

Bunch deu um sorriso irônico. Estou cercado de idiotas, pensou.

— Como vai o garoto do Habitacional Cause? O que levou um tiro.

Desta vez Earl endireitou o corpo, aprumando-se. Podia ver que o chefe estava esquentando.

— A orelha dele já era — respondeu rapidamente. — Mas ele está bem.

— Qual é o nome dele mesmo?

— Deems Clemens.

— Garoto esperto. Quanto tempo até ficar em pé?

— Talvez uma semana. Duas até sair para fora.

— Como vão as vendas por lá?

— Caíram um pouco. Mas ele colocou um homem no lugar.

— Ele foi preso depois que levou o tiro?

— Não. Não estava portando nada. Tinha um cara para isso. Então os policiais não conseguiram nada. Só o dinheiro em seus bolsos.

— Ok. Devolva o dinheiro para ele. Depois faça com que ele fique em pé e volte para a rua de novo. Tem que defender sua praça.

— Não dá.

— Por que não?

— Ele ainda não está totalmente bem, Bunch.

— Merda, o negão só perdeu uma orelha, não o pingulim. E tem um pessoal que trabalha com ele.

— Tô ligaaaaado.

— Dá para parar com essa merda de "tô ligado"? — reclamou Bunch. — Ele consegue voltar mais cedo? Se o pessoal dele não for firme, as vendas vão cair rapidinho. Pelo menos ele consegue manter o pessoal vendendo?

Earl deu de ombros.

— Bunch, a coisa está meio quente por lá. A polícia ainda está procurando o atirador.

— Quem é?

— Um velho. Algum vagabundo.

— Isso é muito vago. Só tem esse tipo de gente no Cause.

— Tô ligaad... — Earl tossiu e pigarreou quando viu a cara feia de Bunch. Rapidamente voltou sua atenção para as palavras cruzadas, rosto baixo, o queixo a poucos centímetros da página. — Estou usando isso aqui para perder esse costume — explicou apressado, apontando para as palavras-cruzadas. — Encontrando novas palavras todos os dias.

Bunch pareceu hesitar e se virou, seguindo até a janela, seu bom humor totalmente perdido. Olhou preocupado para a rua, primeiro para a vista cintilante de Manhattan ao longe, depois para os sobrados cansados, dilapidados que se enfileiravam no quarteirão. Pilhas de lixo amontoadas nos dois lados da rua, ao lado de vários carros abandonados estacionados nas calçadas de forma aleatória, arqueados como insetos mortos gigantes, sem motor e sem pneus. Observou um grupo de crianças brincando sobre uma das pilhas, saltando como sapos dos sacos de lixo até as pilhas de entulhos, para terminar perto de um hidrante quebrado. Entre o lixo e o entulho que lotavam a rua desolada, na frente do sobrado de Bunch, estava seu reluzente Buick Electra 225 preto, parado diante de sua casa como um diamante lapidado.

— Essa maldita cidade — comentou.

— Uh-hum — concordou Earl, sem confiar em si mesmo para falar algo além daquilo.

Bunch o ignorou, a mente agitada.

— Os policiais não se importam com Deems — falou. — Não há um pio sobre o tiroteio nos jornais. Nem mesmo no *Amsterdam News*. Os judeus no Queens são a notícia da vez. E o tumulto em Brownsville.

— Que tumulto?

— Você não lê os jornais? Semana passada, um garoto foi baleado lá.

— Um garoto branco ou negro?

— Mano, sua cabeça é à prova de som? É Brownsville, negão!

— Ah, sim, sim, essa notícia é velha — disse Earl. — Li sobre isso. Ele não estava roubando um velho ou algo do tipo?

— Quem se importa? O tumulto atraiu todo a força policial da 76ª Delegacia. Isso é bom pra gente. Precisamos que os policiais fiquem lá até endireitarmos nosso negócio no Cause. Vou dizer o que você deve fazer: ligue na minha loja do Steak N Go e diga para Calvin e Justin tirarem o dia inteiro de folga. Diga para eles comprarem flores para a família, bolo e café. Faça com que levem essas coisas até onde os caras do protesto então reunidos, onde quer que o ponto de encontro deles seja. Provavelmente em alguma igreja. Diga para levarem frango também, agora que pensei melhor. — Deu uma risada amarga. — Nenhuma ideia flui por esses tipos do Cadillac de Martin Luther King até que comam frango. Chame Willard Johnson para ajudar a organizar. Ele ainda está por lá, não está?

— Will ligou ontem.

— Para quê?

— Disse que estava meio sem dinheiro com isso, o que quer que seja essa coisa. A coisa da cidade que estamos fazendo, a coisa do programa de pobreza...

— A Autoridade de Redesenvolvimento?

— Sim. Precisa de um pouco de ajuda. Para o aluguel e a conta de luz do escritório. Só para ajudar a superar o problema.

Bunch bufou.

— Merda. O único problema no qual aquele negão está interessado tem coxas como a Calpúrnia. Ele gosta mesmo é das garotas grandes do campo.

Earl ficou em silêncio enquanto Bunch começou a andar de um lado para o outro.

— Tenho que dar um jeito no negócio do Habitacional Cause. Me fale mais sobre o cara que atirou em Deems.

— Não sei nada dele. Um velho que ficou bêbado e deu um tiro nele. Um diácono de uma das igrejas de lá.

Bunch parou de andar.

— Por que não me falou isso antes?

— Você não perguntou.

— Que tipo de igreja? Igreja grande ou pequena?

— Mano, eu não sei. O Cause tem quatorze igrejas para cada homem, mulher e criança. Pelo que ouvi, é uma igrejinha de nada.

Bunch pareceu aliviado.

— Tudo bem. Ache o cara. Ache a igreja. Primeiro vamos lidar com ele. Temos que demonstrar força ou teremos todo traficante do sul do Brooklyn avançando pelas nossas bordas. Faça parecer um assalto. Roube o dinheiro dele, se tiver algum. Corte ele um pouco. Mas não muito. Não queremos deixar o povo da igreja em pânico. Depois disso, vamos até a igreja como a Autoridade de Redesenvolvimento, diremos que sentimos muito sobre todo este crime e horror em nossa comunidade, e assim por diante. Vamos acalmá-los comprando alguns livros de canto ou Bíblias e prometemos um pouco do dinheiro do redesenvolvimento da cidade para eles. Mas temos que endireitar aquele velho primeiro.

— Por que não deixamos o rapaz de lá tomar conta dele? Ele diz que pode.

— De sua cama no hospital?

— Ele já está em casa.

— Não posso administrar meus negócios esperando que um garoto qualquer arranque o curativo. Vá lá e cuide do velho, antes que as coisas em Brownsville esfriem.

Earl franziu o cenho.

— Aquele não é nosso território, Bunch. Não conheço os jogadores da área. Não é para isso que pagamos Joe Peck? Para ser nosso fornecedor e tudo mais? Ele tem os policiais da região nos bolsos. Conhece todo mundo por lá. Por que não liga para ele?

Bunch deu de ombros.

— Eu liguei. Falei que nós mesmos resolveríamos o caso.

Earl tentou esconder a surpresa.

— Por quê?

Bunch olhou pela janela e decidiu arriscar.

— Tenho um plano para me livrar dele. Conseguir nosso próprio fornecedor.

Earl ficou em silêncio por um instante, pensando no que tinha ouvido. Esse não era o tipo de informação que Bunch passaria por acaso. Aquilo o colocava um pouco mais fundo nas coisas de Bunch. Não tinha certeza se era algo bom ou seguro — seguro sendo a palavra-chave.

— Peck é da família Gorvino, Bunch.

— Estou pouco me fodendo se ele é da família de George Washington. Os Gorvino não são mais o que costumavam ser. Não gostam mais de Peck, de todo jeito — comentou Bunch.

— Por que não?

— Ele é muito selvagem.

— Tô ligaaaado — disse Earl, ignorando o olhar irritado de Bunch. Estava distraído. Precisava de tempo para pensar naquilo, porque não sabia o que dizer e sentia que estava indo da frigideira para o fogo. O Habitacional Cause o deixava nervoso. Além de pegar dinheiro e entregar umas drogas lá uma vez por semana, ele não conhecia muito bem os projetos habitacionais. Coçou o queixo, pensativo. — Mesmo que os Gorvino estejam azedos com Peck, ainda temos que lidar com o Elefante. Um irmão podia acabar no porto usando sapatos de concreto por mexer com o Elefante. Lembra de Mark Bumpus? Cruzou o caminho do Elefante. O que sobrou dele foi largado lá no porto sem mais instruções. Ouvi dizer que o tiraram da água em pedaços.

— Bumpus era cabeça-dura. Um contrabandista. O Elefante não trafica drogas.

— É, mas ele tem o cais.

— Só o cais dele. Tem outras docas por lá.

— O Elefante se preocupa com o Cause, Bunch. É território dele.

— Quem disse isso?

— Todo mundo. Nem Peck e os Gorvino mexem com o Elefante.

— O Elefante não é da família Gorvino, Earl. Lembre-se disso. Ele trabalha com eles, mas está basicamente por conta própria. Se não forem cigarros, pneus ou geladeiras, ele não tem interesse.

— Espero que não — disse Earl, coçando a orelha, o rosto marcado pela dúvida. Esmagou o cigarro e brincou com o lápis. — Bumpus não foi o único que acabou encontrando a liberdade negra no fundo do porto graças ao Elefante. Ouvi dizer que a festa é boa quando o cara fica zangado.

— Pegue seu tíquete de metrô e vá andando, tá bom? Já falei para você, não vamos mexer com o Elefante. Ele não está interessado nos nossos negócios. Ele e Peck não são próximos. Enquanto cuidarmos dos nossos negócios discretamente, ficaremos bem. Essa é nossa chance de passar Peck para trás e ganhar muita grana.

— Como vamos manter nosso fornecimento sem Peck? — perguntou Earl.

— Isso é problema meu. — Bunch se sentou na mesa, tirou o gorro africano *kente kufi* e passou a mão pelos cabelos grossos e escuros. — Vá até o Habitacional Cause e cuide do velho. Arranque o olho dele. Quebre seu braço. Coloque fogo em suas roupas. Mas não o mate. Apenas espanque um pouco, como se fosse um assalto que deu errado. Depois faremos uma pequena doação para a igreja, do nosso fundo de redesenvolvimento, e é isso.

— Que merda, Bunch. Eu preferia que Peck fizesse isso. Ou Deems.

Bunch o encarou com severidade.

— Está perdendo a coragem, mano? — disse com suavidade. — Entendo se estiver, porque as coisas vão ficar pesadas em breve.

— Não tem a ver com coragem. Não gosto de espancar nenhum velho e depois pagar para sua igreja.

— Desde quando ganhou consciência?

— Não tem a ver com isso.

— Talvez eu devesse ligar para Harold.

Pela primeira vez, Earl, que estava largado na cadeira ao lado da mesa, se empertigou.

— Por que você vai querer tirar aquilo da jaula?

— Podemos precisar de ajuda extra.

— Você quer apertar o velho ou destruir os projetos habitacionais?

— Onde Harold está morando ultimamente? — perguntou Bunch.

Earl ficou amuado, em silêncio, por um bom minuto.

— Virgínia — respondeu por fim. — Bem que podia ser no Alasca, depois daquele último serviço. Maldito inseto.

— É o tipo de talento do qual podemos precisar se Peck se zangar.

Earl esfregou o queixo com as pontas dos dedos, pensativo. Bunch bateu no ombro do jovem com as duas mãos, por trás, e então massageou os ombros de Earl. Earl ficou olhando fixo para a frente, agora nervoso. Já tinha visto o que Bunch podia fazer de perto com uma faca e, por um momento, um pânico súbito tomou conta dele, e então passou quando Bunch disse:

— Sei como se sente em relação ao pessoal da igreja. Sua mãe era da igreja, não era?

— Isso não quer dizer nada.

Bunch o ignorou.

— A minha também era. Todos nós somos da igreja — falou. — A igreja é uma boa coisa. Uma coisa ótima, na verdade. Constrói nossa comunidade. Graças a Deus. — Abaixou a cabeça até a orelha de Earl. — Não vamos destruir a comunidade, irmão. Estamos construindo-a. Olhe para todas as empresas que tenho. Os empregos que estamos proporcionando. A ajuda que damos às pessoas. São os brancos abrindo lava-rápidos? Administrando locadoras de carros? Restaurantes? Estão nos dando empregos? — Apontou para a janela, para a rua imunda, os carros abandonados, os sobrados desolados. — O que os brancos fazem por nós, Earl? Onde eles estão?

Earl continuou olhando fixo para a frente, em silêncio.

— Vamos dar um monte de dinheiro para a igreja — garantiu Bunch. — Vai dar certo. Está dentro ou fora, mano?

Era uma afirmação, não uma pergunta.

— Claro que estou dentro — murmurou Earl.

Bunch se sentou na mesa novamente, folheando o *Amsterdam News*, e então acenou na direção da porta para Earl.

— Endireite aquele velho. Acerte tudo com ele. Corte uma de suas bolas, se for preciso. Não me importa o que vai fazer. Mande uma mensagem clara, e deixaremos Harold para outro dia.

— Com isso você presume que Harold saiba a diferença entre dia e noite — comentou Earl.

— Só faça o que mandei — falou Bunch.

7

A Marcha das Formigas

ATÉ ONDE QUALQUER UM PODIA SE LEMBRAR, TODO ANO, UM POUCO antes do outono, a Marcha das Formigas do Edifício 17 do Habitacional Cause começava. Elas vinham atrás do queijo de Jesus, que aparecia como mágica no porão das caldeiras de Salsicha Quente uma vez por mês, do qual ele guardava vários pedaços de meio quilo para si e estocava dentro de um grande relógio de pêndulo de chão que ele encontrara há anos em Park Slope e levara até o porão para consertar. O conserto nunca ocorreu, é claro, mas as formigas não se importavam. Seguiam felizes todos os anos até lá, passando por uma fresta na porta da frente do prédio, marchando pelo labirinto de tranqueiras abandonadas, partes de bicicleta, tijolos, ferramentas de encanador e pias velhas que lotavam a sala da caldeira de Salsicha Quente, movendo-se em linhas curvas de até sete centímetros de largura que serpenteavam pelas tranqueiras largadas até o relógio que ficava encostado na parede dos fundos. Subiam pelo vidro laminado quebrado e pelos ponteiros parados do relógio, desciam pelos meandros de suas entranhas até o queijo delicioso e fedorento que os brancos embrulhavam em papel encerado por dentro. Depois de demolir o queijo, a fila seguia adiante, abrindo caminho pela parte de trás do relógio e pela parede, agarrando o que estivesse no caminho — pedaços de sanduíches velhos, bolinhos descartados, baratas, camundongos, ratos e, é claro, seus próprios mortos. Aquelas formigas não eram formigas normais da cidade. Eram formigas grandes e vermelhas do campo, com traseiros imensos e cabeças minúsculas. Ninguém sabia de onde vinham, embora houvesse rumores de que eram vistas vagando pelo Preston Carter Arboretum, em Park Slope, ali perto; outros diziam que um aluno do Brooklyn College tinha derrubado uma proveta cheia delas e assistido, horrorizado, quando a proveta se estilhaçou no chão e as formigas se espalharam.

A verdade era que sua longa jornada até o Brooklyn começara em 1951, graças a um trabalhador colombiano de uma fábrica de processamento de frangos Preston, chamado Hector Maldonez. Aquele foi o ano em que Preston chegou a Nova York, vindo em um cargueiro brasileiro, o *Andressa*. Ele passou os seis anos seguintes vivendo a boa vida da América, antes de decidir se divorciar de sua esposa e namorada de infância, que permanecera obediente em casa com os quatro filhos do casal em uma vila perto de Riohacha, ao norte das montanhas Perijá. Hector era um homem de consciência e, quando voou para casa a fim de explicar à esposa que encontrara um novo amor na América, uma nova esposa porto-riquenha, prometeu que continuaria a sustentá-la, juntamente com as crianças, como sempre. Sua esposa colombiana implorou que ele voltasse para o casamento até então abençoado, mas Hector se recusou.

— Agora sou americano — disse com orgulho.

Só esqueceu de mencionar que, como um americano importante, não podia ter uma esposa da vila, nem a convidou para ir para os Estados Unidos com ele.

Muita angústia e discussão se seguiram a isso, junto a xingamentos, gritos e cabelos arrancados, mas no fim, depois de muitas garantias de que ele continuaria a prover o dinheiro todos os meses para ela e os filhos, sua esposa colombiana concordou, em lágrimas, com o divórcio. Antes que ele partisse, ela fez seu prato favorito, uma travessa de *bandeja paisa*. Ela colocou a mistura de frango, linguiça e pãezinhos embrulhada com cuidado em uma lancheira nova em folha que acabara de comprar e lhe deu quando ele partiu para o aeroporto. Ele pegou a coisa toda enquanto saía correndo pela porta, enfiou alguns dólares na mão dela e partiu para a América sentindo-se leve e feliz, tendo conseguido sua liberdade. Seu avião aterrissou em Nova York bem a tempo de ele chegar no Brooklyn para seu turno na fábrica. Depois de trabalhar o período da manhã, abriu a lancheira para devorar a deliciosa *bandeja paisa* e, em vez disso, encontrou a lancheira cheia de *hormigas rojas asesinas*, as temidas formigas vermelhas da Colômbia, com um bilhete que dizia mais ou menos assim, em espanhol: "Adiós, hijo de puta... nós sabemos que você não vai mandar dinheiro algum!". Hector gritou e jogou a lancheira nova na vala aberta que corria por baixo da fábrica de frango, e que mandava as entranhas das galinhas e outras imundícies por um labirinto de canos que passava por baixo do Habitacional Cause até chegar nas margens do porto. E ali, no agradável aconchego dos canos e da imundície, as formigas viviam em relativa harmonia, incubando seus ovos, devorando umas às outras, e se satisfazendo com camundongos, ratos, peixes, caranguejos, restos de cabeças de peixes e entranhas de frangos, junto a vários outros desafortunados gatos e vira-latas vivos e meio vivos do Habitacional Cause que vagavam pela fábrica de frango para um lanche ocasional, incluindo um pastor alemão chamado Donald, um dos favoritos dos moradores do projeto habitacional. Aparentemente, a pobre criatura caiu no poluído canal Gowanus e quase se afogou engolindo a água malcheirosa. Emergiu das águas destruído, o pelo pintado de laranja e miando como um gato. Cambaleou pelas margens por quase uma hora antes de desmaiar. É claro que as formigas o comeram, junto a outras criaturas inomináveis que espreitavam pelos canos cheios de resíduos e lodo que passavam por baixo da fábrica de frango. As formigas sobreviviam bem até cada outono, quando seus relógios internos as faziam peregrinar até a superfície para fazer o que toda criatura adoradora de Deus, desde o menor filhote do tamanho de uma célula em Victoria Falls até os gigantes monstros-de-gila que vagavam pelo interior do México, fazia, ou devia fazer, ou devia ter feito: elas procuravam Jesus ou, neste caso, o queijo de Jesus, que por acaso ficava no Edifício 17 do Habitacional Cause da Autoridade Habitacional da Cidade de Nova York, guardado por Salsicha Quente, um homem que orava fielmente todos os meses para que o Senhor lhe permitisse colocar sua salsicha ao lado do contrafilé da Irmã Denise Bibb, a melhor organista da igreja no Brooklyn, além de separar fielmente vários pedaços do queijo de Jesus a cada mês para um dia chuvoso, o que todo ano, no outono, servia para o benefício das formigas.

Claro que ninguém no Habitacional Cause prestava muita atenção à Marcha das Formigas. Em um projeto habitacional em que três mil e quinhentos residentes negros e hispânicos amontoavam seus sonhos, pesadelos, cães, gatos, tartarugas, porquinhos-da-Índia, pintinhos, galinhas, pais e primos de queixo duplo de Porto Rico, Birmingham e Barbados, em duzentos e cinquenta e seis apartamentos minúsculos, todos vivendo sob controle da maravilhosamente corrupta Autoridade Habitacional da Cidade de Nova York, que por um aluguel de quarenta e três dólares por mês não dava a mínima se viviam, morriam, cagavam sangue ou andavam descalços desde que não ligassem para o escritório no centro do Brooklyn para reclamar, as formigas eram uma preocupação menor. E nenhum morador em seu juízo perfeito passaria por cima dos poderosos chefões da Autoridade Habitacional, que não gostavam que sua soneca da tarde fosse perturbada por reclamações de menor importância, como formigas, banheiros, assassinos, molestadores de crianças, estupros, apartamentos sem aquecimento ou tinta com chumbo que encolhia o cérebro das crianças até ficarem do tamanho de uma ervilha, em suas locações no Brooklyn, a menos que quisesse uma nova casa dormindo em um banco no Terminal de Ônibus da Autoridade Portuária. Mas teve um ano em que uma senhora do Cause se cansou das formigas e escreveu uma carta para reclamar. A Autoridade Habitacional ignorou, é claro. Mas de algum modo a carta chegou ao *Daily News*, que publicou a história das formigas que ainda não tinham sido vistas. A história despertou um certo interesse público, já que qualquer coisa no Habitacional Cause que não envolvesse negros correndo como baratas tontas e gritando por direitos civis era visto como uma boa notícia. A Universidade de Nova York enviou um biólogo para investigar, mas ele foi assaltado e fugiu. A Faculdade Comunitária de Nova York, desesperada para ultrapassar a Universidade de Nova York no respeito do público, despachou duas estudantes de pós-graduação negras para dar uma olhada, mas ambas tinham provas finais naquele ano e, quando chegaram no Habitacional, as formigas já tinham partido. O orgulhoso Departamento de Ação Ambiental da cidade, que naquela época era formado por *hippies*, *yippies*, desertores, adivinhos e pacifistas que fumavam maconha e discutiam sobre Abbie Hoffman, prometeu dar uma olhada. Mas o comissário da cidade, um polonês de primeira geração e peça-chave no fracassado esforço anual da Sociedade Polaco-Americana de Nova York de conseguir que o Conselho da Cidade homenageasse o general polaco-lituano Andrew Thaddeus Bonaventure Kosciuszko ao dar seu nome para outra coisa que não fosse aquela ponte de merda, meia-boca, cheia de buracos e ferrugem, que atravessava Williamsburg e levava à via expressa Brooklyn-Queens e qualquer suicida que tivesse coragem de vagar pelo trânsito desviado antes de saltar das vigas para se estatelar nas pobres almas lá embaixo, estava chegando no escritório quando sentiu o cheiro do Acapulco Gold dos funcionários *hippies* e comunistas que estavam empenhados em discutir as virtudes daquela organizadora sindicalista do início do século XX, Emma Goldman, e ficou zangado. Cortou o orçamento do departamento pela metade.

A pesquisadora designada para examinar as formigas do Cause foi transferida para a Autoridade de Estacionamentos, onde ficou recolhendo moedas dos parquímetros pelos quatro anos seguintes. Assim, para a maioria da cidade de Nova York, as formigas continuaram um mistério. Eram um mito, um raio de horrível possibilidade anual, uma lenda urbana, um adendo aos anais dos pobres da cidade de Nova York, como o crocodilo Hércules, que diziam viver nos esgotos sob o Lower East Side e que podia saltar dos bueiros e engolir crianças. Ou a jiboia-constritora gigante Sid, do Projeto Queensbridge, que estrangulou o dono e depois deslizou pela janela até a ponte da rua 59, ali perto, seu corpo de três metros camuflado nas vigas acima do tráfego, descendo de vez em quando à noite para puxar um motorista de caminhão azarado por uma janela aberta. Ou o macaco que escapou do circo Ringling Bros. e, segundo dizem, foi viver nos caibros do antigo Madison Square Garden, comendo pipoca e comemorando quando o New York Knicks levou uma surra pela enésima vez. As formigas eram tolices de gente pobre, uma história esquecida de um bairro esquecido em uma cidade esquecida que estava afundando.

E ali elas ficaram, um fenômeno único na República do Brooklyn, onde gatos gritavam como pessoas, cães comiam suas próprias fezes, tias fumavam um cigarro atrás do outro e morriam aos cento e dois anos, um menino chamado Spike Lee viu Deus, os fantasmas dos Dodgers que partiram absorveram toda a possibilidade de esperança, e o desespero sem um tostão governava a vida de idiotas muito negros ou muito pobres para partir, enquanto em Manhattan os ônibus chegavam a tempo, as luzes nunca se apagavam, a morte de uma única criança branca em um acidente de trânsito era uma história de página inteira, enquanto versões falsas das vidas dos negros e dos latinos dominavam os teatros da Broadway, tornando escritores brancos ricos — com West Side Story, Porgy & Bess, Purlie Victorious —, e assim por diante, todos os negócios da realidade do homem branco se agrupando em uma grande bola de neve assimétrica, o Grande Mito Americano, a Grande Maçã, o Big Kahuna, a Cidade que Nunca Dorme, enquanto os negros e latinos que limpavam os apartamentos, tiravam o lixo, faziam música e enchiam as prisões de lamentos dormiam o sono dos invisíveis e funcionavam como cor local. E, enquanto isso, as formigas marchavam todos os outonos, chegando no Edifício 17 e detonando tudo, uma maré estrondosa de minúsculas mortes, devorando o queijo de Jesus, saindo do relógio e da sala das caldeiras, indo para as latas de lixo ao lado da porta do corredor, carregando qualquer sobra de sanduíches ou pedaços de bolo dos almoços murchos, encharcados e não comidos que Salsicha Quente deixava para trás todas as tardes, quando ele e seu amigo Paletó ignoravam a comida em prol de sua bebida favorita, o King Kong. De lá, elas se moviam para produtos mais abundantes nos corredores e armários: ratos e camundongos, que moravam ali em grandes quantidades, alguns mortos, alguns vivos, os camundongos ainda presos nas ratoeiras de cola e em minúsculas caixas de papelão, outros falecidos, tendo sido esmagados pelas mãos de Salsicha Quente, os ratos amassados por sua pá e caídos sob carburadores velhos e para-lamas descartados, entre vassouras e espanadores, cobertos de cal para serem incinerados mais tarde nas gigantes fornalhas de carvão que aqueciam o Habitacional Cause. Depois de jantar tudo isso, as formigas começavam a subir, ascendendo em uma fila larga até o encanamento do banheiro do apartamento 1B, de Flay

Kingsley, onde havia pouca comida ou lixo para ser encontrado, já que a família de oito pessoas da srta. Flay usava na verdade o apartamento 1A, do outro lado do corredor, que estava vazio desde que a sra. Foy, a única inquilina, morrera quatro anos antes e esquecera de avisar o departamento de bem-estar, o que criara o cenário perfeito para que o departamento de bem-estar e o habitacional se culpassem mutuamente pelo ocorrido — já que nenhum departamento contou para o outro. O apartamento estava vazio. O bem-estar pagava o aluguel. Quem saberia? De lá, as formigas subiam para o apartamento da sra. Nelson, o 2C, devorando cascas velhas de melancia e grãos de café que ela guardava em uma lata de lixo para seu canteiro de tomates, depois subiam pelo encanamento até o 3C, a casa da Bum-Bum, onde tinha pouca coisa para pegar, atravessavam o corredor por uma passarela descoberta até a casa do pastor Gee, no 4C, que não tinha absolutamente nada para pegar, já que a Irmã Gee mantinha o lugar impecável, e então pelo banheiro da srta. Izi, no 5C, onde experimentavam todos os tipos de sopas deliciosas de Porto Rico, que todos os anos, no outono, ela esquecia de guardar em potes de vidro, sabendo que as formigas estavam chegando, e por fim até o telhado, onde tentavam realizar um show na corda bamba, agrupando-se em uma escada portátil que conectava o telhado do Edifício 17 ao telhado do edifício vizinho, o 9 — onde conheciam a morte pelas mãos de um grupo de estudantes espertos: Gorro, Trapo, Doce, Palito e Deems Clemens, o melhor arremessador que o Habitacional Cause já vira, e o traficante mais impiedoso da história do lugar.

Deitado na cama no apartamento 5G do Edifício 9, a cabeça envolta em gaze, a mente turva pelos analgésicos, Deems se pegou pensando nas formigas. Sonhara com elas muitas vezes desde que fora hospitalizado. Estava de cama em casa há três dias, e a névoa dos analgésicos e o zumbido constante no lado direito de sua cabeça lhe traziam lembranças estranhas e pesadelos vívidos. Tinha completado dezenove anos dois meses antes e, pela primeira vez na vida, era incapaz de se concentrar ou de se lembrar de coisas. Descobriu horrorizado, por exemplo, que suas lembranças de infância estavam desaparecendo rápido. Não conseguia se lembrar do nome da professora do jardim de infância, nem do nome do treinador de beisebol da Universidade St. John, que telefonava o tempo todo. Não conseguia se lembrar do nome da estação de metrô no Bronx, onde sua tia vivia, ou o nome da loja de carros usados em Sunset Park onde comprara o Pontiac Firebird de segunda mão e depois o vendedor dirigira o carro até sua casa porque Deems não sabia dirigir. Tanta coisa estava acontecendo, tudo rodopiava sem parar, e para uma criança cuja memória quase perfeita antes permitia que ele recolhesse os números dos jogos ilegais de loteria italiana para os apostadores locais sem precisar de papel ou caneta, a coisa toda de perder seu passado era perturbadora. Ocorreu-lhe, enquanto estava deitado na cama naquela tarde, que o zumbido estridente no lado direito de sua cabeça, onde agora estava o resto de sua orelha perdida, podia ser a causa do problema, ou que se houvesse mil coisas das quais você devia se lembrar na vida, e você se esquecesse de todas elas, menos uma ou duas coisas inúteis, talvez essas coisas não fossem tão inúteis. Não conseguia acreditar em como era bom se lembrar das formigas idiotas do Edifício 17. Fazia dez anos desde que ele e seus amigos tinham imaginado formas incríveis de deter a invasão em seu amado Edifício 9. Sorriu com a lembrança. Eles tentaram de tudo: afogamento. Veneno. Gelo. Fogos de artifício, aspirina embebida em refrigerante, gema de ovo crua borrifada com água sanitária, óleo de fígado de bacalhau misturado com tinta e, em um ano, seu melhor amigo, Doce, conseguiu um gambá. A família de Doce tinha visitado parentes no Alabama, e o menino escondeu a criatura no porta-malas do Oldsmobile de seu pai. O gambá chegou no Brooklyn doente e prostrado. Foi enfiado em uma caixa de papelão lacrada, com um buraco de entrada, e colocado no caminho das formigas no telhado do Edifício 9. As formigas chegaram e subiram obedientes para dentro da caixa e começaram educadamente a devorar o gambá, até o ponto em que o gambá voltou à vida, se contorcendo e chiando, o que fez com que os garotos, assustados, jogassem um copo de querosene na caixa e tacassem fogo. O sopro súbito das chamas causou pânico, e eles chutaram a coisa toda para fora do telhado, que aterrissou na praça, seis andares abaixo — uma má ideia, já que certamente aquilo atrairia a ira dos adultos de um jeito ou de outro. Foi Deems quem os salvou. Ele pegou um balde de dezoito litros, que tinha sido largado no telhado por uma equipe de trabalhadores e, correndo escada abaixo, recolheu os restos da coisa toda e saiu em disparada para o porto, jogando tudo na beira d'água. Tornou-se o líder de toda a garotada depois disso, aos dez anos de idade, e continuou líder deles desde então.

Mas líder do quê?, pensou amargo, deitado na cama. Virou-se de lado, gemendo.

— Tudo está desmoronando — resmungou em voz alta.

— O que você disse, mano?

Deems abriu os olhos e ficou surpreso ao ver dois membros de sua gangue, Gorro e Lâmpada, sentados aos pés de sua cama, encarando-o. Pensou que estava sozinho. Virou-se rapidamente para a parede, dando as costas para eles.

— Você está bem, Deems? — perguntou Lâmpada.

Deems o ignorou, encarando a parede, tentando pensar. Como tudo isso começara? Não conseguia se lembrar. Tinha quatorze anos quando seu primo mais velho, Galo, abandonou a Universidade da Cidade de Nova York e começou a ganhar muito dinheiro vendendo heroína, principalmente para os drogados do Habitacional Watch. Galo mostrou a ele como fazer aquilo e, bang, cinco anos se passaram. Já fazia tanto tempo assim? Agora ele tinha dezenove, tinha quatro mil e trezentos dólares no banco; sua mãe odiava sua coragem; Galo estava morto, assassinado em um roubo de drogas; e ele estava deitado em sua cama, sem a orelha direita.

Maldito Paletó.

Deitado ali, olhando para a parede, o cheiro de tinta à base de chumbo entrando em suas narinas, Deems pensou no velho não com raiva, mas sentindo-se confuso. Não conseguia entender. Se havia uma pessoa no Cause que não ganharia nada em atirar nele, era Paletó. Paletó não tinha nada para provar. Se havia uma pessoa no Cause que podia retrucar, encantar, gritar, xingar, brincar, provocar, mentir para ele e depois se safar, era o velho Paletó. Paletó fora seu treinador no beisebol. Paletó fora seu professor na escola dominical. Agora não passa de um bêbado, Deems pensou com amargura, embora isso nunca o tenha afetado antes. Percebeu que, até onde podia se lembrar, Paletó estava mais ou menos bêbado, mas, mais importante, fora sempre o mesmo — consistente. Nunca reclamava ou dava opiniões. Não julgava. Não se importava. Paletó cuidava de suas coisas, e era por isso que Deems gostava dele. Porque se tinha uma única coisa naquele maldito Habitacional Cause — em todo o Brooklyn, para falar a verdade — que Deems odiava era gente que reclamava por nada. Pessoas que não tinham nada reclamando por nada. Esperando Jesus. Esperando Deus. Paletó não era assim. Gostava de beisebol e de beber. Bem simples. Paletó ia à igreja também, Deems observou, quando sua esposa, a sra. Hettie, o obrigava. Então dava para ver que o velho e ele eram iguais. Estavam presos na casa de Jesus.

Há muito tempo, Deems percebera que Paletó era diferente dos maníacos por Jesus. Paletó não precisava de Jesus. Claro que agia como se precisasse, assim como todos os adultos na Igreja das Cinco Pontas. Mas Paletó tinha algo que ninguém nas Cinco Pontas, ninguém nos projetos, ninguém que Deems Clemens conhecera durante seus dezenove anos vividos no Habitacional Cause, tinha.

Felicidade.

Paletó era feliz.

Deems deu um suspiro pesado. Nem mesmo Pop-Pop, seu avô, o único homem que conhecera como pai, não tinha sido feliz. Pop-Pop falava grunhindo e governava sua casa com punhos de ferro, despencando em sua poltrona no fim do dia, depois do trabalho, com uma cerveja na mão, ouvindo o rádio a noite toda até adormecer. Pop-Pop era a única pessoa que o visitava enquanto ele esteve na prisão juvenil. Sua mãe não se incomodara em ir. Como se as horas falando sobre Jesus e a Bíblia substituíssem um beijo, um sorriso, uma refeição juntos, um livro lido para ele à noite. Ela sentava a vara no couro dele à menor ofensa, e raramente via algo bom no que ele fazia, nunca foi aos seus jogos de beisebol, e o arrastava para a igreja aos domingos. Comida. Abrigo. Jesus. Esse era o lema dela. "Eu mexo com ovos, açúcar e bacon doze horas por dia, e você nem agradece a Jesus por ter um lugar para viver. Obrigada, Jesus". Jesus o escambau.

Deems queria que ela o entendesse. Ela não conseguia. Não havia ninguém em sua casa que conseguisse. Ele queria ser um igual. Mesmo quando ainda era criança, via quão estúpida era toda aquela coisa, todas aquelas pessoas amontoadas naqueles apartamentos minúsculos de merda. Até um cego como Dedos Gorduchos podia ver. Já tinha falado com Dedos Gorduchos sobre isso, anos atrás, quando estavam na escola dominical. Ele tinha nove anos, e Dedos Gorduchos tinha dezoito. Embora já fosse adolescente, Dedos Gorduchos era mandado para a escola dominical com as crianças menores durante o culto porque diziam que ele era "lento". Uma vez Deems perguntou se ele se importava. Dedos Gorduchos disse simplesmente:

— Não. Os lanches aqui são melhores.

Eles estavam no porão, e um professor da escola dominical estava tagarelando sobre Deus, e Dedos Gorduchos estava sentado atrás dele, e ele o viu sentir o ar com as mãos até que sua mão pousou no ombro de Deems, e Dedos Gorduchos se inclinou para a frente e disse:

— Deems, eles acham que somos retardados?

Aquilo o surpreendeu.

— Claro que não somos retardados — replicou.

Até Dedos Gorduchos sabia. Claro que sabia. Ele não era lento. Dedos Gorduchos era inteligente, se lembrava de coisas que ninguém mais lembrava. Conseguia lembrar quantas rebatidas simples Cleon Jones do New York Mets acertou contra o Pittsburgh Pirates no treino de primavera no ano anterior. Sabia dizer quando a Irmã Bibb estava se sentindo enjoada enquanto tocava o órgão da igreja, só de ouvir seus pés nos pedais. Claro que Dedos Gorduchos era inteligente, porque era filho do Paletó. E Paletó tratava as crianças como iguais, incluindo a sua. Quando Paletó ensinava na escola dominical, as palavras do Senhor eram feitas de doces e chicletes, brincadeiras de pega-pega no porão da igreja com programas amassados em formato de bola enquanto a congregação cantava e gritava no andar de cima. Certa vez, Paletó até levou a classe, em um domingo pela manhã, para uma volta no porto, onde tinha escondido uma vara de pescar, e jogou a linha na água, enquanto Deems e as outras crianças brincavam e sujavam a roupa. Quanto ao beisebol, Paletó era um mago. Tinha organizado o time All-Cause. Ensinou como pegar e como jogar a bola corretamente, como se posicionar, como bloquear a bola com o corpo se necessário. Depois de treinar nas preguiçosas tardes de verão, ele reunia a criançada e contava histórias de jogadores de beisebol mortos há muito tempo, jogadores das antigas ligas negras com nomes que soavam como marcas de doce: Cool Papa

Bell, Golly Honey Gibson, Smooth Rube Foster, Bullet Roga, caras que batiam a bola a cento e cinquenta metros de altura no ar quente de agosto em algum parque distante, em algum lugar no sul, as histórias voando alto sobre suas cabeças, sobre o porto, sobre o campo de beisebol sujo, muito além dos projetos habitacionais rudes e quentes onde viviam. As ligas negras, dizia Paletó, eram um sonho. Ora, os jogadores das ligas negras tinham músculos nas pernas que pareciam rochas. Percorriam as bases tão rápido que pareciam um borrão, mas suas esposas corriam mais rápido! As mulheres? Senhor... as mulheres jogavam beisebol melhor que os homens! Rube Foster mandou uma bola tão longe no Texas que tiveram que pegar um trem para trazê-la do Alabama! Adivinha quem trouxe a bola de volta? A esposa dele! Bullet Rogan acertou dezenove rebatidas direto, até que chegou a vez de sua esposa e ela mandou seu primeiro arremesso para fora do campo. E de onde você acha que Golly Honey Gibson conseguiu seu apelido? De sua esposa! Foi ela quem fez ele ficar bom. Ela acertou nove tacadas dele para praticar, a bola viajando como um míssil na altura do seu rosto por cento e vinte metros, com tanta força que ele deu um pulo para sair do caminho, gritando: "Golly, honey." Se Golly Honey Gibson fosse melhor, ele seria uma garota!

As histórias eram malucas, e Deems nunca acreditara nelas. Mas o amor de Paletó pelo jogo encharcava Deems e seus amigos como chuva. Ele comprou bastões, bolas, luvas e até capacetes de beisebol para a garotada. Era o árbitro do jogo anual contra o Habitacional Watch e treinava o time ao mesmo tempo, usando uma roupa de árbitro hilária — máscara, protetor peitoral e um casaco preto de árbitro —, correndo de base em base, mantendo jogadores que deviam sair e mandando sair jogadores que deviam ficar e, quando cada lado reclamava, ele dava de ombros e mudava as regras e, quando a gritaria era demais, ele berrava: "Vocês me obrigam a beber!", o que fazia todo mundo gargalhar ainda mais. Só Paletó conseguia fazer com que as crianças dos dois projetos habitacionais, que se odiavam por motivos há muito esquecidos, se juntassem no campo de beisebol. Deems se espelhava nele. Parte dele queria ser como Paletó.

— O maldito me deu um tiro — murmurou Deems, ainda encarando a parede. — O que foi que eu fiz para ele?

Atrás de si, ouviu Lâmpada dizer:

— Mano, temos que falar.

Deems se virou e abriu os olhos, encarando os dois. Ambos tinham ido para o parapeito da janela, Gorro fumando nervoso, olhando para fora, Lâmpada o encarando. Deems sentiu sua têmpora. Havia um grande pedaço de curativo ali, envolvendo sua cabeça. Parecia que seu corpo tinha sido espremido em um torno. Suas costas e pernas ainda ardiam, doendo da queda do banco da praça. A orelha, a que estava machucada, doía muito — pelo menos o que restara dela.

— Quem está cuidando da praça? — perguntou ele.

— Palito.

Deems assentiu. Palito só tinha dezesseis anos, mas era da gangue original, então estava tudo bem. Deems olhou o relógio de pulso. Era cedo, apenas onze da manhã. Os clientes usuais não apareceriam no mastro da bandeira até o meio-dia, o que dava tempo para Deems colocar seus vigias nos quatro edifícios que davam para a praça a fim de espiar a chegada de policiais e avisar em caso de qualquer problema.

— Quem é o vigia no Edifício 9? — quis saber Deems.

— No Edifício 9?

— Sim, no Edifício 9.

— Não tem ninguém lá agora.

— Mande alguém lá para vigiar.

— Para quê? Não dá para ver a praça do mastro de lá.

— Quero alguém lá procurando as formigas.

Os garotos o encararam, confusos.

— As formigas? — perguntou Lâmpada. — Está falando das formigas que aparecem, aquelas com as quais costumávamos brincar quando...

— O que acabei de dizer, cara? Sim, as malditas formigas.

Deems ficou em silêncio quando a porta se abriu. Sua mãe entrou no quarto com um copo de água e um punhado de comprimidos. Colocou-os na mesinha de cabeceira perto de sua cama, olhou de relance para ele e para os dois rapazes e saiu sem dizer uma palavra. Ela não falara mais do que seis palavras com o filho desde que ele saíra do hospital, há três dias. De todo modo, ela nunca dizia mais do que seis palavras para ele, nada além de: "Estou orando para que você mude".

Ele a observou sair do quarto. Sabia que as discussões, os gritos e os xingamentos viriam mais tarde. Não importava. Ele ganhava o próprio dinheiro. Podia tomar conta de si se ela o expulsasse de casa... talvez. Mas logo poderia, pensou. Deems alongou o pescoço para diminuir a tensão e o movimento causou um disparo de dor pelo seu rosto, depois desceu pelas costas como uma explosão. Era como se o interior de sua cabeça estivesse sendo queimado. Ele empalideceu, pestanejou e viu uma mão estendida na direção de seu rosto. Era Lâmpada, segurando a água e os comprimidos.

— Tome o remédio, mano.

Deems pegou os comprimidos e a água, engoliu tudo e falou:

— Em quais apartamentos elas entraram?

Lâmpada pareceu intrigado.

— Quem?

— As formigas, mano. Em quais apartamentos elas entraram no ano passado? Seguiram a mesma trilha de sempre? Subiram do porão de Salsicha no 17?

— Por que está se preocupando com isso? — Lâmpada quis saber. — Temos um problema. Earl quer ver você.

— Não quero saber de Earl — ele respondeu. — Perguntei sobre as formigas.

— Earl está zangado, mano.

— E quanto às formigas?

— Qual é o seu problema? — perguntou Lâmpada. — Esqueça as formigas. Earl diz que precisa cuidar do Paletó. Diz que vamos perder a praça para o Habitacional Watch se não fizermos algo.

— Vamos cuidar disso.

— Não temos que fazer nada. Earl diz que vai cuidar pessoalmente do Paletó. O sr. Bunch mandou ele fazer isso.

— Não precisamos do Earl nos nossos negócios.

— Como eu disse, o sr. Bunch não está feliz.

— Para quem você trabalha? Para mim? Ou para Earl e o sr. Bunch?

Lâmpada se sentou em silêncio, intimidado. Deems prosseguiu:

— Você estiveram por lá?

— Todo dia ao meio-dia — garantiu Lâmpada.

— Como vão os negócios?

Lâmpada, sempre um idiota, sorriu, pegou um maço de dinheiro e o estendeu para Deems, que olhou de relance para a porta, por onde sua mãe desaparecera, e disse em voz baixa:

— Guarde isso, cara.

Constrangido, Lâmpada guardou o dinheiro.

— Lâmpada, veio alguém do Habitacional Watch? — perguntou Deems.

— Ainda não — disse Lâmpada.

— O que quer dizer com "ainda não"? Ouviu dizer que vão aparecer?

— Não sei, cara — disse Lâmpada, perdido. — Nunca passei por isso antes.

Deems assentiu. Lâmpada estava assustado. Não tinha coragem para esse tipo de jogo. Ambos sabiam disso. Era só a amizade que os mantinha próximos, Deems pensou com tristeza. E amizade era um problema nesse ramo. Olhou novamente para Lâmpada, seu cabelo afro cobrindo o crânio estranhamente esculpido, que de algum modo lembrava a vista lateral de uma lâmpada de sessenta watts, daí seu apelido. Um início de cavanhaque crescia em seu queixo, dando a Lâmpada uma aparência descolada, quase hippie. Não importa, pensou Deems. Ele vai estar viciado em heroína em um ano. Podia sentir isso. O olhar de Deems passou para o pequeno e troncudo Gorro, que era tranquilo, mais sólido.

— O que acha, Gorro? O pessoal do Watch vai tentar tomar nossa praça?

— Não sei. Mas acho que aquele zelador é da polícia.

— Salsicha Quente? Salsicha é um bêbado.

— Não. O cara jovem. Jet.

— Achei que tinha dito que Jet foi preso.

— Isso não quer dizer nada. Você já viu os tênis dele?

Deems se recostou no travesseiro, pensando. Tinha notado os tênis. PF Flyers baratos.

— Ele usa umas porcarias baratas — concordou. Mesmo assim, Deems pensou, se Jet não tivesse gritado, Paletó teria... Esfregou a cabeça; o zumbido em seu ouvido agora tinha se transformado em uma dor formigante, que descia pelo pescoço e atravessava os olhos, apesar dos remédios. Pensou na teoria de Gorro e disse: — Quem estava de vigia no telhado dos Edifícios 17 e 34 naquele dia?

— Fissura estava no 17. Vance estava no 34.

— Eles não viram nada?

— Não perguntamos.

— Pergunte — disse Deems. Então, depois de um instante, acrescentou: — Acho que Earl nos vendeu gato por lebre.

Os dois garotos se entreolharam.

— Earl não atirou em você, mano — disse Lâmpada. — Foi Paletó.

Deems pareceu não o ouvir. Fez várias contas mentais rápidas e então falou:

— Paletó é um bêbado. Não tem uma gangue. Não se preocupem com ele. Earl... Pelo que o pagamos, acho que ele nos traiu. Armou para a gente.

— Por que acha isso? — perguntou Lâmpada.

— Como é que o Paletó conseguiu chegar até mim sem ninguém o impedir? Talvez não seja nada. Provavelmente o velho Paletó só perdeu a cabeça. Mas a venda de cavalo está em alta, está decolando. É mais fácil roubar alguém do que ficar parado nos cantos vendendo burra a cinco ou dez centavos o pacote. Andei falando para o chefe do Earl que precisamos de mais proteção aqui... Armas, sabem? Falei isso o ano inteiro. E precisamos de mais alegrias nessa farra do dinheiro. Só ficamos com quatro por cento. Devíamos tirar cinco ou seis, ou mesmo dez, considerando o tanto do bagulho que movemos. Eu estava com todo o caixa quando levei o tiro. Acordei no hospital, e o dinheiro tinha sumido. Provavelmente os tiras pegaram. Agora tenho que devolver tudo aquilo, mais os dez por cento que Bunch cobra pelo atraso. Ele não dá a mínima para os nossos problemas. Por meros quatro por cento? A gente ia se dar melhor se tivéssemos nosso próprio fornecedor.

— Deems, estamos indo bem agora — comentou Gorro.

— Então como é que não tenho seguranças para me proteger? Quem temos lá fora? Vocês dois. Fissura no Edifício 17. Vance no 34. E um bando de crianças. Precisamos de homens. Com armas, mano. Não é para isso que eu pago o Earl? Quem cuida da nossa retaguarda? Movemos muita coisa aqui. Earl devia mandar alguém.

— Earl não manda nada — disse Gorro. — O sr. Bunch é quem manda.

— Tem quem manda mais do que ele — comentou Deems. — O sr. Joe. É com ele que devíamos falar.

Os dois garotos se entreolharam. Todos conheciam o "sr. Joe": Joe Peck, cuja família tinha uma funerária na rua Silver.

— Deems, ele é da máfia — falou Gorro devagar.

— Ele gosta de dinheiro, assim como a gente — garantiu Deems.

— Ele mora a três ruas daqui, mano. O sr. Bunch é só um intermediário lá de Bed-Stuy.

Gorro e Lâmpada ficaram em silêncio. Gorro falou primeiro.

— Não sei, Deems. Meu pai trabalhou muito tempo no píer com os italianos. Disse que a gente não deve mexer com eles.

— Seu pai sabe tudo? — perguntou Deems.

— Só estou dizendo. Supondo que o sr. Joe é como o Elefante — falou Gorro.

— O Elefante não mexe com drogas.

— Como você sabe? — perguntou Gorro.

Deems ficou em silêncio. Eles não precisavam saber tudo.

Lâmpada falou:

— Do que estão falando? Não temos que mexer com o Elefante, nem com o sr. Joe, nem com ninguém mais. Earl disse que vai cuidar disso. Deixem que cuide. O velho Paletó é o problema. O que você vai fazer a respeito?

Deems ficou em silêncio por um momento. Lâmpada tinha dito "você" em vez de "nós". Guardou aquela informação para depois, e aquilo o fez ficar triste de novo. Primeiro tinha mencionado as formigas, e eles mal se lembravam. Proteger nosso prédio! Esse era o objetivo. O Cause. Proteger nosso território! Eles não se importavam com isso. Agora Lâmpada já estava falando "você". Queria que Doce estivesse ali. Doce era leal. E tinha coração. Mas a mãe de Doce o mandara para o Alabama. Tinha escrito para Doce e pedido para ir visitá-lo, e Doce respondera dizendo "venha", mas quando Deems escreveu uma segunda carta, Doce nunca mais respondeu. Gorro, Fissura, Vance e Palito eram todos em quem podia confiar agora. Não era uma gangue boa o bastante se o Habitacional Watch resolvesse encarar. Lâmpada, pensou com amargura, estava fora.

Virou-se para Gorro, e a dor em sua orelha atravessou sua cabeça. Fez uma careta e perguntou:

— Paletó anda por essas partes?

— Um pouco. Bebendo como sempre.

— Mas está por aí?

— Não como sempre. Mas ainda está aqui. Assim como Dedos Gorduchos — disse Gorro, referindo-se ao filho cego de Paletó. Dedos Gorduchos era um acessório amado no Habitacional Cause, sempre andando livremente por aí, com frequência levado de volta para a porta de sua casa por algum vizinho que encontrara no caminho. Os garotos o conheciam a vida inteira. Era um alvo fácil.

— Não precisamos mexer com Dedos Gorduchos — disse Deems.

— Só estou dizendo.

— Não fode com o Dedos Gorduchos.

Os três ficaram em silêncio enquanto Deems pestanejava, perdido em pensamentos. Por fim falou:

— Ok. Deixarei Earl tomar conta do assunto... só desta vez.

Imediatamente, os dois garotos ficaram taciturnos. Agora Deems se sentia pior. Eles queriam cuidar do Paletó, ele concordara, e agora estavam tristes. Maldição!

— Parem de ser uns chorões — falou Deems. — Vocês disseram que tínhamos que fazer isso, e agora está feito. Caso contrário, o Habitacional Watch vai causar um tiroteio na praça. Então deixem que Earl cuide de Paletó.

Os dois garotos ficaram olhando fixo para o chão. Nenhum olhou para o outro.

— É assim que tem que ser.

Eles continuaram em silêncio.

— Esta é a última vez que deixamos Earl se meter nos nossos negócios — avisou Deems.

— A coisa é que... — Gorro disse baixinho, mas parou.

— A coisa é o quê?

— Bem...

— Que diabos está acontecendo com você, cara? — disse Deems. — Está com tanto medo do Earl que quer que ele cuide dos nossos assuntos.

Ok, falei para deixar que ele cuide. Está feito. Diga para ele ir em frente. Direi eu mesmo quando conseguir ficar em pé.

— Tem mais uma coisa — disse Gorro.

— Fala logo, homem!

— A coisa é que, quando Earl passou por aqui ontem, ele também estava perguntando sobre o Salsicha.

Outro golpe. Salsicha era um amigo. Ajudava Paletó no beisebol nos velhos tempos. Salsicha distribuía queijo para as famílias deles todos os meses. Todo mundo sabia sobre Salsicha Quente e a Irmã Bibb, a organista da Igreja das Cinco Pontas. Ela também era tia de Gorro.

Esse é o problema, pensou Deems. Todo mundo é parente de todo mundo nesses malditos projetos habitacionais.

— Provavelmente Earl acha que Salsicha está escondendo Paletó — comentou Gorro. — Ou que Salsicha está nos dedurando para os tiras.

— Salsicha não dedura ninguém — escarneceu Deems. — Trabalhamos bem na cara dele. Ele não é informante.

— Todo mundo no Cause sabe disso. Mas Earl não é do Cause.

Deems olhou de canto de olho para Gorro, depois para Lâmpada. Um parecia preocupado, o outro, assustado. Assentiu:

— Tudo bem. Deixem comigo. Earl não vai fazer nada com o Salsicha. Vou falar com ele. Enquanto isso, escutem: em uma ou duas semanas, será a Marcha das Formigas. Vocês dois se revezem no alto do Edifício 9 como costumávamos fazer. Me avisem quando as formigas chegarem. Vocês são os únicos que sabem como fazer isso.

— Para quê? — perguntou Lâmpada.

— Apenas façam o que eu mando. Quando perceberem os sinais de que elas estão chegando, onde quer que eu esteja, venham me buscar. Ao primeiro sinal, venham me chamar. Entenderam? Vocês se lembram dos sinais, certo? Sabem o que precisam procurar?

Os dois concordaram.

— Falem.

Gorro falou:

— Camundongos e ratos fugindo por aquele corredorzinho perto do telhado. Bandos de baratas correndo por ali também.

— Isso mesmo. Venham me chamar se verem isso. Entendido?

Os dois assentiram. Deems olhou para o relógio de pulso. Era quase meio-dia. Sentia-se sonolento; os remédios estavam fazendo efeito.

— Vão lá para baixo e ajudem Palito a ganhar algum dinheiro pra gente. Coloquem todos os vigias nos edifícios e paguem eles depois, não antes. Gorro, verifique o telhado do 9 antes de ir para a praça.

Ele viu o olhar de preocupação no rosto dos dois.

— Fiquem frios. Tenho um plano. Tudo vai voltar ao normal em pouco tempo — garantiu.

Com isso, Deems se deitou de lado, com a orelha coberta com o curativo para cima, fechou os olhos e dormiu o sono de um garoto perturbado que, ao longo de uma hora, tinha de repente se tornado o que sempre quisera ser: não um garoto do pior projeto habitacional da cidade de Nova York, um garoto infeliz e sem sonhos, sem casa, sem direção, sem segurança, sem aspirações, sem chaves de casa, sem quintal, sem Jesus, sem ensaios da banda, sem uma mãe que o ouvisse, sem um pai que o conhecesse, sem um primo que lhe mostrasse o certo e o errado. Não era mais um garoto que lançava uma bola de beisebol a cento e vinte quilômetros por hora aos treze anos, porque então era a única coisa na sua vida lamentável que podia controlar. Tudo aquilo era passado. Agora ele era um homem com um plano e tinha que fazer uma grande jogada, não importava o que acontecesse. Esse era o jogo.

8

A escavação

TRÊS DIAS DEPOIS DE SALSICHA QUENTE PREVER SUA DESGRAÇA, Paletó decidiu parar no Habitacional Watch para ver seu amigo Rufus. Apesar da previsão de Salsicha de que o mundo ia acabar, Paletó não via sinais daquilo. Saiu cambaleando pelo Edifício 9, como sempre, discutindo com Hettie no corredor, e então foi até o escritório da Previdência Social no centro do Brooklyn, onde o ignoraram, e depois até um de seus vários trabalhos. As senhoras da Igreja das Cinco Pontas se ofereceram para acompanhar Dedos Gorduchos ao ponto de ônibus que o levava até o centro social e até deixavam-no passar a noite com uma delas, revezando entre si.

— A Cinco Pontas cuida dos seus — Paletó se gabava para os amigos, embora tivesse de admitir que seus amigos eram cada vez menos agora que Hettie se fora e o dinheiro do Natal sumira. As senhoras da igreja que ajudavam com Dedos Gorduchos não falavam uma palavra sobre o assunto, o que o fazia se sentir ainda mais culpado por não saber a localização do dinheiro. Paletó vira todos eles colocarem seus preciosos envelopes com os dólares e centavos na bandeja de coleta do Clube de Natal todas as semanas. Já procurara o Reverendo Gee em seu escritório depois dos estudos bíblicos para limpar o ar.

— Não escondi aquele dinheiro — falou Paletó para o Reverendo Gee.

— Entendo — respondeu o Reverendo Gee. Era um homem bem--humorado, engraçado, bonito, com uma covinha no queixo e um dente de ouro que brilhava quando ele sorria, o que era frequente. Mas ele não estava sorrindo naquele dia. Parecia perturbado. — Alguns na congregação estão irritados com isso — disse, com cuidado. — Os diáconos e as diaconisas tiveram uma reunião sobre isso ontem. Entrei lá por um minuto. Algumas palavras acaloradas foram lançadas.

— O que você disse?

— Não havia nada que eu pudesse dizer. Ninguém sabe quanto tinha na caixa ou quem colocou o que lá. Um diz que colocou certa quantia. Outro diz que colocou muito mais. As diaconisas estão do seu lado; elas entendem Hettie. Mas os diáconos, não. — Ele pigarreou e abaixou a voz. — Tem certeza de que não está enfiado em alguma gaveta na sua casa?

Paletó negou com a cabeça.

— Não é vantagem nenhuma para um homem com febre trocar a roupa de cama, reverendo. Estou cansado dessa história toda. Se não procurei essa coisa todo santo dia desde que Hettie morreu, pode jogar água na minha cara agora mesmo. Cansei de olhar em todo canto. E vou procurar de novo — disse Paletó, sentindo-se em dúvida. Tinha procurado em todos os lugares que conseguia imaginar no apartamento e não encontrara nada. Onde diabos Hettie colocara aquilo?

Decidiu procurar Rufus, que era de sua terra natal, na Carolina do Sul. Rufus sempre tinha boas ideias. Paletó pegou a garrafa de Seagram's 7 Crown, que surrupiara ao deixar a loja de Itkin na quinta-feira anterior e seguiu até a sala da caldeira do Habitacional Watch, lugar onde Rufus trabalhava. Imaginou que poderia trocar o Seagram's por uma garrafa de King Kong de Rufus e, enquanto isso, ouvir os conselhos e as ideias do amigo.

Encontrou Rufus — um homem esguio, de pele cor de chocolate — no chão da sala da caldeira, usando seu costumeiro uniforme azul da Autoridade Habitacional, coberto de graxa, as mãos e quase os pés enfiados nas entranhas de um grande gerador elétrico que rugia em agonia. O motor do gerador era acessado por uma porta de painel aberta, e o corpo de Rufus estava quase inteiro lá dentro.

O gerador rugia tão alto que Paletó teve que parar atrás de Rufus e gritar até que o amigo erguesse os olhos do chão para ele e sorrisse, mostrando a boca cheia de dentes de ouro.

— Paletó! — gritou. Ajustou a máquina rapidamente, e o barulho diminuiu um decibel, então tirou a mão comprida do emaranhado de fios que se projetavam da máquina para cumprimentar o amigo.

— Por que quer meu mal, Rufus? — perguntou Paletó, franzindo o cenho e se afastando da mão estendida.

— O que eu fiz?

— Você sabe que dá azar cumprimentar com a mão esquerda.

— Ah. Desculpe. — Rufus apertou um botão, e a máquina começou a gemer lentamente. Ainda sentado, com as pernas abertas, Rufus limpou a mão direita com um trapo que estava ali perto e a estendeu. Paletó a apertou, satisfeito.

— O que aconteceu? — perguntou, acenando com a cabeça na direção do gerador.

Rufus espiou o motor.

— Essa coisa acontece toda semana — comentou. — Alguma coisa está mastigando a fiação.

— Ratos?

— Eles não são tão estúpidos. Há algumas coisas bem ruins aí pelo Brooklyn, Paletó.

— Nem me fale — concordou Paletó. Enfiou a mão no bolso e pegou a garrafa de Seagram's. Olhou para a bebida fresca e suspirou, decidindo que não ia trocá-la por King Kong no final das contas. Rufus lhe daria o King Kong de qualquer jeito. Melhor dividir, pensou. Arrancou o lacre, e então puxou uma caixa para perto de Rufus, se sentou, tomou um gole e disse: — Um cara da nossa terra foi até a loja do sr. Itkin comprar vinho. Disse que acordou de manhã e encontrou um pouco de geleia na peneira da esposa.

— Tá de brincadeira. Ela estava cozinhando?

— Estava fazendo biscoitos na noite anterior. Ele disse que ela limpou tudo depois que acabou. Deixou os pratos secando durante a noite. Então esse cara, o marido dela, foi até a cozinha de manhã e viu aquela geleia na peneira de farinha.

Rufus deu um assobio baixo.

— Magia? — perguntou Paletó.

— Acho que alguém o enfeitiçou — disse Rufus. Pegou a garrafa e tomou um gole.

— Aposto que foi a esposa — falou Paletó.

Rufus tomou um gole satisfeito e assentiu, concordando.

— Ainda está preocupado com Hettie?

Em vez de responder à pergunta, Paletó estendeu a mão na direção da garrafa, e Rufus a entregou. Deu um longo gole na bebida, engoliu e falou:

— Tenho que devolver o dinheiro do Clube de Natal da igreja. Hettie cuidava disso. Nunca me falou onde guardava. Agora a igreja inteira está gritando como um bezerro por causa dessa história.

— Quanto dinheiro é?

— Não sei. Hettie nunca me disse. Mas é muito.

Rufus deu uma risada.

— Peça para os santificados rezarem por isso. Peça para Salsicha Quente.

Paletó balançou a cabeça, triste. Rufus e Salsicha não se davam bem. Não ajudava em nada que Rufus fosse membro fundador da Igreja Batista das Cinco Pontas e tivesse largado tudo há quinze anos. Não tinha entrado em uma igreja desde então. Salsicha, que Rufus recrutara para se juntar à Cinco Pontas, agora era um diácono santificado, que era a antiga função de Rufus.

— Como dá para devolver algo que não se sabe o que é? Pode não haver nada ali além de alguns dedais e três dentes para a fada dos dentes — comentou Paletó.

Rufus pensou por um instante.

— Tem alguém das antigas da Cinco Pontas que pode saber onde está — sugeriu Rufus, pensativo.

— Quem?

— A Irmã Pauletta Chicksaw.

— Lembro da Irmã Paul — disse Paletó, animado. — A mãe de Edie Chicksaw? Ela ainda é viva? Deve ter mais de cem anos, se ainda for. Edie morreu há muito tempo.

— Ele morreu há muito tempo, mas a Irmã Paul ainda está viva, até onde sei — falou Rufus. — Ela e Hettie eram amigas. Hettie costumava visitá-la na casa dos velhinhos em Bensonhurst.

— Hettie nunca me falou nada sobre isso — comentou Paletó, parecendo magoado.

— Uma esposa nunca conta tudo ao marido — falou Rufus. — Por isso nunca me casei.

— A Irmã Paul não sabe nada dos negócios da igreja. Era Hettie quem fazia tudo.

— Você não sabe o que a Irmã Paul sabe ou deixa de saber. Ela é o membro mais antigo das Cinco Pontas. Estava lá quando a igreja foi construída.

— Eu também.

— Não, meu velho, Hettie estava lá. Você ainda estava em casa, tendo seus dedos dos pés arrancados. Você chegou um ano depois, depois que a fundação foi escavada. Hettie estava lá quando a igreja foi construída. Estou falando do prédio da igreja. Quando escavaram a fundação.

— Eu estava lá numa parte da construção.

— Não quando escavaram a fundação e fizeram a base, filho.

— O que isso prova?

— Prova que você não se lembra de nada, pois naqueles primeiros tempos, era a Irmã Paul quem recolhia o dinheiro do Clube de Natal. Ela fez isso antes da época de Hettie. E eu acredito que ela possa saber algo sobre onde o dinheiro está agora.

— Como sabe? Você abandonou a Cinco Pontas há quatorze anos.

— Só porque um homem não é mais santificado, não quer dizer que perdeu o juízo. A Irmã Paul vivia neste edifício, Paletó. Bem aqui, no Habitacional Watch. Na verdade, vi aquela caixa de Natal.

— Se você fosse criança, Rufus, eu tiraria a cinta e o mandaria chorando para a cama, por mentir. Você não viu nenhuma caixa de Natal.

— Acompanhei a Irmã Paul daqui para a igreja e da igreja para cá muitas vezes. Quando as coisas ficavam feias por aqui, ela tinha medo de que alguém tentasse matá-la por causa disso, então ela me pedia para acompanhá-la até o culto de vez em quando.

— Ela não devia andar por aí com a caixa de Natal.

— Ela tinha que esconder em algum lugar depois que recolhia o dinheiro. Em geral, ela escondia na igreja. Mas nem sempre tinha tempo para esperar que a igreja esvaziasse. Às vezes as pessoas ficavam por lá comendo peixe, ou o reverendo demorava mais na pregação ou algo do tipo, e ela tinha que ir para casa, então trazia consigo.

— Por que ela não trancava no escritório do reverendo?

— Que idiota deixa dinheiro perto de um reverendo? — respondeu Rufus.

Paletó assentiu, concordando.

— A Irmã Paul me disse certa vez que tinha um bom esconderijo para aquela caixa na igreja — contou Rufus. — Não sei onde. Mas, se não conseguia guardar lá, trazia para casa até o domingo seguinte. É como eu sei que ficava com ela. Ela vinha aqui embaixo e me pedia para acompanhá-la. E claro que eu ficava feliz em fazer isso. Ela dizia: "Rufus Harley, você é um homem e tanto, é sim. Por que não volta para a igreja de novo? Você é um homem e tanto, Rufus Harley. Volte para a igreja". Mas não sou mais um homem da igreja.

Paletó pensou no que tinha acabado de ouvir.

— Isso foi há anos, Rufus. A Irmã Paul não tem como me ajudar agora.

— Você não sabe se ela tem ou não. Ela e o marido foram os primeiros negros nestes projetos habitacionais, Paletó. Chegaram aqui nos anos quarenta, quando os irlandeses e os italianos dessas partes espancavam os negros por se mudarem para o Cause. A Irmã Paul e o marido começaram a igreja na sala de casa. De fato, eu estava lá quando aconteceu a escavação da fundação do prédio da Cinco Pontas. Éramos só quatro pessoas fazendo toda a escavação: eu; a filha dela, Edie; sua Hettie; e aquele italiano aleijado que andava por essas bandas.

— Que aleijado?

— Esqueci o nome dele. Morreu há muito tempo. Ele fez muito do trabalho da Cinco Pontas. Não consigo lembrar o nome, mas era um nome italiano: Ely, ou coisa do tipo. Terminava com "i". Sabe como são esses nomes italianos. Um homem estranho. Um cara aleijado. Tinha só uma perna boa. Nunca falou uma palavra para mim ou para ninguém. Não dava a hora do dia para um negro. Mas era dedicado à Igreja Batista das Cinco Pontas. Também possuía certo dinheiro, acho, porque tinha uma retroescavadeira e contratou um bando de italianos que não falavam um "ai" em inglês, e eles terminaram o trabalho de escavar as fundações e pintar a parede dos fundos com a imagem de Jesus que está lá. Aquela imagem de Jesus no fundo da igreja? Aquele Jesus foi pintado por italianos. Cada pedacinho dele.

— Não é de estranhar que fosse branco — comentou Paletó. — O Reverendo Gee pediu para mim e para o Salsicha ajudarmos o filho da Irmã Bibb, Zeke, a colocar mais cor nele.

— Isso é estupidez. Era uma boa pintura.

— Ele ainda está lá. Mas é negro agora.

— Bem, vocês deviam ter deixado como estava, por causa do homem que trouxe a escavadeira e todos os italianos. Eu gostaria de lembrar o nome dele. A Irmã Paul deve lembrar. Os dois se davam bem. Ele gostava dela. Ela era uma beleza e tanto naquela época, sabia? Estava avançada na idade, tinha lá pelos setenta e cinco, eu acho, mas, por Deus, ela era... Eu não a expulsaria da cama para comer biscoitos, tenha certeza. Não naquela época. Ela era bem-apessoada.

— Você acha que teve... — Paletó moveu a mão, sacudindo.

Rufus sorriu.

— Sabe, tinha sempre muita coisa acontecendo por aqui naquela época.

— Ela não era casada com o reverendo? — perguntou Paletó.

— Desde quando aquele macaco parava o show? — Rufus deu uma risadinha. — Ele não valia dois centavos. Mas, para ser honesto, não sei se ela e o italiano estavam fazendo o *nhec-nhec* ou não. Eles se davam bem, só isso. Ela era a única com quem ele falava. Nós não teríamos construído a Igreja das Cinco Pontas sem ele. Quando ele apareceu, fizemos toda a escavação. E era muita coisa. Foi assim que aquela igrejinha foi construída, Paletó.

Rufus fez uma pausa, recordando:

— Sabia que demos o nome para a igreja? Era para ser a Igreja Batista das Quatro Pontas: norte, sul, leste e oeste, representando a mão de Deus vindo de todas as direções. Mas, quando o italiano fez aquela pintura na parede do fundo, alguém disse para mudarmos para Cinco Pontas, já que Jesus é um fim em Si mesmo. O pastor não gostou. Disse: "Eu nem quero aquela pintura na parede". Mas a Irmã Paul bateu o pé e foi isso. Foi assim que se tornou Cinco Pontas e não Quatro Pontas. Quer dizer que aquela pintura ainda está na parede?

— Claro que sim. Quase coberta de mato, mas ainda está ali.

— Ainda está escrito em cima "Que Deus o tenha na palma de Sua mão"? Vocês não pintaram por cima da frase, pintaram?

— Deus, não. Não pintamos por cima da frase, Rufus.

— Bem, não deviam mesmo. Isso é um crédito para ele, veja, aquele italiano. Morto há muito tempo. Fazendo o trabalho de Deus. Um homem não precisa ir à igreja todo domingo para fazer o trabalho de Deus. Você sabe, né, Paletó?

— Isso não está me dizendo nada.

— Você me perguntou sobre a Irmã Paul, Paletó. E eu te contei. Você deveria conseguir uma carona até lá para vê-la. Ela deve saber algo sobre onde a caixa está. Talvez ela tenha dito para Hettie onde escondê-la.

Paletó pensou na possibilidade.

— É uma longa viagem de metrô.

— O que você tem a perder, Paletó? Ela é a única ainda viva daquela época. Eu iria com você. Gostaria de vê-la. Mas aqueles brancos em Bensonhurst são um caso sério. Apontam um revólver na cara de um negro em um segundo.

À menção da palavra "revólver", Paletó empalideceu e pegou o Seagram's de novo.

— Este mundo é muito complicado — disse, tomando um longo gole.

— Talvez Salsicha vá com você.

— Ele está muito ocupado.

— Fazendo o quê?

— Está se ocupando com uma ou outra coisa — comentou Paletó. — Andando por aí acusando as pessoas de fazerem coisas das quais não se lembram. — Para mudar de assunto, acenou com a cabeça na direção do gerador. — Posso ajudar? O que tem de errado com isso?

Rufus olhou novamente para as entranhas da velha máquina.

— Não tem nada de errado que eu não possa consertar. Vá até Bensonhurst, trate do seu problema e dê uma olhada na Irmã Paul por mim. Mas leve uma garrafa. Um homem precisa de um pouco de agito.

— Você não fez o King Kong caseiro?

Rufus se apoiou em um dos joelhos e enfiou a cabeça dentro do gerador novamente.

— Sempre faço King Kong — falou. — Mas é uma coisa em duas partes. Você precisa fazer o "King" primeiro, depois o "Kong". O "King" é a parte fácil. É só cozinhar e está pronto. Estou esperando pelo "Kong". Leva tempo.

Apertou um botão na lateral da máquina e o gerador engasgou, tossiu por alguns segundos, uivou em agonia e então voltou à vida.

Ele olhou de lado para Paletó, gritando por sobre o barulho:

— Vá visitar a Irmã Paul! Depois me conte como vai ela. E use seus tênis de corrida em Bensonhurst!

Paletó assentiu, tomou um último gole de Seagram's e saiu. Mas, em vez de usar a porta de emergência dos fundos, saiu pela porta que levava a um corredor curto e depois até as escadas na frente, que dava para a praça. Ao abrir a porta externa, uma figura alta de casaco de couro negro saiu de um armário de vassouras debaixo da escada que levava para o andar de cima e ficou parado atrás dele com um cano. O homem estava a dois passos de distância quando uma bola de beisebol veio voando escada abaixo, por trás, acertou o homem na nuca e o fez cambalear de volta para o armário e fora da vista. No instante seguinte, dois garotos com não mais do que nove anos, desceram correndo as escadas, passando em disparada por um surpreso Paletó. Um deles pegou a bola, que tinha parado perto da porta, e falou um apressado "Oi, Paletó!", e então os meninos desapareceram pela entrada do prédio, saltando os degraus e desaparecendo, às gargalhadas.

Irritado, Paletó saiu rapidamente pela porta e foi até a praça gritar com os dois:

— Vão mais devagar! Nunca ouviram falar do campo de beisebol?

Seguiu na direção deles, sem perceber o homem atrás de si.

Dentro do armário de vassouras, Earl, o matador de aluguel de Bunch, estava esparramado de costas, com os pés saindo pela porta parcialmente aberta, as costas apoiadas na parede. Balançou a cabeça para clarear o cérebro. Tinha de se mexer, rápido, antes que alguém descesse as escadas. Sentiu cheiro de água sanitária. Percebeu, de repente, que seu traseiro estava molhado. Seus pés estavam sobre um balde amarelo cheio de água suja, que tinha virado. Afastou-se da parede, apoiou as mãos no chão para se levantar, e descobriu que a mão direita estava sobre um esfregão molhado. A outra mão estava sobre um tipo de engenhoca. Ele se mexeu e terminou de abrir a porta com o pé. Com a luz, viu, para seu horror, que sua mão esquerda estava em uma ratoeira suspensa — com um cliente peludo morto dentro. Ficou de pé em um pulo, com um grito, e saiu rápido do armário, correu pelo corredor até a porta da frente do edifício. Caminhando apressado, atravessou a praça na direção do metrô mais próximo, secando a mão freneticamente na jaqueta de couro, sentindo o ar frio soprar em suas calças e nos tênis encharcados.

— Maldito velho — murmurou.

9

Sujeira

OS DOIS POLICIAIS UNIFORMIZADOS ENTRARAM NO ENSAIO DA Igreja Batista das Cinco Pontas cinco minutos depois que a briga entre as Primas começou. Na verdade, a briga começara vinte e três anos antes. Era o tempo no qual Nanette e sua prima, Milho Doce, vinham discutindo.

A Irmã Gee, uma mulher alta e bonita, de quarenta e oito anos, estava sentada no banco do coro, brincando com as chaves de casa, com o olhar baixo, enquanto as Primas gritavam.

— Senhor — murmurou enquanto as primas sibilavam uma para a outra —, por favor, controle essas mulas.

Como se em resposta, a porta de trás da igreja se abriu e dois policiais brancos atravessaram o minúsculo vestíbulo até o santuário, a luz da lâmpada refletindo em seus emblemas reluzentes e botões de bronze. O tilintar de suas chaves batendo umas contra as outras soavam como minúsculos sinos enquanto eles avançavam pelo corredor coberto de serragem até a frente da igreja, seus coldres de couro batendo contra os quadris. Os dois pararam quando chegaram diante do púlpito, encarando o coro de cinco mulheres e dois homens que os encararam de volta, com exceção de Dedos Gorduchos, filho de Paletó, que estava sentado na extremidade do banco do coro, os olhos cegos cobertos pelos óculos escuros.

— Quem está a cargo aqui? — um dos policiais perguntou.

A Irmã Gee, sentada na primeira fila, olhou para ele. Era jovem, nervoso e magro. Atrás dele estava um policial mais velho, um homem atarracado, com ombros largos e pés de galinha ao redor dos olhos azuis. Ela observou os olhos do policial mais velho analisarem rapidamente o ambiente. Ficou com a impressão de já tê-lo visto antes. Ele tirou o quepe e falou baixinho para o policial mais jovem, com um leve sotaque irlandês.

— Mitch, tire seu quepe.

O policial mais jovem o atendeu, e então perguntou de novo:

— Quem está a cargo?

A Irmã Gee sentiu cada globo ocular do coro se virar em sua direção.

— Nesta igreja nós cumprimentamos uma pessoa antes de declarar o que queremos.

O policial segurava uma folha de papel azul dobrada na mão.

— Sou o policial Dunne. Tenho um mandado aqui para Thelonius Ellis.

— Para quem?

— Thelonius Ellis.

— Não tem ninguém aqui com esse nome — garantiu a Irmã Gee.

O policial jovem olhou para o coro atrás da Irmã Gee e perguntou:

— Alguém aqui o conhece? Tenho um mandado.

— Eles não sabem nada sobre mandado algum — falou a Irmã Gee.

— Não estou falando com você, senhorita. Estou falando com eles.

— Parece que você ainda não decidiu com quem quer falar, oficial. Primeiro você veio e perguntou quem está a cargo, e eu respondi. Então, em vez de falar comigo, você se vira e fala com eles. Com quem quer falar? Comigo ou com eles? Ou só veio aqui fazer um monte de anúncios?

Atrás dele, o policial mais velho falou:

— Mitch, vá olhar lá fora, sim?

— Já fizemos isso, Potts.

— Vá olhar de novo.

O policial jovem se virou, entregou o mandado para Potts, que lhe estendera a mão, e desapareceu pela porta do vestíbulo.

Potts esperou até que a porta da igreja se fechasse, e então se virou para a Irmã Gee, se desculpando.

— Jovens — comentou.

— Eu sei.

— Sou o sargento Mullen, da 76ª. Me chamam de sargento Potts.

— Se não se importa que eu pergunte, que tipo de nome é Potts, oficial?

— É melhor do que "panelas".

A Irmã Gee deu uma risadinha. Havia algo nele que brilhava, algo quente que se agitava e ondulava, como uma nuvem de fumaça com faíscas.

— Sou a Irmã Gee. Você tem um nome verdadeiro, senhor?

— Não vale a pena usá-lo. Potts é melhor.

— Alguém estava com pressa, ou tentando ser otimista, ou querendo dizer algo ao mundo quando você nasceu, e assim seus pais lhe deram esse tipo de nome?

— Quando eu era garotinho, fiz uma zona com umas batatas certa vez, e então minha avó me deu este apelido.

— O que é zona?

— Uma bagunça.

— Bem, esse é um nome bem bagunçado.

— Isso tornaria seu nome um competidor à altura, certo? Gee, você disse? Sairei agora mesmo por aquela porta se me disser que seu nome é Golly.

A Irmã Gee ouviu um dos membros do coro rir às suas costas, e sentiu que ela própria estava impedindo um sorriso. Não dava para evitar. Algo naquele homem fazia suas entranhas se agitarem.

— Já vi você em algum lugar antes, oficial Potts — comentou ela.

— Apenas Potts. Você já deve ter me visto por aí. Cresci a quatro quarteirões daqui. Há muito tempo. Já fui detetive no Cause.

— Muito bem... talvez tenha sido onde o vi.

— Mas foi há vinte anos.

— Eu estava lá há vinte anos — disse ela, pensativa. Esfregou a bochecha, encarando Potts por um tempo que pareceu longo, os olhos brilhando quando seu rosto se desdobrou em um sorriso. Seu sorriso mostrava uma beleza crua, natural, que pegou Potts de guarda baixa. A mulher, ele pensou, era toda cheia de curvas.

— Já sei — exclamou ela. — Na rua Nove, perto do parque. Naquele antigo bar que tem lá. O bar irlandês. Rattigan's. Foi lá que já vi você.

Potts enrubesceu. Vários membros do coro sorriram. Até as Primas deram uma risadinha.

— Sou conhecido por fazer algumas reuniões de negócios lá, de tempos em tempos — ele falou cauteloso, se recompondo. — Se não se importa que eu pergunte, você estava em alguma reunião lá também? Na mesma hora? Quando me viu?

— Ah Deus. — Veio uma gargalhada baixa de alguém no coro. As duas palavras ditas juntas como duas moedas: ah Deus! Aquela história estava cada vez melhor. O coro gargalhou. Agora era a vez de a Irmã Gee enrubescer.

— Não frequento bares — a Irmã Gee falou apressada. — Mas sou diarista do outro lado da rua, bem na frente do Rattigan's.

— Diarista?

— Faxina. Limpo aquele sobrado grande que tem ali. Já faço faxina para a família há quatorze anos. Se eu ganhasse um centavo por cada garrafa que recolho na calçada do Rattigan's às segundas-feiras, já teria ganho alguma coisa.

— Eu guardo minhas garrafas dentro do bar — disse Potts, meio que no improviso.

— Não me importa para onde vão suas garrafas — falou a Irmã Gee. — Meu trabalho é limpar. Não importa o que limpo. A sujeira é a mesma de onde quer que venha.

Potts assentiu.

— Alguns tipos de sujeira são bem mais difíceis de limpar do que outras.

— Bem, isso depende — retrucou ela.

A leveza no ambiente pareceu sumir, e Potts sentiu alguma resistência aparecer. Ambos sentiram. Potts olhou para o coro.

— Posso ter uma palavra em particular?

— Claro.

— Talvez no porão?

— É muito frio lá embaixo — falou a Irmã Gee. — Eles podem ensaiar lá embaixo. Tem um piano.

O coro, aliviado, se levantou rapidamente e seguiu na direção da porta dos fundos do santuário. Quando Nanette passou, a Irmã Gee a pegou pelo pulso e falou baixinho:

— Leve Dedos Gorduchos.

O comentário era casual, mas Potts viu o olhar entre as duas mulheres. Havia alguma coisa ali.

Quando a porta se fechou, ela se virou para ele e falou:

— Sobre o que mesmo estávamos falando?

— Sujeira.

— Ah, sim — disse ela, sentando-se novamente. Ele via agora que ela não só era bonita, mas tinha um encanto tranquilo, acumulativo. Era uma mulher alta, de meia-idade, cujo rosto não era marcado pelas linhas severas das pessoas da igreja que já tinham visto muito e feito pouco além de orar. O rosto dela era firme e decidido, com uma pele suave cor de café com leite; o cabelo grosso, com alguns fios brancos, repartido com cuidado; o corpo esguio e orgulhoso, coberto por um modesto vestido estampado de flores. Ela se sentava ereta no banco; sua postura era a de uma bailarina, mas com os cotovelos magros balançando no corrimão à sua frente, balançando preguiçosamente as chaves em uma das mãos, olhando o policial branco, ela tinha uma tranquilidade e uma confiança que ele achava um pouco perturbadoras. Depois de um instante, ela se recostou e colocou o braço magro no encosto do banco, um pequeno movimento gracioso e flexível. Ela se movia como uma gazela, Potts pensou. Descobriu de repente que estava com dificuldade para pensar com clareza.

— Você disse que alguns tipos de sujeira são mais difíceis de limpar do que outros — recordou ela. — Bem, esse é meu trabalho, oficial. Sou uma faxineira, veja bem. Trabalho com a sujeira. Persigo a sujeira o dia todo. A sujeira não gosta de mim. Ela não fica parada e me diz: "Estou me escondendo. Venha me pegar". Vou até lá, descubro onde ela está e limpo. Mas não odeio a sujeira por ser sujeira. Não se pode odiar uma coisa por ser o que é. A sujeira faz de mim quem eu sou. Sempre que tento livrar o mundo dela, torno as coisas um pouco melhores para alguém. O mesmo acontece com você. Os caras que você persegue, vigaristas e tudo mais, não estão dizendo "Estou aqui. Venha me pegar". Na maioria dos casos, você tem que ir atrás deles, capturá-los de alguma forma. Você leva justiça para as coisas, o que torna o mundo um pouco melhor para alguém. De certa forma, você e eu temos o mesmo trabalho. Limpamos a sujeira. Limpamos o que as pessoas deixam para trás. Recolhemos a bagunça das outras pessoas, embora eu ache que não seja justo chamar alguém que vive uma vida errada de problema ou bagunça... ou sujeira.

Potts se pegou sorrindo.

— Você deveria ser advogada — comentou.

A Irmã Gee enrugou a testa, parecendo desconfiada.

— Está zombando de mim?

— Não. — Ele gargalhou.

— Dá para ver pelo jeito que eu falo que não sou uma pessoa dos livros. Sou uma mulher do campo. Queria ter ido para a escola fazer alguma coisa — ela disse, pesarosa. — Mas isso foi há muito tempo. Quando eu ainda era criança, na Carolina do Norte. Já esteve no sul?

— Não, madame.

— De onde você é?

— Já lhe disse. Daqui. Distrito Cause. Rua Silver.

Ela assentiu.

— Bem, que tal isso?

— Mas meus pais vieram da Irlanda.

— É uma ilha?

— É um lugar onde as pessoas podem parar e pensar. Aquelas com cérebro, pelo menos.

Ela gargalhou e, ao fazer isso, Potts sentiu como se estivesse assistindo a uma montanha escura e silenciosa de repente ganhar vida, iluminada por uma centena de luzes de um vilarejo pequeno e pitoresco que vivia nas montanhas há centenas de anos, o vilarejo aparecendo do nada, todas as luzes acesas de uma só vez. Cada feição de seu rosto se iluminou. Ele se pegou querendo contar para ela cada tristeza que conhecia, incluindo a informação que a Irlanda dos folhetos de viagem não era a Irlanda, que a lembrança de sua antiga avó, vinda do velho país, caminhando pela rua Silver enquanto segurava sua mão quando ele tinha oito anos, mantendo o último centavo que tinha na palma da mão, mordendo o lábio enquanto murmurava uma canção triste de sua infância de pobreza e privação, vagando pelo interior da Irlanda procurando lar e comida, atravessaria suas artérias e irromperia em seu coração até que ele fosse um homem adulto:

A relva verde ondula sobre eles; o sono suave é deles, sim;
A caçada acabou, e o frio; a fome passou...

Em vez disso, ele falou simplesmente:

— Não era tão bonito.

A Irmã Gee deu uma risada desconfortável, surpresa com a resposta dele, e o viu corar. De repente, ela sentiu o coração se agitar. Um silêncio carregado tomou conta do ambiente. Ambos o sentiram e sentiram a si mesmos de repente sendo empurrados ao longo de um grande abismo, experimentando o irresistível desejo de estender as mãos, de esticar os dedos de lados opostos de um vale imenso e cavernoso que era quase impossível de atravessar. Era muito grande, muito distante, simplesmente irracional, ridículo. Mesmo assim...

— Este cara — disse Potts, quebrando o silêncio. — Este cara que estou procurando, ele, ah... Se o nome dele não for Thelonius Ellis, qual é, então?

Ela estava em silêncio agora, sem sorrir, afastando o olhar, o feitiço quebrado.

— Está tudo bem — falou ele. — Sabemos o que aconteceu no tiroteio, mais ou menos. — Quis dizer isso de maneira despreocupada, como conforto, mas pareceu oficial e ele não queria aquilo. A falta de sinceridade em sua voz o surpreendeu. Havia uma tranquilidade, um filtro gentil nesta mulher alta e cor de chocolate que abriu uma parte dele que normalmente ficava fechada. Só faltavam quatro meses até sua aposentadoria. Eram quatro meses mais. Ele queria que tivesse sido no dia anterior. Sentiu uma vontade súbita de arrancar o uniforme, jogá-lo no chão, ir até o porão com o coro e cantar. Pegou-se deixando escapar:

— Logo vou me aposentar. Mais cento e vinte dias. Vou pescar. Talvez cantarei em um coro também.

— Isso não é jeito de passar o resto da vida.

— Cantando em um coro?

— Não. Pescando.

— Não consigo pensar em algo melhor.

— Bem, se isso faz seu barco flutuar, vá em frente. Acho que é melhor do que funerais ou do que ir para grandes reuniões de bebedeiras.

— Como no Rattigan's.

Ela acenou com a mão.

— Aquele lugar não me incomoda. Eles lutam e disputam de buraco em buraco, em busca de bebida, por todo o mundo. São os lugares que temem a Deus que são os piores. Deus é a última coisa em algumas dessas igrejas por aí. Parece que brigam mais do que oram nas igrejas hoje em dia do que nas ruas. Não existe lugar seguro. Não costumava ser assim.

Suas palavras chamaram a atenção de Potts. Com esforço, ele voltou sua atenção para o que tinha de fazer.

— Posso perguntar sobre esse cara, Thelonius Ellis?

A Irmã Gee ergueu a mão.

— Juro por Deus que não tem ninguém nesta igreja com esse nome, que eu conheça.

— É o nome que conseguimos. Veio de uma testemunha.

— Deve ter sido Ray Charles quem falou. Ou talvez alguém de outra igreja.

Potts sorriu.

— Você e eu sabemos que ele frequenta esta igreja.

— Quem?

— O velho. O atirador. Bebe muito. Conhece todo mundo.

A Irmã Gee deu um sorriso amargo.

— Por que você me pergunta? Seu homem o conhecia.

— Que homem?

A Irmã Gee inclinou a cabeça para ele. A inclinação daquela cabeça adorável o deixou momentaneamente desamparado. Sentiu como se a asa de um pássaro tivesse roçado em seu rosto e causado uma lufada de ar fresco e nebuloso, a névoa pousando em seus ombros. As sobrancelhas dele se ergueram quando ele pestanejou, e então seu olhar se voltou para o chão. Sentia a porta emocional que conseguira fechar momentos antes voltar a se abrir de novo. Encarando o chão, ele se pegou querendo saber quantos anos ela tinha.

— O policial que trabalhava para Salsicha Quente — disse ela.

— Salsicha quem?

— O policial — disse a Irmã Gee de modo paciente. — Aquele que trabalhava para Salsicha Quente. Na sala da caldeira, no porão. Salsicha Quente é o zelador-chefe e responsável pela caldeira. O zelador que trabalhava com ele. O cara jovem. Ele era seu homem.

— Qual o nome verdadeiro de Salsicha Quente?

Ela deu uma risada.

— Está tentando me confundir? Estamos falando sobre o seu homem. Salsicha Quente é o zelador do Edifício 17. O garoto negro que era zelador assistente... ele salvou a vida de Deems, não outra pessoa. As pessoas por aqui não sabem se agradecem ou se jogam um balde de água nele.

Potts ficou em silêncio. A Irmã Gee sorriu.

— Todo mundo no Cause sabia que ele era policial. Você não conhece seu próprio pessoal?

Potts resistiu ao impulso de sair correndo da igreja, voltar à delegacia e espancar o capitão por ser burro. Sentia-se um estúpido. Isso era limpar o lixo do capitão. Jet, o senhor Primeiro Negro em Tudo. O garoto não tinha estofo para ser detetive. Era muito jovem. Totalmente sem experiência. Sem sabedoria. Sem aliados, sem mentores, exceto, talvez, ele. O capitão tinha insistido. "Precisamos de negros no Habitacional Cause". O cara tinha uma cabeça à prova de som. Quão imbecil o capitão pode ser?

— Aquele garoto foi transferido para o Queens — falou ele. — Estou contente. É um bom garoto. Eu o treinei.

— É por isso que está aqui? — perguntou a Irmã Gee.

— Não. Eles me pediram para assumir porque conheço a área. Estão... tentando chegar nos novos traficantes.

Ele viu a expressão dela mudar de leve.

— Posso fazer uma pergunta pessoal? — pediu ela.

— Claro.

— Como um detetive volta a usar uniforme?

— É uma longa história — respondeu ele. — Cresci aqui, como eu disse. Gosto do horário. Gosto das pessoas. Se a polícia quer atacar esses traficantes, tem minha bênção.

A Irmã Gee não conseguiu evitar completamente que um sorriso irônico despontasse em seu rosto.

— Se este é o ataque que querem fazer, estão indo para o lado errado — disse ela. — Paletó tem setenta e um anos. Não é traficante.

Potts prosseguiu:

— Nós gostaríamos de conversar com ele.

— Você não vai ter problema em encontrá-lo. Ele é diácono aqui na igreja. Alguns o chamam de Diácono Cuffy. Mas a maioria o chama de Paletó porque ele gosta de usar essas coisas. Você vai conseguir o nome dele com facilidade a partir daí. É o máximo que posso oferecer. Tenho que viver aqui.

— Você o conhece bem?

— Há vinte anos. Desde que eu tinha vinte e oito.

Potts fez as contas de cabeça rapidamente. Ela é dez anos mais jovem que eu, pensou. Endireitou o casaco para disfarçar a barriga saliente.

— No que ele trabalha? — perguntou.

— Basicamente em trabalhos estranhos. Faz um pouco de tudo. Trabalha alguns dias na loja de bebidas do Itkin. Limpa nosso porão em outros dias. Tira nosso lixo. Cuida do jardim de umas pessoas brancas desses lados. Tem um dedo realmente verde. Consegue fazer praticamente tudo com as plantas. É conhecido por isso. E por beber. E por gostar de beisebol.

Potts pensou por um instante.

— É o árbitro dos jogos de beisebol entre vocês e o Habitacional Watch? Aquele que grita e corre por todas as bases?

— Ele mesmo.

Potts deu uma gargalhada.

— Cara engraçado. Eu via os jogos quando estava em patrulha. Tinha um arremessador dos infernos lá. Um garoto... tinha uns quatorze anos, mais ou menos. Conseguia arremessar como os melhores.

— Este é Deems. Aquele em quem ele atirou.

— Está de brincadeira.

Ela suspirou e ficou em silêncio por um instante.

— Deems se sentava bem aí onde você estava até os doze ou treze anos. Paletó... o Diácono Cuffy era professor da escola dominical de

Deems. E seu treinador. E tudo o mais para ele. Até Hettie morrer. Era a esposa dele.

É por isso que tenho que sair deste negócio, Potts pensou com amargura.

— O que aconteceu com ela?

— Caiu no porto e se afogou. Há dois anos. Ninguém jamais descobriu como.

— Acha que seu homem tem algo a ver com isso?

— Paletó não é meu homem. Já cheguei baixo na vida, mas não tão baixo. Sou casada. Com o pastor daqui.

Potts sentiu o coração afundar.

— Entendo — falou.

— Ele não teve nada a ver com o afogamento de Hettie... Paletó, estou falando dele. É só como as coisas funcionam por aqui. O fato é que ele era um dos poucos por aqui que realmente amava a esposa.

Ela estava sentada imóvel enquanto falava, mas seus adoráveis olhos cor de oliva exibiam uma suavidade e uma dor tão profundas que, quando ele olhou neles, viu os redemoinhos que se agitavam por baixo; sentia como se estivesse olhando para um pedaço de sorvete largado em uma mesa de piquenique sob o sol quente por muito tempo. O arrependimento se derramava de seus olhos como água. Ela parecia se desfazer diante dele.

Potts se sentiu corar e afastou os olhos. Estava prestes a pedir desculpas quando a ouviu dizer:

— Você fica muito melhor em roupas normais do que quando usa esse uniforme elegante. Acho que é por isso que me lembrei de você.

Mais tarde, muito mais tarde, lhe ocorreu que talvez ela se lembrasse dele porque o observara sentado do lado de fora do bar, com os amigos, ouvindo os amargos soldados do IRA xingarem os britânicos e reclamarem sobre como a vizinhança estava decadente porque os negros e os hispânicos tinham chegado com sua bobagem de direitos civis, pegando os empregos no metrô, os empregos de zelador, os empregos de porteiro, brigando por restos e ossos de frango dos Rockfeller e todo o resto que era jogado a todos eles. Ele se pegou gaguejando:

— Então eu não preciso investigar a morte dela?

— Investigue o que quiser. Hettie era uma mulher dura. Era uma mulher dura porque vivia uma vida dura por aqui. Mas era boa em todos os aspectos. Usava as calças naquela casa. Paletó fazia tudo o que ela mandava. Exceto — deu uma risadinha —, quando se tratava do queijo.

— Queijo?

— Tem queijo grátis em um dos edifícios todo primeiro sábado do mês. Hettie odiava aquilo. Os dois brigavam sobre isso o tempo todo. Mas, fora isso, eram bons juntos.

— O que acha que aconteceu com ela?

— Ela foi até o porto e se afogou. As coisas não têm andado bem na igreja desde então.

— Por que ela faria isso?

— Estava cansada, acho.

Potts suspirou.

— Devo colocar isso em meu relatório?

— Escreva o que quiser. A verdade é que espero que Paletó fuja. Não vale a pena ir para a cadeia por Deems. Não mais.

— Eu entendo. Mas o cara está armado. Talvez instável. Isso cria instabilidade na comunidade.

A Irmã Gee bufou.

— As coisas ficaram instáveis aqui há quatro anos, quando as novas drogas chegaram. Essa coisa nova... não sei como chamam... você fuma ela, injeta ela na veia com agulha... o que quer que faça, assim que fizer algumas vezes, fica preso nisso. Nunca vi nada assim antes, e já vi muita coisa. Os projetos habitacionais eram seguros até essa nova droga chegar. Agora o pessoal mais velho é espancado quando volta para casa do trabalho toda noite, roubam o pequeno pagamento que recebem, para que esses drogados possam comprar mais do veneno de Deems. Ele devia ter vergonha de si mesmo. O avô o mataria se estivesse vivo.

— Entendo. Mas seu homem não pode fazer justiça com as próprias mãos. É para isso que essa coisa serve — disse ele, erguendo o mandado.

Então o rosto dela endureceu, e um espaço se abriu entre eles de novo.

— Um mandado. E enquanto vocês estão distribuindo mandados por aí, talvez possam dar um para a pessoa que roubou o dinheiro do nosso Clube de Natal. Tenha alguns mil dólares lá, eu acho.

— Do que você está falando?

— Do Clube de Natal. Juntamos dinheiro todo ano para comprar brinquedos para as crianças no Natal. Hettie era quem recolhia o dinheiro e o guardava em uma caixinha. Era boa nisso. Nunca contou para uma alma viva onde guardava, e todo Natal ela nos entregava o dinheiro. O problema é que ela se foi, e Paletó não sabe onde está.

— Por que não perguntam para ele?

A Irmã Gee deu uma risada.

— Se ele soubesse, teria devolvido. Paletó não roubaria da igreja. Nem mesmo para beber.

— Já vi pessoas fazerem coisas piores para beber.

A Irmã Gee franziu o cenho para ele, a frustração marcada em seu rosto limpo e bonito.

— Você é uma pessoa gentil, posso dizer. Mas somos pobres aqui nesta igreja. Economizamos nossos centavinhos para os presentes de Natal dos nossos filhos. Oramos uns pelos outros e para um Deus que redime, e isso nos faz bem. Nosso dinheiro de Natal está desaparecido, e é provável que tenha sumido de vez, e é a vontade de Deus, acho. Para vocês da polícia, isso não significa nada além de que talvez o velho Paletó possa ter pegado. Mas vocês estão errados. Paletó se jogaria no porto antes de pegar um centavo de qualquer alma deste mundo. O que aconteceu foi que ele ficou bêbado até endoidecer e tentou limpar este lugar com um golpe só. E por causa disso, nunca se viu tanto policial revirando cada pedra para tentar pegá-lo. O que isso nos diz?

— Que queremos protegê-lo. Clemens trabalha para um bando bem perigoso. É atrás deles que queremos ir realmente.

— Então prenda Deems. E o restante daqueles que estiverem vendendo o que quer que o diabo queira.

Potts suspirou.

— Vinte anos atrás, eu poderia fazer isso. Agora, não.

Ele sentiu o espaço entre eles diminuir, e não era sua imaginação. A Irmã Gee também sentiu. Ela sentia a gentileza dele, sua honestidade e senso de dever. E sentia algo mais. Algo grande. Era como se houvesse um ímã em algum lugar dentro dele puxando-a espiritualmente em sua direção. Era estranho, excitante, emocionante até. Ela observou enquanto ele se levantou e seguiu na direção da porta. Ela se levantou rapidamente e seguiu pelo corredor central com ele, Potts cantarolando nervoso, passando pelo aquecedor a lenha e pelo corredor coberto de serragem enquanto ela o observava de canto de olho. A Irmã Gee não se sentia assim em relação a um homem desde que seu pai aparecera na escola uma tarde para levá-la para casa depois que um garoto em sua classe foi espancado por algumas crianças brancas, o sentimento de conforto e segurança que irradiava de alguém que se importava profundamente com ela. E nada menos que um homem branco. Era uma coisa estranha e maravilhosa sentir isso vindo de um homem, de qualquer homem, em especial um desconhecido. Ela sentia como se estivesse sonhando.

Eles pararam na porta do vestíbulo.

— Se o diácono aparecer, diga que ele estará mais seguro conosco — disse Potts.

A Irmã Gee estava prestes a responder quando ouviu uma voz vinda do vestíbulo dizer:

— Onde está meu papai?

Era Dedos Gorduchos. Ele tinha subido as escadas e estava sentado em uma cadeira dobrável no escuro, perto da porta da frente da igreja, os olhos cobertos com os costumeiros óculos escuros, balançando o corpo para a frente e para trás, como costumava fazer. No porão, o coro cantava, e obviamente ninguém se incomodara em ir atrás dele, já que Dedos Gorduchos se virava tão bem quanto qualquer um pela igreja e com frequência gostava de vagar pelo pequeno edifício sozinho.

A Irmã Gee colocou uma mão em seu ombro para levantá-lo.

— Dedos Gorduchos, volte para o ensaio — disse ela. — Já vou para lá.

Dedos Gorduchos se levantou relutante. Ela o virou com cuidado e colocou a mão no corrimão da escada. Eles o observaram descer e desaparecer no porão.

Quando ele sumiu de vista, Potts comentou:

— Imagino que seja o filho dele.

A Irmã Gee ficou em silêncio.

— Você nunca me falou em que edifício seu homem mora — disse ele.

— Você nunca perguntou — falou ela. Virou para a janela, de costas para ele, e esfregou as mãos de um jeito nervoso enquanto olhava para fora.

— Preciso ir lá embaixo perguntar para o filho dele?

— Por que faria isso? Você vê que o menino não é muito normal.

— Ele sabe onde mora, tenho certeza.

Ela suspirou e continuou a olhar pela janela.

— Deixa eu perguntar para você: de que adianta apertar a única pessoa por aqui responsável pelo pouco de bem que já foi feito?

— Não sou eu quem decide isso.

— Já falei para você. É fácil achar Paletó. Ele está por aí.

— Devo escrever isso como mentira? Nós não o vimos por aí.

A expressão dela ficou sombria.

— Escreva o que quiser. Não importa como venha o golpe, assim que vocês levarem Paletó para a cadeia, o serviço social vai levar Dedos Gorduchos. Vão mandar ele para algum lugar no Bronx ou no Queens e não vamos ver ele mais. Aquele é o garotinho da Hettie, que já estava lá pelos quarenta anos quando ele nasceu. Para uma mulher, seria velha para ter um filho. E para alguém que viveu uma vida dura como a dela, era realmente bem velha.

— Sinto muito. Mas também não é meu departamento.

— Claro que não. Mas sou o tipo de pessoa que vai dormir se acontece algo que não me interessa — disse a Irmã Gee.

Potts deu uma risada amarga.

— Me lembre de tomar remédios para dormir na próxima vez que for trabalhar — disse.

Agora foi a vez de ela rir.

— Não quis dizer isso — falou ela. — Hettie fez muito por esta igreja. Estava aqui bem no começo. Nunca pegou um centavo do dinheiro do Natal para si, mesmo quando perdeu o emprego. Faça o que quiser ou tiver que fazer, mas, assim que prender Paletó, vão levar Dedos Gorduchos também, e isso é uma coisa completamente diferente. Acho que faríamos uma boa briga por causa dele.

Potts, exasperado, ergueu as mãos.

— Quer que eu distribua doce para toda criança nos projetos habitacionais que tiver uma arma? A lei é a lei. Seu cara é um atirador. Ele atirou em alguém. Na frente de testemunhas! O cara em quem ele atirou não era um menino do coro...

— Ele era um menino do coro.

— Você sabe como isso funciona.

A Irmã Gee não se moveu da janela do vestíbulo. Potts a observava, as costas eretas, alta, encarando a rua, respirando lentamente, os seios se movendo como dois faróis. Seu rosto estava de perfil enquanto seus olhos cor de oliva vasculhavam a rua, agora sem a fragilidade e a gentileza de antes, as maçãs do rosto, a mandíbula forte, o nariz largo que se achatava na ponta, novamente zangado. Ele pensou em sua própria esposa, em sua casa em Staten Island, em roupão de banho, recortando cupons do *Staten Island Advance*, o jornal local, os olhos úmidos de tédio, reclamando sobre ter de fazer as unhas na quinta-feira, o cabelo feito na sexta, perder o bingo na noite de sábado, a cintura ficando cada vez mais larga, a paciência cada vez menor. Ele viu a Irmã Gee esfregar o pescoço e se pegou pensando em como seria colocar os dedos ali e depois em suas compridas costas arqueadas. Ele pensou ter visto a boca dela se mover, mas estava distraído e não conseguiu escutar. Ela estava dizendo algo, e ele só pegou o final, e só então percebeu que era ele quem falava, não ela; ele dizia algo sobre como sempre amara aquela vizinhança e voltara ao Distrito Cause porque tinha tido problemas em outra delegacia tentando ser um policial honesto, e o Cause era o único lugar onde se sentia livre porque crescera a poucos quarteirões dali, e a vizinhança sempre parecera sua casa. Era por isso que tinha voltado, para terminar sua carreira ali, para estar em casa no fim. E, este caso, disse ele, era:

— ... Simplesmente incrível, por todos os ângulos. Se fosse em qualquer outra parte do Brooklyn, poderia desaparecer. Mas nosso garoto de coro Deems é parte de algo muito maior. Eles têm interesse por toda a cidade, com a máfia, os políticos, mesmo a polícia... e você não ouviu esta última parte de mim. Eles vão machucar quem quer que atrapalhe seus interesses. Isso tem que ser resolvido. É assim que é.

Ela ouviu em silêncio enquanto ele falou, olhando pela janela para os projetos habitacionais no escuro, para o velho vagão de carga do Elefante, no outro quarteirão, as ruas velhas e maltratadas com jornais voando, as carcaças dos carros velhos parados no meio-fio como besouros mortos. A Irmã Gee podia ver o reflexo de Potts na janela, enquanto ele falava atrás dela, o homem branco em uniforme da polícia. Mas havia algo dentro de seus olhos azuis, no movimento de seus ombros largos, no jeito como ele se levantava e se movia que o tornava diferente. Ela observava o reflexo dele na janela enquanto o homem falava, o rosto abatido, remexendo as mãos. Havia algo grande dentro dele, ela concluiu — uma lagoa, uma piscina, talvez um lago. O adorável sotaque irlandês em sua voz lhe dava um ar elegante, apesar dos ombros largos e das mãos grossas. Um homem de bom senso e bondade. E a irmã Gee percebeu que ele estava tão preso quanto ela.

— Deixe rolar, então — disse ela baixinho para o reflexo dele.

— Não se pode deixar isso aí.

Ela olhou para ele de lado, com ternura. Seus olhos escuros brilharam no vestíbulo.

— Venha me ver novamente — pediu ela. Com isso, abriu a porta da igreja para ele.

Sem uma palavra, Potts colocou o quepe da polícia de Nova York na cabeça e saiu para a noite escura, o cheiro do cais sujo entrando em seu nariz e em sua consciência com a facilidade de lilases e raios de luar, vibrando como borboletas em torno de seu coração despertado.

10

Sopa

NA MANHÃ DEPOIS DE VISITAR RUFUS, PALETÓ ESTAVA DEITADO em sua cama, tentando decidir, com a ajuda de Hettie, se vestia seu paletó xadrez ou usava o amarelo liso.

Ela estava de bom humor, e eles estavam se dando bem, quando o som de um violão vindo de algum lugar os interrompeu. Hettie desapareceu quando Paletó, irritado, foi até a janela e olhou para fora, franzindo o cenho ao ver a multidão reunida na praça diante dos degraus da entrada do Edifício 17, que dava de frente para o Edifício 9. Nos degraus, quatro músicos — um com violão, outro com acordeão e dois tocando bongôs e congas — estavam reunidos. De sua vista do quarto andar, Paletó viu vários outros tocadores de bongôs e de congas se aproximando da praça, carregando seus instrumentos.

— Jesus — resmungou. Olhou novamente para o quarto. Hettie tinha ido embora. E eles estavam se dando muito bem também.

— Não é nada, Hettie — disse ele em voz alta para o quarto vazio. — Só Joaquin e seus bongôs. Pode voltar. — Mas ela tinha ido embora.

Irritado com o sumiço da esposa, ele saiu da cama, e como já tinha dormido com a calça, só colocou uma camisa e o paletó — o amarelo, que Hettie preferia — e tomou um gole rápido de uma garrafa restante de Kong, o que Hettie não gostava, mas era o que ela ganhava por ter ido embora. Ele colocou a garrafa no bolso e saiu aos tropeços pela praça, onde uma multidão tinha se reunido ao redor dos degraus da frente do Edifício 17 para ouvir Joaquin e sua banda, Los Soñadores (Os Sonhadores).

Joaquin Cordero era o único corretor de apostas honesto na história do Habitacional Cause, até onde alguém conseguia se lembrar. Era um homem negro baixo, atarracado, cuja boa aparência estava espremida em uma cabeça que lembrava uma rampa de salto de esqui, pois a parte de trás era achatada como uma panqueca e o alto da cabeça inclinado para baixo como uma rampa de esqui, daí seu apelido de infância, "Salto". Ele não se importava. Joaquin era o que se costumava chamar de "uma pessoa do povo" e, como qualquer boa pessoa do povo que não fosse política, tinha muitos empregos. Recolhia apostas de um balcão improvisado em uma janela em seu apartamento no térreo do Edifício 17 — a janela acessível a pedestres, com um armário especial embutido no parapeito, que ele mesmo fizera, de onde vendia cigarros avulsos, doses de uísque, e vinho em copos de papel para clientes que precisavam de um pouco de molho de felicidade logo pela manhã. Ele também administrava um serviço de meio período de táxi, cobrava um preço razoável para lavar a roupa de trabalhadores ocupados, consertava os assentos de cadeiras para qualquer um que precisasse, perseguia uma ocasional dona de casa entediada, e tocava violão e cantava. Joaquin era, como diziam, multitalentoso. Era o maestro do Cause e sua alegre banda era a favorita do pedaço.

Era difícil para alguém no Cause dizer se Joaquin e Los Soñadores eram realmente bons. Mas não havia um casamento, um evento, ou mesmo um funeral de que Los Soñadores não fossem participantes, se não pessoalmente, pelo menos em espírito, pois embora parecessem um motor a diesel tentando funcionar em uma fria manhã de outubro, era o esforço que contava, não o resultado. Não importava que a ex-esposa de Joaquin, a srta. Izi, afirmasse que o único motivo pelo qual Los Soñadores tocavam nos eventos do Cause era porque Joaquin estava traçando a srta. Krzypcinksi, a jovem assistente social branca com seios grandes que não conseguia bater palmas no ritmo e não reconheceria o ritmo da salsa nem se estivesse vestido com um elefante em uma banheira, mas cujos quadris largos moviam-se com o tipo de cadência que todo homem no Cause podia ouvir a mil quilômetros de distância. A srta. Krzypcinksi administrava o Centro para Idosos do Habitacional Cause, que distribuía dinheiro e petiscos para eventos especiais por todo o projeto. E realmente era estranho que o centro para idosos, que estava constantemente sem dinheiro, sempre tivesse fundos para pagar Los Soñadores para tocar música barulhenta em todas as ocasiões no Habitacional Cause, quando Hector Vasquez no Edifício 34 tocava trombone para Willie Bobo e Irv Thigpen no Edifício 17 tocava bateria para Sonny Rollins. Será que ela não podia pagar um desses dois para tocar de vez em quando?

Não importava. Sempre que Los Soñadores tocavam, tentando acertar o compasso juntos como quatro calhambeques velhos, atraíam uma multidão. Os dominicanos acenavam com a cabeça educadamente e davam risadinhas entre si. Os porto-riquenhos davam de ombros e diziam que só Deus era maior do que Celia Cruz e que aquele doido do Eddie Palmieri, que agitava com uma salsa jazz tão quente que você perdia todo o seu dinheiro no clube noturno, então que diferença fazia? Os negros, em sua maioria cristãos nascidos no sul que cresceram em igrejas onde os pregadores usavam pistolas e colhiam algodão e podiam, sem aviso ou advertência, lançar suas vozes por meio estado a partir de seus púlpitos enquanto seguravam um fardo de algodão com uma mão e dedilhavam uma cantora do coro feminino com a outra, gostavam de qualquer tipo de música, então por que se incomodar? Todos dançavam juntos e se davam bem, e por que não? A música de Joaquin era grátis, e a música vinha de Deus. E tudo o que vinha de Deus era sempre uma boa coisa.

Paletó se aproximou da multidão que cercava os degraus do Edifício 17, quando Los Soñadores, com os amplificadores e os tambores instalados no platô superior dos degraus da entrada do prédio, aceleraram o ritmo. Um cabo de extensão elétrica amarrado meio desajeitado no palco improvisado garantia energia para os amplificadores. O cabo levava até a janela do apartamento de Joaquin, no térreo, localizado bem à direita da entrada principal do edifício. No toldo do edifício que cobria os membros da banda, havia um banner pendurado sobre a porta, mas Paletó, meio longe, não conseguiu ler.

Ele parou e assistiu do fundo da multidão enquanto Joaquin, cantando com a voz rouca em espanhol, chegava um trecho particularmente comovente e erguia a voz até um tom bem agudo, fazendo com que os animados músicos atacassem o acordeão e batessem nos tambores com ainda mais gosto.

— Vamos lá, Joaquin! — disse Paletó. Tomou um gole de King Kong e sorriu para a mulher parada ao seu lado, mostrando vários dentes amarelos que saíam de suas gengivas como pedaços de manteiga. — O que quer que estejam fazendo — comentou —, não é de se jogar fora.

A mulher, uma jovem mãe dominicana com dois filhos pequenos, o ignorou.

— Vamos lá, Joaquin! Quanto mais eu bebo, melhor você canta — gritou para o palco. Várias pessoas ali perto, maravilhadas com a demonstração de musicalidade, sorriram com o comentário, mas seus olhares estavam fixos na banda. Joaquin estava com tudo. A banda seguiu em frente. Eles não perceberam Paletó.

— Cha cha cha — exclamou Paletó, alegremente. — Toquem, amigos! — Tomou outro gole de Kong, balançou os quadris e gritou: — Melhor bongô do mundo!

A última frase trouxe um sorriso ao rosto da mãe ao seu lado, e ela o olhou de relance. Quando viu quem era, o sorriso desapareceu e ela se afastou, puxando as crianças de forma protetora consigo. Um homem ali perto viu ela se afastar, percebeu a presença de Paletó, e também se afastou, seguido por um segundo homem.

Ele não percebeu. Enquanto a multidão se afastava dele, Paletó viu lá na frente, perto da banda, o familiar chapéu porkpie de Salsicha Quente, balançando a cabeça ao som da música bachata, segurando um cigarro entre os dentes. Paletó abriu caminho entre a multidão e deu um tapinha no ombro de Salsicha:

— Qual o motivo da festa? — perguntou. — E onde conseguiu esse cigarro?

Salsicha se virou para ele e ficou paralisado, os olhos arregalados. Observou ao redor, nervoso, tirou o cigarro da boca e sibilou:

— O que está fazendo aqui, Paletó? Deems já saiu.

— Saiu de onde?

— Do hospital. De casa. Já está por aí.

— Ótimo. Ele pode voltar ao beisebol — falou Paletó. — Tem outro cigarro? Não fumo um cigarro há vinte anos.

— Você não me escutou, Paletó?

— Pare de amolar e me dê um cigarro. — Fez um sinal com a cabeça na direção do bolso do casaco, onde a garrafa de Kong estava guardada. — Tenho o gorila aqui, quer um pouco?

— Não aqui fora — sibilou Salsicha, mas então deu uma olhada rápida na direção do mastro da bandeira, viu que a barra estava limpa, pegou a garrafa do bolso de Paletó, tomou um gole rápido e guardou a garrafa novamente no bolso do amigo quando terminou.

— Para que o cigarro? — perguntou Paletó. — Você engravidou a Irmã Bibb?

A referência à sua amante de tempo parcial e organista da igreja, Irmã Bibb, não agradou Salsicha Quente.

— Não tem graça — grunhiu. Tirou o cigarro da boca, parecendo desconfortável. — Ganhei uma aposta — murmurou.

— Quem foi o idiota? — perguntou Paletó.

Salsicha Quente olhou para Joaquin, que, dos degraus da frente, olhava para outra pessoa e, de repente, ficou pálido. Na verdade, Paletó percebeu que toda a banda Los Soñadores encarava alguém agora: ele. A música, que já estava mal antes, caiu em um ritmo ainda mais lento.

Paletó pegou a garrafa de Kong do bolso e terminou o último gole, então assentiu para Los Soñadores.

— Vamos ser sinceros, Salsicha. Eles não são nenhum Gladys Knight & The Pips. Por que Joaquin reuniu a turma da naftalina?

— Não consegue ler o cartaz?

— Que cartaz?

Salsicha apontou para o cartaz em cima da banda, rabiscado em um pedaço de papelão que dizia: "Bem-vindo, Sopa".

— Sopa Lopez saiu da prisão? — perguntou Paletó, surpreso.

— Sim, senhor.

— Glória! Achei que Sopa tinha pegado uns sete anos.

— E pegou. Mas saiu em dois.

— Por que ele tinha sido preso mesmo? — perguntou Paletó.

— Não sei. Acho que tiveram que pedir falência por ter que alimentá-lo e resolveram soltá-lo. Espero que não esteja com fome hoje.

Paletó assentiu. Como a maioria das pessoas do Cause, ele conhecia Sopa a vida toda. Era um nanico manso, magricela e quieto que se exercitava correndo dos valentões locais. Também era o pior jogador do time de beisebol de Paletó. O pequeno Sopa preferia passar as tardes assistindo ao Captain Kangaroo, um programa infantil com um homem branco e gentil, cujas brincadeiras com fantoches e personagens como o sr. Moose e o sr. Green Jeans o encantavam. Aos nove anos, Sopa teve um surto de crescimento nunca visto por ninguém no Cause. Passou de um metro e quarenta para um metro e sessenta. Aos dez anos cresceu até quase um metro e oitenta. Aos onze, já tinha um metro e oitenta e sete e tinha que sentar no chão da sala de visitas da casa de sua mãe e esticar o pescoço para enxergar a pequena tela em preto e branco e assistir ao Captain Kangaroo, cujas piadas e brincadeiras com fantoches lhe pareciam, naquela idade, cada vez mais chatas. Aos quatorze anos, abandonou definitivamente o Captain Kangaroo e ficou fã de um novo programa de TV, Mister Roger's Neighborhood, sobre um homem branco e gentil com fantoches melhores. Também acrescentou sete centímetros à sua estatura. Aos dezesseis, já tinha mais de dois metros de altura, cento e vinte quilos, totalmente de músculos, com um rosto assustador o bastante para fazer um trem sair dos trilhos, com a disposição gentil de uma freira. Apesar de seu tamanho, continuava sendo o pior jogador do time de Paletó, em parte por ser tão alto que precisava de uma zona de ataque do tamanho do Alasca. Além disso, a ideia de bater em uma bola, ou em qualquer outra coisa, era estranha para Sopa.

Como a maioria do time de Paletó, Sopa desapareceu do radar dos adultos no Cause quando entrou no labirinto da adolescência. Em um instante, ele estava rindo às gargalhadas do time adversário, o Habitacional Watch, e no minuto seguinte, veio a notícia que Sopa estava na cadeia — cadeia de adultos — aos dezessete anos. O que o colocara ali, ninguém parecia saber. Não importava. Todo mundo no Cause ia para a cadeia em algum momento. Você podia ser a menor das formigas, capaz de entrar nas frestas da calçada, ou um foguete capaz de voar rápido o bastante para ultrapassar a velocidade do som, não importava. Quando a sociedade largava o martelo na sua cabeça, bom, não havia o que fazer. Sopa pegou sete anos. Não importava o motivo. O que importava era que ele estava de volta. E aquela era a festa dele.

— Acho ótimo que ele tenha saído — disse Paletó. — Ele era um... Bem, ele não era um bom jogador. Mas sempre aparecia! Onde está ele?

— Está atrasado — comentou Salsicha.

— Poderíamos usá-lo como treinador do time — sugeriu Paletó, animado. — Ele pode nos ajudar a botar o jogo em pé de novo.

— Que jogo?

— O jogo contra o Habitacional Watch. É sobre isso que vim falar.

— Esqueça o jogo — replicou Salsicha. — Você não pode dar as caras por aqui, Paletó.

— Por que está implicando comigo? Não sou eu que estou aqui fazendo o cha cha às nove da manhã. É com Joaquin que você devia encrencar. Ele devia estar pegando as apostas em sua janela agora. As pessoas precisam ir trabalhar.

Como se a banda o escutasse, a música parou. Paletó viu que Joaquin ia entrar no prédio.

— Sopa ainda não chegou! — alguém gritou bem alto.

— Tenho que começar a trabalhar — Joaquin disse por sobre o ombro. Desapareceu pela porta da frente, seguido por sua banda.

— Ele não está preocupado com os negócios — Salsicha resmungou. — Só quer estar lá dentro quando o tiroteio começar.

— Que tiroteio?

Várias pessoas passaram por Paletó e Salsicha Quente, fazendo uma fila de qualquer jeito na janela de Joaquin. Devagar, relutante, Joaquin abriu a janela e enfiou a cabeça para fora. Depois de espiar para os dois lados e ter certeza de que a barra estava limpa, começou a recolher as apostas.

Paletó acenou com a cabeça na direção da janela e disse para Salsicha Quente:

— Você vai jogar hoje?

— Paletó, dá o fora daqui e entre...

— Salsicha! — Uma voz estridente gritou. — E aí, você vai hastear a bandeira ou não? — Salsicha fora interrompido pelo lamento agudo da srta. Izi, que se aproximou dele com as mãos cruzadas por cima do peito, seguida por Bum-Bum e pela Irmã Gee. — Estamos esperando no banco há meia hora. Onde estão os donuts? Você sabia que Sopa Lopez está de volta?

Salsicha apontou para a placa sobre a entrada do edifício.

— Por onde andou? Alasca?

A srta. Izi olhou para a placa, depois novamente para Salsicha, até que seu olhar passou por Paletó e ela pestanejou, surpresa.

— *Ay, papi.* O que está fazendo aqui?

— Nada.

— *¿Papi, olvidaste lo que hiciste a ese demonio Deems? Su banda de lagartos te va a rebanar como um plátano.* Precisa ir embora, *papi.*

A Irmã Gee se aproximou e disse calmamente para Paletó:

— Diácono, a polícia esteve na igreja perguntando por você.

— Eu vou encontrar o dinheiro do Natal, Irmã. Disse para o reverendo que ia, e vou.

— Eles não querem saber disso. Estavam perguntando sobre alguém chamado Thelonius Ellis. Você o conhece?

Salsicha tinha sentado no último degrau da entrada do edifício quando as mulheres chegaram. De onde estava, ergueu os olhos, surpreso, e então exclamou:

— O que querem comigo? Eu não atirei em Deems!

À menção do nome "Deems", um silêncio carregado se abateu. Várias pessoas paradas na fila para apostar escapuliram antes que chegasse sua vez. O restante ficou em um silêncio ansioso, olhando para a frente, papéis com os números na mão, avançando, um olho na direção do mastro onde Deems trabalhava, fingindo não ter escutado nada. Mas isso era suculento demais, suculento o bastante para arriscar a vida, mas não o suficiente para se envolver.

— Eu não sabia que Thelonius Ellis era seu nome — disse a Irmã Gee para Salsicha Quente. — Achei que você se chamava Ralph ou Ray... uma coisa ou outra.

— Que diferença isso faz?

— Faz uma grande diferença — disse ela, exasperada. — Fez com que eu mentisse para a polícia.

— Você não pode mentir sobre o que não sabe — comentou Salsicha Quente. — A Bíblia diz que Jesus tinha muitos nomes.

— Por Deus, Salsicha, onde diz na Bíblia que você é Jesus?

— Eu não disse que era Jesus. Disse que não fico preso a apenas um nome.

— Bem, quantos nomes você tem? — quis saber a Irmã Gee.

— De quantos nomes um homem negro precisa neste mundo?

A Irmã Gee revirou os olhos.

— Salsicha, você nunca disse nada sobre ter outro nome. Eu pensava que seu nome verdadeiro era Ray Olen.

— Você quer dizer Ralph Odum, não Ray Olen. Ralph Odum. É a mesma coisa. Não importa. Esse não é meu nome verdadeiro de forma alguma. Ralph Odum é o nome que dei para o Habitacional quando comecei a trabalhar aqui há vinte anos. Ellis é meu nome verdadeiro. Thelonius Ellis. — Balançou a cabeça, apertando os lábios. — Agora a polícia está atrás de mim. O que eu fiz?

— Eles não querem você, Salsicha. Querem o Diácono aqui. Acho que falaram seu nome pensando que era ele.

— Bem, aí está — Salsicha Quente falou bravo com Paletó, hesitando. — Você me puxou para a lama de novo, Paletó.

— Sobre o que você está falando? — a Irmã Gee perguntou.

Mas Salsicha Quente a ignorou. Com raiva, olhou feio para Paletó.

— Agora os tiras estão me caçando. E Deems está caçando você. Está feliz?

— Os projetos habitacionais já eram! — exclamou a srta. Izi. — Todo mundo caçando todo mundo! — Tentou parecer desconsolada, mas, em vez disso, soou quase feliz. Aquela era uma fofoca das boas. Deliciosa. Excitante. Os apostadores, que ainda estavam na fila e ouvindo, tentavam se aproximar o máximo possível da conversa, quase animados, orelhas bem abertas, esperando a próxima guloseima.

— Como isso aconteceu? — a Irmã Gee perguntou para Salsicha.

— Ah, eu comprei um velho Packard ainda em cinquenta e dois. Eu não seguia os Dez Mandamentos na época, Irmã. Não tinha carta de motorista, nem documentos ou nada quando cheguei em Nova York, porque eu gostava de dar uns goles. Comprei aquele carro e deixei que

Paletó registrasse a coisa para mim. Paletó é bom para falar com os brancos. Ele foi até o setor de veículos com minha certidão de nascimento e conseguiu a carta de motorista e todos os documentos. Um negro se parece com o outro por aqui. Então...

Ele tirou o chapéu e secou a cabeça, olhando para Paletó.

— Nós ficamos com a carta de motorista e dividimos entre nós. Numa semana fica com ele. Na outra, comigo. Agora a polícia vai me mandar a julgamento por causa de Paletó. — Salsicha vociferou com Paletó: — Alguém que viu você derrubar Deems na praça deve ter te visto ir até a sala da caldeira e disse para a polícia. — Então falou para a Irmã Gee: — Eles estão procurando por ele... com meu nome. Por que eu tenho que pagar pelas coisas dele? A única coisa que fiz de errado foi fazer uma aposta.

— Que aposta? — perguntou a Irmã Gee.

Salsicha olhou de canto de olho para Joaquin na janela que, assim como a fila de apostadores, encarava-os abertamente. Joaquin pareceu constrangido, mas continuou em silêncio.

— Que diferença isso faz? — disse Salsicha Quente, sombrio. — Tenho problemas maiores agora.

— Explicarei para a polícia — garantiu a Irmã Gee. — Falarei para eles seu nome verdadeiro.

— Não faça isso — pediu Salsicha, rapidamente. — Tenho um mandado de prisão contra mim. Lá no Alabama.

A Irmã Gee, a srta. Izi e a Irmã Billings se entreolharam, surpresas. Joaquin e várias outras pessoas na fila observavam com interesse também. Aquela confissão era inesperada, mas suculenta.

— Um mandado! Ah, isso é muito azar, *papi*! — exclamou Joaquin de sua janela. — Você é gente boa também, mano. — Disse isso tão alto que várias pessoas da fila que já estavam olhando para outro lado agora voltaram a encarar Salsicha Quente.

Salsicha olhou de relance para eles e falou:

— Por que não coloca no rádio, Joaquin?

— Mas isso muda a aposta, *papi* — falou.

— Não tente torcer as coisas. — Salsicha Quente pareceu hesitar.

— Ganhei a aposta de forma justa e direta.

— Que aposta? — quis saber a Irmã Gee.

— Bem... — Salsicha começou a falar, mas se calou. Disse alterado para Joaquin: — Eu dormiria no buraco de um tronco antes de dar um centavo para você.

— Coisas acontecem, mano — disse Joaquin, simpático novamente. — Eu entendo. Mas ainda quero meu cigarro.

— Eu jogaria dez cigarros na privada antes de dar um para você!

— Dá para conversar com algum adulto aqui? — perguntou a Irmã Gee, impaciente. Virou-se para Salsicha. — Qual foi a aposta?

Salsicha não respondeu para ela, mas se voltou para Paletó, parecendo envergonhado.

— Ah, era sobre você, amigo... ser pego, preso, vê? Não quis dizer nada com isso. Eu teria pagado sua fiança, se pudesse. A melhor coisa para você é ser preso, Paletó. Mas agora tenho que me preocupar com minha própria pele — Salsicha Quente ficou pensativo, coçando o queixo.

— Um mandado de prisão não é nada, Salsicha — disse Paletó. — A polícia distribui isso por todo lado. Rufus lá do Habitacional Watch tem um mandado contra ele também. Lá na Carolina do Sul.

— Sério? — Salsicha se animou imediatamente. — Pelo quê?

— Rufus roubou um gato do circo, só que não era um gato. Era um bicho grande, o que quer que fosse, então atirou nele.

— Talvez ele não tenha matado nenhum gato — bufou Salsicha. — Rufus não sabe o que é moderação. Quem sabe o que ele fez? Essa é a coisa de um mandado. Você não sabe pelo que é. Quando uma pessoa tem um mandado contra si, ela pode até ter matado alguém!

Houve um silêncio sepulcral enquanto a srta. Izi, Bum-Bum, a Irmã Gee, Joaquin, Paletó e várias pessoas na fila ficaram encarando Salsicha Quente, que estava sentado no último degrau, abanando-se com o chapéu porkpie. Depois de um tempo, ele percebeu que todo mundo estava olhando e disse:

— Por que estão me olhando?

— Por acaso você...? — perguntou a srta. Izi.

— Izi, cale a boca! — gritou Joaquin.

— Cale você, seu gângster maldito! — replicou ela.

— Vá pilotar o fogão, mulher!

— Macaco!

— Chimpanzé!

— *Me gustaria romperte a la mitad, pero quién necesita dos de ustedes!*

— Parem os dois! — gritou Salsicha. — Não tenho vergonha de contar. Eu era de uma equipe de trabalho no Alabama e fugi. — Olhou para Paletó. — É isso.

— Essa é a diferença entre o Alabama e a Carolina do Sul — disse Paletó, com orgulho. — Na minha terra natal, um homem que está na equipe de trabalho permanece lá até o trabalho terminar. Não desistimos na Carolina do Sul.

— Podemos deixar isso para lá e voltar ao problema? — disse a Irmã Gee, com a voz dura. Virou-se para Paletó. — Diácono, você precisa ir até a polícia. Deems era um garoto maravilhoso. Mas o diabo está cuidando dele agora. Você pode se explicar para a polícia.

— Não vou explicar nada. Não fiz nada de errado com ele que eu me lembre — falou Paletó.

— Você não se lembra de ter trepado em Deems como um cachorro depois que atirou nele? — perguntou a srta. Izi.

— Também ouvi falar isso — uma mulher na fila da janela de Joaquin disse para o homem atrás dela.

— Eu estava lá — garantiu a srta. Izi, orgulhosa. — Ele mostrou para Deems quem é que manda.

A mulher riu e se virou para Paletó.

— Uuuu-rá! Você é muito mal, sr. Paletó! Ah, bem. Melhor ser um gordo na cova do que um magro no ensopado.

— O que isso quer dizer? — perguntou Paletó.

— Significa que Deems vai querer consertar isso. E é melhor você não estar por perto — disse Salsicha Quente.

— Deems não vai fazer nada — disse Paletó. — Conheço ele a vida toda.

— Não é só ele — garantiu a Irmã Gee. — Tem o pessoal para quem ele trabalha. Ouvi dizer que são piores do que um bando de curandeiros lá do sul.

Paletó fez um gesto de desdém com a mão.

— Não vou ficar aqui falando sobre toda essa bobagem de quem atirou em quem. Vim até aqui para conversar com um certo responsável pela caldeira sobre minha roupa de árbitro, que deixei na sala da caldeira — disse, olhando feio para Salsicha Quente.

— Bem, já que estamos falando em recuperar coisas, onde está minha carteira de motorista com sua foto usando meu nome? — perguntou Salsicha Quente.

— Para que você precisa disso? — questionou. — Já tem problema suficiente. Além disso, é minha semana de ficar com ela.

— Não é minha culpa que seu passado é ruim — Salsicha estendeu a mão. — Quero ela agora, por favor. Você não vai precisar dela tão cedo.

Paletó deu de ombros e pegou uma carteira surrada, cheia de papéis, amassada nas pontas e a entregou.

— Agora me dê minhas coisas de árbitro para que eu possa recomeçar os jogos. Vou colocar essa criançada nos trilhos de novo.

— Você por acaso pirou, Paletó? Essa criançada não quer saber de beisebol. Esses dias terminaram no instante que Deems saiu do time.

— Ele não saiu — disse Paletó. — Eu o expulsei por fumar aqueles cigarros de maconha estranhos.

— Paletó, você está mais fora de moda que um clube noturno na Filadélfia. Conheço garçons de Hong Kong que são mais espertos do que você. Essa molecada quer comprar tênis agora. E jaquetas jeans. E drogas. E estão se ferrando e roubando o pessoal mais velho para conseguir. Metade do seu time de beisebol trabalha para o Deems agora.

— Sopa não trabalha para ele — disse Paletó, com orgulho.

— Só porque Sopa era um hóspede do Estado — disse Joaquin da janela. — Dê tempo a ele. Você precisa ir embora, mano, deixar as coisas esfriarem. Pode ir ficar com minha prima Elena no Bronx se quiser. Ela nunca está em casa. Conseguiu um bom emprego na ferrovia.

A srta. Izi bufou.

— É mais rodada que aqueles trens também. Não fique lá, Paletó. Vai pegar pulga. Ou coisa pior.

O rosto de Joaquin ficou vermelho.

— *Tienes una mente de una pista. Una sucia sucia!*

— Assim como sua mãe! — respondeu a srta. Izi.

— Tudo bem, pessoal! — disse a Irmã Gee, olhando ao redor. A fila de pessoas esperando para fazer as apostas tinha desistido, e a maioria tinha se sentado no último degrau, perto de Salsicha, para ver esse teatro, que era melhor do que qualquer aposta. A Irmã Gee falou: — Vamos pensar nisso. — Ao falar, ouviram o som da porta da frente se abrindo atrás deles e ela ergueu os olhos por sobre seus ombros, ficando boquiaberta com a surpresa. O restante seguiu seu olhar chocado, olhando por sobre o ombro e viram algo que fez todos ficarem em pé.

Parado atrás deles, Sopa Lopez, um gigante resplandecente e sorridente, em um terno cinza impecável, camisa branca e uma esplêndida gravata-borboleta preta — em seus mais de dois metros de altura — estava parado ali, tomando todo o espaço da porta de entrada do Edifício 17.

— Sopa!

— Sopa Lopez! Voltando dos mortos!

— *¡Sopa! ¡Comprame una bebida! ¿Donde sacaste ese traje?*

— Por fim em casa! — urrou Sopa.

Gritos de saudação e apertos de mão por todo lado enquanto a multidão cercava o homenzarrão, que era mais alto do que todos eles. Joaquin, de sua janela, servia várias doses de uísque em copos de plástico, depois abandonou a janela de vez, saindo do edifício com seu violão, seguido pelo tocador de bongô da Los Soñadores, que saiu correndo apressado pela porta do edifício gritando em espanhol, "Sobrinho!", e abraçou Sopa, que ergueu o homenzinho como se fosse um travesseiro. Los Soñadores rapidamente plugaram os instrumentos e a música horrível recomeçou, com ainda mais vontade do que antes.

Pela hora e meia seguinte, a crise de Paletó foi esquecida. Ainda era cedo, e Sopa cumprimentou todos seus antigos amigos e divertiu todo mundo com truques de mágica. Segurava duas mulheres em uma mão. Mostrou para todo mundo as flexões com um só braço que aprendeu na prisão. Exibiu seus sapatos, tamanho 52, feitos especialmente pelo estado de Nova York, e impressionou seu velho treinador, Paletó, ao tirar um dos pés e usá-lo para rebater uma bola de handebol a trezentos metros.

— Você sempre disse que eu tinha bons fundamentos — afirmou ele.

A alegria encorajou a brincadeira, e vários que estavam constrangidos de se aproximarem de Paletó agora vinham apertar sua mão, dar um tapinha em suas costas, agradecê-lo por atirar em Deems e lhe oferecer bebidas. Uma velha avó lhe deu dois dólares que ela normalmente usaria para apostar, enfiando o dinheiro no bolso de seu casaco. Uma jovem mãe deu um passo adiante e disse:

— Você me mostrou como fazer pêssegos em conserva. — E lhe deu um beijo.

Um funcionário corpulento da Autoridade de Trânsito chamado Calvin, que trabalhava no guichê da estação local de metrô da linha G, se aproximou, apertou a mão de Paletó e colocou cinco dólares em seu bolso, dizendo:

— Meu chapa.

As comportas foram abertas, e a multidão de curiosos que fugira ao vê-lo pela primeira vez agora retornava para se maravilhar por ele ainda estar vivo, olhar boquiaberto para ele e apertar sua mão.

— Bom velho!

— Paletó, você ensinou para eles!

— Paletó... *eres audaz. Estás caliente, bebé. Patearles el culo!*

— Paletó, venha abençoar meu filho! — uma jovem grávida gritou, com as mãos na barriga redonda.

Paletó aguentou tudo aquilo com uma mistura de temor, timidez e orgulho, apertando mãos e aproveitando as bebidas grátis que lhe eram servidas pela janela de Joaquin, pagas por seus vizinhos, a janela agora nas mãos da srta. Izi, que aparentemente conhecia o ex-marido o suficiente para saber que ele não dava a mínima para quem cuidava da janela, desde que os cinquenta centavos por dose lhe fossem pagos. Sem que ele soubesse, ela guardava vinte e cinco centavos de cada dose para si também. Manipulando o troco.

A agitação em torno de Paletó foi alegre até que Dominic Lefleur, a Sensação Haitiana e vizinho de Paletó no Edifício 9, apareceu com seu amigo Mingo, um velho de aparência horrível, com um rosto marcado e cheio de espinhas. Em sua mão estava uma horrível boneca de pano, que consistia em três minúsculas almofadas costuradas umas nas outras, com uma cabeça que parecia com quatro pilhas pequenas coladas entre si e cobertas de tecido. Dominic deu um tapa nas costas de Paletó, lhe entregou a boneca e disse:

— Agora você está protegido.

Bum-Bum, que havia permanecido fielmente parada na fila por vinte minutos para apostar seus números e que perdera o lugar duas vezes desde que a festa começara e a fila se reduzira a uma fila em busca de doses de uísque, se ofendeu.

— Por que está espalhando aparições e espíritos, Dominic?

— É para boa sorte — ele disse.

— Ele não precisa de sorte. Ele tem Jesus!

— Pode ter isso também.

— Jesus Cristo não precisa da sua bruxaria. Jesus não precisa das suas bonecas feias. Jesus não tem limites. Olhe para Sopa. Jesus o trouxe para casa porque ele estava pregando em seu nome. Não é mesmo, Sopa?

Sopa, de terno e gravata-borboleta, mais alto do que todo mundo que bebia na festa e dançando ao som da horrível bachata de Los Soñadores, parecia desconfortável.

— A verdade, Irmã, é que não frequento mais a igreja. Sou membro da Nação.

— Que Nação?

— A Nação do Islã.

— É como as Nações Unidas? — perguntou Bum-Bum.

— Na verdade, não — disse ele.

— Eles têm uma bandeira, como a dos Estados Unidos? — perguntou Salsicha.

— Essa bandeira não é mais minha, Irmão Salsicha — disse Sopa. — Não tenho país. Sou um cidadão do mundo. Um muçulmano.

— Ah... — respondeu Salsicha Quente, sem saber o que mais dizer.

— Veja só, Maomé era o verdadeiro Profeta de Deus. Não Jesus. E Maomé não usava bonequinhas como essa do Dominic. — Ao ver o horror estampado no rosto de Bum-Bum, Sopa acrescentou: — Mas eu concordo com você em um ponto, srta. Bum-Bum. Todo mundo precisa de alguma coisa.

Sopa estava tentando ser amável, como sempre era, mas suas palavras tiveram um efeito terrível. Bum-Bum ficou parada, com as mãos nos quadris, atordoada e em silêncio. Dominic afastou o olhar, constrangido. A Irmã Gee, Salsicha Quente e Paletó não conseguiam acreditar no que tinham ouvido. Joaquin, notando uma pausa na atividade entre eles, esgueirou-se pela porta da frente enquanto Los Soñadores engoliam em seco, e saiu um minuto mais tarde com uma garrafa de conhaque.

— Bem-vindo de volta, Sopa. Guardei isto para você — disse Joaquin.

Sopa pegou a garrafa com sua mão gigante.

— Não bebo isso — falou. — É isso o que o homem branco usa para manter o homem negro abatido.

— Com conhaque dominicano? — perguntou Joaquin. — É o melhor.

— É mijo se comparado com conhaque porto-riquenho — a srta Izi disse da janela de Joaquin.

— Saia da minha janela — Joaquin falou, zangado.

— Estou ganhando dinheiro para você! Como antes! Cabeça-oca!

— Saia da minha janela e embarque na vassoura da meia-noite, vadia!

Havia um cinzeiro de vidro grosso ao lado do cotovelo da srta. Izi. Ela o pegou e o jogou no ex-marido. Foi um arremesso leve e casual, como se fosse um freesbee. Não queria atingi-lo e não atingiu. Em vez disso, o cinzeiro acertou uma mulher grávida no ombro. Ela estava dançando na frente da multidão com o namorado, e rapidamente se virou e deu um tapa em Dominic, que estava parado atrás dela, segurando a boneca. Como o cavalheiro que era, Dominic ergueu a mão para impedi-la de bater nele uma segunda vez e, inadvertidamente, acertou o namorado da jovem mãe na cabeça com a cabeça de pilha da boneca. Por sua vez, o namorado ergueu o punho para socar Dominic mas, em vez disso, seu cotovelo acertou Bum-Bum na mandíbula, que tinha dado um passo adiante para ajudar a jovem mãe. Furiosa com o golpe, Bum-Bum enfiou a mão no atacante e atingiu a Irmã Gee, que caiu em cima de Eleanora Soto, tesoureira da Sociedade do Estado Porto-Riquenho do Habitacional Cause, que estava tomando um copo de uísque, que derramou na camisa de Calvin, o funcionário da Autoridade de Trânsito que acabara de dar para Paletó os cinco dólares que tinha para o almoço.

E assim por diante. Uma luta com mordidas, arranhões e chutes. Não era um salve-se quem puder, mas uma série de escaramuças que explodia e sumia, estourando aqui, começando novamente ali, com juízes e pacificadores espalhados por todo lado, alguns levando socos na cara também, tudo em uma manhã quente em que deviam estar celebrando.

Vários lutavam até ficar cansados, sentavam-se nos degraus da frente do prédio, em lágrimas e exaustão, e então, assim que recuperavam o fôlego, recomeçavam, com tanta raiva quanto antes. Outro se xingava até que um era atingido por um soco perdido, e então se juntava também à luta. Outros ainda lutavam em silêncio, resolutos, em duplas, resolvendo rancores antigos que duravam há anos. Estavam todos tão ocupados que ninguém pareceu perceber uma figura alta com jaqueta de couro preta, o executor de Bunch Moon, Earl, com um canivete dobrável no punho, abrindo caminho lentamente desde o fundo da multidão, se esgueirando para a esquerda e para a direita, seguindo na direção de Paletó, que ainda estava sentado nos degraus, diante de Los Soñadores, perto de Sopa, os dois assistindo à briga maravilhados enquanto a terrível banda ainda tocava.

— Isso é culpa minha — admitiu Sopa. — Eu devia ter ficado lá em cima, vendo televisão.

— Ah, o algodão e as ervas daninhas se juntam de vez em quando, mas não é nada — disse Paletó. — Essas coisas são boas. Limpam o ambiente. — Enquanto observava a multidão xingando e lutando, ocorreu a Paletó que a garrafa ainda fechada do delicioso conhaque dominicano de Joaquin, largada no último degrau, a poucos metros de distância, parecia solitária, sem ninguém para lhe fazer companhia. Também percebeu que tinha que começar a se mexer logo. Tinha uns trabalhos de jardinagem para a velha branca da rua Silver, que precisava dele para cuidar das plantas. Em geral, ele ia lá às quartas-feiras, mas tinha faltado na última, porque... Bem, porque sim. Tinha prometido ir hoje, segunda-feira, e a velha não era de brincadeira, o que o deixou ainda mais determinado. Naquela manhã, tinha até decidido deixar a aposta com Joaquin para outro dia e ir direto para a casa da velha, mas a banda barulhenta o acordara e o atrapalhara. Agora tinha que se mexer.

Mesmo assim, ao ver a garrafa solitária de conhaque no degrau de baixo, resolveu que não faria mal dar um golinho rápido. Não havia nada de errado em conseguir um pequeno alívio diário antes do trabalho.

Levantou-se e desceu os degraus para pegar a garrafa. Quando estendeu a mão, alguém chutou a garrafa, que escorregou pela praça, no meio da confusão, sem quebrar, mas rodopiando de lado até parar a poucos metros dali. Ele foi atrás, entrando no meio da multidão. Assim que a alcançou, a garrafa foi chutada novamente, e escorregou no meio das pernas da Irmã Billings e da jovem grávida, as duas ainda se agarrando enquanto Dominic e o namorado da mulher tentavam separá-las. Paletó seguiu a garrafa, só para vê-la ser chutada mais uma vez. Desta vez, ela quicou e balançou antes de escorregar até os pés de Salsicha e Calvin, o funcionário de trânsito, desacelerando até uma parada milagrosa e agonizante entre as pernas de duas mulheres que se agarravam, cada uma xingando e ameaçando arrancar a peruca da outra.

A garrafa rodopiou entre as pernas delas, parando bem devagar.

Paletó se agachou, limpou a garrafa e estava prestes a tirar a tampa quando ela foi de repente arrancada de suas mãos.

— Isso é veneno do homem branco, sr. Paletó — disse Sopa calmamente, segurando a garrafa. — Não precisamos mais disto por aqui.

Jogou a garrafa por sobre o ombro, como se não fosse nada, para longe da multidão.

Quando era criança e jogava beisebol, Sopa não tinha um bom braço. Mas como era gigante, tinha velocidade. Vários olhos seguiram a garrafa que fez um arco lento e comprido no ar, bem alto, rodopiando, arqueando um pouco ao alcançar o ápice e, depois, caindo no chão em uma curva longa, preguiçosa, louca e espiralada — acertando o assassino de Bunch, Earl, bem na cara.

O incrível foi que a garrafa continuou intacta depois de quicar na cabeça de Earl e atingir o pavimento antes de por fim ser feita em pedaços. Earl caiu perto dela, despencando no chão como uma boneca de papel.

O barulho do vidro quebrado e a visão do homem em queda pararam todo mundo. Os socos e arranhões cessaram e todos se juntaram ao redor do prostrado Earl, que estava desmaiado.

Ao longe, dava para ouvir a sirene da polícia.

— Agora vocês conseguiram — comentou Joaquin, sombrio.

Todo mundo percebeu a crise no mesmo instante. O apartamento de Joaquin seria revistado. Ele ficaria fechado por dias, semanas, até meses. Isso significava que não haveria apostas. Pior ainda, Sopa estava em liberdade condicional. Qualquer tipo de encrenca o mandaria de volta para trás das grades. Que mundo cruel!

— Todo mundo fora — a Irmã Gee disse calmamente. — Eu cuido disso.

— Também vou ficar — falou Dominic. — É minha culpa. Deixei Bum-Bum agitada.

— Nenhum homem consegue me agitar, Dominic Lefleur — a Irmã Billings replicou na defensiva. — Não preciso de homem algum para mexer minha bebida!

— Isso depende do canudo e do homem — comentou Dominic, sorrindo. — Sou a Sensação Haitiana, com ênfase na "sensação".

— Não tente vir com esses papinhos safados comigo, meu senhor! Sei o que pretende!

Dominic deu de ombros, como se dissesse: "O que faço agora?".

— Estamos perdendo tempo — falou a Irmã Gee. Então se voltou para a multidão. — Vão, comecem a se mexer, todos vocês — disse. Virou-se para Calvin, o rapaz do guichê do metrô. — Calvin, você e Sopa ficam. Você também, Izi. — Para os demais, falou: — Apressem-se todos. Vão rápido.

A multidão desapareceu. A maioria correu para os edifícios ou se apressou para o trabalho. Mas nem todo mundo. Paletó e Salsicha Quente voltaram para a frente do prédio, onde Joaquin e Los Soñadores guardavam os instrumentos, apressados. Salsicha acenou com a cabeça para a banda:

— Se fossem os O'Jays, isso não teria acontecido — comentou.

— Música de bongô — concordou Paletó, balançando a cabeça. — Nunca gostei disso.

— Você vai esperar aqui para ser preso? — perguntou Salsicha.

— Preciso ir trabalhar.

— Vamos tomar um gole antes disso — disse Salsicha Quente. — Tenho um pouco de Kong na oficina. Podemos ir pela porta dos fundos e atravessar pelo túnel de carvão por baixo do Edifício 34. Assim voltamos para o 9.

— Eu achava que o túnel de carvão estava fechado.

— Não se você é o responsável pela caldeira.

Paletó sorriu.

— Caramba, você é um fanfarrão, Salsicha. Vamos lá, então.

Os dois desapareceram dentro do prédio. Atrás deles, Salsicha viu Sopa colocar Earl por sobre o ombro e sair com ele da praça. Quando os policiais chegaram, minutos depois, a praça estava deserta.

***

VINTE MINUTOS MAIS TARDE, EARL VOLTOU A SI E DESCOBRIU QUE estava em um banco na plataforma da estação de metrô da rua Silver. Sentado em um de seus lados estava o maior porto-riquenho que ele já vira e, do outro, uma bonita mulher negra com chapéu da igreja. Colocou a mão na cabeça. Tinha sido atingido no mesmo lugar que a bola de beisebol o acertara dias antes. Tinha um galo do tamanho de Milwaukee.

— O que aconteceu? — A voz dele estava rouca.

— Você foi atingido na cabeça com uma garrafa — disse a mulher.

— Por que minhas roupas estão molhadas?

— Jogamos água em você para que acordasse.

Ele apalpou o bolso em busca do canivete. Tinha sumido. Então ele notou o cabo do canivete dobrado saindo da mão fechada do porto-riquenho gigante, que tinha um rosto feio o bastante para pertencer a um cadáver. Aquela lâmina, percebeu Earl, não faria nada além de cócegas naquele maldito elefante hispânico. Nervoso, Earl olhou para a plataforma do metrô novamente. Estava completamente vazia.

— Onde está todo mundo?

— Vimos nos documentos no seu bolso que você mora na avenida Gates, em Bed-Stuy — disse a mulher. — Então vamos colocar você no trem que vai para lá.

Earl começou a xingar, e então olhou para o gigante, que o encarou de volta, o olhar fixo.

— Parece que você conhece um pregador que conheci em Bed-Stuy — a mulher começou a falar. — Reverendo Harris, da Batista Ebenézer. Um bom homem, o reverendo. Morreu há alguns anos. Por acaso é parente dele?

Earl ficou em silêncio.

— Um bom homem, o Reverendo Harris — repetiu ela. — Trabalhou a vida toda. Acredito que era vigia na Universidade de Long Island. Lembro quando minha igreja visitou a Ebenézer, que o Reverendo Harris tinha um ou dois filhos que o ajudavam. Claro que isso já faz tempo. Tenho quarenta e oito anos. Não consigo lembrar de mais nada.

Earl permaneceu em silêncio.

— Bem, eu preciso pedir desculpas por qualquer mal-entendido que você tenha tido no Cause — disse ela. — Vimos nos documentos em sua carteira de onde era e, por sermos pessoas tementes a Deus, trouxemos você até aqui para que pudesse voltar para casa sem ter problemas com a polícia. Cuidamos dos nossos visitantes, no Cause. — Ela fez uma pausa por um instante e então acrescentou: — Cuidamos dos nossos também.

Ela deixou a frase pairando no ar por um momento, e então se levantou. Acenou com a cabeça para o gigante. Earl observou, assombrado, enquanto o homem estoico, vestido em um terno elegante, gravata-borboleta e uma camisa branca impecável, claramente um membro, percebia agora, da temida e respeitada Nação do Islã, se levantava. Cada vez mais para cima, ele desdobrou o corpo como um acordeão humano, o punho gigante ainda segurando o canivete. Quando ficou em pé, sua cabeça quase raspava nas luzes da plataforma do metrô. O gigante abriu a mão imensa e, com dois dedos gigantescos, colocou a lâmina gentilmente no banco ao lado de Earl.

— Muito bem, então desejamos um bom dia para você, filho — disse a senhora. — Que Deus o abençoe.

Ela seguiu na direção das escadas, seguida pelo gigante desajeitado.

Earl, ainda sentado no banco, ouviu o barulho do trem que se aproximava e fitou os trilhos, onde se deparou com o trem da linha G, coberto de grafite, fazendo a curva no túnel em sua direção. Quando o veículo parou, Earl se levantou o mais rápido que pôde, embarcou aliviado e observou pela janela a mulher e seu gigante, as únicas duas almas na plataforma, paradas no começo da escada, vendo o trem partir.

Era o único passageiro a bordo. Percebeu que não havia nenhum outro passageiro em toda a plataforma. A situação lhe pareceu estranha. Só quando o trem começou a se mover que os dois foram embora.

***

IRMÃ GEE E SOPA DESCERAM AS ESCADAS DA PLATAFORMA DO metrô, seguiram por uma escada rolante que atingia o nível da rua e foram até o guichê. Quando chegaram, a Irmã Gee percebeu uma aglomeração de uns quinze passageiros impacientes parados nas três catracas de entrada. Todas as três estavam fechadas, cada uma delas bloqueada por um cone de emergência. Ela olhou para o guichê, e Calvin, o funcionário, saiu rapidamente e removeu os cones sem uma palavra, voltando para seu guichê. Os passageiros passaram pela catraca e subiram as escadas.

A Irmã Gee observou-os subir as escadas apressados, na direção da plataforma do trem. Quando estavam fora da vista, ela não se virou, mas disse baixinho para Sopa, parado atrás dela:

— Me encontre lá fora, ok?

O homenzarrão caminhou pesadamente em direção à saída da rua, enquanto a Irmã Gee se aproximou do guichê, onde Calvin estava parado no balcão, o rosto estoico.

— Te devo uma, Calvin — falou com suavidade.

— Esquece. O que aconteceu depois que todo mundo foi embora?

— Nada. Viemos para cá pelas ruas secundárias. Bum-Bum escondeu as apostas de Joaquin no sutiã. A srta. Izi falou para a polícia que ela e Joaquin tinham tido uma de suas brigas. Ficou tudo bem. Joaquin voltou a trabalhar. Os tiras foram embora. Não tenho como agradecer a você.

— Se apostar dois dólares no meu número hoje, estamos quites — disse Calvin.

— Que número?

— Cento e quarenta e três.

— Parece um bom número. O que significa?

— Pergunte para Sopa — respondeu Calvin. — Este é o número do Sopa.

Ela saiu da estação da rua Silver e seguiu ao lado de Sopa pela curta caminhada até o Habitacional Cause.

— Acho que, se sua mãe estivesse viva, ela não ficaria feliz por eu ter colocado o filho dela nessa situação, limpando a bagunça de outra pessoa. Não sei se fiz certo ou não. Mas não ia conseguir levar aquele cara até o metrô sozinha.

Sopa deu de ombros.

— Claro que ele não era nada bom — disse ela. — Acho que veio até aqui para fazer mal ao velho Paletó. Imagina se começa a correr a notícia de que o pessoal da igreja não consegue cuidar mais dos seus? — Ela pensou por um instante. — Acho que fiz certo. Por outro lado, o caso de Paletó é um pouco pesado demais pro meu gosto. Dá para se meter em uma encrenca grande bem rápido se mexer com traficantes. Não faça isso, Sopa.

Sopa deu um sorriso tímido. Ele era tão alto que ela tinha que apertar os olhos para ver seu rosto contra o sol da tarde.

— Isso não é para mim, Irmã Gee — disse ele.

— Por que Calvin está jogando seu número? Ele também faz parte da sua nova religião?

— A Nação do Islã? De jeito nenhum — disse Sopa. — Ele e minha mãe eram amigos. Vivíamos no mesmo prédio. Ele costumava aparecer de vez em quando e ver comigo o programa de televisão que eu gostava.

— Que programa é esse?

— *Mister Rogers.*

— Aquele com um branquinho bonzinho que canta? Com os fantoches?

— Era o endereço do Mister Roger. Cento e quarenta e três. Sabe o que cento e quarenta e três quer dizer?

— Não, Sopa.

O rosto estoico dele se abriu em um sorriso.

— Eu diria para você, mas não quero estragar.

11

Uva-de-rato

A QUATRO QUADRAS DA ESTAÇÃO DA RUA SILVER, O ELEFANTE estava sentado à mesa da cozinha da mãe, reclamando de uma planta:

— Uva-de-rato — disse ele para a mãe. — Você não disse que era venenosa?

A mãe, uma mulher diminuta de pele cor de oliva, estava parada na bancada, o cabelo grisalho todo desgrenhado sobre a cabeça, cortando várias plantas que ele colhera no jardim aquela manhã: brotos de samambaia, flores de vassourinha e repolho de gambá.

— Não é venenosa — disse ela. — Só a raiz. Os brotos são bons. Fazem bem para o sangue.

— Tome um remédio para afinar o sangue — sugeriu ele.

— Os remédios dos médicos são um desperdício de dinheiro — ela fez pouco caso. — A uva-de-rato limpa você por dentro... e é grátis. Cresce perto do porto.

— Nem adianta querer que eu vá remexer na lama perto do porto hoje — reclamou Elefante. — Tenho que ir até o Bronx. — Ele ia ver o Governador.

— Vá em frente — a mãe disse em tom de desafio. — Pedi para o negro lá da igreja passar por aqui.

— Que negro?

— O diácono.

— Aquele velho bêbado? Do jeito que ele bebe, a comida sólida mergulha em seu estômago quando ele come. Deixe-o fora de casa.

— Pare já com isso — replicou a mãe. — Ele sabe mais sobre plantas do que qualquer um por aqui. — Acrescentou ela. — Mais do que você, com certeza.

— Só deixe ele fora de casa.

— Pare de se preocupar. Ele é diácono na igreja de negros que tem lá, Quatro Pontas, Pontas Profundas, ou seja lá como se chama.

— Cinco Pontas.

— Bem, ele é de lá. Um diácono. — Ela continuou cortando.

Elefante deu de ombros. Não tinha ideia do que um diácono fazia. Lembrava-se vagamente do velho como um dos negros que ia e vinha da igreja a um quarteirão de seu vagão de carga. Um bêbado. Inofensivo. A igreja ficava no outro lado da rua, enquanto o vagão ficava do lado do porto. Por mais perto que ficassem, separados por um terreno baldio que tomava todo o quarteirão, eram estranhos um ao outro. Mas Elefante considerava os negros vizinhos perfeitos. Cuidavam de suas próprias vidas. Nunca faziam perguntas. Fora por isso que seus rapazes tiraram aquela pobre mulher do porto quando ela aparecera flutuando, há alguns anos. Ele a vira ir e voltar da igreja durante anos, acenando para ele, e ele acenava de volta. Aquele era o máximo de conversa que tinham, o que, no Cause, onde italianos e negros viviam lado a lado, mas raramente se conectavam, era muito. Ele nunca soube ou ouviu a história de como ela acabara no porto — não era problema dele —, mas tinha uma leve lembrança de que ela podia ser parente de um dos outros negros. Ele deixara seu capataz para acompanhar os detalhes de pessoas como ela, em vez de Elefante fazê-lo. Ele não tinha tempo. Só sabia que todo Natal, desde que seus rapazes tiraram aquela mulher da água, os negros da igreja deixavam duas tortas de batata-doce e uma galinha cozida do lado de fora de seu vagão de carga. Por que mais pessoas não podiam se dar bem assim?

Analisou a mãe enquanto ela cortava. Ela estava usando as velhas botas de obra de seu pai, o que significava que planejava sair por aí recolhendo plantas. Com as botas, o vestido de ficar em casa, o avental e o cabelo despenteado, a mulher parecia, ele sabia, alguém fora de si. Mas, aos oitenta e nove anos, ela podia fazer o que quisesse. Mesmo assim, o filho temia por sua saúde. Notava a dificuldade que ela tinha para cortar, as mãos atacadas pela artrite, curvadas e deformadas. A artrite reumatoide, o diabetes e um coração fraco estavam cobrando seu preço. Ela caíra várias vezes nas últimas semanas, e os murmúrios dos médicos sobre seus problemas de coração não eram mais murmúrios, eram avisos explícitos, sublinhados com caneta vermelha nas receitas médicas, que ela ignorava, claro, por causa das plantas que juravam promover boa saúde ou simplesmente tinha que ter pelo bem de tê-las, plantas cujos nomes ele sabia de cor desde a infância: cerejeira-negra, pimenteiro, arbusto benjamim e, agora, uva-de-rato.

Ele assistia enquanto ela lutava com a faca. Ele suspeitava que o velho jardineiro negro cortaria todas as plantas assim que Elefante partisse. Dava para ver pelo corte bem-feito das plantas, os caules amarrados de modo ordenado com elásticos, outros com caules e raízes cortados exatamente no mesmo tamanho. Ele ficava secretamente satisfeito que ela ignorasse sua desaprovação sobre permitir alguém dentro de casa. Alguém era melhor do que ninguém. Ela estava perto do fim, e ambos sabiam disso. Há três meses, ela pagara Joe Peck, cuja família administrava a última casa funerária do Distrito Cause para mandar um homem exumar o corpo de seu pai no cemitério Woodlawn e depois enterrá-lo mais fundo. O cemitério lotado não tinha mais espaço para novas tumbas, então o plano dela era ser enterrada em cima do pai dele, no mesmo terreno. Isso exigia que o caixão de seu pai fosse enterrado a dois metros e meio de profundidade, em vez dos usuais dois metros. Peck garantira para ela que tinha feito o trabalho pessoalmente. Mas o Elefante tinha suas desconfianças. Qualquer coisa que Joe Peck dizia podia ser mentira.

— Você pediu para alguém verificar aquela coisa que Joe Peck disse que desenterrou? — perguntou ele.

— Já falei para você. Posso cuidar dos meus próprios negócios — disse ela.

— Você sabe que Joe diz uma coisa e faz outra.

— Vou pedir para meu negro checar.

— Ele não pode ficar se metendo no cemitério. Vai ser preso.

— Ele sabe o que fazer.

Elefante desistiu. Pelo menos haveria um par de olhos na casa enquanto ele ia até o Bronx verificar a dica do Governador.

Suspirando, levantou-se da mesa da cozinha, pegou a gravata que estava pendurada em uma maçaneta ali perto, colocou-a no pescoço e foi até o espelho da sala para dar o nó, sentindo uma mistura de alívio e, contra sua própria vontade, uma pontada de animação. Já tinha decidido que a história do Governador sobre a então chamada pilhagem oculta, este grande tesouro que seu pai de algum modo tinha escondido em algum lugar em seu vagão de carga ou nos depósitos, era uma fábula. Mesmo assim, alguns telefonemas discretos e uma consulta com sua mãe provaram que a história do Governador era, pelo menos em parte, verdade. Elefante confirmara que o Governador fora o único amigo de seu pai e seu companheiro de cela durante dois anos em Sing Sing. Seu pai também mencionara o Governador para mãe várias vezes enquanto se aproximava da morte, mas ela jurava ter prestado pouca atenção:

— Ele disse que estava guardando algo para um amigo e que estava nas mãos de Deus — ela lhe contou. — Não prestei atenção.

— Ele disse "nas mãos de Deus" ou "na palma de Suas mãos"? — perguntou Elefante, lembrando-se do poema que o Governador citara.

— Você estava lá! — replicou ela. — Não se lembra?

Mas Elefante não lembrava. Tinha dezenove anos na época, estava prestes a herdar um negócio que pertencia à família Gorvino. Seu pai estava morrendo. Ele tinha de assumir. Havia muito no que pensar. Ele estava se afogando nas próprias emoções confusas e reprimidas na época. Deus era a última coisa que tinha em mente.

— Não, não lembro — disse ele.

— Ele estava delirando no final — a mãe dele falou. — Seu pai não ia à igreja desde que saiu da prisão, então não prestei atenção.

Elefante verificou todos os depósitos — aqueles aos quais tinha acesso, que eram mais do que queria que seus clientes soubessem — e saiu de mãos vazias. Revirou as próprias lembranças também, mas elas lhe pregavam peças. Lembrava-se, desde menino, de seu pai lhe dizendo várias vezes... Fique de olho no Governador. Ele tem aquele poema maluco! Preste atenção. Mas que adolescente presta atenção no pai? De todo modo, seu pai não lhe deu detalhes. Falava com gestos e grunhidos. Dar palavras às ideias era perigoso demais no mundo deles. Quando seu pai falava alguma coisa, era por um bom motivo. Tinha peso. Então, seu pai devia estar lhe dando uma mensagem. Mas o quê? Quanto mais Elefante pensava nisso, mais confuso ficava. Driscoll Sturgess, resolveu, o próprio Governador, devia ter a resposta — se é que havia uma. Então ele telefonou e combinou de vê-lo, para talvez conseguir alguma paz no assunto.

Elefante pegou o casaco e a chave do carro, sentindo-se ansioso e um pouco excitado. A ida ao Bronx era mais uma folga do que qualquer outra coisa para ele. Parou uma última vez diante do espelho do hall de entrada para endireitar a gravata e desamassar o terno, verificando também seu perfil. Ainda tinha uma boa aparência. Um pouco pesado, talvez, mas seu rosto ainda era liso, sem rugas, sem pés de galinha ao redor dos olhos, sem filhos, sem primos em quem confiar, sem esposa para cuidar dele, ninguém para cuidar de sua mãe tampouco, pensou com amargura. Aos quarenta anos, Elefante era solitário. Seria tão bom se isso tudo resultasse em uma grande coisa, pensou ao endireitar a gravata pela última vez. Só uma vez, algo que o tirasse do cais, o tirasse daquele vagão de carga quente, o tirasse daquele aperto entre Joe Peck e os Gorvino, que controlavam todas as docas do Brooklyn, e o mandasse para uma ilha nas Bahamas onde pudesse passar o resto da vida tomando grapa e vendo o mar. O estresse do trabalho começava a pesar. Os Gorvino estavam perdendo a fé nele. Ele sabia. Dava para ver que eles estavam cada vez mais irritados com sua resistência às drogas, um preconceito que herdara do pai. Mas aquilo tinha sido uma época diferente, e eles eram homens diferentes. O velho mantinha os Gorvino satisfeitos, alugando espaços baratos para depósito, fazendo construções ilegais rápidas para eles e movendo qualquer coisa que quisessem que não fosse droga. Mas aquilo tinha sido antes, na era da corrupção, das apostas, do contrabando e da bebida. A coisa agora era droga. Dinheiro graúdo, e Joe Peck, o único outro membro da família Gorvino no Distrito Cause, tinha entrado de cabeça no jogo das drogas, tornando-se o maior distribuidor, passando a perna em Elefante. Havia vários pontos de atracagem no Brooklyn, mas Elefante estava sob constante pressão para manter seu cais ativo porque Peck estava em sua área, e Joe levava drogas do mar para a costa de todas as maneiras estúpidas com a qual pudesse sonhar: em sacos de cimento, em tanques de gasolina, na parte de trás de geladeiras, enfiadas em aparelhos de TV, até mesmo em peças de carro. Era arriscado. Ele odiava aquela coisa toda. Drogas eram como um maldito peixe podre, o cheiro tomava conta de tudo. Aposta, construção, cigarros, bebidas, eram todas coisas de segunda linha agora. Ironicamente, os Gorvino não eram doidos por drogas e tampouco por Joe Peck — eles sabiam como Peck era estúpido e impulsivo —, mas moravam em Bensonhurst e não no Cause. No que dizia respeito a Elefante, era o mesmo que morassem na Lua. Nunca chegariam a ver a estupidez de Joe de perto, o que sempre complicava tudo. Peck era tão estúpido que não conseguia ver a ordem das coisas. Fazia acordos com os negros, com os hispânicos e com todo tira corrupto que conseguisse juntar dois mais dois — sem nenhum pingo de confiança entre eles. Era uma receita para o desastre e um período de dez anos na prisão. Para tornar tudo pior, Victor Gorvino, chefe da família Gorvino, era velho como Matusalém e meio demente, fodido da cabeça. Gorvino estava sob muita pressão da polícia agora. Conseguir vê-lo para explicar a estupidez de Joe Peck era difícil. Além disso, Gorvino e Peck eram sicilianos. Os Elefante eram de Gênova, no norte da Itália, o que caía direto no conceito de seu pai:

— Lembre-se — dizia ele ao filho —, somos um bando de genoveses.

Eles sempre estariam de fora.

Quando seu pai estava vivo, aquela diferença entre italianos do norte e do sul não importava tanto. Seu pai e Gorvino eram da velha guarda. Eram da época da Murder, Inc., o braço armado da Máfia no Brooklyn, onde o silêncio era a regra de ouro e a cooperação a chave para uma vida longa. Mas, no que dizia respeito a Gorvino, o filho não era o pai, e agora que Gorvino estava incapacitado e não conseguia vestir a calça sem a ajuda de seu tenente, Vinny Tognerelli — um subalterno de Gorvino que Elefante não conhecia bem —, o espaço apertado no qual Elefante vivia estava se tornando ainda mais apertado.

Na porta da frente, ele se virou para a mãe, ainda ocupada esmagando as plantas em sua bancada, e disse em italiano:

— Que horas o negro vem?

— Ele vai se atrasar. Ele sempre se atrasa.

— Qual é o nome dele mesmo?

— Diácono alguma coisa. Eles o chamam por outro nome também. Casaco ou algo assim.

Elefante assentiu.

— O que um diácono faz? — perguntou.

— Como vou saber? — respondeu ela. — É provavelmente como um padre, mas com menos dinheiro.

***

ELEFANTE SAIU PELA GRADE DE FERRO FUNDIDO QUE CERCAVA SUA casa, foi até seu Lincoln que estava no meio-fio e colocou a chave na porta, quando ouviu o som do GTO de Joe Peck virar a esquina e subir pela rua em sua direção. Elefante franziu o cenho quando o GTO diminuiu até parar, e o vidro da janela do passageiro desceu.

— Me leve com você, Tommy — disse Peck.

Sentado no banco do motorista, Peck estava vestido com sua habitual camisa escura com o colarinho aberto e calça bem passada, a bela feição loira curvada no habitual sorriso estranho. O belo menino louco. Elefante enfiou a cabeça dentro do carro para não ser ouvido da rua.

— Não vou misturar meus negócios com os seus, Joe. Não há nenhum prazer nisso. Você não vai querer vir.

— Aonde quer que você vá, tem dinheiro envolvido.

— A gente se vê, Joe .

Elefante deu meia-volta, e Joe o chamou:

— Me dê um minuto, sim, Tommy? É importante.

Elefante franziu o cenho e enfiou a cabeça pela janela mais uma vez, e os rostos dos dois homens se aproximaram enquanto o GTO retumbava.

— O que foi? — perguntou.

— Mudança de planos — disse Peck.

— Que planos? Vamos juntos ao baile? Não temos planos.

— Sobre aquele carregamento do Líbano — falou Peck.

Elefante sentiu o sangue subir ao seu rosto.

— Já te falei. Não vou fazer isso.

— Por favor, Tommy! — pediu Peck. — Preciso de você desta vez. Só desta vez.

— Vá pedir para Herbie lá no Habitacional Watch. Ou para Ray, em Coney Island. Ray está com uma equipe nova agora. Tem caminhões novos e tudo mais. Ele vai cuidar disso para você.

— Não posso usá-los. Não gosto desses caras.

— Por que não? São dois caras. Se você juntar os dois, vai conseguir um homem.

A têmpora de Peck começou a latejar e ele fez uma careta, uma expressão que Elefante sabia que significava raiva. Esse era o problema de Joe. Seu temperamento. Conhecia Joe Peck desde o ensino médio. Três mil crianças em Bay Hidge High e a única estúpida o bastante para puxar um estilete X-Acto em uma oficina e usá-lo contra uma chave inglesa foi Joe Peck, o pequeno moleque magrela do Distrito Cause com um rosto feminino e o cérebro do tamanho de uma ervilha. O próprio Elefante fora obrigado a bater em Joe quatro ou cinco vezes no Bay Hidge High, mas Peck tinha uma memória incrivelmente curta para derrotas. Quando estourava, não importava o que podia acontecer, quem estava envolvido ou por quê. Isso fazia dele um gângster ousado, mas um grande candidato a acabar em uma urna na funerária da própria família um dia desses, Elefante tinha certeza. Mais incrível ainda, os anos não tinham ajudado a abrandá-lo.

— Os negros do Habitacional Cause estão se metendo nos meus negócios — disse Peck. — Deram um tiro em um garoto. Um garoto ótimo. Negro. Ele entregou um monte de coisas para um dos meus clientes. Dizem que é um verdadeiro garoto prodígio, um menino muito bom. Estava indo bem, até levar o tiro.

— Se ele é tão bom, por que não dar a ele uma daquelas bolsas de estudos para negros, Joe?

O rosto de Peck corou, e Elefante observou, achando meio engraçado, enquanto Peck controlava a raiva, ignorando o insulto.

— A coisa é que... — Peck olhou pelo para-brisa dianteiro, depois pelo traseiro, para se assegurar que não tinha ninguém por perto escutando. — O garoto levou um tiro de algum velhote. Então meu cliente em Bed-Stuy mandou um de seus rapazes para resolver a situação. Ele está procurando o velho atirador para dar um aperto nele. Mas o velho não quer ser pego.

— Talvez seja um homem humilde, que não quer atenção.

— Dá para me escutar por um minuto?

Elefante sentiu sua pulsação acelerar. Resistiu à vontade de estender a mão, agarrar Peck pelo colarinho e quebrar aquela carinha bonita de moça dele com o punho.

— Pare de enrolar e vá logo ao ponto, ok, Joe?

— O quê?

— Só me diga o que quer. Tenho mais o que fazer.

— O cara que mandaram para resolver as coisas ferrou com tudo. Os policiais o pegaram. Agora ele está cantando na 76ª. Um passarinho que conheço por lá me diz que o cara está cantando como um pintarroxo... contando tudo para os tiras. Então antes de soltá-lo, esse delator diz para os tiras que meu principal cliente negro em Bed-Stuy quer me tirar do negócio. Os negros não querem mais que eu seja o fornecedor deles. O que acha disso? Negros ingratos! Arrumei tudo para eles, e agora querem me trair. Eles vão começar uma guerra racial.

Elefante ouviu em silêncio. É o que acontece quando se lida com pessoas nas quais não confia, pensou com amargura. Não importa se são drogas ou cereais. O problema é o mesmo.

— Não vou me envolver — disse.

— Gorvino não vai gostar.

— Você falou com ele?

— Sim... bem, ainda não. Falei com aquele cara, Vincent. Ele diz que Gorvino vai entrar em contato comigo, mas que Bed-Stuy é nossa área, é o que Vincent diz. Ele falou que temos que cuidar disso.

— É a sua área, Joe. Não minha.

— É a nossa doca.

— Mas é a sua droga.

Ele viu a expressão de Peck ficar sombria; estava lutando para controlar o temperamento, a um fio de estourar. Com grande esforço, Peck se recompôs novamente.

— Você me ajudaria com isso só desta vez, Tommy? — perguntou.

— Só desta vez? Por favor? Leve esse carregamento do Líbano para mim, e eu nunca mais te peço nada. Só desta maldita vez. Só este único carregamento, e vou ganhar o suficiente para afastar estes negros e mandar todos se foderem para sempre. E posso acertar as coisas com Gorvino também.

— Acertar as coisas?

— Estou devendo alguns milhares para ele — disse Joe, acrescentando rapidamente —, mas com este carregamento consigo acertar com ele fácil e estou fora das drogas para sempre. A propósito, você está certo. Sempre esteve certo sobre as drogas. É arriscado demais. Este é meu último trabalho. Vou acertar as coisas e estou fora.

Elefante encarou Peck em silêncio por um longo momento.

— Por favor, Tommy — implorou Peck. — Pelos velhos tempos. Você não recebeu um maldito carregamento em seis meses. Nenhum. Vou te dar oito mil. Vai levar uma hora. Uma maldita hora. Direto de um cargueiro, até a doca e depois para fora. Sem pneus para descarregar nem nada sofisticado. Só pegar a coisa e me entregar. Uma hora. É o tempo que vai levar para você se livrar disso. Uma hora. Você não consegue fazer isso nem em um mês se for com cigarros.

Elefante tamborilou nervoso no teto do carro. O GTO retumbou, tremendo, e Elefante sentia sua decisão tremendo com ele. Só uma hora, pensou, para arriscar tudo. Parecia fácil. Mas então sua mente visualizou o cenário rapidamente. Se a merda vinha do Líbano, seria um cargueiro, provavelmente do Brasil ou da Turquia. Significava que seria necessária uma lancha para tirar a mercadoria de lá, porque um cargueiro não ia poder atracar no Cause. As águas eram fundas o suficiente, mas só barcaças vinham ao Brooklyn, o que provavelmente significava levar a lancha até o meio do porto do lado de Jersey. Isso significava passar despercebido pela patrulha daquele lado, pegar o saque no meio do porto, voltar correndo para a costa, enfiar a coisa em um carro não rastreável, que provavelmente teria que ser roubado, e depois levá-la aonde quer que Joe Peck a quisesse. Sabendo como os federais estavam por toda parte agora, podia ser que Peck tivesse federais observando a porta da frente de sua casa, e a família Gorvino observando a porta dos fundos, já que ele devia dinheiro para Gorvino. Ele não gostava de nada daquilo.

— Vá falar com Ray, em Coney Island.

O temperamento de Peck estourou. Ele bateu no volante violentamente com o punho.

— Que maldito tipo de amigo é você?!

Os dentes de cima de Elefante encontraram a parte debaixo de seu lábio enquanto sentia um terrível silêncio descer sobre si. Aquele dia, antes esperançoso e cheio de promessas, com uma agradável ida ao Bronx para ouvir sobre um possível tesouro, estava arruinado. Mesmo se o então chamado tesouro fosse uma quimera de um velho vigarista irlandês que estava cheio de histórias, a ideia de rastreá-lo do zero ainda era um alívio do dia a dia de sua vida engessada e fodida. Agora a leveza do dia se fora. Em vez disso, a raiva familiar se espalhava em seu interior, como uma mancha de óleo negro escorrendo até o lugar, e o silêncio tomou conta. Não era raiva, descontrolada e crua, mas uma ira gelada que lançava uma determinação terrível e irrefreável dentro dele, de esmagar os problemas com uma velocidade e rapidez, que até os mais endurecidos mafiosos da família Gorvino achavam perturbadora. Sua mãe dizia que era seu lado genovês, porque os genoveses aprenderam a viver infelizes e seguir em frente, não importava o que acontecesse, só para terminar as coisas, lidar com elas, suportando obstinadamente até que o trabalho estivesse concluído. Ela dizia que os genoveses faziam isso desde os antigos tempos de César. Ele estivera em Gênova com os pais e viu por si mesmo a cidade cheia de colinas monótonas e exaustivas; os prédios antigos, sombrios e cinzentos; os sólidos muros de pedra; o frio gélido e as ruas de paralelepípedos e tijolos encharcadas pela chuva; as almas infelizes vagando em círculos estreitos, de casa para o trabalho e de volta para casa, passando sérios uns pelos outros; lábios apertados, pálidos, sem nunca sorrir, marchando impassíveis pelas ruas estreitas e molhadas enquanto o mar frio espirrava água nas calçadas e até sobre as pessoas, e as pessoas não percebiam; o mau cheiro do mar e das peixarias ali perto subindo por suas roupas; casinhas minúsculas e miseráveis, suas cortinas, em suas comidas; as pessoas ignorando tudo, seguindo adiante com determinação sombria, como robôs, aceitando seu destino como filhos da puta infelizes vivendo às sombras da feliz Nice, na França, a oeste, e sob o desprezo ensolarado de seus pobres primos morenos vizinhos do sul, Florença e Sicília, que gargalhavam como negros dançantes, felizes e contentes em serem os negros etíopes da Europa enquanto seus primos sorridentes do mar Mediterrâneo, os franceses, tomavam sol de topless em adoráveis praias na Riviera. Enquanto isso, os trabalhadores e infelizes genoveses seguiam em frente sombrios, comendo sua maldita focaccia. Ninguém gostava da focaccia de Gênova, exceto os genoveses.

— Melhor pão do mundo — seu pai costumava dizer. — É o queijo.

Elefante experimentou uma vez e entendeu por que os genoveses eram um pessoal miserável, porque a vida não era nada se comparada ao gosto delicioso da comida genovesa; assim que conseguiam comida, o negócio da vida, qualquer que fosse o negócio — amar, dormir, parar no ponto de ônibus, empurrar um ao outro no mercado, matar um ao outro —, tinha que ser feito rapidamente para poderem voltar à comida, e eles faziam isso com tamanha garra silenciosa, com tal determinação e rapidez que ficar no caminho deles era como entrar em um furacão. Cristóvão Colombo, sua mãe apontava, era um genovês que não estava procurando a América. Ele estava procurando temperos. Comida. Um verdadeiro genovês, dizia ela, se enforcaria antes de permitir que alguém destruísse uma ou duas coisas na vida que davam um pequeno alívio das dificuldades deste mundo do diabo.

Elefante achava essa questão da sua raiva assustadora, porque era isso que eram seus grandes silêncios furiosos. Alívio. Uma panela de pressão que tinha explodido. Para seu total desgosto, descobriu que gostava de quando os grandes silêncios tomavam conta dele. Odiava a si mesmo depois daqueles momentos. Fizera algumas coisas terríveis durante esses momentos. Muitas vezes, depois, em suas horas mais sombrias, tarde da noite, quando o Brooklyn dormia e o porto estava escuro, deitado em sua cama solitária, o sobrado vazio sem esposa e sem crianças ressonando em outro quarto, com a mãe viúva andando pela casa com as botas de obra do marido falecido, as coisas que ele fizera enquanto o feitiço do silêncio se abatia sobre ele o torturavam com uma brutalidade lancinante que o fazia se sentar no escuro e procurar sangue em seu pijama, sentindo como se sua alma tivesse sido cortada em pedaços, o suor explodindo em seus poros e lágrimas rolando em seu rosto. Mas não havia nada o que fazer então. O momento acabara. A raiva já escorrera dele como lava, implacável e impiedosa, queimando quem ou o que estivesse no caminho, e a alma triste na extremidade receptora não viu nada além de um olhar vazio de clareza fria. Será que estavam vendo os olhos de Tommy Elefante, o homem solitário de coração gentil que mandara seu pessoal retirar a pobre mulher negra do porto, que acabara ali por um motivo ou por outro, e por que não deveria, já que Nova York era uma merda? Ou estavam vendo os olhos de Tommy Elefante, o solteiro tímido do Brooklyn, que sonhava em ir embora dali e se mudar para uma fazenda em New Hampshire e se casar com uma camponesa gorda, tinha até a aparência e o charme para encontrar uma, mas era gentil demais para arrastar qualquer mulher para a vida de brutalidade e discrição que tinha feito de sua mãe uma viúva de prisioneiro e excêntrica meio louca, uma vida que tinha cortado em pedaços a bondade de seu pai? Talvez não vissem nada disso; talvez só vissem a concha exterior: o silencioso, brutal e frio Elefante, cuja calma calculista e olhar sombrio diziam "Você está acabado" e que os despachava com a velocidade e brutalidade de um furacão categoria 5, destruindo tudo enquanto avançava. O olhar do Elefante reduzia os homens mais duros ao terror. Ele tinha visto o medo explodir em suas expressões quando seu rosto silencioso emergia e, por mais que tentasse, não conseguia apagar aquelas expressões de medo de sua própria memória, a mais recente sendo a do garoto negro Mark Bumpus e seus dois comparsas na fábrica abandonada no píer Vitali, há três anos, quando ele os pegou em flagrante tentando roubar quatorze mil dele. Vou ajudar você, implorou Bumpus, vou ajudar a consertar as coisas. Mas já era tarde demais.

Peck se pegou encarando o silêncio de Elefante naquele momento, um silêncio tão palpável que, para Joe, era quase como ouví-lo e vê-lo ao mesmo tempo, pois Peck já fora vítima dele várias vezes quando eram adolescentes, e seu próprio alarme interno soou tão alto quanto o barulho da buzina de um navio. Peck percebeu que fora longe demais. Sua expressão de raiva se transformou em uma de alarme enquanto o olhar vazio de Elefante varria seu rosto, o interior do carro e as mãos de Joe, que, ambos notaram, continuavam no volante — onde deviam estar, Joe notou com tristeza — e era melhor permanecerem lá.

— Não me venha com isso de novo, Joe. Encontre outra pessoa.

Elefante tirou a cabeça de dentro do GTO e se levantou com as mãos nas laterais do corpo, enquanto Joe colocava o carro em marcha e saía em disparada. Então Elefante colocou as mãos nos bolsos e ficou parado no meio da rua, sozinho, dando tempo para que o silêncio que rugia dentro de si pudesse se acalmar; e depois de vários minutos mais uma vez voltou a ser quem era, um homem de meia-idade solitário, no outono da vida, procurando por mais primaveras, um velho solteirão em um terno desajeitado, parado em uma rua cansada e desgastada no Brooklyn, à sombra de um gigantesco projeto habitacional construído por um judeu reformista chamado Robert Moses, que esqueceu que era reformista, construindo projetos como aquele por todos os lugares, que destruíam bairros, expulsando os trabalhadores italianos, irlandeses e judeus, acabando com todas as coisas bonitas deles, substituindo-os por negros e hispânicos e outras almas desesperadas lutando para sair dos porões da vida de Nova York, à espera de que o quarto e a cozinha abaixo se abrissem para que pudessem entrar e, no mínimo, se juntar ao clube que para eles incluía este homem, um solteiro com sobrepeso em um terno mal ajustado, observando um carro brilhante se afastar, o carro dirigido por um belo homem jovem que era atraente e partia como rumo a um futuro brilhante, enquanto o homem deselegante e corpulento o observava com inveja, acreditando que um homem tão bonito e elegante tinha lugares para ir, mulheres para encontrar e coisas para fazer, e o homem mais velho e corpulento atrás, comendo sua fumaça em uma velha, triste e lúgubre rua do Brooklyn, cheia de lojas e sobrados cansados, não tinha nada além da fumaça do belo carro esporte em seu rosto. Um cara de Nova York sem sonhos, sem amigos, sem futuro, lamentável.

Elefante viu o GTO dobrar a esquina. Suspirou e voltou para seu Lincoln. Deslizou lentamente a chave na fechadura, entrou no carro, sentou-se atrás do volante em silêncio, olhando para a frente. Ficou sentado no banco de couro macio do carro por um longo momento. Por fim, disse em voz alta:

— Eu gostaria que alguém me amasse — falou com suavidade.

12

Feitiço

PALETÓ SE SENTOU EM UMA CAIXA NA SALA DA CALDEIRA DE Salsicha, segurando uma garrafa de King Kong. Já não tinha pressa. O desapontamento de perseguir a garrafa de conhaque pela praça antes de ela ser destruída naquela manhã tinha sido suavizado por esta parada no quartel general de Salsicha. Paletó não sabia onde estava o amigo e não se importava. Tinha passado o resto da manhã ali, esfriando a cabeça com um pouco de Kong. Agora se sentia melhor. Equilibrado. Seeeeeeeemm pressa, pensou, feliz, segurando a garrafa. Achou que devia se levantar para ver a hora no relógio, mas, ao inclinar a cabeça para ver a luz do sol que entrava pela minúscula janela do porão, teve uma noção geral. Era de tarde. Ele se espreguiçou e bocejou. Supostamente, devia estar trabalhando no jardim da velha senhora na rua Silver, há pelo menos duas horas. Tentou se lembrar do nome dela por um momento, mas não conseguiu. Não importava. Era italiano e terminava com "i", e ela pagava em dinheiro, o que era importante. Ela não se importava muito se ele se atrasasse — ele sempre ficava até mais tarde quando se atrasava —, mas tinha parecido um pouco instável nas últimas semanas. Ela está ficando velha, ele pensou com ironia. É preciso ser forte para ficar velho. Estava prestes a deixar o Kong de lado e sair quando Hettie apareceu.

— Se veio até aqui falar sobre o que aconteceu na festa de Sopa hoje, nem comece — disse ele.

Ela deu uma gargalhada amarga.

— Não me importa o que você fez — disse ela. — Na verdade, quando você anda por aí e as pessoas cospem em você, não importa muito mais o que acha que fez.

— Quem cuspiu em mim? Ninguém cuspiu em mim.

— Você cuspiu em si mesmo.

— Chega dessas tolices. Vou trabalhar.

— Vá em frente, então.

— Se eu gosto de fazer uma parada para pensar em retomar os jogos de beisebol, isso é problema meu.

— Esse jogo não significa nada para as crianças daqui — ela disse, séria.

— Como você sabe? Você não viu um jogo que eu fui o árbitro durante dez anos.

— Não vi, já que você não me convidou para assistir durante dez anos — lembrou ela.

Aquilo o deixou perplexo. Não conseguia se lembrar com exatidão da maioria das coisas que ele fizera em grande parte da vida adulta, em geral porque estava bêbado na hora, então disse:

— Eu fui o melhor árbitro que o Habitacional Cause já viu. Trouxe alegria para todo mundo.

— Exceto para sua esposa.

— Ah, cale-se.

— Eu era solitária no meu casamento — comentou ela.

— Pare de reclamar, mulher! Comida na mesa. Um teto sobre nossas cabeças. O que mais você quer? Aproveitando, onde está o maldito dinheiro da igreja? Estou em uma enrascada por causa disso!

Levou o Kong até os lábios e tomou um longo gole. Ela o observou em silêncio e, depois de um momento, falou:

— Parte disso não é sua culpa.

— Claro que não. Foi você quem escondeu o dinheiro.

— Não estou falando disso — disse ela, quase pensativa. — Estou falando dos velhos tempos, quando você era criança. Tudo o que foi dito para você ou feito naquela época foi em detrimento de sua própria dignidade. Você nunca reclamou. Sempre amei isso em você.

—Ah, mulher, deixe meu povo fora disso. Já morreram há muito tempo.

Ela o observou, analisando-o.

— E agora aí está você — disse ela, triste. — Um velho se divertindo em um campo de beisebol, fazendo as pessoas rirem. Nem mesmo as crianças seguem mais você.

— Eles vão me seguir de novo quando eu voltar ao campo. Mas tenho que me livrar desse problema do Clube de Natal primeiro. Lembro que você guardava o dinheiro em uma caixinha verde. Onde está a caixa?

— A igreja tem dinheiro suficiente.

— Quer dizer que a caixa está na igreja?

— Não, querido. Está nas mãos de Deus. Na palma de Sua mão, na verdade.

— Onde está, mulher?!

— Você devia trocar suas orelhas por bananas — disse ela, irritada.

— Pare de falar em círculos, maldição! O pastor declara que já reclamaram de três mil dólares deste dinheiro para a igreja. Temos mentirosos despencando das árvores agora. Tem mais gente nas manhãs de domingo na Cinco Pontas ansiando por aquele dinheiro do que você veria em um mês nos domingos da Páscoa. Todo mundo está de olho naquela caixa. Digs Weatherspoon diz que tinha quatrocentos dólares ali, e aquele idiota não tem dois centavos no bolso desde que Matusalém se casou. O que vou fazer a respeito disso?

Ela suspirou.

— Quando você ama uma pessoa, as palavras dela deviam ser importantes o bastante para que você ouvisse.

— Pare de tagarelar sobre nada!

— Estou dizendo o que você quer ouvir, imbecil.

E então ela se foi.

Ele ficou bufando por vários minutos. Não tinha dinheiro algum na igreja. Ele e Salsicha Quente tinham revirado o pequeno prédio uma dúzia de vezes. Sentiu sede e virou a garrafa de Kong, mas descobriu que estava seca. Mas havia mais suco da alegria escondido em outros lugares daquele porão. Ele se levantou, ficou de joelho e passou a mão sob um armário ali perto, mas não tinha nada, então ouviu, por sobre o ombro, o som da porta se abrindo e viu a nuca de Salsicha Quente enquanto o amigo entrava e seguia, fora de seu campo de visão, até um grande gerador do outro lado da sala. Falou:

— Salsicha?

Não houve resposta. Dava para ouvir os grunhidos de Salsicha e o barulho das ferramentas sendo usadas. Então ele disse:

— Você não vai esconder de mim. Tem três garrafas de Kong aqui que são da minha coleção.

Como se fosse em resposta, ouviu-se um som de faísca e o imenso gerador começou a funcionar com um rugido, o som enchendo o ambiente. Paletó se levantou e deu a volta no gerador até encontrar Salsicha Quente quase deitado no chão, o corpo estendido e a cabeça enfiada dentro do motor do mesmo modelo de gerador elétrico antigo que confundia Rufus na sala da caldeira do Habitacional Watch. Salsicha estava de lado, apoiado no quadril, e deu um olhar de relance rápido e carrancudo antes de voltar sua atenção para o gerador, que engasgava, infeliz.

Paletó pegou uma caixa e se sentou perto do amigo. Salsicha tinha tirado o chapéu porkpie. Seu uniforme azul da Autoridade Habitacional estava rasgado e manchado de graxa. Ele olhou novamente para Paletó, e de novo para o motor em funcionamento. Não disse uma palavra.

Paletó gritou por cima do barulho.

— Sinto muito, Salsicha. Vou até a polícia para endireitar tudo. Vou pedir para que me digam quanto tempo tenho para deixar a cidade.

Salsicha, ainda espiando o motor, deu uma risada.

— Você é um completo idiota.

— Eu não quis de forma alguma meter você em confusão, Salsicha.

Salsicha se animou e tirou a mão comprida da máquina para oferecê-la a Paletó.

Em vez de apertar a mão do amigo, Paletó ficou encarando-a, franzindo o cenho.

— Eu acabo de me desculpar. Então por que a mão esquerda? Você sabe que dá azar.

— Ah, desculpe. — Salsicha Quente tirou rapidamente a mão direita do gerador e a estendeu. Satisfeito, Paletó a apertou e se sentou na caixa ali perto. — Cadê o Kong? — gritou por cima do ruído.

Salsicha enfiou a mão embaixo de uma bancada de ferramentas e pegou uma garrafa cheia de um líquido claro, passando-a com cuidado para Paletó, e então voltou a atenção para o gerador, espiando lá dentro.

— Esta coisa quebra toda semana — comentou.

— Rufus tem o mesmo problema lá no Habitacional Watch — gritou Paletó. — Esses projetos foram construídos no mesmo ano. Os mesmos apartamentos, banheiros, geradores, tudo. Coisa ruim, esses geradores.

— Mas eu cuido dos meus geradores.

— Rufus diz que não são os geradores. São os maus espíritos.

Salsicha hesitou, fez alguns ajustes, e os níveis de decibéis da máquina desceram até um volume suportável.

— Não são os malditos espíritos.

— Ratos? Talvez formigas?

— Não nessa época do ano. Nem mesmo as formigas são estúpidas o bastante para entrar nessas coisas. É a fiação estragada, isso sim. Também foi muito mexida. Quem quer que tenha feito isso, estava mexendo em suas partes íntimas com uma mão enquanto mexia com a fiação com a outra.

Paletó bebeu da garrafa de uísque novamente e estendeu-a para Salsicha, que tomou um gole generoso, devolvendo-a para Paletó, e então espiou as entranhas da velha máquina.

— A coisa mais idiota do mundo — falou. — Temos trinta e duas unidades neste edifício. Esta coisa gera eletricidade só para quatro delas. Está ligada a este outro negócio aqui. — Acenou na direção de um segundo gerador imenso na parede do outro lado da sala, separado do primeiro por um oceano de bagunça que lotava o porão: pias velhas, tijolos, vassouras, entulho, peças de bicicleta, esfregões, partes de vasos sanitários, e o velho relógio de pêndulo de Salsicha. — Quem quer que tenha construído este espaço estava bêbado, acho, para deixar esses dois geradores separados desse jeito, em vez de colocar só um.

Salsicha tomou mais um gole, colocou a garrafa no chão, perto do gerador, enfiou as mãos compridas na máquina e prendeu dois fios um no outro. O gerador engasgou, tossiu por um momento e continuou a funcionar.

— Tenho que devolver o dinheiro do Clube de Natal da igreja de algum jeito, Salsicha.

— Este é o menor dos seus problemas.

— Ah, pare de besteira. Estamos falando de dinheiro de verdade. Hettie nunca me disse quanto tinha naquela caixa de Natal. Ou onde ela escondeu. Ou quem colocou dinheiro lá. Agora, o Reverendo Gee diz que já reclamaram terem perdido três mil dólares. Todo mundo e mais um pouco afirmando que colocou dinheiro lá.

— Isso não inclui aqueles mil e quatrocentos dólares que coloquei também — comentou Salsicha.

— Muito engraçado.

— Não é de estranhar que ande vendo o fantasma de Hettie, Paletó. Eu estaria apavorado se me cobrassem essa quantidade de dinheiro. Você tem problemas por todo lado. Você trancou a porta ao entrar aqui, né? Deems não tem nada contra mim, mas fora uma criança sentindo dor, o pior som do mundo é o de um velho implorando pela vida enquanto está trabalhando. O que o vai impedir de entrar aqui atirando?

— Pare de se preocupar por nada — disse Paletó. — Não tem ninguém me seguindo. E não estou falando com o fantasma de Hettie. Estou falando é com um infortúnio. Um infortúnio não é um fantasma. É um feitiço. Uma bruxa. Pregando peças. Parece uma pessoa, mas não é. É só uma bruxa. Os antigos falavam sobre isso na minha terra o tempo todo. Uma bruxa pode assumir a forma que quiser. É por isso que sei que não é minha querida Hettie falando. Ela nunca falava daquele jeito, me chamando de idiota e assim por diante. É uma bruxa.

Salsicha deu uma risada.

— É por isso que nunca me casei. Meu tio Gus se casou como uma garota dessas. Conheceu a garota em Tuscaloosa e começou a conversar com o pai dela. Uma das vacas dele comeu o milho do pai dela. O pai dela queria quarenta centavos pelo milho. Tio Gus não pagou. A esposa gritou com ele, mas ele não ia pagar, e então ela morreu e botou uma maldição nele. Pior feitiço que já vi. Os ossos do peito dele cresceram como peito de frango. O cabelo da lateral da cabeça alisou. O cabelo do alto da cabeça continuou crespo. Era um negro de aparência estranha. Ele ficou parecendo um galo até o dia de sua morte.

— Por que ele simplesmente não pagou o pai dela? — perguntou Paletó.

— Já era tarde demais — disse Salsicha Quente. — Quarenta centavos não iam impedir o feitiço. Quatrocentos centavos impediriam, mas só quando começou. A esposa colocou um infortúnio nele, entende, como Hettie fez com você.

— Como você sabe que Hettie fez isso?

— Não importa quem fez. Você precisa desfazer isso. Tio Gus conseguiu desfazer o dele pegando um caracol no cemitério e colocando em vinagre por sete dias. Você podia tentar fazer isso.

— Esse é o jeito de acabar com feitiços no Alabama — comentou Paletó. — É antigo. Na Carolina do Sul, você coloca um garfo embaixo do travesseiro e alguns baldes de água pela cozinha. Isso espanta qualquer bruxa.

— Nada — disse Salsicha. — Passe um dente de cachorro em fubá e use em volta do pescoço.

— Não. Caminhe até o alto de uma colina com as mãos atrás da cabeça.

— Enfie a mão em uma jarra de xarope de bordo.

— Jogue sementes de milho e cascas de fava do lado de fora da porta.

— Ande de costas até um poste dez vezes.

— Engula três pedregulhos...

Os dois ficaram assim por vários minutos, cada um tentando derrotar o outro com a lista de maneiras de manter as bruxas longe, falando de feitiços enquanto a vida moderna da maior metrópole do mundo se agitava ao redor deles. O tráfego no Brooklyn rugia na superfície. No Salão Distrital, a vinte quarteirões dali, o presidente do distrito do Brooklyn recebia Neil Armstrong, o primeiro homem a andar na lua. Em Flushing, no Queens, os New York Mets, antigo fiasco do Brooklyn e agora queridinhos da cidade, se aqueciam para um jogo no Shea Stadium sob as luzes da TV com cinquenta e seis mil pessoas nas arquibancadas. No Upper West Side, em Manhattan, Bella Abzug, a brilhante congressista judia, fazia uma reunião com financiadores para pensar em uma candidatura a presidente. Enquanto isso, os dois velhos sentados no porão e bebendo uísque de milho empenhavam-se em uma competição de feitiços:

— *Nunca virar a cabeça para o lado quando um cavalo estiver passando...*
— *Jogar um rato morto em um trapo vermelho.*
— *Dar à namorada um guarda-chuva em uma quinta-feira.*
— *Quebrar um espelho e dar dez voltas em uma árvore.*

Estavam falando sobre colocar um lampião de gás em cada janela de toda segunda casa na quarta quinta-feira de cada mês quando o gerador, como se por conta própria, rugiu como um louco, deu uns estalos miseráveis, tossiu e morreu.

O porão ficou quase no escuro, as luzes bem fracas, e os dois teriam ficado quase no breu total se o segundo gerador, que continuava funcionando, não alimentasse uma única lâmpada do outro lado do porão. Ela brilhava forte, assim como a luz de saída da porta do corredor pela qual Paletó entrara e que tinha fechado bem atrás de si.

— Agora você conseguiu — reclamou Salsicha quase no escuro. — Veio até aqui com essa história de bruxas e tudo mais, e colocou um feitiço na maldita coisa.

Ele se ajoelhou, tateou dentro do gerador e fez alguns ajustes. O gerador tossiu fraco, engasgou e voltou a roncar.

As luzes da sala se acenderam novamente.

Paletó olhou feio para o gerador, intrigado. Parecia mais alto do que antes, roncando em uma velocidade que não era normal, funcionando com um ruído tão alto que Salsicha Quente teve que gritar a plenos pulmões:

— Acho que está em curto — gritou por sobre o barulho.

Paletó concordou.

— Mas se está ligado a quatro apartamentos nos andares de cima — gritou ele —, por que as luzes apagaram aqui?

— O quê?

— Esqueça — gritou. — Vou trabalhar. Onde está meu uniforme de árbitro?

— O quê?

Paletó apontou para o gerador que rugia. Salsicha se ajoelhou e ajustou a máquina, e o barulho diminuiu um decibel. Ainda agachado, repetiu:

— O quê?

— Vou organizar o time de beisebol de novo — falou Paletó. — Preciso do meu uniforme de árbitro, lembra? Sei que está em algum lugar aqui embaixo.

— Para que você precisa disso? Não temos arremessador. Nosso melhor arremessador perdeu a orelha. E quer atirar em você.

Irritado novamente, Paletó tomou outro gole.

— Pega lá para mim.

— Está onde você o deixou pela última vez — disse Salsicha, pegando a garrafa e acenando com a cabeça na direção de um armário no outro canto. Paletó olhou para a pilha de entulho que estava entre eles e o armário. Olhou para seu paletó xadrez.

— Vou sujar meu paletó se mexer nisso aí.

Salsicha hesitou, entregou a garrafa para Paletó e desapareceu na cacofonia de lixo. Depois de várias batidas, grunhidos, chutes e empurrões, reapareceu com um saco de plástico preto, que jogou no chão.

Naquele instante, o gerador emitiu um barulho de explosão horrível, tossiu, engasgou, faiscou e morreu de novo. No momento seguinte, o segundo gerador também parou.

Desta vez a sala ficou completamente no escuro, exceto pelo sinal de saída sobre a porta — que, ninguém percebera, estava ligeiramente entreaberta agora.

— Maldição — disse Salsicha no silêncio. — Este aqui deve ter dado curto no outro. Me dê uma lanterna, Paletó.

— Não é uma coisa que costumo carregar por aí, Salsicha.

— Fique onde está. Vou verificar o gerador do outro lado.

Ouviu-se mais barulho enquanto Salsicha lutava para chegar do outro lado da sala. Paletó tomou um gole de Kong, despreocupado, sentiu a caixa ao seus pés, pegou-a e se sentou.

Nenhum deles notou a figura alta, de jaqueta de couro, que entrou sorrateiro na sala pela porta sob o sinal de saída.

Diácono King Kong

— Isso acontece o tempo todo? — perguntou Paletó no silêncio.

— Nunca desse jeito — falou Salsicha do outro lado da sala. — Claro que quando você está chamando as bruxas e coisas do tipo... — Paletó o ouviu xingar e grunhir, e ouviu um barulho perto da porta e olhou para lá.

Sob a luz do sinal de saída, ele viu — ou achou ter visto — uma sombra se mover.

— Salsicha, acho que tem alguém...

— Achei! — exclamou Salsicha. — Ok. Tem um quadro de distribuição atrás do gerador onde você está. Vá até lá e ligue quando eu mandar. Isso vai fazer a luz voltar.

— Ligar o quê?

— O interruptor. Atrás do gerador onde você está. Vá tateando o gerador e ligue o interruptor que está lá — disse Salsicha Quente. — Isso vai ligar os dois.

— Não sei nada sobre interruptores.

— Vai logo, Paletó. Tem trinta e dois apartamentos aí em cima. Neles os negros estão cozinhando couve e ovos mexidos e precisam ir para o trabalho. Não é nada demais, Paletó. Só dar a volta no gerador. Enfiar a mão atrás dele e achar um fio grosso que sai da máquina. Siga o fio até a parede com a mão. Vai sentir uma caixa ali. Abra a caixa e mova o interruptor para frente e para trás uma vez.

— Se você não se importar, prefiro cozinhar o que me resta de cérebro com uísque — falou Paletó. — Não consigo ver nada. Além disso, tem alguém...

— Vá lá e faça o que falei antes que os idiotas lá de cima venham até aqui me infernizar!

— Não sei nada sobre caixa alguma.

— Você não vai ser eletrocutado lá — replicou Salsicha, tentando não parecer impaciente. — Está tudo aterrado. Esse gerador aí tem duzentos e quarenta volts. O daqui tem duzentos e vinte. — Fez uma pausa. — Ou será que é o contrário?

— Decida agora.

— Só vá lá e ligue o maldito interruptor, por favor. Não tem o que se preocupar, Paletó. O disjuntor está aqui. O pior está aqui. Não tem nada aí onde você está.

— Se está aí, por que você não liga o interruptor aí?

— Pare de ser cabeça de vento, negão! Vai logo antes que os negros lá de cima venham para cá aos berros... ou, pior ainda, chamem a Habitacional.

— Tudo bem — disse Paletó, irritado. Saiu tateando no escuro, achou o gerador, passou a mão pela parede atrás da máquina até que seus dedos encontraram um fio grosso. Tateou o fio, seguindo-o até a parede, virou para falar com Salsicha, e viu novamente a sombra de um homem passando pela luz da saída e seguindo para o meio da sala. Desta vez teve certeza.

— Salsicha?

— Ligue o interruptor.

— Tem alguém...

— Vai ligar o interruptor?

— Tudo bem. E quanto a este fio?

— Esqueça o fio agora. Você não precisa dele. Ligue o interruptor.

— Não preciso desse fio? Do solto?

Salsicha ficou em silêncio por um bom tempo.

— Será que esqueci de prender aquela coisa? — murmurou.

— Prender o quê?

— O fio.

— Tem dois.

— Fios ou caixas.

— Ambos.

— Bem, não se preocupe com isso — falou Salsicha, mais impaciente agora. — Encontre a caixa. Qualquer caixa. Ligue o interruptor em qualquer caixa que tocar, mas não deixe o fio tocar no gerador. Estou mantendo o painel desta caixa de distribuição aberto. Não consigo segurar por muito mais tempo, Paletó. Está pesado. Tem uma mola nisso.

— Mas o fio...

— Esqueça o fio. Está tudo aterrado, já falei.

— O que quer dizer aterrado?

— Negão, você quer a matemática e uma banda marcial também? Só ligue o maldito interruptor! Vou consertar tudo depois que as luzes acenderem. Vai logo antes que o prédio inteiro se revolte e venha até aqui!

Paletó escolheu a caixa que estava mais perto dele. Abriu-a e enfiou a mão dentro. Havia dois interruptores lá. Sem saber o que fazer, colocou o fio solto no gerador e ligou os dois interruptores. Houve uma faísca bruxuleante, um grunhido e o grito agudo de um humano. Quando o rugido do gerador recomeçou e as luzes se acenderam, ele viu duas botas no ar.

Do outro lado da sala, Salsicha se aproximou zangado, trombando com pilhas de bancos, blocos de concretos, pias e partes de bicicleta, e ficou boquiaberto ao chegar.

— Qual é o seu problema, Paletó? Será que é tão difícil ligar um interruptor?

Então ele parou em silêncio e encarou de olhos arregalados alguma coisa no meio do chão. De seu lado da sala, Paletó passou por cima da bagunça e os dois ficaram parados ao lado de Earl, o atirador de Bunch. Ele estava deitado de costas, desmaiado, sua jaqueta de couro preta chamuscada por onde a eletricidade havia percorrido. Um relógio reluzente projetava-se de seu pulso, o vidro quebrado, e ele segurava um revólver na mão.

— Bom Deus — disse Salsicha. — Esse é o cara da festa do Sopa. Como voltou tão rápido? Achei que tinham mandado ele embora.

Paletó o encarou.

— Ele está morto?

Salsicha se ajoelhou, sentindo a pulsação no pescoço de Earl.

— Está vivo — falou.

— Ele teria ficado melhor se tivessem deixado ele beber aquele conhaque, em vez de deixar Sopa desperdiçar tudo, quebrando na cabeça dele. Quer chamar a polícia?

— Claro que não, Paletó. A Habitacional vai me culpar.

— Você não fez nada de errado.

— Não importa. Independentemente do que aconteça, se a polícia aparece no Habitacional, eles precisam escrever um relatório. Isso significa que vão ter que fazer algo além de tirar uma soneca ou tomar café. Qualquer um que atrapalhe a rotina deles é demitido. Vou ficar sem meu trabalho.

Ele olhou para Earl.

— Ele precisa sair daqui, Paletó. Vamos levá-lo embora.

— Não vou tocar nele.

— Para que você acha que ele veio aqui? Para ensinar o alfabeto? Ele estava se esgueirando com uma pistola. É alguém que Deems mandou para pegar você.

— Deems é um garoto, Salsicha Quente. Este aqui é um homem. Além disso, Deems não tem dinheiro para contratar ninguém para fazer nada.

— O pequeno Deems tem um Firebird.

— Tem? Glória. Este garoto está mexendo com coisa grande, não é?

— Maldição, Paletó. Vou pegar meu taco de beisebol e mandar você correndo por aquela maldita porta! Você trouxe problemas para meu ambiente de trabalho! Agora ele precisa sair daqui! E você tem que ajudar!

— Tudo bem. Não precisa ficar todo nervoso por causa disso.

Mas Salsicha já estava se mexendo. Arrancou um carrinho de quatro rodas da pilha de bagunça do meio da sala, levou-o até Earl e então, ajoelhando-se ao seu lado, verificou a pulsação novamente.

— Já levei um choque do gerador — comentou. — Vai levar um tempo para ele voltar a si, mas vai ficar bem. Enquanto isso, que vá para o inferno.

Começaram a trabalhar.

Vinte minutos mais tarde, Earl acordou no beco atrás do Edifício 17. Estava deitado de costas. Sua jaqueta chamuscada tinha cheiro de cabelo queimado. Seus braços doíam tanto que ficou com medo de ter quebrado os dois. Era como se sua cabeça, com um galo onde a garrafa o acertara em cheio, estivesse sendo atingida por uma britadeira.

Ele levantou o braço direito, um movimento que fez a dor percorrer seu ombro, e verificou seu relógio. O vidro estava quebrado. O relógio estava parado. Descobriu que conseguia mover o braço esquerdo e tirou a arma do bolso. Notou que alguém tinha tirado as balas. Enfiou a arma no bolso novamente e sentou. Seus pés estavam molhados. Assim como suas pernas. Ele tinha se mijado. Olhou para o céu e para as janelas lá em cima. Não viu ninguém olhando para ele, mas podia dizer, pela posição do sol, que já era tarde. Ele estava atrasado. Deveria ter ido buscar o dinheiro de ontem com os traficantes de rua de Bunch em Bed-Stuy, ao meio-dia.

Levantou-se lentamente, cada músculo de seu corpo protestando, e cambaleou na direção do metrô da rua Silver, ali perto, apoiando-se nas paredes pelo caminho. Era como se estivesse caindo aos pedaços, mas seguia mais rápido conforme recuperava o fôlego, ficando de olho se achava o gigante que o acompanhara até lá naquela manhã. Tinha que ir até Bed-Stuy buscar o dinheiro de Bunch antes de voltar para a casa do chefe. O mínimo que podia fazer era aparecer com a grana de Bunch. Isso poderia impedir o chefe de matá-lo.

13

A camponesa

O ELEFANTE E O GOVERNADOR ESTAVAM NA SALA DO MODESTO sobrado geminado do Governador no bairro de Morris Heights, no Bronx, em um enclave calmo de edifícios de apartamentos pontilhados com algumas árvores frondosas em meio à decadência urbana que se aproximava, quando a porta se abriu de repente e um esfregão entrou na sala, seguido por uma mulher atraente empurrando um balde com rodas cheio de água e sabão. Ela estava de cabeça baixa e esfregava o chão com tal velocidade e intensidade que, no início, nem percebeu os dois homens sentados. Elefante estava em uma cadeira de balanço de costas para a porta. O velho estava no sofá. A mulher esfregava da esquerda para a direita, até que acertou a perna da cadeira de balanço e viu um pé. Ergueu os olhos surpresa para Elefante, o rosto muito corado e, naquele instante, Elefante viu seu futuro.

Era uma mulher corpulenta, já passada nos anos, mas com um rosto doce que não conseguia refrear a timidez que emanava dele, com grandes olhos castanhos que, naquele instante, pestanejavam surpresos. Seu cabelo castanho estava preso em um coque, e um queixo comprido, bonito e com covinhas ficava embaixo de uma boca agradável. Embora pesada, ela tinha o corpo de uma mulher alta e magra, o pescoço era longo, e ela inclinava um pouco a cabeça, como se quisesse disfarçar a altura. Usava um vestido verde e estava descalça.

— Ops, eu só vim até aqui para limpar. — Ela saiu da sala e fechou a porta. Elefante ouviu seus passos indo para os fundos do apartamento.

— Desculpe — disse o Governador. — É minha moça, Melissa. Ela mora no andar de baixo.

Elefante assentiu. Não vira Melissa por muito tempo, mas vira o bastante. Foi o fato de estar descalça que o conquistou, Elefante pensou mais tarde. O fato de ela estar sem sapatos. Que beleza. Uma beleza do campo. O tipo com o qual ele sempre sonhara. Ele gostava de mulheres pesadas. E ela era profundamente tímida. Ele percebeu aquilo no mesmo instante. No jeito como ela se movia, um pouco desajeitada, a cabeça baixa, aquele pescoço comprido afastando o belo rosto do que estava acontecendo. Naquele momento, ele sentiu uma parte interna de seu coração muito ferido se soltar, e entendeu, com certeza, o problema do Governador. Ele duvidava que aquela beleza tímida tivesse a astúcia para administrar uma loja de bagels, muito menos para cuidar de qualquer outro negócio que o Governador tivesse com essa peça que queria trocar por dólares, o que quer que fosse. Esse tipo de mulher deveria administrar um armazém rural em algum lugar, pensou sonhador. Administrar comigo.

Deixou o pensamento de lado assim que viu que o Governador o observava, com um leve sorriso no rosto marcado. Tinham passado a tarde juntos. O velho fora cordial. Recebera Elefante como se fossem velhos amigos. A loja de bagels ficava a dois quarteirões dali e, apesar da respiração ofegante e da saúde debilitada, o Governador insistiu que caminhassem até lá. Mostrou orgulhoso toda a operação para Elefante, a grande área de alimentação, as vitrines, a loja lotada de clientes. Mostrou também a área de garagem nos fundos, onde guardava os dois caminhões de entrega e, por fim, a cozinha, que deixou por último, onde dois cozinheiros porto-riquenhos terminavam suas tarefas.

— Às quatro e meia, os bagels já estão quentes e saindo pela porta. Às nove, já transportamos oitocentos bagels. Às vezes levamos mais de mil por dia — falou com orgulho. — Não só para nós. Vendemos em lojas por todo o Bronx.

Elefante ficou impressionado. Era mais uma fábrica do que uma loja de bagels. Mas agora que os dois estavam de volta à casa do Governador, no apartamento do andar de cima, onde ele morava, e com a bela filha aparentemente a salvo no apartamento de baixo, ele estava ansioso pela conversa de verdade. Um olhar para a filha contou tudo o que Elefante precisava saber: se o Governador estava dizendo a verdade, ele não tinha um plano verdadeiro.

— Não é da minha conta — disse Elefante —, mas sua filha sabe algo sobre... o que estou aqui para discutir?

— Por Deus, não.

— Você não tem um genro?

O Governador deu de ombros.

— Não entendo os jovens. Uma lenda irlandesa de antigamente dizia que as focas nas praias da Irlanda eram, na verdade, jovens príncipes arrojados que saíam de suas peles para se tornarem focas e se casarem com alegres sereias. Acho que ela está procurando uma foca.

Elefante não falou nada.

De repente, o Governador pareceu cansado e se recostou no sofá, a cabeça inclinada para cima.

— Não tive um filho homem. Ela é minha herdeira, aquela ali. Ela ia entender se eu contasse sobre esse negócio, mas ia se meter em confusão. Quero ela fora disso.

Ele parecia ser um homem despreocupado por natureza, mas o tom dessa declaração fez com que Elefante soubesse que a porta estava aberta para que ele assumisse o caso e negociasse um preço melhor para si, se de fato havia algo na história do velho. O homem estava exausto. A pequena caminhada até a loja e o tour pelas instalações o exauriram por completo.

— Estou um pouco cansado e posso ter que repousar minha cabeça no sofá um pouco — comentou. — Mas ainda posso falar. Vamos começar agora.

— Ótimo, porque não tenho certeza do que você está vendendo.

— Vai saber agora.

— Então fale. A festa é sua. Já perguntei por aí. Meu pai tinha alguns amigos que se lembram de você. Minha mãe diz que meu pai confiava em você e que vocês dois conversavam. Então sei que você é "ok". Mas tem uma boa operação aqui. Não é só uma loja de bagels. É uma fábrica. É limpa. Ganha dinheiro. Por que chamar a atenção e procurar problemas se já está fazendo uns bons guinéus aqui? De quanto mais você precisa?

O Governador sorriu, tossiu novamente, agarrou um lenço e cuspiu nele. Elefante viu que a bola de cuspe naquele lenço era grande o bastante para que o Governador tivesse que dobrá-lo ao meio para usar de novo. Este velhaco irlandês está mais doente do que deixa transparecer, pensou.

Em vez de responder à pergunta, o velho recostou a cabeça novamente e disse:

— Comprei esta casa e a loja de bagels em 47. Bem, minha esposa conseguiu a loja, na verdade. Naquele ano eu estava na cadeia com seu pai. Eis como conseguimos. Eu tinha algum dinheiro para investir. Como consegui esse dinheiro, não importa, mas era uma boa quantidade de grana. Cometi o erro de dizer à minha mulher onde eu guardava enquanto estava na prisão. Ela foi me visitar um dia e falou: "Adivinha só? Lembra-se daquele velho casal judeu em Grand Concourse, com a loja de bagels? Eles me venderam bem baratinho. Queriam ir embora logo". Ela disse que não conseguiu falar comigo antes de tomar a decisão. Simplesmente foi em frente. Comprou todo o maldito edifício. Com minha grana.

Ele sorriu com a lembrança.

— Ela me contou isso na sala de visitas. Quase arranquei a cabeça dela. Explodi de tal maneira que os guardas da prisão tiveram que me colocar na coleira para me impedir de torcer o pescoço dela. Passaram-se semanas antes de ela me escrever. O que eu podia fazer? Eu estava na prisão. Ela torrou cada centavo que tínhamos... em bagels. Fiquei em choque. Louco como um chapeleiro.

Ele olhou para o teto, o rosto melancólico.

— Seu pai achou aquilo engraçado. Ele disse: "Está perdendo dinheiro?". Eu falei: "Como diabos vou saber? Tem negros e hispânicos por todo lado". Ele falou: "Eles também comem bagels. Escreva para sua esposa e diga que sente muito". Eu fiz isso, graças a Deus, e ela me perdoou. E agora agradeço a ela todos os dias por ter comprado aquele lugar. Ou agradeceria. Se ela estivesse aqui.

— Quando ela faleceu?

— Ah, já faz... não fico contando. — Ele suspirou e então cantou baixinho:

Vinte anos crescendo,
Vinte anos em flor,
Vinte anos se inclinando,
Vinte anos declinando.

Elefante descobriu que estava amolecendo, a parte interna dele, aquela parte que ele nunca deixava o mundo ver, a parte que se soltara quando a filha do homem passara o esfregão na sala.

— Isso quer dizer que você tem a consciência limpa no geral? Ou é só uma lembrança ruim?

O Governador encarou o teto mais um pouco. Seus olhos pareciam fixos em algo muito distante.

— Ela viveu tempo o bastante para me ver sair da prisão. Ela e minha Melissa, as duas construíram o negócio enquanto eu estava na cadeia. Três anos depois que saí, minha esposa ficou doente, e agora também estou um pouco indisposto.

Um pouco indisposto?, pensou Elefante. Ele parecia prestes a desmaiar.

— Por sorte, Melissa está pronta para assumir — disse o Governador. — Ela é uma boa moça. Pode conduzir o negócio. Tenho sorte por ela ser tão boa.

— Mais motivos para mantê-la fora de encrenca.

— É onde você entra, Cecil.

Elefante assentiu, desconfortável. A referência o pegou de surpresa. Não era chamado assim há anos. "Cecil" era um apelido de infância que o pai lhe dera. Seu nome verdadeiro era Tomaso, ou Thomas. E tinha o nome do pai como nome do meio. Cecil era invenção de seu pai. De onde tinha vindo isso e por que seu pai o escolhera... ele nunca soube. Era mais do que um nome de adoração; era um sinal entre pai e filho de que precisavam conversar em particular. Seu pai tinha estado acamado no último ano, ainda administrando os negócios, e com frequência havia outras pessoas no quarto, homens que trabalhavam no vagão de carga, na construção e no depósito. Quando seu pai dizia "Cecil", o negócio era importante, era particular, e eles precisavam conversar quando o quarto esvaziasse. O fato de o Governador conhecer este nome era mais um sinal de credibilidade — e também, Elefante pensou sombrio, de responsabilidade. Ele não queria ser encarregado por este cara. Já tinha obrigações o suficiente.

O Governador o observou por um longo instante, e então cedeu à fadiga. Virou-se, colocou as pernas no sofá e se deitou, esticando o corpo e colocando um braço sobre a testa. Ele ergueu a outra mão e apontou o dedo para uma escrivaninha atrás de Elefante.

— Pegue papel e caneta para mim naquela mesa, sim? Estão bem em cima.

Elefante fez o que lhe era pedido. O Governador escreveu alguma coisa no papel, dobrou-o bem e entregou-o a Elefante.

— Não abra ainda — falou.

— Quer que eu fraude uma urna para você também?

O velho sorriu.

— Não é algo ruim de saber, considerando o que acontece com velhas raposas como eu no nosso jogo, sabia? Seu pai entendia isso.

— Me fale sobre meu pai — pediu Elefante. — Sobre o que ele gostava de falar?

— Você está tentando me enganar — o irlandês falou com uma risadinha. — Seu pai jogava damas e falava seis palavras por dia. Mas se ele dissesse seis palavras, cinco eram sobre você.

— Ele não me mostrou muito esse lado — disse Elefante. — Depois que voltou da prisão, já tinha tido o derrame. Então era difícil falar. Ele ficava muito tempo na cama. Naquela época era só a sobrevivência que importava. Manter o vagão de carga ocupado, trabalhar para as famí... — Fez uma pausa. — Trabalhar para nossos clientes.

O Governador assentiu.

— Eu nunca trabalhei para as Cinco Famílias — comentou.

— Por que não?

— Um verdadeiro irlandês sabe que um dia o mundo vai partir seu coração.

— O que isso quer dizer?

— Gosto de respirar, filho. A maioria das pessoas que eu conhecia que trabalhava para as famílias terminou em pedaços quando resolveu parar. Seu pai foi um dos poucos que morreu na cama.

— Ele nunca confiou neles completamente — disse Elefante.

— Por quê?

— Muitos motivos. Somos do norte da Itália. Eles são do sul da Itália. Eu era jovem e estúpido. Ele não achava que eu viveria muito quando fosse adulto. Ele me mantinha ocupado cuidando da doca. Ele dava ordens. Eu as seguia. Ele era o mestre das marionetes, e eu era a marionete. Trabalhar no vagão de carga, mover a mercadoria, embarcar aqui, ali, guardar isso, pagar este cara, pagar aquele cara. Pagar bem seus homens. Não falar nada. Esse era o trabalho. Mas ele sempre manteve um pé em outras coisas: construção, um pouco de agiotagem, até serviço de jardinagem por um tempo. Sempre tivemos outros interesses.

— Vocês tinham outros interesses porque seu pai não confiava.

— Ele confiava. Só era cuidadoso com as pessoas nas quais confiava.

— Porque...?

— Porque um homem que não confia não é de confiança.

O Governador sorriu.

— É por isso que você é o rapaz certo para o trabalho.

Ele parecia tão satisfeito que Elefante deixou escapar:

— Se está sentindo vontade de cantar, não se incomode. Eu vim com o primo Brucie no carro o caminho todo. Ele tocou Frankie Valli. Ninguém canta melhor do que ele.

O velho deu uma risada, então ergueu a mão frágil e apontou para o pedaço de papel na mão fechada de Elefante.

— Leia.

Elefante desdobrou o papel e leu: "Um homem que não confia não é de confiança".

— Eu conhecia bem o seu pai — o Governador disse sério. — Tão bem quanto conheci qualquer homem neste mundo.

Elefante não soube o que dizer.

— Agora eu vou cantar — o Governador falou animado. — E vai ser melhor do que Frankie Valli.

E começou a falar.

***

ENQUANTO DIRIGIA SEU LINCOLN PELA MAJOR DEEGAN PARA CASA naquela tarde, com o bilhete ainda dobrado no bolso da camisa, a mente de Elefante dava voltas. Não pensava na história que o Governador lhe contara, mas na garota com aparência rural que entrara na sala e depois saíra pela porta se desculpando, pedindo licença. Uma bela e tímida garota irlandesa. Fresca como a primavera. Ela era um pouco mais jovem do que ele, uns trinta e cinco, mais ou menos, ele imaginava, o que era velha para não estar casada. Ela parecia tão tímida que ele se perguntava como alguém tão mansa poderia administrar um negócio. Mas, claro, pensou ele, nunca a vi em ação. Talvez ela seja como eu. Pura eficiência no trabalho, rude e amarga, mas em casa, à noite, cantando para as estrelas desejando amor e companhia. Ou talvez eu seja um idiota, pensou amargo. Só um coração cheio de dor... em uma cidade repleta deles. Jesus.

Ele acelerou em uma rampa que saía para a FDR Drive, e então desceu do lado leste de Manhattan, em direção à ponte do Brooklyn. Estava feliz por estar dirigindo. Isso permitia que sua mente vagasse e a confusão acabasse. Eram pouco mais de quatro e meia da tarde, mas o trânsito ainda se movia com suavidade. Ele ligou o rádio e a música o fez voltar à realidade. Ele observou o rio East, verificando as filas de barcaças que se moviam. Algumas ele conhecia. Algumas eram comandadas por capitães honestos, que recusavam contrabando. Eles não levariam um pneu roubado nem se você pagasse mil dólares. Outros eram capitaneados por idiotas tagarelas que chutavam os escrúpulos pela janela pelo preço de uma xícara de café. O primeiro tipo era extremamente honesto. Simplesmente não podia evitar. O segundo tipo nasceu vigarista.

Que tipo eu sou?, ele se perguntou.

Sou bom ou sou mau?, pensou enquanto manobrava o Lincoln através do trânsito. Ele pensava em sair completamente do jogo. Era um sonho antigo. Tinha economizado bastante. Já ganhara o suficiente para poder viver. Era o que seu pai queria, certo? Ele podia vender as duas casas de aluguel em Bensonhurst, vender o vagão de carga para Ray, de Coney Island, e cair fora de vez. Para fazer o quê? Trabalhar em uma loja de bagels? Não podia acreditar no pensamento que invadira sua mente. A filha do Governador nem sabia quem ele era, e ele já estava se colocando em sua cozinha. Ele se imaginava dali a dez anos, um marido gordo com roupa de cozinheiro, sovando massa e colocando-a no forno às três da manhã.

Por outro lado, de que se trata a vida? Família. Amor. Aquela mulher estava preocupada com o pai. Ela era leal à família. Ele entendia esse sentimento. Dizia muito sobre ela.

Ele lhe falara brevemente antes de partir. O Governador adormecera no sofá depois da conversa deles, e Elefante foi até a porta para ir embora. Ela estava subindo as escadas para ver o pai e deu de cara com ele. Ele imaginou que ela o tinha escutado partir e queria verificar se o pai estava bem. Era o que ele teria feito. Verificar se o pai dela estava respirando, talvez se assegurar que o estranho não era algum italiano do passado que aparecera para um acerto de contas. Aquilo também dizia muito sobre ela. Era tímida, mas claramente não tão tímida, e não era estúpida. E não tinha medo.

Encontraram-se no corredor, perto da porta da frente. Conversaram durante uns vinte minutos. Ela foi imediatamente aberta e pura. Ele era alguém em quem o pai confiava. Então ela confiava nele também.

— Posso cuidar das coisas — ela disse quando perguntada sobre administrar a loja de bagels sozinha. Ele fizera uma brincadeira sobre ela ter invadido a sala, com o esfregão na mão, segurando o balde e usando o esfregão como lança. Ela dera risada e dissera: — Ah, aquilo. Meu pai limpa a casa como uma criança.

— Bem, ele já trabalhou duro o suficiente.

— Sim, mas deixa o lugar uma bagunça e dorme com facilidade.

— Meus pés dormiam quando eu corria para pegar o ônibus.

Ela riu novamente e se abriu mais um pouco, e a conversa que se seguiu mostrou que, por traz do verniz gentil, estavam qualidades mais parecidas com as do pai dela, despreocupada e engraçada, mas com uma firmeza e uma inteligência que ele achou atraente. Conversaram com facilidade.

Diácono King Kong 183

A moça sabia que ele estava lá para algum negócio importante. Sabia que os pais de ambos tinham sido amigos próximos. Mesmo assim, ele ainda sentia uma hesitação. Sondou-a com gentileza. Aquele era o trabalho dele, pensou amargo, como um maldito contrabandista atuando com traficantes de drogas como Joe Peck e assassinos como Vic Gorvino: sentir a fraqueza dos outros.

Parado ali, percebeu que ela também o sondava. Sentia que ela o avaliava e o apertava — gentilmente — em busca de informações. Por mais que tentasse, ele não conseguia bloquear, não conseguia impedi-la de enxergar a parte que a maioria nunca via, aquela que, enquanto ele era firme e estrito na superfície, totalmente profissional, talvez um pouco italiano demais nas maneiras e no modo de falar, por baixo carregava um sentimento pesado de responsabilidade por sua mãe e por aqueles com quem se importava, com uma gentileza que era mais seguro manter escondida.

Ele era um homem em quem o pai dela confiava. Mas por que ele? Por que não um primo ou um tio? Ou pelo menos um companheiro da Irlanda? Por que um italiano? Naqueles vinte minutos travou-se a guerra entre raças: os italianos *versus* os irlandeses, os dois representantes das almas negras da Europa, largadas ao pó pelos ingleses, franceses e alemães e, mais tarde, na América, pelos garotões de Manhattan; os judeus que esqueceram que eram judeus; os irlandeses que esqueceram que eram irlandeses; os anglo-saxônicos que esqueceram que eram seres humanos, que se juntaram para fazer dinheiro em suas grandes reuniões de poder sobre o futuro, passando por cima dos zé ninguéns no Bronx e no Brooklyn ao construir estradas que destruíam seus bairros, deixando-os sofrer nas mãos de quem quer que aparecesse; os garotões que se esqueceram da guerra, dos pogroms e das vidas das pessoas que sobreviveram à Primeira e à Segunda Guerras Mundiais, sacrificando seu sangue e sua coragem pela América para que pudessem trabalhar em bancos, na cidade e no estado, abrir vias expressas no meio de bairros prósperos e mandar os idiotas impotentes que acreditavam no sonho americano correndo para os subúrbios, porque eles, os garotões, queriam uma porcentagem maior. Ele sentia isso, ou achava que sentia, enquanto os dois ficaram parados a porta. Havia uma conexão: um homem cujo pai estava morto e uma mulher cujo pai estava prestes a morrer, uma sensação de querer pertencer, parados no vestíbulo acolhedor, ela em seu vestido rural, com um emprego que pagava impostos e não atraía policiais, nem Joe Peck, nem telefonemas complicados de pessoas complicadas tentando enfiar uma mão em seu bolso enquanto saudava a bandeira com a outra, e ele teve uma sensação de pertencimento que não sentia há anos.

Ela ria com facilidade, fazia perguntas, a timidez esquecida, enquanto ele assentia em silêncio. Ela falou durante os vinte minutos, que pareceram passar em segundos, e durante todo esse tempo era como se ele estivesse gritando: "Eu sou a foca na praia. Se você me reconhecesse". Mas, em vez disso, ele permaneceu brando e firme, tentando bloquear sem muito entusiasmo as perguntas dela, fingindo ser indiferente e desconfiado. Ela percebeu tudo aqui, ele pôde ver. Ela o via claramente. Ele se sentia nu. Ela queria saber por que ele estava ali. Ela queria saber tudo.

Mas ela jamais poderia saber.

Aquilo era parte do acordo. Ele concordara com o esquema idiota do Governador, claro. Em parte porque amava seu pai. As partes de seu pai que ele conhecia mais profundamente diziam respeito à confiança. Qualquer homem em quem seu pai confiasse tinha de ser um homem bom, amável. Não havia dúvida. Guido Elefante nunca tinha falhado em sua palavra com um homem em quem confiasse. Nem seu pai se importava com o que os outros pensavam dele. Seu pai amava sua mãe, sem dúvida, porque sua mãe era tudo menos a típica dona de casa italiana do Brooklyn, como tantas outras naquele quarteirão, mulheres que fofocavam sobre nada, distribuindo canólis por aí, seguindo em massa para a igreja de St. Andrew todas as manhãs para pedir a Deus pela redenção dos maridos e, por consequência, as próprias, reclamando sobre os negros e os hispânicos que tomavam conta da vizinhança enquanto seus maridos bebiam e atiravam em qualquer um que abrisse a boca para quem não devia sobre suas operações de jogos de azar e corridas de cavalo, passando por cima dos negros. Sua mãe não se importava com os negros. Ela os via apenas como pessoas. Preocupava-se com as plantas e em procurar por elas nos terrenos vazios da vizinhança — plantas, ela insistia, que mantiveram o marido vivo muito tempo depois que a maioria esperava que ele já estivesse morto. E, quanto ao filho, ela nunca fazia perguntas a Thomas; ela respeitava Elefante desde menino porque entendia, instintivamente, que seu filho seria diferente da maioria dos italianos do bairro, tinha que ser diferente, como ela e o marido tiveram que ser diferentes, para sobreviver. Ela nunca se desculpou pela família. Os Elefantes eram o que eram. Era só isso. Seu pai acolhera o Governador em seu mundo. E então Elefante fez o mesmo. Eram parceiros agora. Estava decidido.

Além disso, todo aquele negócio era intrigante.

E, é claro, tinha o dinheiro.

"Era por causa do dinheiro"?, ele se perguntava.

Olhou de relance para o papel dobrado no assento do carro ao seu lado. Era o papel que o Governador colocara em sua mão quando conversaram sobre o pai de Elefante.

"Um homem que não confia não é de confiança."

Elefante virou o grande Lincoln em direção à rama da saída da FDR um pouco depois da rua Houston. A silhueta da ponte de Brooklyn apareceu adiante. Ele pensou na conversa e na história do Governador.

— Estou perdendo o juízo — murmurou.

***

JÁ ERA TARDE, E O GOVERNADOR ESTAVA QUASE ADORMECIDO quando contou a Elefante a história do "sabão" que ele dera ao pai do homem mais jovem. Deitado no sofá, ele falava olhando para o teto enquanto um ventilador sobre suas cabeças rangia sem parar:

— Por quase mil anos, a Igreja da Visitação, em Viena, na Áustria, guardou preciosos tesouros — contou ele. — Manuscritos, castiçais, taças de altar. A maioria seria perda de tempo para você e para mim. Coisas usadas durante missas, taças de altar para beber o sangue do nosso Salvador, castiçais, esse tipo de coisas. Algumas moedas de ouro. Tudo feito para durar. Coisas com centenas de anos. Passadas de geração em geração. Quando a Segunda Guerra Mundial começou, a igreja escondeu tudo dos Aliados. Era para onde meu irmão caçula, Macy, tinha sido destacado. Ele fora mandado para lá em quarenta e cinco durante a guerra. Os Estados Unidos deixaram tropas lá depois, e Macy permaneceu ali. Macy era oito anos mais novo do que eu, um tenente no exército, um camarada estranho. Ele era um... — O Governador pensou por um momento. — Um afetado.

— Um afetado? — repetiu Elefante.

— Leve como uma pena. Ele seria chamado de maricas hoje em dia, eu acho. Tinha gosto pelas coisas finas da vida. Sempre gostou de arte. Mesmo quando era pequeno. Sabia tudo do assunto. Lia livros sobre arte. Só teve um gosto disso. Bem, a cidade estava destruída depois da guerra, patrulhada por diferentes exércitos aqui e ali e, de algum modo, Macy achou aquelas coisas escondidas. Tinham sido escondidas pelos nazistas. Em uma caverna em um lugar chamado Altenburg.

O Governador fez uma pausa, pensativo.

— Eu nunca soube como Macy encontrou a caverna. Mas tinha coisa valiosa ali. Muita coisa. E ele se serviu daquilo: manuscritos, caixinhas decoradas com diamantes, pequenos painéis de marfim. E alguns relicários.

— O que é isso?

— Tive que pesquisar cinco vezes antes de entender — comentou o Governador. — São caixas minúsculas, feitas de ouro e prata. Algumas são incrustradas de diamantes. Os padres guardam joias, artes, relíquias e até ossos de santos nelas. Aquela coisa era saque pesado. Espólios de guerra, meu rapaz. Macy conseguiu uma boa quantidade deles.

— Como você sabe?

— Eu vi. Ele tinha essas coisas na casa dele.

— Como ele conseguiu trazer tudo para cá?

O Governador sorriu.

— Ele usou a cachola e despachou para si mesmo pelo Serviço Postal Militar dos Estados Unidos. Pouco a pouco. Acho que foi por isso que continuou em serviço por tanto tempo. A coisa era pequena. Então, depois da guerra, conseguiu um emprego no correio para que pudesse transportar aquilo quando quisesse, sem ninguém dar um pio. Simples assim.

Ele deu uma risada e teve que se levantar enquanto tossia uma grande quantidade de catarro em seu lenço. Quando terminou, dobrou o lenço, guardou-o no bolso e prosseguiu:

— Sempre me pareceu estranho que Macy vivesse tão bem com um emprego no correio — admitiu o Governador. — Ele tinha um apartamento no Village, do tamanho de um campo de rúgbi. Cheio de coisas chiques. Eu nunca perguntei. Ele não tinha filhos, então eu imaginei que não fosse nada. Meu pai não suportava Macy. Ele costumava dizer: "Macy gosta de meninos". Eu dizia para meu pai: "Tem um padre em St. Andrew que dizem que gosta de meninos". Mas ele não queria ouvir. Eu era jovem naquela época, me mexia rápido e era um pouco idiota, mas até eu sabia a diferença entre um homem doente que gosta de crianças e um homem que gosta de homens. Eu sabia, porque Macy tinha me convencido a não matar aquele padre animal da St. Andrew que agia como um verme com um monte de crianças da paróquia. Descobri sobre ele quando Macy cresceu e começamos a notar coisas estranhas nele. Mas Macy dizia: "Ele é um homem doente. Não vá para a cadeia por causa dele". Ele era meu irmão caçula e era mais esperto do que eu em vários sentidos. Então eu ouvi e fui para a cadeia por conta própria. Mesmo na prisão, a inteligência de Macy me ajudou. Se você entra na prisão sem se intrometer, sabendo que o que um homem faz em seu tempo privado é problema dele desde que aquilo não torne as coisas piores para você, bem, então você está bem. Então amei Macy pelo que ele me mostrou. E ele confiava em mim.

O Governador suspirou e esfregou a cabeça enquanto vasculhava a memória.

— Ele não viveu muito tempo depois da guerra. Primeiro nossa mãe morreu. Então, uns anos depois, o câncer o pegou. Aquilo e um coração partido, pobre rapaz, porque nosso pai não o queria. Já no fim da vida, ele veio até mim e confessou tudo. Me levou até um armário em sua casa e me mostrou o que tinha. Ele tinha guardado todas as coisas da caverna em um armário, imagine só. Coisas maravilhosas: Bíblias com capas de ouro. Relíquias. Manuscritos guardados em tubos de ouro. Moedas de ouro. Relicários de diamante com ossos de santos antigos dentro deles. Ele disse: "Essas coisas têm mais de mil anos". Eu falei: "Você é um milionário". Ele disse: "Quase não vendi nada. Ganhava bem no Correio". Eu ri da cara dele. E falei: "Você é um nhonho".

— Um nhonho? — Elefante repetiu.

— Um tolo.

— Ah.

— Ele disse: "Eu não quis vender. Gostava só de olhar para eles". Eu disse: "Macy, isso não é bom. Essas coisas são da igreja". "A igreja não se importa com gente como eu", ele respondeu. Ah, partiu meu coração quando ele falou aquilo. Eu disse: "Macy, meu garoto. Nossa querida mãe no Céu cairia em febre no trono de Deus se soubesse que você está sentado aqui com coisas roubadas de seu Senhor e Salvador. Isso partiria o coração dela". Aquela ideia trouxe lágrimas aos olhos dele. Macy falou: "Tenho que viver. Talvez eu encontre um jeito de devolver algumas coisas".

O Governador olhou para o Elefante e continuou:

— E ele devolveu. Ah, ele vendeu uma ou duas coisas mais em quantidade para manter seu estilo de vida antes de morrer. Mas a maioria das coisas ele devolveu. Mandou de volta para Viena do mesmo jeito que trouxe para cá. Ele enviou pelo correio pouco a pouco. Devolveu tudo de um jeito que nunca poderia ser pego. Mas teve um item que ele não devolveu.

— E o que foi?

— Bem, era algo que eu queria. Uma pequena estátua.

— Estátua de quê?

— Uma garota gorda. A Vênus de Willendorf.

O Elefante se perguntou se estava sonhando. Uma estátua de uma garota gorda? A filha do Governador era assim. Uma linda garota gorda. Seria um truque? Uma coincidência?

— É o nome de um sabonete? — ele perguntou.

O Governador deu um sorriso irritado para ele.

— Só estou perguntando — Elefante comentou.

— Macy disse que era a peça mais valiosa da coleção dele.

— E por que isso?

— Não sei dizer. Macy sabia, mas eu não sei dessas coisas. Era castanho-avermelhada. Muito pequena. Feita de pedra. Não maior do que uma barra de sabonete.

— Se não é de ouro, por que vale tanto?

O Governador suspirou.

— Sou mais burro que uma porta no que diz respeito à arte, filho. Não sei. Como eu disse, tive que pesquisar a palavra "relicário" cinco vezes antes de entender o que era. Essa estátua era um desses relicários. Um contêiner minúsculo, como um caixão, do tamanho de uma barra de sabonete. É de milhares de anos atrás. Macy dizia que só a caixa valia uma fortuna. Dizia que a garotinha gorda, a Vênus de Willendorf, valia mais do que qualquer coisa que ele tinha.

— Então é provável que esteja em um daqueles grandes castelos na Europa onde o capacho é escrito em inglês antigo e ele estivesse com uma falsificação. Ou a coisa real está em um museu. Como não está em um museu? A propósito, um museu saberia se é falso.

— E daí? Filho, seu pai e eu estávamos na prisão com vários estelionatários cheios de lábia que poderiam vender gelo a um esquimó. Esses caras conseguiam zerar nossa conta no banco mais rápido do que uma mosca consegue pousar na merda. Eles sabem mais sobre trapaças com seguros, golpes bancários e truques com as mãos do que um bartender da Filadélfia. Lisos como caramelo, esses caras. E cada um deles vai lhe dizer que, na maioria das vezes que é fisgada ou enganada, a truta fica calada. Eles querem que esse tipo de notícia seja mantida em sigilo. Os cabeções elegantes responsáveis pelos museus não são diferentes. Se estão guardando uma falsificação, por que escancarar isso ao mundo? Enquanto as pessoas estiverem pagando para ver aquilo, quem vai saber a diferença?

Elefante ficou em silêncio, pensando naquilo.

— Acha que estou enganando você? — o Governador perguntou.

— Talvez. Você nunca perguntou ao seu irmão por que isso valia tanto?

— Não, não perguntei para ele. Aceitei antes que ele mudasse de ideia. E depois ele morreu.

— A Vênus de Willendorf. Tem nome de sabonete.

— Não é um sabonete. É uma garota gorda — insistiu o Governador.

— Eu conhecia uma garota gorda na escola que era um verdadeiro tesouro. Mas ninguém fez uma estátua dela.

— Bem, esta que estou falando cabe na palma da sua mão. Eu a escondi antes de ir para a prisão. Seu pai saiu dois anos antes de mim.

Eu tinha medo que alguém pudesse encontrá-la, então disse para ele pegar e guardar para mim. Ele me disse que fez isso. Então está com você em algum lugar.

Elefante estendeu as mãos.

— Juro pela Virgem Abençoada que meu pai não me disse onde colocou isso.

— Nada?

— Ele só me falou sobre aquela música estúpida que você cantou, sobre a palma da mão de Deus.

O Governador assentiu satisfeito.

— Bem, já é alguma coisa.

— Não é nada. Como vou procurar uma coisa se não sei onde está ou como se parece?

— É uma garota gorda.

— Deve existir um milhão de estátuas de garotas gordas. Ela tem uma verruga no nariz ou é gorda como uma bola? Ela parece um cavalo se você virar de lado? A cabeça e o estômago são as únicas partes que podemos identificar nela? Ou é como uma daquelas coisas horríveis em que um cara joga tinta na tela e depois esfrega por toda parte? Ela tem um olho? O quê?

— Não sei o quê. É uma garota gorda. De milhares de anos. E tem um cara na Europa que vai pagar três milhões de dólares em dinheiro por ela.

— Você falou isso antes. Como sei que ele é de confiança?

— Ele é de confiança, pode acreditar. Macy vendeu uma ou duas peças para ele antes de morrer. Ele me disse como encontrar o cara, mas Macy morreu e eu estava na prisão. Não conseguia ligar para ninguém de Sing Sing. Então deixei quieto. Você pode acabar em uma urna no cemitério se ficar brincando com um cara que nunca viu antes e com quem nunca fez negócios. Nunca liguei para ele antes de ir para a prisão. Depois que saí, minha esposa ficou doente; e eu tinha que cuidar dela e não queria voltar para a prisão. Então, há alguns meses, quando os médicos me disseram que eu tinha essa... doença, entende, liguei para o cara na Europa e ele ainda está vivo. Contei para ele que sou irmão do Macy e contei o que tinha. Ele não acreditou em mim, então mandei a única foto que tinha. Sou um velho vigarista. Sou estúpido demais para fazer cópias da foto.

Que os santos sejam louvados, ele recebeu a foto e ficou sério. Me liga quase toda semana agora. Diz que pode levá-la embora. Primeiro ofereceu quatro milhões de dólares, e eu disse: "Como você vai conseguir tanto dinheiro?". Ele respondeu: "Isso é problema meu. Vou te pagar quatro porque consigo vender por doze milhões. Ou até mesmo quinze. Mas você precisa trazer aqui". Ele disse que está em Viena. Senti cheiro de rato, então. Quase dei para trás. Não confiava nele. Então, eu disse: "Se você é o cara que meu irmão disse que é, me transfira dez mil e me diga o nome de uma das coisas que meu irmão vendeu para você". E ele fez isso. Não sou idiota. Não contei para o cara onde eu morava. Ele acha que vivo em Staten Island. Esse é o endereço de remetente que coloquei no envelope com a foto que mandei para ele. Ele transferiu o dinheiro para o banco em Staten Island que indiquei. Devolvi os dez mil para ele e disse "ok". Mas não tenho músculos para mover esta coisa. Não consigo ir para a Europa agora. Mesmo se pudesse, eu não iria até lá para correr o risco de o cara dar um pé na minha bunda ou, pior, ensacar a coisa e sair correndo. Então falei: "Você vem aqui buscar e eu deixo por três milhões. Você pode ficar com um milhão extra pelo inconveniente". — Eu só estava jogando verde — prosseguiu o Governador. — Achei que ele ia me falar "cai fora". Não achei que ele tivesse coragem de fazer isso. Ele disse: "Me deixe pensar". Depois de uma semana, ele retornou a ligação e falou: "Ok. Vou aí buscar". Foi quando eu fui procurar você.

— Você está fazendo um arremesso de uma distância bem longa, senhor. O que o faz pensar que eu daria a estátua para você, ou para ele, se a encontrasse? — perguntou Elefante.

— Porque você é filho do seu pai. E não estou só imaginando, filho. Perguntei por aí. Veja, seu pai e eu, nós sabíamos quem éramos. Éramos sempre os peixes pequenos. Os caras que transportavam coisas. Nunca desejamos mais ou problemas. Transportávamos coisas. Esse cara da Europa de quem estou falando é o chefão. Fala bem. Tem sotaque. Suave. Chefões assim estão sempre um passo na sua frente. Não importa o quão esperto você se ache, eles passam a perna em você. É por isso que são chefões. Se você brinca com um chefão, é melhor estar com a cabeça no lugar. Seu pai sempre disse que você tinha a cabeça no lugar.

Elefante pensou naquilo e disse baixinho, quase para si mesmo:

— Eu realmente não sou um chefão.

— Por três milhões, você é.

O Governador ficou em silêncio por um momento, então continuou dizendo:

— Levei isso o mais longe que pude. Liguei para o cara e disse: "Vamos arranjar um encontro". Ele falou: "Coloque a estátua em um armário, me deixe ir buscá-la e eu coloco lá o seu dinheiro". Essa era a ideia. Nos encontrarmos no Kennedy. Fazer a troca em um armário lá e ir em frente. Não falamos sobre a troca exata, como faríamos isso, mas concordamos com a parte do armário.

— Então resolva essa última parte e pegue seu dinheiro, pelo amor de Deus.

— Como posso fazer isso se não sei onde a estátua está?

— Você sabe — disse Elefante. — Você estava com ela antes do meu pai.

— Ele a escondeu! — O Governador fez uma pausa. — Olhe, eu estava com ela antes de ir para a prisão. Não podia contar para minha esposa sobre aquilo. Ela já tinha gastado meu dinheiro nos malditos bagels. A estátua não estava em um lugar seguro. Eu falei para seu pai onde estava quando estávamos em Sing Sing. Ele saiu dois anos antes de mim. Ele concordou em ir até lá pegá-la. Falei para ele: "Depois que eu sair, quando as coisas esfriarem, vou buscar. E darei uma parte para você". Ele disse: "Ok". Mas ele teve aquele derrame na prisão pouco antes de sair, e não o vi mais. Tentei entrar em contato enquanto ele estava no hospital da prisão, mas ele foi embora antes que eu conseguisse. Eles o liberaram depois do derrame. Ele me deu notícias depois que saiu. Me mandou uma carta. Dizia: "Não se preocupe. Estou com aquela sua caixinha. Está limpa e segura na palma da mão de Deus como aquela musiquinha que você costumava cantar". Então sei que ele pegou de algum modo. E sei que guardou em algum lugar.

— Na mão de Deus? O que isso significa?

— Não sei. Ele só disse "na palma da mão de Deus".

— Você foi atrás do cara errado, então. Meu pai não escreveu essa carta. Ele nunca ia à igreja.

— Vocês não são católicos?

— Minha mãe me arrastava para Santo Agostinho até eu ser grande o bastante para largar. Mas meu pai nunca ia. Até sua morte, ele nunca foi a uma igreja. Fizemos o funeral dele. Foi quando ele foi para a igreja.

— Talvez ele tenha deixado em uma igreja. Ou em seu caixão.

Elefante pensou naquilo por um momento. Sua mãe tinha dito que queria que o caixão do pai fosse exumado para que ela pudesse ocupar o mesmo túmulo. E Joe Peck tinha prometido fazer o trabalho. A ideia do idiota do Joe Peck remexendo nos restos de seu pai, virando o cadáver dele de um lado para o outro, examinando os bolsos do melhor terno do pai, perfurando o cérebro do pai com uma chave de fenda, tentado encontrar qualquer que fosse o diabo do nome da garota gorda que valia três milhões o desequilibrou e, por um instante, Elefante se sentiu sem fôlego. Depois de um instante, recuperou a compostura e disse:

— Ele não deixaria em uma igreja. Não tinha contatos nas igrejas. Não havia ninguém em nenhuma igreja em quem ele confiasse. E ele não seria idiota o bastante para enterrar o negócio consigo. Ele não faria isso com minha mãe.

— Concordo — disse o Governador. — Mas você tem um lugar de depósito. Você transporta coisas.

— Olhei em cada depósito que temos. Aqueles a que tenho acesso.

— E quanto aos que você não tem acesso?

— Acho que eu conseguiria entrar neles — admitiu Elefante. — Mas levaria tempo.

— Não tenho tempo — disse o Governador. — O cara que quer comprar não vai tratar com mais ninguém. Você não liga para esse tipo de cara. Ele liga para você. Estou enrolando. Disse que tinha que pensar. Ele está nervoso. Não vai gostar se tiver uma segunda pessoa envolvida. Como está, acho que ele pode vir para cima de mim de qualquer jeito. E esta é outra razão pela qual estou esperando que você encontre a coisa.

E aí está, pensou Elefante com amargura. Ele não tem ninguém. Se um figurão na Europa quer um maldito artefato que vale um braço e uma perna, e o único obstáculo entre ele e o negócio é um fabricante de bagel e sua filha... bem, aí está.

— Eu pensei que tivesse dito a ele que vivia em Staten Island — comentou Elefante.

— Pessoas assim conseguem te encontrar — disse o Governador. — Por outro lado, ele é como meu irmão, Macy. Esses caras são fanáticos. Temos pouco espaço para manobrar. Já avisei ele que no instante em que eu sentir cheiro de rato, a estátua já era. Vai pelo cano abaixo. Feita em pedaços. Jogada no rio. Mas ainda penso bastante em Melissa. Então, quando fui até você... bem, com você, sabendo como seu pai era, sei que tenho pelo menos um cara no meu time que não vai me matar e fugir.

Elefante ficou em silêncio. "Meu time", pensou. Como diabos acabei no time dele?

O Governador se sentou no sofá por um momento, arqueou as costas de um jeito desajeitado, então enfiou a mão embaixo do sofá e pegou um envelope.

— Mais uma coisa — falou.

Entregou o envelope para Elefante, que imediatamente reconheceu os rabiscos doloridos da letra do pai, que, já em direção ao fim, eram trêmulos e grandes. O envelope estava endereçado ao Governador.

— Onde conseguiu isso?

— Seu pai me mandou quando eu estava na prisão.

Elefante abriu o envelope. Dentro, havia um simples cartão de felicitações, com uma foto das antigas docas do Cause, tirada provavelmente na década de 1940, a familiar Estátua da Liberdade ao longe. Na parte de trás, estava colada a tradicional bênção irlandesa, obviamente recortada de um livro ou jornal:

Que a estrada venha ao seu encontro.
Que o vento esteja sempre em suas costas.
Que o sol brilhe sobre seu rosto,
A chuva caia suave sobre seus campos.
E até nos encontrarmos novamente,
Que Deus o tenha na palma de Sua mão.

Ao lado daquilo, havia um desenho de uma caixinha feito a mão por seu pai. Dentro dela havia um fogão a lenha, com pequenos pedaços de tora, desenhados toscamente e uma cruz em cima. A caixa tinha cinco lados; um dos lados tinha um círculo com um boneco palito desenhado no meio, com os braços estendidos.

— Se não fosse a letra do meu pai, eu não teria acreditado que ele desenhou isso — falou Elefante.

— Reconhece alguma coisa?

— Não.

— É uma bênção irlandesa — disse o Governador.

— Imaginei isso — respondeu Elefante. — Mas o que são essa fornalha e essas lenhas?

— Você tem algum depósito com algo assim dentro? — perguntou o Governador.

— Não. Essa caixa pode ser qualquer coisa. Uma garagem. Uma embalagem de leite. Uma cabana na floresta. Pode estar em qualquer lugar.

— Sim, pode — concordou o Governador. — Mas aonde Guido Elefante iria?

Elefante pensou naquilo por um bom tempo antes de responder.

— Meu pai — disse seco — nunca ia a lugar algum. Nunca ia além de três quarteirões do Distrito Cause. Quase nunca. Ele não caminhava muito bem. Mesmo se pudesse, não iria longe. Talvez até a loja em Bay Ridge que vendia comida genovesa, de vez em quando. Havia um lugar na Terceira Avenida que vendia coisas genovesas, focaccia e queijos principalmente do velho país, mas ele dificilmente ia lá.

— Como você sabe?

— Ele nunca ia a lugar algum, estou dizendo. Ele ia até o vagão de carga uma ou outra vez. Quase nunca ia aos depósitos. Talvez três vezes em toda minha vida o vi ir até lá. Eu cuidava dos depósitos, não ele.

— O que mais tem lá perto?

— Nada. Só os projetos habitacionais. O metrô. Alguns edifícios abandonados. É isso.

O Governador olhou para ele de um jeito estranho.

— Tem certeza?

— Tenho certeza.

— A caixa está em algum lugar. Tão certo quanto estou vivo, essa coisa está apontando em algum lugar como o dedão de um sapateiro cego. Em algum lugar onde seu pai a colocou.

— Como eu poderia saber onde?

O Governador bocejou.

— Ele é seu pai — disse sonolento. — Um filho conhece o pai.

Elefante olhou o papel em suas mãos por um longo tempo. Queria dizer: "Mas você não era o filho do meu pai. Não sabe como ele era difícil. Era impossível conversar com ele". Mas, em vez disso, falou:

— Não vai ser fácil.

Olhou para o Governador. Estava falando sozinho. O velho tinha dormido. O mais em silêncio que pôde, levantou-se da cadeira de balanço, saiu pela porta e seguiu pelo corredor bem quando Melissa subia as escadas.

14

Dedo-duro

BUNCH ESTAVA SENTADO NA SALA DE JANTAR DE SEU SOBRADO EM Bed-Stuy, comendo uma asa de frango. Uma grande quantidade de asas e um prato de molho barbecue estavam na mesa. Fez sinal para que o jovem se sentasse do outro lado da mesa, diante dele.

— Sirva-se, irmão.

Lâmpada, o braço direito de Deems Clemens, enfiou a mão entre as asas de frango, pegou duas e mergulhou-as no molho. Comeu toda a carne tenra e estendeu a mão para pegar mais.

— Vai devagar — disse Bunch. — O frango não vai a lugar algum.

Mesmo assim, Lâmpada comia rápido — rápido demais, pensou Bunch. Ou o garoto estava faminto ou podia já ser usuário de heroína. Imaginou que talvez fosse essa última opção. O garoto estava terrivelmente magro e usava mangas compridas para cobrir o que podiam ser marcas nos braços.

Lâmpada olhou para a ponta da mesa, onde Earl, recém-recuperado após ser dolorosamente eletrocutado na sala da caldeira de Salsicha, fazia palavras cruzadas em silêncio, o braço direito em uma tipoia e a cabeça com um curativo onde a garrava o acertara, durante a festa de boas-vindas de Sopa. Earl ficou de cabeça baixa.

— Então, me fale sobre Deems — disse Bunch.

— O que quer saber? — perguntou Lâmpada.

— Como ele conquistou a praça do mastro da bandeira? — ele perguntou. — É a área mais movimentada do Cause. Quem fazia negócios lá antes de Deems assumir?

— Aproveitando, eu quero a praça do mastro — disse Lâmpada. — Se der certo.

— Que tal se eu enfiar um mastro no seu rabo? Perguntei como Deems conseguiu o lugar. Não perguntei o que você quer.

— Só estou falando que consigo fazer um trabalho melhor do que o dele. Preciso da praça do mastro para isso.

— Com quem você acha que está falando, garoto? Com o Papai Noel? Não me importo com o que você precisa. Você não fez nada até agora além de dizer o que precisa e lamber seus dedos nojentos enquanto come meu frango.

Lâmpada pestanejou e começou a falar.

— Quando nós todos jogávamos beisebol, Deems tinha um primo mais velho chamado Galo, que foi o primeiro a vender. Ele estava ganhando tanto dinheiro que todos nós largamos o beisebol para trabalhar para ele. Nós arrumávamos clientes para ele. Drogados nas ruas. Garotos brancos de Nova Jersey que passavam por ali, coisas assim. Galo foi morto por alguém que tentou roubar dele. Então Deems assumiu.

— Só isso? Vocês simplesmente deixaram Deems virar o chefe?

— Bem... ele fez algumas coisas... o Deems.

— Tipo?

— Bem... um garoto chamado Mark Bumpus foi o primeiro cara. Está morto agora.

— Como isso aconteceu? Ele tinha sono pesado? Caiu da escada?

— Deems armou para ele.

— Como?

— Galo morreu enquanto estávamos todos na cadeia. Quando saímos, Bumps, Mark Bumpus, comandava as coisas.

— E Deems não se importou? Mesmo que Galo fosse seu primo?

— A gente ganhava, tipo, quarenta dólares por dia. É muito dinheiro.

— E Deems não falou nada?

— Preciso voltar um pouco atrás para contar direito — disse Lâmpada.
— Veja bem, estávamos todos juntos em Spofford — disse o garoto, referindo-se ao centro juvenil. — Eu, Gorro, Doce, Deems e Bumps. Deems e Bumps se estranharam em Spofford, na sala de recreação. Não foi pelo Galo. Ele já estava morto.

— Pelo quê, então?

— Por causa da TV. Deems queria assistir ao jogo de beisebol. Bumps não queria. Começaram a brigar. Deems bateu muito em Bumps. O avô de Deems o visitou e deu cinquenta dólares para ele. A comida era ruim em Spofford, então Deems foi ao depósito e comprou arroz e feijão. Ele dividiu com seus garotos: eu, Gorro, Doce. Bumps não era um dos seus. Então, naquela noite, Bumps e alguns de seus amigos pegaram Deems sozinho no chuveiro e o cortaram pra valer. Pegaram o arroz e o feijão e o restante dos cinquenta dólares.

— Deems nunca esqueceu aquilo — comentou Lâmpada. — Bumps saiu de Spofford antes de Deems. Quando ele saiu de Spofford, alguns meses depois, Bumps já tinha tomado conta da praça. Bumps estava com tudo, cara, vendendo heroína, maconha, ácido, tudo. Nessa época, a maioria de nós já tinha saído de Spofford. Todos precisávamos de dinheiro, então fomos trabalhar para Bumps. Ele pagava quarenta dólares por dia. Até contratou Deems. Disse para Deems: "Esqueça o que aconteceu em Spofford. Você está comigo agora. Somos manos".

— Deems conseguia mais clientes para Bumps do que qualquer um de nós. Deems sabia como achar drogados. Ele ia até o centro da cidade buscar clientes e levava eles até Bumps. Chegou ao ponto de Bumps deixar Deems levar a heroína até os clientes mais distantes, porque Bumps estava com tudo. Vendia para todo mundo. Foi quando Deems o pegou.

— Ele mandou Deems com trinta gramas de cocaína até um cara jamaicano em Hollis, no Queens. Deems trocou a droga por uns flocos de sabão branco e farinha, e deu o saco pro cara. O cara usou a coisa e quase morreu. Ele ligou no telefone e Deems fez Gorro atender a ligação e mandar o cara se foder. Então o cara foi se vingar. Deems levou todos nós para o alto do Edifício 9, onde podíamos esperar a marcha das formigas chegar...

— Que formigas?

— Não importa. Só um bando de formigas que aparece por lá todo ano. Mas dá para ver a praça de lá. Dava para ver Bumps trabalhando. Deems falou: "Vocês se lembram do arroz com feijão quando a gente estava na juvenil? Vou ficar quites com aquele babaca do Bumps. Só observem".

— Dito e feito. Algumas noites mais tarde, uma linda garota jamaicana apareceu no mastro dizendo para Bumps que queria heroína, mas não tinha dinheiro. Ela se ofereceu, você sabe, para chupar a vara dele se ele lhe desse uma dose depois. Bumps disse que tudo bem. Seguiu a moça até o beco atrás da praça, e os jamaicanos estavam esperando por ele. Quase mataram ele. Cortaram seu rosto, desde a testa, passando pelo olho... Ah, cara, acabaram com ele. Deixaram ele assim.

— Quando começaram a espancar ele, Deems saiu correndo do telhado. Correu assim que começaram a cortar o Bumps. No minuto em que os jamaicanos deixaram Bumps largado no beco, Deems apareceu pela porta dos fundos do Edifício 9 e correu até Bumps com uma panela quente de arroz e feijão. Devia ter cozinhado aquilo em casa. Ele disse: "Aqui está seu arroz e feijão, Bumps". E jogou a panela toda em cima dele.

— Bumps ficou aleijado depois daquilo. Nunca mais foi o mesmo. Deixou o jogo das drogas completamente. Tentou se meter nas docas, contrabandeando, tentou ganhar dinheiro assim. Não durou muito. Começou a entrar no território do Elefante então. Já ouviu falar do Elefante?

— Já ouvi falar.

— Sim, bem, foi a última vez que alguém viu o Bumps.

Lâmpada fez uma pausa, pegou outro pedaço de frango e mergulhou no molho.

— Foi assim que Deems conquistou a praça do mastro — falou.

— Por que alguém da gangue de Bumps não tentou recuperar o lugar? — perguntou Bunch.

— Primeiro, aquela não foi a única coisa que Deems fez, mano. Segundo, não tem ninguém mais inteligente no Cause do que Deems.

— Então as pessoas têm medo dele?

— Bem, sim e não. Os velhos do Cause gostam do Deems. Ele era um garoto da igreja. O pessoal da igreja se senta ao redor do mastro de manhã e fica jogando conversa fora. Deems fica fora do caminho deles. Ele não mexe com droga até o meio-dia, quando o pessoal da igreja deixa a praça. Ele não permite que ninguém faça nada antes disso. Ele gosta do pessoal da igreja. Não quer deixá-los bravos. Alguns deles são velhos, mas podem causar problemas. Podem atirar, sabia?

— Eu sei. — Bunch olhou com desgosto para Earl, cujo rosto estava enfiado tão profundamente nas palavras cruzadas que parecia estar resolvendo as charadas com o nariz.

— Além disso, Deems era a estrela do time de beisebol do Habitacional Cause — contou Lâmpada. — É o antigo time do Paletó. O pai de Deems não estava por perto. A mãe dele bebia muito. O avô de Deems o criou. E o avô dele era amigo do Paletó. Acho que é por isso que Paletó ainda não está morto. Porque Deems era do time de beisebol dele e seu avô era totalmente a favor disso. Ele jogava uma bola e tanto. Quando seu avô morreu, largou tudo e foi vender farinha e pedra. Ele é tão bom fazendo isso quanto era no beisebol. Deems pensa nas coisas. O dia todo ele fica pensando em como transportar aquele pó. E é na dele também. Não vai muito atrás de garotas. Não assiste TV. E não esquece. Se você cruzar o caminho de Deems, ele vai deixar passar um ano. Até dois. Já o vi ir atrás de caras e sufocá-los até adormecerem por coisas que fizeram a ele dois anos antes e que já tinham até esquecido. Já o vi colocar um ferro quente no pescoço de um cara para conseguir o nome de alguém que tinha roubado dele há muito tempo e que ninguém lembrava mais, exceto Deems. Ele é esperto, mano, como eu disse. Não foi para a cadeia desde Spofford. Não carrega uma faca. Não carrega uma arma. É organizado. Paga as crianças para ficarem em cima dos edifícios, vigiando. Tem vigias na praça. Eles têm armas. Não ele.

— Então qual é o problema com ele agora?

— Ele é rígido demais, sr. Bunch. Quer ser policial agora. Antes de se tornar um inútil e deixar que Paletó atirasse nele, ele vendia para todo mundo. Agora ele não vende para as avós. Não vende para criancinhas. Não vende para ninguém da igreja. Não quer ninguém vendendo perto da igreja, ou roubando a igreja, ou dormindo na porta da igreja, tipo isso. E se alguém bate na namorada por causa de alguma coisa, ele não vende para essa pessoa também. Ele quer dizer para as pessoas o que elas devem fazer. É por isso que Paletó atirou nele, eu acho, porque ele ficou frouxo, falando sobre voltar ao beisebol e tudo isso, mandando nas pessoas, dizendo para as pessoas o que fazer em vez de ganhar dinheiro. Não vai demorar muito para que o Habitacional Watch venha tomar nosso território. É só questão de tempo.

— E quanto ao que ouvi você falar sobre Deems querer que Joe Peck seja fornecedor dele?

Lâmpada olhou para Earl.

— Eu falei isso? — perguntou Lâmpada.

— Estou perguntando se ele disse isso. Ele falou ou não? — Bunch perguntou. Lâmpada fez uma pausa. Tinha contado isso para Earl em segredo, um tipo de cenoura que sacudira diante de Earl para conseguir um encontro com o chefe. Mas ele percebia agora, vendo a operação de Bunch pela primeira vez, o sobrado em ruínas por fora e todo reformado por dentro, a fábrica a todo vapor a um quarteirão dali, que Earl lhe mostrara, cheia de empregados processando heroína, os carrões, os fabulosos móveis modernos na sala de jantar do sr. Bunch, que aquele homem era um jogador de primeira linha. Bunch, Lâmpada percebeu, era um gângster de verdade. Percebeu, tarde demais, que estava perdido.

Um manto de silêncio cobriu a sala enquanto Bunch o encarava, sem pestanejar. Percebendo que sua resposta podia ser uma sentença de morte para Deems, Lâmpada falou:

— Eu posso ter dito isso. Mas não sei se Deems realmente quer fazer isso.

Bunch ficou sentado por um instante, parecendo pensativo, e então a tensão pareceu se evaporar dele. Ele falou com suavidade:

— Aprecio você ter vindo aqui, sangue jovem. Aprecio que tenha deixado eu e meu homem aqui sabermos que você tem nossos melhores interesses em mente.

— Então eu vou ficar com a praça do mastro?

— Vou te dar uma chance nisso — falou Bunch, enfiando a mão no bolso para pegar um maço de notas novinhas.

Lâmpada sorriu, aliviado, grato, e sentiu uma súbita explosão de culpa:

— Só quero dizer que gosto do Deems, sr. Bunch. Nos conhecemos há muito tempo. Mas, como eu disse, ele quer ser polícia agora. É por isso que estou aqui.

— Entendo — disse Bunch com calma. Lenta e deliberadamente, ele contou quatro notas de cinquenta dólares e as deslizou pela mesa em direção a Lâmpada.

— Pegue isso e se mande.

— Vou ficar com a praça?

— Um burro consegue voar?

Lâmpada pareceu confuso, mas não falou logo de cara. Então perguntou:

— Isso quer dizer que sim?

Bunch ignorou aquilo:

— Quer uma asa de frango para o caminho de volta?

Lâmpada, desorientado, sentiu falta de ar.

— Então eu não vou ficar com a praça do mastro?

— Vou pensar nisso.

— Contei tudo, como disse que faria. O que eu ganho agora?

Bunch deu de ombros.

— Você ganhou duzentos dólares. Pode comprar muita coisa com isso. Um pouco de sopa. Uma garrafa de cerveja. Uma trepada. Dá até para conseguir um trabalho com isso em alguns lugares. Não me importa o que vai fazer, desde que fique fora do meu caminho. E se eu vir sua cara de novo, vou arrebentar com um martelo.

Lâmpada arregalou os olhos.

— O que eu fiz de errado?

Bunch se virou para Earl.

— Ele dedura o amigo. Dedura o cara que dividiu o arroz e o feijão com ele na prisão. O cara que praticamente tirou comida da própria boca. E vem me dizer que quer trabalhar comigo?

— Tô ligaaaaado — disse Earl e se levantou, ameaçador.

Lâmpada, observando Earl de canto de olho, colocou a mão sobre o dinheiro na mesa. De repente, Bunch colocou a mão com força sobre a do garoto.

— Preciso lembrar você, irmãozinho, que tem que nos esquecer?

— Não.

— Ótimo. Porque vamos esquecer você. Agora dá o fora.

Lâmpada pegou os duzentos dólares da mesa e saiu correndo.

Depois que a porta da sala se fechou, Bunch deu de ombros e pegou o jornal.

— Vamos receber de volta cada centavo daquele miolo mole. Ele já deve estar se drogando agora.

— Tô ligaaaaado.

Bunch olhou irritado para Earl.

— Você fodeu tudo, cara.

— Posso consertar — garantiu Earl.

— Já teve três chances. Levou pancada na cabeça em duas, depois levou um choque como um palhaço. Você é como os Três Patetas, mano, com um saco cheio de desculpas. Você piorou tudo.

— Você falou para não matar ele. Matar e machucar são coisas diferentes. Para machucar um cara, você tem que fazer com que ele não veja você, para que ele não possa te dedurar. Acabar com ele é...

— Algo que ainda não pedi para você fazer, mano.

Bunch pegou uma asa de frango, mergulhando-a no molho e comendo-a devagar enquanto olhava o jornal.

— O jogo está mudando, Earl. Eu devia ter observado Deems mais de perto.

— Deixa eu acertar isso, Bunch. É o meu fardo. Deixe que eu o carregue.

Bunch não estava ouvindo. Tinha abaixado o jornal e estava olhando pela janela. Havia muita coisa em que pensar.

— Peck diz que este grande carregamento do Líbano vai chegar logo. Diz que tem uma doca para ele. Mas aquele idiota é tão estúpido que acende a luz da sala quando vai sair dela. E agora essa merda toda com esse velho que atirou no Deems. Se não conseguimos dar uma sacudida em um velho bêbado, como vamos tomar conta das operações do Peck? — Ele balançou a cabeça, mordendo o lábio inferior, zangado. — Toda a minha sorte está falhando.

Earl se sentia do mesmo jeito. Ficou sentado em silêncio, observando os dedos sobre as palavras cruzadas. Seus nervos pareciam estar no fio da navalha. Ele já tinha sido preso duas vezes por aquele tira branco, Potts, que lhe prometera olhar para o outro lado quando os policiais fossem para cima de Bunch — se ele entregasse Bunch, o que Earl concordara em fazer, com receio. Mas, agora, sentado diante de Bunch, percebeu que tinha subestimado a esperteza do amigo e se esquecido do poder de sua fúria, que parecia brotar dele. Se Bunch descobrisse o que tinha feito, ele estava ferrado. De repente, aquilo pareceu uma possibilidade. Pior ainda, a velha do Cause o reconhecera como filho do Reverendo Harris. Seu pai, ele sentia, o torturava do túmulo.

— Eu posso endireitar o velho — garantiu Earl.

— Não é necessário — Bunch disse com naturalidade. — Tem um trem às nove e meia vindo esta noite de Richmond. Pegue meu carro e vá até a Penn Station pegar Harold Dean. Você consegue fazer isso sem estragar tudo, não consegue?

— Não precisamos de Harold Dean!

— Você acha que eu administro um acampamento de verão? Se Deems convencer Peck a vender para ele em vez de para nós, vamos fazer nossas compras de mercado com cupons, irmão. Estamos acabados. Ninguém vai vender pra gente. Nem Roy e os italianos em Brighton Beach. Ninguém no West Side. Ninguém no Harlem. É a doca do Elefante ou nada. Peck é o único que ainda tem contato com o Elefante. Se Deems convencer Peck a ir com ele, então terá a doca do Elefante também e estaremos fora do negócio. Deems tem que sumir. E Peck. Precisamos nivelar as coisas, colocar tudo de volta no zero, antes que as coisas do Líbano cheguem. Vou falar com Elefante pessoalmente. Mas primeiro temos que nos livrar do velho. Qual é o nome dele?

— Alguma coisa como... Casaco, é como eles o chamam.

— Seja lá o que diabos ele seja, ele tem que ser colocado para dormir. Agora. Largue isso aí e vá buscar Harold Dean. Garanta que Harold Dean cuide primeiro do velho. Ninguém no Cause conhece HD; isso vai ser rápido e fácil.

15

Você não tem ideia do que está vindo

DOMINIC LEFLEUR, DO EDIFÍCIO 9, LEVOU DIAS SE DESCULPANDO com Bum-Bum por começar a briga na festa de boas-vindas de Sopa Lopez. Ele cruzou com ela "acidentalmente" três vezes em ocasiões distintas, enquanto ela cuidava de seus afazeres.

Na primeira vez que se cruzaram, ela estava saindo da Cinco Pontas. Tinha entrado para guardar algumas latas de feijão na despensa e, quando saiu, deu de cara com ele do lado de fora, o que deu ao haitiano a oportunidade de explicar que a boneca que tentara dar para Paletó não trazia má sorte.

— É costume no Haiti — dissera ele. Quando ela pareceu duvidar, ele explicou, na defensiva, que americanos negros tinham seus próprios rituais: feijão-fradinho no dia de Ano-Novo, levar uma batata crua no bolso esquerdo para reumatismo ou "deixar uma moeda de cobre embaixo da língua durante o coito".

— Coito? — perguntou ela.

— A coisa da natureza — explicou ele. — Você deixa a moeda embaixo da língua durante o.... coito... para impedir de engravidar. Minha primeira esposa era do Tennessee.

Bum-Bum recebeu esta informação com desprezo.

— O que davam para ela comer lá? Fumaça? Nunca ouvi tamanha maldade. E, de todo modo, isso não é o mesmo que bruxaria. — Mesmo assim, ela deixou que ele a acompanhasse até em casa.

Da vez seguinte, ele estava "acidentalmente" do outro lado da rua, diante da parede do Jesus pintado nos fundos da Igreja Batista das Cinco Pontas, onde ela parava toda manhã, a caminho do trabalho, para orar em silêncio pela destruição de seu marido que fugira para o Alasca, para que seus testículos fossem prensados em um extrator de suco ou cortados com uma serra. Por acaso, Dominic estava apreciando a maravilha artística do lixo empilhado na parede dos fundos da igreja sob a pintura de Jesus — lixo que, aquele sacristão da igreja, Paletó, tinha esquecido de algum modo de puxar para o meio-fio, uma vez que tinha recebido inesperadamente uma garrafa de Criação Haitiana de seu maravilhoso vizinho Dominic naquela mesma tarde, que fornecera com a esperança de provocar uma bebedeira que fizesse Paletó se esquecer completamente do lixo. Que foi exatamente o que aconteceu. Aquilo deixou Dominic com a tarefa de informar Bum-Bum que, uma vez que estavam juntos na Cinco Pontas em uma terça-feira de manhã, quando o caminhão do lixo passasse, era dever cívico como residentes no Cause e respeitadores de todas as religiões limpar a casa do Senhor, já que não seria correto deixar lixo bem embaixo do nariz de Jesus por uma semana inteira, até o caminhão do lixo voltar novamente. Bum-Bum reclamou que a igreja rival da Cinco Pontas, a Monte Tabernáculo, colocava o lixo para fora diligentemente, e que o lixo da Cinco Pontas era responsabilidade do Paletó, não dela; além disso ela estava vestida para o trabalho, toda de branco, já que era auxiliar de atendente de cuidados domiciliares. Mas ela concordou que nenhuma pessoa cristã em sã consciência iria embora, deixando a pintura de Jesus sobre uma pilha de lixo. O que deu a eles vinte minutos inteiros para colocar para fora o lixo que normalmente levaria trinta segundos, já que Dominic se recusou a deixá-la sujar o uniforme e fez todo o trabalho enquanto falava. Aquilo lhe deu vinte minutos para explicar para Bum-Bum o que queria dizer "feitiço".

— Feitiços — explicou, paciente, enquanto levava um saco de lixo semicheio até a calçada — podem funcionar em uma pessoa a quilômetros de distância.

— Quantos quilômetros? — perguntou ela.

— Cem quilômetros. Quinhentos quilômetros. Mil quilômetros até — disse ele, seguindo em direção da calçada, com ela atrás. — Eu diria que até o Alasca.

Parada no meio-fio, diante do lixo, Bum-Bum se esforçou muito para evitar que a lâmpada que explodiu em seu cérebro não transparecesse em seu rosto. Ela franziu o cenho. Então até a Sensação Haitiana sabia sobre a fuga do marido dela para o Alasca. Ela se perguntou se ele ouvira a parte sobre seu ex ter ido embora com um homem. Provavelmente sim, pensou. Deu de ombros.

— É melhor orar pela salvação da alma do inimigo do que pela sua ruína — disse ela —, mas me conte mesmo assim. — E permitiu que ele a acompanhasse até o metrô enquanto explicava a magia dos rituais.

Na terceira vez, ele estava passando "acidentalmente" pelo prédio dela, o Edifício 17 — uns bons quinze minutos de caminhada da unidade do terceiro andar dela até o apartamento dele, no quinto andar do Edifício 9 —, era uma noite quente, e "You Send Me", de Sam Cooke, tocava pela janela de um apartamento dos andares de cima. Ele chegou segurando um prato de *mayi moulen ak sòs pwa, poul an sòs* haitiano — fubá com feijão e frango ensopado. Ele bateu à porta dela, segurando o prato e a boneca que ele tinha rasgado ao meio.

— Vou fazer um travesseiro com isso — explicou ele, e então lhe entregou o prato e a convidou para ir ao cinema. Bum-Bum recusou.

— Sou uma mulher cristã e não faço coisas mundanas — disse com firmeza. — Mas vou para a Cinco Pontas amanhã de manhã. Precisamos de cadeiras dobráveis. E a Monte Tabernáculo está nos oferecendo algumas.

— Achei que a Tabernáculo e a Cinco Pontas não se davam bem — comentou Dominic.

— Somos pessoas cristãs, sr. Lefleur. A música deles é alta demais e eles falam em línguas e coisas assim quando são tomados pelo Espírito Santo, e nós não fazemos isso aqui. Mas o livro dos Hebreus, capítulo doze, versículo quatorze diz: "Segui a paz com todos", o que também significa a Monte Tabernáculo. Além disso, minha melhor amiga, Octávia, é diaconisa lá e todo mundo sabe que a polícia está tentando fechar nossa igreja por proteger o velho Paletó, que ajudou a trazer minha máquina de lavar roupa até aqui, mesmo o Habitacional dizendo que eu não poderia ter uma. A Monte Tabernáculo está conosco, certamente. Sempre nos demos bem.

Desse modo, foi a visão de Dominic Lefleur, Bum-Bum, Irmã Gee e srta. Izi lutando com dezessete cadeiras dobráveis enfiadas dentro de uma velha carreta de correio em direção à porta lateral da Igreja Batista das Cinco Pontas, as cadeiras empilhadas chegando a quase dois metros de altura, que recebeu o sargento Potts Mullen quando ele levou sua viatura Plymouth até a frente da igreja uma semana depois da festança de Sopa. A Irmã Gee não percebeu quando ele parou. Estava de costas para ele, que a observou se separar dos demais e a seguiu até os fundos da igreja, onde ela pegou um cortador de grama antigo da parede de trás e seguiu até uma área com mato alto. O cortador de grama tinha o formato de um taco de golfe e ela o erguia no alto da cabeça e balançava de um lado para o outro, avançando pelo mato cortado. Se ele tivesse ido até a igreja três semanas antes e visto aquela cena, teria dito a si mesmo que a mulher parecia uma colhedora de algodão em uma plantação qualquer. Mas agora ele vira a mulher cujas longas costas o faziam se lembrar do mar perto das Falésias de Moher, no Condado de Clare, a parte de Irlanda que ele conhecera quando visitara o país, o mar batendo com gentileza na costa montanhosa. Ela parecia linda.

Os três carregadores de cadeiras na porta lateral o viram primeiro e entraram rapidamente, desempilhando as cadeiras uma a uma e levando-as para o porão sem uma palavra. Potts estacionou a viatura, desceu do carro e passou pela porta em direção à Irmã Gee, parada no terreno, coberto de mato no fundo.

Ela o viu chegar, a água do porto brilhando atrás de si, e parou de cortar, apoiando-se no cortador de grama com a mão no quadril quando ele se aproximou. Ela estava com um vestido primaveril coberto de azaleias, não uma roupa de jardinagem qualquer, ele pensou ao se aproximar. Por outro lado, ela lhe dissera que era uma mulher do campo, e mulheres do campo, como ele sabia por sua mãe e sua avó, não se vestiam bem. Elas se vestiam e trabalhavam com as roupas que tinham. Ele atravessou o mato e se aproximou. Quando a alcançou, ela sorriu, um sorriso pequeno que tinha, ele esperava, apenas uma pontada de ansiedade, e então acenou com a cabeça na direção da viatura dele, onde seu parceiro mais jovem, Mitch, estava sentado no banco do passageiro.

— Por que ele não vem? — perguntou ela.

— Você o assustou — respondeu ele.

— Nós não mordemos por aqui.

— Diga isso para ele. Você o matou de medo da última vez.

Ela deu uma risada.

— Supostamente levamos Jesus para dentro das almas, não as almas até Jesus.

— Pensando bem, ele era um anjo até você acabar com ele e mandá-lo na outra direção.

Ao ver aquele adorável rosto moreno dar uma gargalhada e se focar direto nele, enquanto ela estava parada ali, de vestido de azaleias no quintal ensolarado e cheio de mato, ele se sentiu leve novamente. Naquele instante, percebeu que toda a experiência de trinta e dois anos na Polícia de Nova York e todo o treinamento policial formal do mundo era inútil quando o sorriso de alguém com que você de repente se importava encontra o laço que envolve seu coração e o desfaz. Ele se perguntou qual tinha sido a última vez que tivera essa sensação — se é que alguma vez já sentira aquilo. Apesar de tentar, não conseguia se lembrar. Parado ali com mato na altura do joelho, atrás de uma velha igreja de negros pela qual passara uma centena de vezes ao longo das últimas duas décadas sem olhar duas vezes, ele se perguntou se já estivera apaixonado ou se o amor era, como sua avó costumava dizer, um tipo de descoberta da magia. Ele adorava as histórias que ela lia para ele quando era um menino, de reis e donzelas viajando pelo mar e marinheiros desorientados, e de monstros assassinados por causa do amor. "Quem é que lança a luz que se encontra com a montanha?" Era um poema que ela amava. Ele tentou se lembrar do nome do poeta. Yeats, talvez?

Ele a viu encará-lo e percebeu que ela esperava que ele dissesse alguma coisa:

— Acho que Mitch perdeu o interesse no caso — Potts conseguiu dizer.

— Quem?

— Mitch. O outro policial. Meu parceiro.

— Bom. Eu também — disse ela. Colocando o cortador de grama do outro lado, ela se apoiou nele novamente, o quadril liso projetado para fora. — Ou estou tentando. Apesar de tudo, continuamos presos aqui. Olhe todo esse mato.

— Você faz isso com frequência?

Ela sorriu.

— Não o suficiente. Você corta. O mato volta. Você corta de novo. Ele volta de novo. É o propósito dele. Continuar voltando. Tudo sob o sol de Deus tem um propósito neste mundo. Tudo quer viver. Tudo merece a vida, na verdade.

— Se tudo merece viver, por que matar o mato?

Ela deu uma risada. Amava esse tipo de conversa. Como é que ele conseguia deixá-la tão tagarela? O discurso que tinha com o marido, a pouca conversa que tinham, era de resmungos atrofiados, secos e práticos sobre contas pagas, assuntos da igreja e os temas relacionados aos três filhos crescidos, que estavam, felizmente, morando longe do Habitacional Cause. Aos quarenta e oito anos, na maioria dos dias ela acordava sentindo que não havia mais nada para viver além da igreja e dos filhos. Aos dezessete, se casara com um homem doze anos mais velho. Ele parecia ter um propósito, mas acabou não tendo nenhum, além de uma afinidade por jogos de futebol americano e a habilidade de fingir ser o que não era, fingir sentir coisas que não sentia, fazer piada das coisas que não funcionavam para ele e, como muitos homens que ela conhecia, sonhava em encontrar alguma jovem adorável do coro, de preferência às três da manhã, no banco da igreja. Ela não odiava o marido. Só não o conhecia.

— Bem, eu podia deixar o mato crescer — disse ela. — Mas não sou uma pessoa que sabe o bastante sobre o que deve ou não deve ser para deixar as coisas como são quando elas têm um propósito que não consigo entender. Meu propósito é manter esta igreja aberta tempo o bastante para salvar alguém. É tudo o que sei. Se eu fosse uma pessoa estudada, alguém que sabe usar trinta e quatro palavras em vez de três para dizer o que quero dizer, poderia saber a resposta completa para sua pergunta. Mas sou uma mulher simples, policial. Esses matos são uma praga para esta casa de adoração, então vou me livrar dele.

A verdade é que eles não me fizeram mal. São sem graça para mim, mas graciosos para Deus. E mesmo assim eu corto todos deles. Acho que sou como a maioria das pessoas. Na maior parte do tempo não sei o que estou fazendo. Às vezes sinto que mal sei o bastante para amarrar meus próprios sapatos.

— Posso amarrar os sapatos para você — disse ele, com os olhos brilhando —, se não conseguir.

O comentário, oferecido na cadência de seu sotaque irlandês, a fez corar, e ela percebeu a srta. Izi parada na porta da igreja, olhando na direção deles.

— O que o traz por estes lados? — ela perguntou baixinho. Olhou de relance para a srta. Izi de novo, que felizmente fora chamada por Dominic na porta do porão. — Melhor se apressar e me dizer. Minha amiga Izi ali — disse, apontando com a cabeça para as costas da srta. Izi — é o que chamam de notícia ambulante.

— Fofoqueira?

— Eu não chamaria de fofoca. Todo mundo sabe tudo da vida de todo mundo nestes projetos habitacionais, então por que colocar um nome? É notícia, de um jeito ou de outro.

Potts assentiu e suspirou.

— Foi por isso que vim. Tenho notícias.

— Tem mesmo?

— Prendemos um jovem chamado Earl. Sabemos que você o conhece.

O sorriso dela desapareceu.

— Como assim?

— Nós vimos você. Nós... um dos nossos rapazes... seguiu você. Depois daquela briga na praça semana passada.

— Está falando da festa do Sopa?

— O que quer que tenha sido... ah, sem meu conhecimento... tinha alguém atrás de você. Ele viu você e um cara gigante carregando Earl para fora dos projetos, até a estação de metrô da rua Silver. Viu o pequeno acordo ali, quando vocês fecharam as catracas e vocês dois tiveram uma conversinha com Earl antes de mandá-lo embora. É uma violação da Autoridade de Trânsito, sinto dizer. Uma das grandes, fechar uma estação de metrô.

A Irmã Gee, pensando em Calvin, no guichê, sentiu o sangue subir ao rosto.

— Foi minha ideia. Obriguei Calvin a fazer aquilo. Não foram nem dez minutos. Até o trem chegar. Não quero que ele seja demitido por conta da minha tolice.

— O que estava planejando fazer?

— Eu não ia jogar o homem nos trilhos, se é o que quer dizer.

— O que você queria?

— Eu queria que ele saísse do Cause e o levei para fora. Você pode levar isso de volta para a delegacia ou para o juiz. Ou eu mesma conto para o juiz. Aquele cara estava caçando alguém. Paletó, muito provavelmente. É por isso que ele foi até lá. Me falaram que não era a primeira vez que ele aparecia no Cause. Nós queríamos que ele fosse embora.

— Por que não chamaram a polícia?

Ela deu uma risada.

— Não era um crime ele aparecer em uma festa na praça. Alguém arremessou uma garrafa, e ele foi atingido na cabeça por acidente. Estou dizendo a você o que é do agrado de Deus. A verdade. Foi exatamente o que aconteceu. Ele estava atordoado quando voltou a si. Como Deus queria, a maldita coisa não o matou, só o nocauteou. Achei que ele sairia cambaleando. Então pedi para Sopa carregá-lo até o metrô e para Calvin fechar as catracas até que o primeiro trem chegasse. Eu não queria que ninguém se machucasse. Isso foi tudo o que aconteceu.

— Isso se chama resolver o problema com as próprias mãos.

— Chame do que quiser. Está feito agora.

— Você podia ter nos chamado.

— Por que temos que ter a polícia por perto toda vez que fazemos uma simples festa? Vocês não cuidam de nós. Vocês nos vigiam. Não vejo todos vocês fazendo ronda quando os brancos dão festas em Park Slope. Estávamos só comemorando com o pobre e velho Sopa, que foi para a cadeia um menino e saiu um homem. Muito homem, eu diria. Onde um homem como ele vai conseguir emprego, grande daquele jeito? Sopa não machucaria uma mosca. Sabia que, quando ele era criança, tinha medo de sair de casa? Costumava ficar assistindo, o dia todo. *Captain Kangaroo* e *Mister Rogers* e esse tipo de programa.

— Os programas infantis?

— Faz isso desde criança. É muçulmano agora. Dá para acreditar? Todo o trabalho que tivemos com ele. — Ela acenou com a cabeça na direção da igreja e então deu de ombros. — Bem, enquanto ele tiver Deus em sua vida de algum modo. — Ela tirou o peso do aparador de grama e, de modo ausente, cortou alguns matos perto de seu pé, no chão seco e rachado.

— Então você, o garoto dos programas de TV e o cara do guichê fecharam a estação — comentou Potts.

A Irmã Gee parou de cortar o mato e o encarou, o rosto transfigurado na mesma expressão levemente zangada que tinha quando os dois se conheceram. Ela notou quando ele desviou o olhar e mirou o chão. Era vergonha que ela vira na expressão dele? Não tinha certeza.

— Eu fechei a estação. Eu, sozinha.

Potts tirou o quepe, secou a testa com a manga e recolocou-o na cabeça. Ela o observou de perto. Cada movimento, ela notou, era o de um homem tentando manter o controle emocional sobre si. Ele não parecia zangado. Nem mesmo desapontado. Em vez disso, parecia decidido a ficar em uma espécie de tristeza silenciosa que a fazia, mesmo contra sua vontade, sentir-se atraída por ele, pois conhecia bem esse sentimento. Ela achou a situação toda um pouco preocupante, aquela base comum, mas também louca e quase assustadoramente excitante. Tinha esquecido como era se sentir assim. Depois de trinta e um anos de casada, dos quais os cinco últimos foram uma prova de sofrimento silencioso, as explosões raras de pequenos, quase minúsculos e inúteis afetos, ela sentia uma parte de si, que pensava estar morta há muito tempo, sacudir-se e despertar.

— Fechar a estação? Não sei nada sobre isso — disse ele. — Nem a delegacia. Nem a Autoridade de Trânsito. Fiz questão disso. Mas prendemos aquele tal de Earl... eu o prendi... e tem algo que você precisa saber.

— Por quê?

— Ele é... um suspeito.

— Assim como muita gente.

— Ok. Ele é mais do que um suspeito. Ele não é um drogado. É o que chamam de matador. E um dos espertos. Ele arrebenta dentes por aí. Mas ele não é uma preocupação agora. Nenhuma preocupação ali. Temos tudo dele. Estamos trabalhando com ele ou ele está trabalhando conosco. É tudo o que posso dizer. Fica entre mim e você. Então não precisa se preocupar com ele aparecendo de novo. Mas o cara para quem ele trabalha... Nós não o pegamos e ele é alguém para se preocupar.

— O que isso tem a ver com Paletó?

— Quantas vezes tenho que dizer? Seu cara cutucou algo grande. Não sei o que ele pretendia. Na verdade, tenho certeza de que ele não pretendia nada. Mas ele entendeu tudo errado. Tem uma guerra de drogas se formando. Você não quer seu cara ou sua igreja no meio disso. Esses senhores das drogas são uma raça diferente. Eles não jogam pelas mesmas regras que os vigaristas de antigamente. Não há apertos de mão ou acordos silenciosos, ninguém olha para o outro lado. Ninguém está a salvo. Nada é sagrado. Há muito dinheiro envolvido.

— O que isso tem a ver conosco?

— Já te falei antes. Entregue seu cara e se afaste. Fique fora do caminho. Nós podemos protegê-lo.

A Irmã Gee sentiu calor. Olhou para o céu, apertando os olhos, então ergueu um longo e adorável braço moreno para proteger os olhos ao espiá-lo.

— Estou morrendo de calor aqui. Podemos ir para a sombra?

Era como se o convidasse para ir à praia, ou nadar, ou descansar em uma biblioteca com ar-condicionado em algum lugar, para se sentar e recitar poemas irlandeses, o tipo que ele gostava, os simples, "Símbolos do Erie" e "Os diários de Humphrey", aqueles que sua avó amava e lhe ensinara.

A Irmã Gee passou por ele, desviando do mato até a parte de trás do edifício da igreja, fora da vista da porta lateral onde Dominic, Bum-Bum e a srta. Izi estavam carregando as cadeiras. Potts foi atrás dela, notando a silhueta bem torneada sob o vestido. Quando chegou à sombra do velho prédio, uma estrutura de blocos de concreto construída sob uma fundação sólida de tijolos, ela se encostou na parede bem embaixo da pintura esmaecida de Jesus com os braços abertos, apoiando o pé na parede, mostrando um joelho castanho-dourado. Ele a contemplou, parado sob a sombra, as mãos cruzadas diante de si, esfregando os polegares, sem querer encará-la. Tudo o que ela fazia, Potts percebeu, cada movimento — o arqueado gentil de seu pescoço e boca, o jeito como ela se mantinha ereta contra a parede e estendia o braço esguio para secar a testa como uma suavidade gentil como seda — fazia algo dentro dele querer se ajoelhar.

— Não é difícil encontrar Paletó — disse ela. — Ele está por aí. Se quer pegá-lo, vá em frente. Isso não vai mudar nada. Deems ainda está por aí espalhando veneno como um relógio, todos os dias, ao meio-dia, no mastro. Ele não fez nada para incomodar o velho Paletó, até onde sei. O fato é que ele está mais educado agora do que antes. Dizem que ele mudou um pouco. Não vende mais para avós ou criancinhas. Claro que isso não importa, uma vez que é só andarem cinco quarteirões até o Habitacional Watch para conseguirem o que querem. Tem gente que manda os filhos comprarem drogas para eles. Imagina isso? Mandar uma criancinha de nove, dez anos para comprar drogas. Os projetos habitacionais nunca foram assim. O que fizemos de errado?

Ela pareceu tão triste ao dizer isso que Potts quase não conseguiu se impedir de colocar um braço em torno dela ali mesmo, bem atrás da igreja, na sombra sob o olhar triste do Jesus pintado, e dizer: "Está tudo bem. Estou com você".

Em vez disso, ele falou:

— Estou falando como amigo, moça. Você... todos vocês... precisam se afastar e nos deixar fazer nosso trabalho.

— Prenda Deems, então. Isso vai tornar tudo mais fácil.

— Se o prendermos hoje, dez caras estarão em seu lugar amanhã. Você prende dez caras, mais dez aparecem. Sabe por quê? Porque alguém paga a fiança deles. O mesmo homem que mandou Earl até sua festinha. Estamos falando de toda uma organização. Este cara que estava procurando Paletó é parte de um sindicato. Sabe o que isso significa? Crime organizado. É por isso que chamamos de organizado. Caras como ele têm negócios legítimos misturados com ilegais. Ele não é só um cara. É um operador. Tem empregados trabalhando para ele. Ele administra uma fábrica. As drogas que são vendidas na sua praça não chegam empacotadas. Elas chegam brutas ao país. Precisam ser preparadas, separadas, empacotadas, assim como se empacota aspirina ou refrigerante para vender em uma loja. A operação desse cara vai do Queens até Georgia. É algo que não dá simplesmente para tirar do caminho.

— Vocês estão interessados em fazer isso?

— A polícia? Nós? Sim.

— Bem, você nos entendeu mal — disse ela de um jeito lacônico.

— Tudo o que queremos é o dinheiro do Clube de Natal.

Ele riu.

— Do que está falando? Vocês entraram no meio de uma grande operação de drogas do Brooklyn e mandaram o matador do rei das drogas para casa de metrô com um galo do tamanho da Filadélfia na cabeça. Você ameaçou o mesmo matador dizendo conhecer o falecido pai dele, o pastor. Tudo por causa do dinheiro do clube da igreja?

— Ele veio até aqui procurando encrenca — disse ela zangada. — E tem dinheiro pesado naquele nosso clube da igreja. Ninguém sabe quanto tem ali.

— Quanto quer que seja, não é o bastante para arriscar sua pele. Você não tem ideia daquilo com que estão lidando! — exclamou Potts.

— Você não mora aqui — disse ela, com amargura. — Conheço toda a família de Deems. Seu avô, o sr. Louis, era um homem duro. Mas é uma vida dura por aqui. Ele veio para Nova York do Kentucky com dez centavos no bolso. Varreu e esfregou um escritório por quarenta anos, até morrer. E então sua esposa morreu. Sua filha orou nesta igreja durante anos, todos os domingos. Entre nós dois, ela bebe como um gambá e não vale um centavo. Era o filho dela, o neto do sr. Louis, Deems, que era a joia da família. Era o único com todas as promessas. Aquele garoto arremessava uma bola melhor do que qualquer um por aqui. Teve a chance de sair daqui por conta desse único fato. Agora ele vai morrer ou vai para a cadeia, o que dá no mesmo. Assim que Deems sair da prisão, se viver o suficiente para ir para lá, estará pior do que quando entrou. Vai ficar entrando e saindo. Nada disso cabe em seus pequenos relatórios e mandados de prisão, não é? Quando o jornal escreve suas historinhas sobre os negros e os hispânicos vagando pelo Brooklyn como um bando de macacos nas árvores, nada disso entra ali, não é?

— Você não precisa arrancar minha cabeça por causa disso. Os irlandeses foram chutados e pisados da mesma forma.

— Não estamos falando deles.

— Não, não estamos. Estamos falando do dinheiro da igreja. Não tem nada a ver com este problema — disse Potts.

— Tem tudo a ver. Aquele dinheiro do Clube de Natal é a única coisa que está sob nosso controle. Não podemos impedir os traficantes de venderem drogas na frente de nossas casas. Ou obrigar a cidade a não mandar nossos filhos para escolas nojentas. Não podemos impedir as pessoas de nos culparem por tudo que tem de errado em Nova York ou não deixar que o exército mande nossos filhos para o Vietnã depois que os vietcongues cortaram as unhas dos pés dos soldados brancos curtas demais para que eles pudessem andar. Mas os dinheirinhos e as moedinhas que economizamos para dar dez minutos de amor aos nossos filhos no Natal... isso está no nosso controle. O que tem de errado nisso?

Ela acenou com a mão na direção do terreno baldio, dos projetos habitacionais ali perto, do velho vagão de carga do Elefante no outro quarteirão, e, atrás, o porto e a Estátua da Liberdade refletindo o sol da tarde.

— Olhe ao seu redor. O que tem de normal nisso tudo? Isso parece normal para você?

Potts suspirou entredentes. Se perguntava como alguém que vivia naquela bagunça podia ser tão ingênua.

— Nada no mundo é normal — disse ele. — Não consigo entender por que você ainda espera isso.

O comentário dele fez a raiva se esvair dela como um balão se esvaziando, e suas feições suavizaram. Ela o fitou com curiosidade, e então secou o canto do olho com as costas da mão e passou o peso do corpo para a outra perna.

— Por que está aqui? — perguntou ela.

— Por causa do caso.

— Não. Bem aqui. A pregação é lá dentro. Aos domingos. Não aqui, atrás da igreja. É lá dentro que você precisa ir.

Ele deu de ombros.

— Seus sermões já bastam — comentou ele. — Este último foi bom. Gosto de ver você agitada.

Então ela franziu o cenho.

— O que eu falei é engraçado para você?

— Nem um pouco — garantiu ele. — Se estivesse neste trabalho o tempo que estou, sentiria o mesmo. Somos iguais, você e eu. Fazemos a mesma coisa, lembra? Limpamos o que ninguém quer limpar. A sujeira. É nosso trabalho. Limpamos o que as pessoas deixam para trás.

Ela deu um sorriso amargo e mais uma vez a máscara que usava tão bem, a da senhora firme, forte e de impaciência indiferente, que ele conhecera ao entrar na igreja na semana anterior, se rompeu, revelando uma alma solitária e vulnerável por baixo. Ela é como eu, ele pensou maravilhado. É tão perdida quanto eu.

Ele conseguiu se controlar e falou de repente:

— Você perguntou por que estou aqui. Vou lhe dizer. Sei que o diácono está por perto. Ele é bom em desaparecer. Mas vamos pegá-lo.

— Vá pegá-lo então.

— A coisa é que estamos indo aos poucos, tentando não incomodar as pessoas. Mas o pessoal aqui não está colaborando. Quando perguntamos, eles dizem: "Ele acabou de passar por aqui" ou "Ele acabou de sair do prédio" ou "Acho que está no Bronx". Estão protegendo ele. Mas você deve saber algo. E pode espalhar por aí...

Ele se inclinou na direção dela. Ela percebeu que as linhas do rosto do homem estavam marcadas de preocupação e alarme.

— O homem que quer seu Paletó mandou vir alguém de fora da cidade. Um cara muito perigoso. Não tenho outra informação a respeito dele além do nome. Harold ou Dean. O sobrenome é desconhecido. Pode ser Harold. Ou Dean. Não tenho certeza. Qualquer que seja o nome dele, ele é barra-pesada. É um tipo diferente do cabeça-oca que você mandou embora.

— Harold Dean.

— Isso mesmo. Harold Dean.

— Devo avisar as pessoas?

— Eu ficaria longe da praça do mastro se fosse você.

— Aquele lugar é nosso! Deve ter umas trinta pessoas que passam por lá toda manhã. Nem Deems mexe com a gente ali.

— Arranje outro lugar.

— Não tem outro lugar. Se entregamos a praça do mastro, já era. Seremos prisioneiros em nossos próprios lares.

— Você não entende. Seu diácono não é o único que corre perigo agora. Eu li o relatório. Esse Harold Dean é...

Ela o encarou em silêncio e ele parou de falar.

Potts queria dizer: "Ele é um matador, e não quero ele perto de você". Mas não tinha ideia de qual seria a reação dela. Ele não sabia qual era a aparência de Harold Dean. Não tinha outra informação além do relatório do FBI, sem foto, só com uma vaga descrição de que era um negro "armado e extremamente perigoso". Ele queria dizer: "Estou preocupado com você", mas não tinha ideia de como falar isso. Não dava para fazê-lo agora, de qualquer jeito, porque ela estava zangada de novo, os olhos brilhando, as belas narinas arfando. Então ele simplesmente disse:

— Ele é perigoso.

— Nada neste mundo é perigoso, a menos que os brancos digam que é — disse ela categoricamente. — Perigo aqui. Perigo ali. Não precisamos que você nos fale sobre perigo nos projetos habitacionais. Não precisamos que diga o que o mundo é para nós.

Ele lhe ofereceu um sorrisinho triste e balançou a cabeça. Então era isso.

— Para nós? — perguntou ele.

Ele deu um passo para trás, para fora da sombra da igreja, e se virou para a viatura. Outro sonho perdido. Tinha muitos deles. Devia estar feliz, de verdade. Já não era da conta dele. A responsabilidade, a mágica sobre a qual sua avó falava, era um peso que ele não fora feito para suportar. Amor, amor de verdade, não era para todo mundo.

Ele caminhou devagar pela parte de trás da igreja, a mão direita roçando na parede, seguindo com o passo lento e instável de um homem que acabara de testemunhar o desabamento de um prédio.

A Irmã Gee o observou se afastar lentamente pela parte de trás do prédio e sentiu o coração fazer uma pirueta na direção do pé. Sentiu uma dor. Não conseguiu se conter.

— Não estou falando de você pessoalmente — gritou para ele.

Ele parou, mas não se virou.

— Eu esperava trazer boas notícias — disse ele. — Sobre o caso.

Ela baixou os olhos e empurrou um montinho de mato com o pé. Tinha medo de erguer o olhar. Queria que ele fosse embora. Queria que ele ficasse. Não era o suficiente. As emoções que ela sentia eram como duas ondas se chocando. Não conseguia se lembrar de ter estado assim antes.

Por fim, ergueu os olhos. Ele estava no canto do prédio, prestes a dobrar a esquina na direção de sua viatura, onde seu parceiro, a srta. Izi, Bum-Bum e Dominic esperavam, todos eles parte do mundo todo que nunca o veria com clareza. Todos eram cegos para o homem que ele era, o homem além do uniforme, além da cor da pele. Por que ela via o homem por dentro e os outros não, a Irmã Gee não tinha certeza. Pensou a respeito depois que ele deixou a igreja e decidiu que ela e o policial não eram iguais, apesar do que ela lhe dissera no dia em que se conheceram. Ela limpava a sujeira. Ele perseguia pessoas más. Ela era faxineira. Ele era policial. Ambos estavam indisponíveis para questões do amor. Mas aquele espírito indefinível, aquela coisa especial, aquela canção especial não fora ouvida por nenhum deles. Disso ela tinha certeza. Enquanto observava o homem se afastar lentamente, viu seu futuro e o dele, e soube que a culpa era dela por não tentar pelo menos abrir o envelope para ler a notícia que a carta lá dentro podia conter. Quantas vezes ela fizera isso, engolindo em seco por causa de um carro, uma casa, um casamento, a escola para os filhos, por sua mãe, pela igreja? Pelo quê? E quanto ao meu coração, Senhor? Quantos anos ainda me restam?

Ele tinha alcançado o canto da igreja quando ela o chamou.

— Quando tiver mais notícias, volte para contar.

Ele parou. Não se virou, mas falou por sobre o ombro.

— Só vão ser más notícias.

Ela viu o perfil dele, e era lindo, emoldurado pela Estátua da Liberdade e pelo porto, com várias gaivotas voando sobre suas cabeças e além. E como ele não tinha expressado o desejo de não retornar, o coração da Irmã Gee ganhou pequenas asas novamente.

— Mesmo se forem más notícias, há boas coisas nelas... se for você quem as estiver trazendo — disse ela.

Ela viu os ombros curvados do policial relaxarem um pouco. Ele se recostou na parede da igreja e deu a seu coração um momento para se recompor. Tinha medo de que, caso se virasse, seu rosto demonstraria e ele causaria mais problemas para os dois do que o momento pedia. No entanto, mais do que isso, pela primeira vez em seus cinquenta e nove anos, apesar de toda a poesia que lera, e das maravilhosas histórias irlandesas que podia contar de cor, histórias cheias de lirismo, rimas, esperanças, risos, alegria e dor, tudo embrulhado como presentes de Natal, de repente ele se encontrou inexplicavelmente sem palavras para se expressar.

— Ficarei feliz — respondeu ele, mais para o chão do que para ela — em voltar e trazer as notícias que puder.

— Estarei esperando — garantiu a Irmã Gee.

Mas ela bem que podia ter falado com o vento. Ele já tinha dobrado a esquina na direção da viatura e ido embora.

16

Que Deus o tenha

NOVE DIAS APÓS A FESTA DE BOAS-VINDAS DE SOPA LOPEZ E DUAS semanas depois de atirar na cara de Deems, Paletó, ainda bem vivo, chegou cedo para trabalhar no sobrado da velha senhora italiana. Tinha que mexer no jardim dela. Era só outra quarta-feira qualquer.

Ela o esperava e veio correndo, bem apressada, até o portão quando ele apareceu. Usava um casaco masculino por cima do vestido de casa, o avental de cozinha ainda amarrado na cintura e botas de trabalho masculinas, muito grandes, nos pés.

— Diácono, temos que encontrar uva-de-rato — disse ela.

— Para quê? É venenosa.

— Não é, não.

— Tudo bem, então — falou ele.

Os dois partiram, descendo o quarteirão em direção aos terrenos vazios que se estendiam até o porto. Ele andava atrás dela, enquanto ela avançava decidida. Quando chegaram ao primeiro terreno baldio, ela entrou e ele a seguiu. Os dois começaram a procurar de cabeça baixa.

Passaram por várias espécies boas.

— Tem timbete, carrapicho, mimosa — comentou Paletó. — Mas não tem uva-de-rato.

— Está por aqui — disse a sra. Elefante. Ela afastou o mato, vários metros diante dele, batendo nas plantas com as mãos. — Meu médico me odiaria se eu encontrasse um monte disso. Ele perderia o trabalho.

— Sim, madame — riu Paletó. Ele se sentia bem naquela manhã. Na verdade, ele se sentia bem toda manhã que saía pelos terrenos do Cause procurando plantas com a velha senhora cujo nome nunca lembrava. Era o único trabalho que ele tinha que não precisava beber. Em geral, desde que Hettie morrera, ele precisava de um incentivo pela manhã. Mas o trabalho das quartas-feiras com a velha senhora sempre o deixava animado. Ela era dezoito anos mais velha — quase oitenta e nove, ela dissera, mas uma das poucas idosas do Cause que preferia ficar ao ar livre o dia todo. Há quatro meses no trabalho, ele não conseguia lembrar o nome dela, mas ela era uma boa pessoa branca, e isso era o que importava. Ele sempre fora terrível com nomes e aquilo era um problema, em especial depois que virou alcoólatra. Chamava a maioria das pessoas de "Ei, irmão" ou "Madame", e se eles tinham um nome de algum tipo, simplesmente respondiam. Mas depois de quatro meses, ele não achava apropriado perguntar o nome dela novamente, então começou a chamá-la de Senhora Quatro Tortas, e ela não se importava, fato que Salsicha Quente achou muito divertido quando soube.

— Ela não tem um nome de verdade? — perguntara Salsicha.

— Claro que tem. Na verdade, a senhora do centro para idosos que me recomendou para o trabalho escreveu o nome dela para mim uma vez. Mas eu perdi o papel.

— Por que você não pergunta para a senhora o nome dela de novo?

— Ela não se importa com o nome que eu a chamo — garantiu Paletó. — Ela gosta quando eu a chamo de Senhora Quatro Tortas.

— Por que você a chama assim?

— Salsicha, ela tinha quatro tortas de mirtilo quentes no forno no primeiro dia que fui trabalhar. A casa toda cheirava a mirtilo — disse Paletó. — Eu disse "Por Deus, que cheiro bom tem aqui". E então ela me falou o nome dela.

— E você não lembra mesmo?

— Que diferença faz? — disse ele. — Ela paga em dinheiro. — Ponderou por um momento. — Acho que ela tem um nome italiano. Como

Illy-at-ee ou Ella-rant-ee ou algo assim. — Coçou a cabeça. — Eu lembrava no primeiro dia, mas tomei uma garrafa de essência depois que cheguei em casa e esqueci. Simplesmente saiu da minha mente.

— Ela te deu neste primeiro dia? — perguntou Salsicha Quente.

— Deu um nome para mim? Eu tenho meu próprio nome.

— Não. Uma torta! Ela tinha quatro.

— Por acaso uma mosca voa? Claro que sim! — declarou Paletó.

— A Senhora Quatro Tortas não brinca em serviço. Ela sabe que sou um homem das plantas. Ela é gente boa, Salsicha. — Ele pensou por um momento. — Agora que penso nisso, para ser justo, acho que devia chamar ela de Senhora Três Tortas em vez de Senhora Quatro Tortas, já que ela só ficou com três tortas quando fui embora naquele dia. — Deu uma gargalhada. — Sou mesmo um matador, Salsicha. Todo mundo me ama por aí. Ela é louca por mim.

— Provavelmente é porque você tem mais dentes do que ela.

— Não tenha inveja, filho. Ela é uma senhora temperamental. Ligada no duzentos e vinte, como dizem. Ora, se ela fosse negra e tivesse as pernas tortas, eu a levaria até o Silky's e compraria uma dose de algum conhaque de primeira.

— Por que ela tem que ter as pernas tortas?

— Eu tenho meus padrões.

Salsicha deu uma gargalhada, mas Paletó ficou constrangido com a piadinha, que achou ter sido de mau gosto.

— O fato é, Salsicha — disse sério —, que eu sinto falta da minha Hettie. Ela não gosta de me ouvir falar esse tipo de maldade e, se escuta isso, pode não aparecer mais. Não posso me arriscar. — Para compensar pelo insulto, falou: — A Senhora Quatro Tortas tem uma alma picante. Move a língua como bem entende. Não tem medo de falar nada. O fato é que tenho um pouco de medo dela. O marido morreu faz tempo, e acho que ela devia acabar com ele, de tão cabeça-dura que é. Aquela senhora sabe mais sobre plantas do que qualquer um por aqui. As horas simplesmente voam quando estou trabalhando com ela, pois também gosto de plantas. Quase nunca preciso de um trago nos dias que trabalho para ela... Bem, preciso de um pouco de custódia protetora, mas não muito. Não dá para comparar com o restante da semana, quando não tenho um jardim para mexer. Então fico com sede, começo com uma dose e, quando vejo, já enchi a lata, ainda mais quando Hettie não aparece, porque aí eu fico pior e sigo em frente, acabo exagerando, pensando em Hettie e em tudo de errado que fiz para ela e tudo mais. Não é bom.

Salsicha achou graça, mas, como sempre, as conversas prolixas de Paletó sobre suas aventuras no mundo das plantas o aborreciam, então mudou de assunto. Mas ocorreu a Paletó que falar com a Senhora Quatro Tortas sobre plantas, enquanto abriam caminho entre o mato do terreno, era uma das poucas coisas pelas quais ele ansiava toda semana, mesmo sendo só ela quem falava.

Os dois eram uma dupla incomum, uma idosa branca com vestido de casa, avental e botas de obra masculinas muito maiores do que seus pés, seguida por um idoso negro com chapéu *porkpie* e paletó xadrez, passando pelos vagões de trem, pelas docas abandonadas e pelos trilhos da ferrovia, até as pilhas de lixo e mato que cercavam as fábricas vazias à beira d'água, a cintilante baixa Manhattan do outro lado da água.

Naquela quarta-feira, enquanto seguia atrás dela, Paletó percebeu que ela andava com dificuldade. No último mês, mais ou menos, parecia mais cansada e instável quando estava em pé. Quando voltavam para casa, às vezes ela lhe pedia para ir até a cozinha limpar e cortar algumas das plantas que tinham encontrado, mas não era sempre. Era uma regra implícita que ele seguia enquanto homem negro que crescera no sul: sempre ficar do lado de fora. Aquilo lhe convinha bem, pois tinha medo de entrar em qualquer uma das casas dos brancos. A Senhora Quatro Tortas o avisara logo no início que seu filho, que morava na casa com ela — um filho que ele nunca conhecera (ou talvez tivesse conhecido, mas não se lembrava) — era rigoroso e não queria estranhos na casa deles. Paletó não via problema naquilo, pois sempre agia com a presunção de que, se algo desse errado na casa de qualquer pessoa branca em qualquer parte do mundo, e ele por acaso estivesse por perto, não havia dúvida de onde o martelo da justiça cairia. Mas ao longo dos meses que trabalhara para ela, a senhora começara a confiar nele. Uma vez na cozinha dela, depois que fazia o que ela lhe pedira, ele voltava para o quintal o mais rápido possível. Afinal, era só um homem que gostava de ficar ao ar livre. A Senhora Quatro Tortas parecia compreender isso.

Eles seguiram até um terreno cheio de mato alto bem ao sul do porto e se separaram um do outro. Ele a viu desaparecer momentaneamente atrás de um barranco. Foi atrás dela e a encontrou sentada em uma pia descartada, analisando o pântano diante de si.

— Sei que tem uva-de-rato em algum lugar por aqui — garantiu ela. — Quanto mais molhado o solo, maior a chance.

— Talvez a gente não devesse gastar tanta energia procurando — disse Paletó. — Tenho um primo que ficou doente por comer isso.

— Depende da parte que você come — falou ela. — Que parte ele comeu? A raiz, o caule ou as folhas?

— Por Deus, não sei. Faz muito tempo.

— Bem, então é isso — disse ela. — Tenho dormência nas pernas. Além de catarata. Não consigo ver nada. A uva-de-rato limpa meu sangue. Consigo ver melhor. Minhas pernas não doem tanto. Posso comer qualquer parte dela, a qualquer momento.

Paletó ficou impressionado com a certeza dela. A senhora se levantou e se aventurou no pântano, e ele a seguiu. Os dois foram mais para o fundo, os pés afundando no mato molhado, que se tornava cada vez mais alagadiço. Procuraram por vários minutos e encontraram tesouros de que gostavam: repolho-gambá, beldroega e broto de samambaia. Mas nada de uva-de-rato. Passaram mais vinte minutos procurando. Por fim, encontraram o ouro em um terreno pantanoso perto da velha fábrica de tinta que ficava de frente para a água. No terreno atrás da fábrica havia uma profusão de coisas boas: mostarda-selvagem, alho-selvagem, gerânios e — por fim — uva-de-rato, alguns pés com mais de um metro de altura.

Pegaram o máximo que podiam carregar e voltaram lentamente pelos terrenos baldios até a casa da Senhora Quatro Tortas.

Ela estava feliz com a aquisição.

— Esses pés são grandes — disse ela, falando da uva-de-rato. — Você não encontra tão grandes assim para vender. Claro que não dá mais para comprar vegetais bons, de qualquer maneira. Os tomates que a gente compra agora parecem tão bonitos, brilhantes e vermelhos. Aí você chega em casa, corta eles, e são umas papas vermelhas por dentro. Não têm gosto de nada. Como dá para fazer molho de espaguete com uma coisa dessas?

— Não acho que eu conseguiria — comentou Paletó.

— Nada é do jeito que era — reclamou ela. — Você já viu um filho tão bom quanto o pai? O filho pode ser mais alto. Ou mais forte. Ou ter os ombros mais largos. Mas é melhor? Meu filho é mais forte do que o pai dele. Por fora. Mas por dentro? Humpf.

— Não acho que já tenha visto seu filho, Senhora Quatro Tortas.

— Ah, já deve ter visto ele por aí — disse ela com um aceno de mão. — Tentando ganhar dinheiro rápido, como o restante desses jovens. Maior. Melhor. Mais rápido. Mais. É só o que querem. Sempre com pressa. Nunca tem tempo para nada. Ele precisa conhecer uma boa garota italiana.

A ideia pareceu distrai-la. Enquanto seguiam pelos terrenos até a rua Silver, passaram por alguns tesouros dos quais Paletó sabia que ela iria gostar: serralha, bambu-mexicano, carrapicho. Mas ela estava ocupada demais, falando feliz:

— Eu falo para meu filho que essa coisa de dinheiro rápido não existe. Dinheiro não é tudo, diácono. Se você tem o bastante para viver, é o suficiente.

— A senhora está absolutamente certa sobre isso.

Eles continuaram andando e ela o observou de canto de olho.

— Há quanto tempo você é diácono?

— Se eu tivesse que contar os anos, perderia a conta. Mas eu diria que agora já faz mais de vinte anos na Cinco Pontas. Minha esposa era crente, sabia?

— É mesmo?

— Ela era uma boa esposa — disse ele com melancolia.

— Não se faz mais esposas como antigamente, diácono — comentou ela.

— Certamente não.

Quando chegaram ao sobrado, a velha senhora estava cansada e deu o passo incomum de convidá-lo para entrar. Ela declarou que estava tão cansada que tinha de subir para deitar e o instruiu:

— Coloque as plantas nas tinas e lave na pia. Depois deixe tudo no balcão, e por hoje acabou, diácono. Deixei seu dinheiro no balcão. Feche a porta quando sair.

— Ok, Senhora Quatro Tortas.

— Obrigada, diácono.

— Não tem de quê, madame.

Ela subiu, e ele terminou o trabalho como ela o instruíra e saiu pela porta dos fundos, que dava em um jardim minúsculo. Desceu os degraus e virou à esquerda na viela que separava o sobrado dela da casa vizinha.

Ao entrar na viela, deu de cara com Elefante.

Ele não o reconheceu, é claro. Poucas pessoas do Habitacional Cause sabiam qual entre os vários italianos que entravam e saíam do vagão de carga era o Elefante. Mas todo mundo conhecia o nome, a reputação e o medo associado a ele.

Elefante voltara do Bronx há uma semana, mas a visita ainda estava fresca em sua mente. Estava imerso em pensamentos sobre a questão toda quando trombou com o negro em seu quintal.

— Quem é você? — exigiu saber.

— Sou o jardineiro.

— O que está fazendo aqui? — perguntou Elefante.

Paletó deu um sorriso inquieto.

— Bem, o jardim é onde os jardineiros trabalham, senhor. — Observou a análise rápida que Elefante fez do jardim. — Acho que o senhor deve ser o filho, pois se parece com a Senhora Quatro Tortas. Ela falou do senhor o dia todo.

— Senhora quem?

Paletó percebeu seu engano e encheu as bochechas de ar rapidamente, soltando-o pela boca.

— A senhora lá dentro... a senhora das plantas. Acredito que seja sua mãe? Eu trabalho para ela. Esqueci o nome dela.

— Ela está bem?

— Ah, sim. Só foi se deitar. Ela me deixou aqui... ah... estávamos procurando uva-de-rato perto do porto.

Elefante relaxou um pouco, franzindo o cenho.

— Encontraram?

— Por acaso uma mosca voa? Sua mãe consegue encontrar qualquer planta por aqui, senhor.

Elefante deu uma risadinha e relaxou. Encarou Paletó.

— Eu conheço você?

— Eu acho... — Paletó o olhou de volta, e então percebeu. — Por Deus... é o cara que estava lá quando minha Hettie morreu?

Elefante estendeu a mão.

— Tom Elefante — disse.

— Sim, senhor, eu... — Paletó começou a suar. Sentia que tinha que agradecer, mas pelo quê? Por tirar Hettie da baía? Era demais para pensar. Aquele era o Elefante. O verdadeiro. Um gângster de verdade. — Bem... eu preciso ir, senhor.

— Espere um minuto.

Elefante colocou a mão no bolso, tirou um maço de dinheiro, contou cem dólares e entregou para Paletó.

— Por minha mãe.

Paletó olhou para o dinheiro.

— Não precisa fazer isso — falou. — Sua mãe já me pagou.

— Está tudo bem.

— Eu já fui pago, senhor. Sua mãe me trata bem — disse Paletó. — Acho que ela podia ter uma escola de plantas, de tanto que sabe sobre elas. Mais do que eu. E sei um tanto da minha época de jovem. Ela tinha cismado com a uva-de-rato e caminhamos um bocado procurando. Estava andando um pouco trêmula no fim, mas deu tudo certo. Nós encontramos e ela diz que aquilo a faz se sentir melhor. Espero que funcione.

— Aceite um extra, senhor. — Elefante estendeu o dinheiro.

— Se não se incomoda, senhor, já fez muito por mim quando seus homens tiraram minha Hettie da água.

Elefante o encarou por um instante. Queria dizer "Não sei como ela foi parar ali", mas a verdade era que admitir aquilo era confessar saber de algo no qual ele não teve participação, o que fazia parecer negação. Uma negação levava a outra e a outra, e nenhum gângster valia nada quando seguia por essa estrada. Melhor não falar nada.

O velho pareceu entender.

— Ah, minha Hettie estava cansada, é tudo. Ela estava seguindo a luz de Deus. Procurando dama-da-noite, é o que estava fazendo. Estava um dia lindo quando ela morreu. O melhor funeral que a igreja já teve.

Elefante deu de ombros, guardou o dinheiro e se recostou na parede de sua casa.

— Eu costumava vê-la ir e voltar da igreja — comentou. — Ela dizia bom-dia. As pessoas não fazem mais isso.

— Não, não fazem.

— Ela parecia ser uma mulher gentil. Sempre cuidava de seus negócios. Ela trabalhava?

— Ah, ela tinha um dia de trabalho aqui, outro ali. Em geral vivia uma vida como todos nós. Vivia para ir para o Céu, senhor.

— Não é o que todos fazemos?

— O senhor é um homem religioso? — Paletó perguntou.

— Não de verdade. Talvez um pouco.

Paletó assentiu. Mal podia esperar para contar para Salsicha. Tinha tido uma conversa de verdade com Elefante. Um bom e honesto gângster. E ele não era tão mal. Era religioso. Um pouco, talvez?

— Bem, tenho que continuar andando — disse Paletó. — Vejo sua mãe na próxima quarta-feira.

— Tudo bem, meu velho. A propósito, qual é seu nome?

— As pessoas me chamam de Diácono Cuffy. Alguns me chamam de Paletó, mas a maioria por essas partes me chama de diácono.

Elefante sorriu. O velho idiota tinha estilo.

— Ok, Diácono. Aproveitando, o que um Diácono faz?

Paletó sorriu.

— Bem, essa é uma boa pergunta. Fazemos todo tipo de coisa. Ajudamos na igreja. Jogamos fora o lixo. Às vezes compramos móveis. Compramos comida para as diaconisas prepararem o repasto e coisas assim. Até pregamos de vez em quando, se somos chamados. Fazemos qualquer coisa que precise ser feita. Somos os faz-tudo sagrados.

— Entendo.

— Mas, verdade seja dita, são as mulheres que mandam na maior parte das igrejas dos negros por aqui. Como minha falecida esposa e a Irmã Gee e Bum-Bum.

— São freiras?

— Não, acho que não. São só irmãs.

— Irmãs de verdade?

— Não.

Elefante franziu o cenho, confuso.

— Por que são chamadas de irmãs?

— Porque somos todos irmãos e irmãs em Cristo, senhor. Venha visitar nossa igreja um dia desses. Leve sua mãe. Você verá. Gostamos de visitantes na Cinco Pontas.

— Pode ser.

— Bem, vou deixá-lo — falou Paletó. — E até que nos vejamos de novo, espero que Deus o tenha na palma de Sua mão.

Elefante, que estava prestes a entrar em casa, parou.

— Repita isso — pediu.

— Ah, essa é uma bênção que minha Hettie costumava dizer para todo mundo que conhecia. Falamos isso na nossa igreja o tempo todo para os visitantes. Na verdade, se vier nos visitar, você mesmo ouvirá. É o lema da nossa igreja, desde antes de eu chegar, que já faz vinte anos. De fato, tem uma pintura de Jesus com esse lema bem em cima da cabeça do lado externo da parede, nos fundos da igreja. Pintaram as palavras sobre a cabeça dele com umas letras douradas bem bonitas. Não dá para não ver.

Elefante o encarou de um jeito estranho, com uma expressão surpresa que Paletó leu como inocência, e aquilo deixou Paletó orgulhoso. Tinha dado ao branco algo em que pensar. E um gângster também! Talvez estivesse convertendo o homem à Palavra. Não seria incrível? Sua primeira conversão! E um gângster bom e honesto! Sentindo o momento, disse novamente:

— Que Deus o tenha na palma de Sua mão. É uma bela imagem em sua mente.

— Onde está a imagem?

— A da sua mente?

— Não. A da igreja.

— Ah, aquela coisa velha? É um velho e grande círculo com Jesus no meio e as palavras em cima da cabeça. Bem atrás da igreja.

— Há quanto tempo está lá?

— Meu Deus... está lá não sei há quanto tempo. Ninguém sabe muito bem quem desenhou aquela coisa. Minha Hettie dizia que um homem desenhou ainda quando construíram a igreja. Ela dizia: "Não sei como aqueles tolos pagaram ele, pois nosso caixa não tinha mais do que cinquenta dólares. Não usaram o dinheiro do meu Clube de Natal para pagar ele, disso eu tenho certeza"! — Paletó deu uma risadinha e acrescentou: — Minha Hettie guardava o dinheiro do Clube de Natal também, entende. Guardava em uma caixa... em algum lugar.

— Entendo... Você diz que a pintura... está do lado de fora da igreja, na parede?

— Ora, sim, é isso mesmo. A velha e bonita imagem de Jesus em um círculo com as mão tocando a beirada do círculo. Pintada direto nos blocos de concreto. O pessoal costumava vir de longe para ver a imagem. Está um pouco coberta, mas se você ficar parado no meio do mato, ainda dá para ver o círculo e a coisa toda como era. Ouvi dizer uma vez que tinha algo de especial naquela imagem.

— É uma imagem ou uma pintura? Coberta? A imagem está coberta?

Elefante olhava para ele, pensativo, a curiosidade estampada em seu rosto; mesmo assim, por algum motivo, Paletó sentiu naquele momento que a parte espiritual da mensagem estava sumindo.

— Não, não está coberta. Bem, a igreja meio que pintou ela por cima ao longo dos anos, consertou. Coloriu um pouco. Mas ainda dá para ver, claro como o dia. Mas não são tanto as palavras escritas ali que são importantes — acrescentou, voltando ao discurso espiritual. — É o espírito do que Jesus quer, entende? Ter o senhor na palma da mão d'Ele.

— Dá para ver a mão dele também?

— Claro que dá.

Paletó se esqueceu cuidadosamente de mencionar: "Ele era branco, até que nós o deixamos negro". Paletó não sabia, mas a versão da igreja era, na verdade, a obra de um artista local de Jesus como representado na peça central de *O Último Julgamento*, do artista italiano Giotto Di Bondone, cujo original estava na Cappella degli Scrovegni, em Pádua, e retratava Jesus como um homem branco de barba. Alguns anos antes, alguém na congregação insistiu que Jesus fosse pintado de negro, e o Reverendo Gee, ansioso para agradar seu rebanho, como sempre, contratou alegremente o filho da Irmã Bibb, Zeke, um pintor de casas, para mudar um pouco a pele de Jesus. Com a ajuda de Salsicha Quente e de Paletó, os três fizeram exatamente isso, pintando as mãos e o rosto de Jesus com tinta marrom-escura. O resultado ficou horrível, claro, com os traços do rosto, detalhados com tanto cuidado pelo copista original, terrivelmente distorcidos, as mãos deformadas, e o rosto e as mãos quase pareciam borrões. Mas Jesus, observou o Reverendo Gee alegremente na época, emergira negro, um grande espírito, como sempre, e este era o objetivo.

Esperto, Paletó não soltou uma palavra sobre isso, mas Elefante o encarava com uma expressão tão estranha que Paletó sentiu que estava tagarelando demais, o que poderia, como sempre, significar problemas com os brancos.

— Tudo bem, então! — disse ele, e seguiu pela viela.

Elefante observou Paletó seguir pela viela e depois pela calçada até sumir de vista. Sentia-se levemente atordoado, o coração ainda leve com a ideia de um amor novo, fresco, a hipnotizante filha do Governador, e agora isso. Um negro da igreja dos negros a duas quadras de seu vagão de carga? Negros? E seu pai? Jamais vira seu pai com um negro, nunca. Estava perdendo o juízo?

Subiu os degraus estreitos até a porta dos fundos, abriu-a e entrou na cozinha, sentindo-se tonto, as palavras ainda em sua mente.

Que Deus o tenha na palma de Sua mão.

17

Harold

DUAS HORAS DEPOIS, COM O PAGAMENTO DA SENHORA QUATRO Tortas no bolso e duas garrafas de bebida em cima de um bloco de concreto como coroas na cabeça de um rei, Paletó e Salsicha Quente analisavam o encontro do diácono com Elefante.

— O Elefante tem uma arma? — perguntou Salsicha.

— Nenhuma arma — disse Paletó triunfante. Os dois estavam matando o tempo no porão de Salsicha, sentados em caixotes virados de cabeça para baixo, bebendo da primeira garrafa, que Paletó abrira, bourbon de hortelã, guardando a segunda, uma garrafa de King Kong, como sobremesa para mais tarde.

— Como ele é?

— Ele é simpático, parceiro. Um bom homem. Lutou para me dar aqueles cem dólares.

— Você devia ter pegado. Mas, claro, por que faria uma coisa dessas? Seria o mais inteligente a se fazer, mas parece que você é muito alérgico a isso.

— Salsicha, a mãe dele já tinha me pagado. Além disso, ele ajudou minha Hettie.

— Até onde sabemos, pode ter sido ele quem jogou ela no porto.

— Salsicha, se a ignorância é uma bênção, você é muito feliz. Um homem importante como o Elefante não incomodaria minha Hettie. Ele gostava dela. Disse que a via acenar todas as vezes que ela ia e voltava da igreja.

— Quando cansar de pensar, Paletó, me chama. Talvez ela tenha visto algo que ele fez. Talvez ela soubesse de algo. Talvez ele tenha roubado ela.— Você vê filmes demais — comentou Paletó. — Ela não estava causando nenhum problema para ele, nada disso. Ela estava seguindo a luz de Deus, é tudo. E encontrou.

— Assim você diz.

— Ela está em um bom lugar. Ela está solta, é um anjo livre agora, por Deus. Falo com ela quase todo dia.

— Se não se cuidar, você vai ganhar asas também. Deems anda ocupado esses dias.

— Não estou preocupado com ele.

Salsicha pensou naquilo.

— Eu o vejo todos os dias, lá fora, vendendo aquele veneno rapidinho, o diabo ainda marcando pontos. Ele sabe que somos parceiros. Não me perguntou nada sobre você. Nem uma palavrinha. Isso me deixa nervoso. Ele vai aprontar alguma, Paletó. Quando você não estiver olhando, vai atacar com tudo. Você precisa sair deste projeto habitacional.

Paletó ignorou aquilo. Levantou-se e se espreguiçou, tomou outro gole de bourbon de hortelã e passou a garrafa para Salsicha.

— Você nunca se cansa de pensar? Onde está minha roupa de árbitro?

Salsicha acenou com a cabeça na direção de um saco de plástico preto no canto.

— Vou levar isso para casa hoje à noite. Amanhã, vou sair e vou ver Deems de novo. Não estarei bêbado desta vez, pois quero lembrar do que ele disser. Depois que eu falar com ele, vou contar tudo para você.

— Não seja idiota.

— Vou direto ao ponto e vou dizer: "Deems, vou montar o time de novo e quero que você arremesse um jogo para nós. Um jogo. E se não quiser mais jogar beisebol depois disso, ora, você pode desistir. Nunca mais incomodo você. Só um jogo". Ele vai me implorar para juntar o time de novo depois disso.

Salsicha suspirou.

— Bem, acho que para realmente entender o mundo, você precisa morrer pelo menos uma vez.

— Pare de falar besteira — disse Paletó. — Aquele garoto ama beisebol. Ele tem o mesmo jeito do velho Josh Gibson. Conhece Josh Gibson? O maior apanhador que já jogou?

Salsicha revirou os olhos enquanto Paletó exaltava as virtudes de Josh Gibson, o maior negro apanhador de todos os tempos, como conhecera Gibson depois da guerra, em 1945, e assim por diante, até Salsicha finalmente falar:

— Paletó, não sei se você viu nem metade das pessoas que afirma.

— Já vi todos eles — disse Paletó com orgulho. — Até tentei jogar um pouco, mas tinha que ganhar dinheiro. Isso não vai ser problema para Deems. Ele vai fazer muito dinheiro nas ligas grandes. Ele tem o fogo e o talento. Não dá para tirar o amor pela bola de um jogador, Salsicha. Não dá para fazer isso. Tem um jogador de beisebol naquele garoto.

— Tem um assassino naquele garoto, Paletó.

— Bem, vou dar uma chance para um ou para outro.

— Não, não vai. Vou buscar a polícia primeiro.

— E você se esqueceu do mandado que eles têm contra você?

— Vou pedir para a Irmã Gee buscar eles então.

— A Irmã Gee não vai atrás de polícia. Ela é dura comigo por causa do dinheiro do Clube de Natal. Ela vai querer aquele dinheiro primeiro, Salsicha. O pessoal está perdendo a fé em mim por causa disso. Até você. Apostando contra minha vida por um cigarro com Joaquin.

Salsicha empalideceu, e então tomou um gole rápido de hortelã.

— Aquilo não era por você — garantiu. — Era por Joaquin. Já aposto com ele há dezesseis anos. Só ganhei uma vez. Acho que ele trapaceia. Eu queria um pouco do meu dinheiro de volta.

— Salsicha, você deve ter encontrado o segredo da juventude, porque mente como uma criança.

— Eu imaginei o seguinte, Paletó. Já que você não queria fugir e ia ser assas... ia sair pelas mãos de Deems, independentemente de como acontecesse, eu imaginei que não se importaria se eu ganhasse uma grana por causa disso. Fui um bom amigo, não fui?

— Um amigo muito bom, Salsicha. Não me importo que ganhe dinheiro às minhas custas. Na verdade, tenho uma proposta para você. Me ajude a fazer as pazes com Deems. Fale para ele que quero vê-lo, e vou esquecer o insulto que me fez ao apostar contra minha vida.

— Você perdeu o juízo, filho. Não vou chegar perto dele.

— Deems não está bravo comigo. Sabia que foi ele quem me comprou esse uniforme de árbitro?

— Não.

— Sim, foi ele. Me deu novinho em folha, logo depois que Hettie morreu. Veio direto para minha casa, dois dias depois que a enterramos. Bateu à porta e me entregou dizendo: "Não conte para ninguém". Agora, alguém assim atiraria em um amigo a sangue frio?

Salsicha escutou em silêncio, e então disse:

— Se fosse Deems, sim.

— Besteira. Preciso que vá até lá e diga que preciso falar com ele em particular. Vou encontrar com ele sozinho e esclarecer tudo isso.

— Não posso fazer isso. Sou muito covarde, ok?

— Sou eu quem ele quer, Salsicha. Não precisa se preocupar com seu couro.

— Eu me preocupo, sim, com meu couro. É ele que cobre meu corpo.

— Eu mesmo iria até a praça do mastro. Mas não quero constranger ele diante dos amigos. Se eu falar com ele em particular, ele não vai ficar envergonhado.

— Você o envergonhou quando atirou nele. O fato de ele te dar o uniforme de árbitro torna as coisas ainda piores — disse Salsicha —, já que você atirou nele depois dessa gentileza.

— Aquele garoto ainda tem muita bondade nele — disse Diácono, pegando o bourbon de Salsicha e tomando um gole. — O avô dele, Louis, era gente boa, não era?

— Leve um tiro sozinho, Paletó. Acho que vou ficar por aqui e acabar com essa garrafa de bourbon.

— Um amigo de verdade faria isso. Caso contrário, não seria um amigo de verdade.

— Ok.

— "Ok" o quê?

— Não sou seu amigo.

— Então, vou falar com Rufus. Ele é da minha terra natal. Sempre dá para contar com um homem da Carolina do Sul. Ele diz que as pessoas do Alabama ficam divididas quando precisam encarar alguma coisa.

— Por que eu amarraria minha mula com você, Paletó? Foi você quem ficou bêbado e atirou nele.

— Você tem uma lata amarrada no rabo também, Salsicha. Deems sabe que somos parceiros. Você o ensinou na escola dominical também. Mas vá em frente. Vou pedir para Rufus fazer isso.

Salsicha franziu o cenho e cutucou o chão com sua bota, apertando os lábios, as narinas dilatadas de raiva. Levantou-se da caixa, afastou-se de Paletó e, de costas para ele, esticou o braço paralelo ao chão, a mão aberta, os dedos estendidos.

— Bourbon.

Paletó, por trás, colocou a garrafa na mão de Salsicha. Depois de um gole longo e profundo, Salsicha colocou a garrafa no bloco de concreto, e ainda de costas para Paletó, ficou parado por um longo momento, balançando o corpo enquanto se embriagava. Por fim, deu de ombros e se virou.

— Tudo bem, droga. Vou bancar o idiota com você. De todo modo, não me dá escolha. Vou arrumar tudo. Verei Deems e pedirei para ele vir até aqui falar conosco... falar com você. Não tenho pônei algum nessa corrida.

— Salsicha, você nunca se cansa de pensar, não é? Por que ele vai descer aqui para falar comigo? Temos que ir falar com ele.

— Não temos que fazer nada. É com você. Mas vou falar com ele, de homem para homem, e explicar que você quer falar com ele em particular, pessoalmente, e que ele pode vir sozinho, para que você possa se desculpar pessoalmente e explicar tudo. Desse jeito, se ele for te matar, dá para ele fazer isso em um espaço privado, para que eu não veja e ele não vá para a cadeia logo depois. Acho que não vai fazer nada comigo se eu pedir isso para ele, já que não fui eu quem atirou nele.

— Você não se cansa de trazer isso à tona? Já disse que não lembro nada disso.

— É engraçado. Porque Deems lembra muito bem.

Paletó pensou por um momento, então falou:

— Você o busca. Vai ver só. Não vou precisar implorar nada para aquele jovem. Eu preferia colocá-lo em meu joelho e dar umas boas palmadas por desperdiçar o que Deus lhe deu.

— Não sei se você conseguiria erguer a mão dele, Paletó. Já o viu sem camisa?

— Vi mais do que isso. Já esquentei a mão naquela bunda muitas vezes na escola dominical.

— Isso foi há dez anos.

— É a mesma coisa — disse Paletó. — Você conhece um homem depois que coloca ele no bom caminho.

***

ESTAVA QUASE ESCURO QUANDO DEEMS E PHYLLIS, A NOVA BONITONA da vizinhança, chegaram à beira do píer Vitali. Eles balançavam os pés sobre as águas, olhando Manhattan e a Estátua da Liberdade à distância.

— Você sabe nadar? — perguntou Deems, fingindo empurrá-la por trás, como se fosse jogá-la do píer.

— Pare, garoto — disse ela, dando uma cotovelada brincalhona nele.

Ele a vira no primeiro dia que fora à praça do mastro como cliente e depois alguns dias mais tarde, quando chegou para uma segunda tentativa. Ela comprara dois pacotes de heroína, e mais outro, dois dias depois. Era uma usuária leve, ele achava, e gostosa, de aparência matadora: uma garota negra de pele mais clara, com membros compridos, uma mandíbula magra e rígida, as maçãs do rosto altas. Ele percebeu que ela usava mangas compridas nos dias quentes, assim como os viciados, para cobrir as marcas nos braços, mas a pele dela era suave, e o cabelo, comprido. Ela parecia terrivelmente nervosa, mas aquilo não o incomodava. Todos eram assim quando estavam fodidos. Ele a notou no primeiro dia que ela chegou. Observou-a desaparecer no Edifício 34 e mandou Gorro atrás dela para descobrir quem era. Ele relatou que a moça se chamava Phyllis. Uma visitante. De Atlanta, sobrinha de Fuller Richardson, um viciado em drogas que fora preso e cujo apartamento estava cheio com a esposa, os primos, os filhos e todo mundo para quem ele devia dinheiro, o que aparentemente incluía a mãe da garota, que era irmã dele.

— Ela diz que o tio deve muito dinheiro para sua mãe, então ela vai ficar no quarto dele até ele voltar — contou Gorro. — Ela deve ficar um tempo por aqui.

Deems não ia correr riscos. Decidiu agir rápido antes que alguém entrasse no jogo. Deu uma boa olhada de perto em Phyllis na segunda vez que ela veio, só para ter certeza de que ela valia a pena, antes de fazer um movimento. Concluiu feliz que ela tinha muito peso para ser uma drogada completa. Ela ainda tinha uma bolsa. Seus sapatos, casaco e roupas eram limpos. E tinha algum tipo de emprego temporário. Ainda não era uma viciada sem futuro. Só outra garota cuca fresca a caminho do reino da heroína, que provavelmente tinha sido esfolada por algum filho da puta na Georgia. Resolveu ir para Nova York curar um coração partido e jogar grande. Dizer aos amigos que estava namorando o Temptations ou alguma merda assim, sem dúvida. Mas Phyllis era esperta e era nova. E ele tinha dinheiro. Estava tudo bem.

Na terceira vez que ela apareceu, ele deixou Gorro e Dome cuidando das vendas, colocou Palito, seu vigia principal, no telhado logo acima, com outras três crianças em telhados nas proximidades, e deixou o banco para segui-la quando ela voltou para o 34. Os negócios estavam devagar mesmo.

Ela o viu se aproximar.

— Por que está me seguindo?

— Quer um saco extragrande de pó?

Ela olhou para ele e sorriu.

— Não preciso de nada extra — disse ela. — Não estou usando muito agora.

Deems gostou daquilo. Pensou mais tarde que aquela primeira conversa lhe dissera mais do que deveria. Era a linguagem corporal, mais do que qualquer outra coisa. Ela não parecia nervosa quando pegou a droga. De perto, havia uma franqueza, uma tensão nela que não era usual. Ela era firme, quase rígida e alerta. Ele atribuiu aquilo a uma tentativa de esconder o nervosismo, por ser uma garota de uma cidade pequena do sul que lhe confessara naquele primeiro dia que a convidara para se encontrar com ele no píer, que tinha sido, e ainda era, uma garota de igreja. Ele gostou daquilo. Aquilo queria dizer que ela era uma garota selvagem por dentro, toda contida como ele. Deems tinha alguns clientes viciados que trabalhavam na igreja e a frequentavam. Ele também fora um garoto de igreja. Ele conhecia aquela sensação de aperto. Ele precisava de alguém contido como ele. Todo mundo no Cause o conhecia agora. Sua reputação crescera depois que Paletó lhe dera o tiro. Ele estava maior e melhor do que nunca. Todo mundo sabia que ele ia sacudir o velho Paletó. Deems também sabia. Era só questão de tempo. Por que a pressa? Ele não tinha pressa. A pressa fazia você ser pego. Ele cuidaria de Paletó no momento certo. Paletó não era um problema. Mas Earl? Aí estava o problema.

Agora havia uma distância entre ele e Earl. Dava para sentir. Earl, depois da raiva inicial e do desprazer com toda a história do Paletó, de repente parecia dar de ombros para a coisa toda. Insistia que o sr. Bunch estava feliz com o trabalho dele.

— O Cause é sua área. Você lida como quiser. Só continue circulando a droga.

Aquilo não era coisa do Earl. Todo mundo sabia que Earl tinha sido nocauteado por uma bola de beisebol no Habitacional Watch depois de tentar emboscar o Paletó. E então aquele idiota do Sopa Lopez fora visto carregando Earl até o metrô, depois que Earl tentou acabar com a festa de boas-vindas de Sopa — com a Irmã Gee andando atrás deles como uma maldita professora. Também ouviu dizer que Earl foi arrastado para fora do Edifício 17 por Paletó e Salsicha — depois que os dois velhotes supostamente tentaram eletrocutá-lo no porão do Edifício 17 mas foderam com tudo e, em vez disso, deixaram o prédio sem luz por duas horas. Estavam zombando de Earl. Tinha algo de errado naquilo.

Se o sr. Bunch estava tão tranquilo com a bagunça do Paletó, por que estava deixando que seu principal homem, Earl, fosse chutado de cima a baixo pelo Distrito Cause? E por que Earl estava tão tranquilo com isso? Parecia uma armadilha. Ele pegava heroína de Earl duas vezes por semana há quatro anos. Observara-o trabalhar. Vira Earl enfiar um garfo no olho de um cara só por olhá-lo de um jeito errado. Uma vez vira Earl bater com uma pistola em um traficante rival até deixá-lo inconsciente por causa de uma venda de dez dólares. Earl não brincava em serviço. Tinha alguma coisa errada.

Deems não conseguia tirar isso da cabeça. Havia mais alguma coisa envolvida. Era só questão de tempo até que aparecesse. Mas o que era?

A espera não incomodava Deems, mas a incerteza da estratégia, sim. Tudo nele se resumia à estratégia. Era como sobrevivia. Ouvira dizer que outros grandes traficantes o chamavam de garoto prodígio. Gostava daquilo. Ficava satisfeito que sua gangue, seus rivais e, às vezes, até o sr. Bunch se maravilhavam em ver como alguém tão jovem conseguia resolver coisas por conta própria e ficar um passo adiante de homens mais velhos, alguns dos quais cruéis e ansiosos em ficar com seus negócios. Ele gostava que as pessoas se perguntassem como ele se mantinha à frente na competição, sabia quando atacar traficantes rivais e quando recuar, o que vender e quando e por quanto, quais pontos pressionar e contra quem fazer pressão. Ele observava as pessoas, via como elas se moviam. Via o tráfico de drogas como um tipo de jogo de beisebol, um jogo que envolvia estratégia.

Deems amava o beisebol. Tinha arremessado durante todo o ensino médio, e teria ido mais longe se seu primo Galo não o tivesse convencido a seguir pelo caminho do dinheiro rápido da heroína. Ainda acompanhava o jogo, os times, as esquadras, as estatísticas, os rebatedores, o Miracle Mets, que, milagrosamente, talvez estivesse no World Series daquele ano e, principalmente, as estratégias. O beisebol era um jogo de arremessadores. Seu rebatedor básico sabia que o arremessador tinha de jogar a bola por sobre a base a fim de tirá-lo do jogo. Quando isso acontecia, o rebatedor tentaria derrubá-lo. Então ele tinha que ficar adivinhando. O rebatedor esperaria uma bola curva? Uma bola rápida? Uma curva por fora? Ou uma bola rápida por dentro? Rebatedores, como a maioria das pessoas, eram palpiteiros. Os bons rebatedores estudavam os arremessadores, observavam seus movimentos, qualquer coisa que pudesse lhes dar uma pista do tipo de arremesso que viria. Mas os bons arremessadores eram mais espertos do que isso. Eles deixavam os rebatedores sem saber. Jogar por dentro? Por fora? Bola curva? Dividida? Bola rápida para cima e para longe? Um palpite errado e o cara estava fora e você era um milionário do beisebol.

Vender drogas era a mesma coisa. Tinha que deixar as pessoas sem saber. O traficante viria por este caminho? Ou por aquele? À noite? Ou durante o dia? Está vendendo pó mais barato do que eu agora? Ou era coisa boa? Coisa da Ásia? Ou da Turquia? Por que estava dando a porcaria marrom em Jamaica, Queens, por quase nada, e vendendo ao triplo do custo para compradores em Wyandanch, Long Island?

Aquele tipo de pensamento o levara ao topo do jogo no sul do Brooklyn e permitiu que ele avançasse pelo Queens e até em partes de Manhattan e Long Island. Sentia-se bem com aquilo. Tinha uma gangue unida e, o mais importante, uma mentalidade de beisebol. Fora treinado pelo melhor. Um homem que conhecia o jogo.

O maldito Paletó.

Deems pensava com amargura que Paletó era um maldito idiota, e uma questão complicada com a qual teria que lidar mais tarde. Mas tinha de se concentrar agora em Earl e no sr. Bunch. Precisava.

Mas o andamento estava difícil. Estava tão empenhado em tentar descobrir a estratégia do sr. Bunch por trás do que tinha acontecido com Earl que estava perdendo o sono. Acordava de manhã sentindo-se dolorido e com arranhões nos braços de ficar rolando de um lado para o outro e raspando na parede. A orelha, o que restava dela, doía o tempo todo. Precisava dormir. E descansar. E essa bonitona da Phyllis, sentada com ele no píer Vitali, era a distração perfeita. Precisava dessa pausa. Caso contrário, poderia explodir a qualquer momento. Vira no próprio projeto habitacional o que acontecia com traficantes que não pegavam leve e resolviam suas coisas.

O sr. Bunch e Earl tinham um plano. Qual era? Não tinha certeza. Mas se atacasse Earl agora, ou se precisasse se defender contra Earl, caso fosse atacado, seu plano de chegar até Joe Peck poderia desabar antes mesmo de começar.

Deems sabia que Peck era o World Series. Era um homem com os meios. Deems não poderia fazer um arremesso para Peck até ter sua própria gangue reunida; ainda estava trabalhando nisso, acrescentando músculos aos seus homens, levantando os custos, os riscos, os aliados no Habitacional Watch, em Far Rockaway e com dois caras em quem confiava em Bed-Stuy, conhecidos da época que passara em Spofford, e precisava estar de acordo com todos eles antes de poder se aproximar de Joe Peck. Tinha mandado Gorro, o membro da gangue em quem mais confiava, para o Queens a fim de sondar uns traficantes em Jamaica, e perguntar se podiam comprar dele se ele vendesse por vinte por cento a menos que o sr. Bunch. A resposta fora um silencioso "sim". Ele só precisava acertar um pouco mais as coisas antes de se aproximar de Peck. Ficar na dele mais algumas semanas, e então dar o passo.

Mas era difícil lidar com o estresse. Havia poucas pessoas em quem confiar. Mais e mais, Deems via que se apoiava em Gorro, que era mais maduro que os demais e conseguia manter a boca fechada e não dizer bobagens. Fora isso, tudo estava mais complicado.

Sua mãe estava bebendo mais. Sua irmã desaparecera e não era vista há meses. O próprio Deems não conseguia se levantar da cama pela manhã. Ficava deitado, lembrando dos velhos tempos, ouvindo o barulho do taco de beisebol em um dia quente de verão, vendo Gorro, Lâmpada, Dome e seu melhor amigo Doce arremessando bolas no campo enquanto Paletó gritava com eles, sentava todos no banco rançoso na beira do campo e contava histórias estúpidas sobre os velhos personagens das ligas negras que tinham nomes engraçados.

Ele se lembrava dos dias em que ele e os amigos costumavam ficar no telhado do Edifício 9, esperando as formigas no outono. Eram garotos inocentes naquela época. Agora não. Deems tinha dezenove anos e sentia como se tivesse cinquenta. Levantava todas as manhãs da cama sentindo como se tivesse dormido na beira de um abismo escuro.

Na verdade, brincava com a ideia de fugir para o Alabama, para onde Doce tinha se mudado, e passar um tempo na casa de Doce, simplesmente desistir do negócio todo e encontrar uma faculdade no sul que tivesse um time de beisebol. Ele ainda tinha jeito para a coisa. Ainda conseguia arremessar a cento e quarenta quilômetros por hora. Tinha certeza de que ainda poderia participar de um bom time de faculdade como reserva. O sr. Bill Boyle, treinador de beisebol em St. John, lhe dissera isso. Deems conhecia o sr. Boyle há anos. O sr. Boyle costumava aparecer todo verão perguntando por ele, observando-o arremessar. Anotava sua pontuação, classificação e notas. Deems gostava daquilo. Na época em que estava na John Jay High School, onde seus arremessos levaram o time até o campeonato estadual, o sr. Boyle dizia: "Você tem futuro se não ferrar com tudo". Mas Deems ferrara com tudo.

No verão, depois de se graduar no ensino médio, já inscrito em St. John's, o sr. Boyle veio visitá-lo, e então seu envolvimento com o tráfico estava crescendo. Ele viu o sr. Boyle chegar e dispensou seus traficantes, fingindo que nada estava acontecendo. Levou o sr. Boyle até o velho campo de beisebol no Cause e lhe mostrou que ainda conseguia arremessar a cento e quarenta quilômetros por hora, e até mais rápido. O velho treinador estava animado. Ligou para Deems quando o semestre do outono começou, e Deems garantiu: "Estarei lá". Mas aconteceu algo em seu negócio — ao olhar para trás, não conseguia lembrar o que era, alguma bobagem. E foi isso. O sr. Boyle não teve notícias dele e então apareceu no Cause de maneira inesperada, e viu Deems na praça do mastro, cercado de viciados, vendendo heroína. "Você é um desperdício de talento", disse para Deems e foi embora. Deems quis telefonar de novo para ele, mas estava muito envergonhado.

Mas o sr. Boyle dirigia um velho Dodge Dart, dizia para si mesmo. Meu Firebird é melhor que o carro dele. Além disso, o sr. Boyle não vivia ali no Cause, onde a vida era dura.

Sentado na beira do píer, com a garota gostosona que nunca tivera a chance de abraçar, com os pés calçados com tênis Converse novos em folha, com a estrela do lado, três mil e duzentos dólares em dinheiro em um bolso e um revólver calibre .32 no outro, Gorro servindo de guarda-costas, porque ele não ia mais para lado algum sem sua gangue, Deems deixou de lado a ideia do beisebol e forçou sua mente a voltar para o outro jogo. O jogo de verdade. Tinha que ficar focado. Tinha recebido uma ligação naquela tarde de um dos garotos de Bed-Stuy que estivera preso com ele em Spofford. Seu palpite estava certo. Bunch ia aprontar algo.

Bunch estava atrás dele, o cara dissera. De algum modo, Bunch soubera que Deems queria fazer um acordo com Joe Peck para assumir a distribuição de Bunch. Earl era só uma isca para mantê-lo distraído.

— Não é em Earl que você tem que ficar de olho. Bunch mandou outra pessoa.

— Quem? — Deems perguntara.

— Um filho da puta chamado Harold Dean. Não sei nada sobre ele. Mas é um assassino. Tome cuidado com ele.

Então era isso. Ok. Bola curva. Harold Dean. Ele disparou um alerta e deixou a gangue de prontidão, colocando-os em cada edifício. Qualquer cara diferente que não fosse do Cause, que se aproximasse dos Edifícios 9, 34 e 17, todas as suas fortalezas, qualquer homem ou garoto que fosse até a praça do mastro parecendo suspeito, tinha que ser vigiado. Podia ser Harold Dean. Não era para fazer nada. Só reportar para ele. Essa era a ordem. Ele deixou bem claro. Gastou algum dinheiro e conseguiu algum pessoal extra. Não havia um canto no Cause que ele não levara em conta. Cada telhado. Cada edifício. Cada viela tinha alguém de sua gangue de olho, inclusive seu próprio edifício, o 9, onde colocara Palito no telhado, junto com um segundo garoto chamado Rick trabalhando nos corredores com Lâmpada.

Lâmpada.

Havia algo em Lâmpada que não agradava Deems. Lâmpada não era mais o mesmo. Desde que Deems levara o tiro, e Lâmpada e Gorro foram visitá-lo, há duas semanas, e Lâmpada se assustara, falando em "você" em vez de "nós" quando Deems disse que planejava se aproximar de Peck, Deems ficou desconfiado. Lâmpada não gostava daquele plano. Na verdade, quando Deems parava para pensar no assunto, Lâmpada nunca tivera estômago para o jogo. Bunch estava em cima dele porque alguém o tinha dedurado. Ele examinou a lista de possíveis traidores, e se tivesse que apostar em alguém...

Sentiu um ardor na garganta enquanto a raiva lutava para tomar conta.

O arrulho da garota melosa ao lado dele, suspirando e balançando os pés sobre as águas, o trouxe de volta ao momento. Ela estava falando com ele, mas ele não escutava. Sua mente não parava de trabalhar. Girava em torno do problema de Harold Dean novamente, e então parou em Lâmpada.

Maldito Lâmpada.

Não conseguia acreditar, mas tinha que acreditar. Lâmpada tinha se entregado sem querer quando estiveram no apartamento dele, há duas semanas. Não tinha estado muito por perto. Também estava usando, o que significava que, quando fazia entregas, devia misturar a droga com bicarbonato de sódio ou o que quer que tivesse em mãos. Diluir a mercadoria para manter a coisa boa para si.

A raiva impedia Deems de pensar com clareza. Era um erro, ele sabia. Mas não podia evitar.

— Ele se entregou sem querer no apartamento — deixou escapar em voz alta.

— Como é? — perguntou Phyllis. Ela era tão doce. Sua voz, adorável e cadenciada com aquele sotaque do sul, era excitante. Ela era quase como uma mulher de verdade, como as meninas negras que ele via nos filmes e na TV, Diahann Carroll e Cicely Tyson, sentada ali, parecendo totalmente adulta consigo mesma. Ele também se sentia como uma estrela de cinema e um adulto, sentado ao lado dela. Estava envergonhado por não ter muita experiência com garotas. Ela tinha vinte e quatro, cinco anos mais velha do que ele. A maioria das garotas que ele conhecia eram mais jovens e trabalhavam para ele; as mais velhas de vez em quando transavam com ele em troca de droga, ou simplesmente viravam prostitutas para manter o vício, o que as tornava intocáveis. Aquela coisinha doce era tão boa e inteligente que parecia um desperdício deixá-la se ferrar com a heroína antes que ele conseguisse o que queria. Além disso, ela era um pouco fria e distante, o que a tornava irresistível.

Ela concordara em caminhar com ele até o píer, onde havia vários cantos vazios, lugares perfeitos para um cara afogar o ganso. Era melhor do que arriscar a vida usando o apartamento de algum viciado no Cause que pudesse armar para ele pelo preço de um saco de bosta marrom de dez dólares.

Ela o olhou de um jeito estranho, esperando uma resposta. Ele deu de ombros e falou:

— Não é nada. — Então olhou para as luzes que começavam a aparecer uma a uma e reluziam na água, conforme o sol fazia sua descida no horizonte a oeste. Ele disse: — Olhe as luzes.

— Lindas.

— A próxima coisa que vou comprar para mim é um apartamento em Manhattan.

— Que legal — disse ela.

Ele colocou o braço ao redor dos ombros dela. Ela tirou.

— Não sou esse tipo de garota.

Ele deu risada, um pouco envergonhado, ciente de que Gorro estava a quatro metros de distância, carregando uma pistola Davis calibre .38, de olho nos dois.

— Que tipo de garota você é?

— Bem, não esse tipo. Ainda não. Não conheço você bem o suficiente.

— É por isso que estamos aqui, baby.

Ela deu risada.

— Quantos anos você tem? — perguntou ela.

— Garota, não vamos dar uns amassos aqui como adolescentes, se é isso o que está perguntando. Não com ele parado ali. — Acenou com a cabeça na direção de Gorro. — Viemos aqui só para ver as águas, relaxar e conversar.

— Ok. Mas eu preciso de um pouco de alguma coisa. Estou só sentindo... você sabe. Você não vai me pedir para fazer algum extra aqui por isso, vai?

Ele estava desapontado.

— Garota, não faço extras. Não neste momento. Se você precisa de um pico, vou te dar um pico.

— Esqueça — disse ela. Ela inclinou a cabeça de lado, como se estivesse pensando em algo, e então falou: — Bem... eu provavelmente poderia experimentar um pouquinho.

Ele olhou feio para ela.

— Pensei que tivesse dito que não estava viciada.

— Não estou falando de pó. Estou falando de experimentar você, garoto. — Ela apalpou a calça dele, perto do zíper.

Ele deu uma risadinha. Mais uma vez, teve uma sensação súbita de alerta e teria mergulhado fundo nesse sentimento se não tivesse sido interrompido pelo som de Gorro atrás dele explodindo em gargalhadas e dizendo:

— Deems, oh, merda, dá uma olhada naquilo!

Ele se virou. Gorro, a uns três metros de distância, estava parado perto do velho Salsicha Quente, entre todas as pessoas, que estava bêbado como um gambá e sem o estúpido chapéu *porkpie*. Em vez disso, ele usava o uniforme de árbitro, completo, com casaco, boné e protetor peitoral e segurava a máscara facial na mão. Ele oscilava, instável, completamente embriagado.

Deems ficou em pé e foi até eles.

— O que está fazendo aqui, Salsicha? — perguntou rindo. — Está bêbado? Ainda não é Dia das Bruxas. — Dava para sentir o cheiro de álcool. Salsicha estava destruído e parecia tão prestes a desmaiar que Deems quase sentiu pena dele.

Salsicha estava muito bêbado.

— Não foi minha ideia — falou arrastado. — Mas sendo assim como você... bem... me falaram que se você visse essa roupa de árbitro, seria uma mensagem.

— Do que está falando? — disse Deems. Uma ideia estava se formando em sua mente. Olhou de relance para Gorro, que ainda estava rindo, e para Phyllis, que tinha se aproximado. Apontou na direção do parque, a várias quadras dali. — O campo de beisebol é naquela direção, Salsicha.

— Posso falar com você em particular? — perguntou Salsicha.

Agora Deems sentia cheiro de encrenca. Olhou ao redor. O píer estava vazio, exceto por Gorro, a garota nova, Phyllis, e Salsicha. Atrás deles, a fábrica de tintas vazia estava às escuras. Apesar da embriaguez, Salsicha parecia nervoso e respirava com dificuldade.

— Venha me ver amanhã. Quando não estiver bêbado. Estou ocupado.

— Não vai demorar muito, sr. Deems.

— Não venha com sr. Deems para meu lado, seu filho da puta. Eu escuto você falar de mim na praça do mastro. Acha que estou sentado ali, marcando bobeira, enquanto você esconde o Paletó? Se não fosse pelo meu avô, eu tinha quebrado seus dentes há duas semanas. Você e Paletó. Seus dois velhos filhos da puta, começaram essa...

— Me dê um minuto, filho. Vou dizer algo. É importante.

— Abra a matraca então. Vai logo.

Salsicha parecia apavorado. Olhou de relance para Phyllis, depois para Gorro e então de volta para Deems.

— É particular, Deems, estou te falando. De homem para homem. É sobre Paletó...

— Foda-se o Paletó — disse Deems.

— Ele quer te contar algo importante — insistiu Salsicha. — Em particular.

— Foda-se ele! Dá o fora daqui!

— Mostre algum respeito por um velho, ok? O que foi que eu fiz para você?

Deems pensou rapidamente, ticando os itens em sua mente. Sua gangue estava na praça do mastro. Chinês estava em posição. Trapo estava em posição. Palito tinha o grupo de crianças no telhado. Gorro permanecia ali com ele, armado. Ele também estava armado. Lâmpada estava... em posição e bem distante para não ser ameaça, e era um problema com o qual teria que lidar logo. Olhou de relance para Phyllis, que estava tirando o pó do belo traseiro. Ela deu um passo para trás, na direção da fábrica de tintas vazia.

— Vou me afastar por um minuto — disse ela. — Vocês podem falar.

— Não, garota, fique aqui.

Salsicha Quente falou para Phyllis.

— Acho que é melhor você ir.

— Deixe ela, Salsicha!

— É só um minuto, Deems. Por favor. Me dê um minuto em particular, sim? Pelo amor de Deus, garoto! Só um minuto.

Deems abaixou a voz, com raiva agora.

— Fale o que quer agora ou vou arrancar cada dente da sua boca.

— Tudo bem — disse Salsicha, arrastando as palavras. Olhou de relance para Phyllis, e então falou: — A Irmã Gee... Você se lembra dela?

— Vai logo, filho da puta!

— Ok, então! — Salsicha limpou a garganta, oscilou o corpo, bêbado, tentando se controlar. — A Irmã Gee foi até a sala da caldeira hoje, quando Paletó e eu estávamos tendo uma... degustação, sabe. Ela disse que os tiras andam fazendo muitas perguntas. Ela recebeu uma informação de um dos policiais e falou para Paletó. Ele queria que você soubesse.

— Que tipo de informação?

— Alguém vem atrás de você, Deems. Alguém mau.

— Não me diga o que eu já sei, velhote.

— Alguém chamado Harold Dean.

Deems hesitou e se virou para Gorro.

— Gorro, tire ele daqui, porra — Ao se virar, notou, de repente, com o canto do olho, um movimento à sua direita.

A garota.

Ela se afastou dele e, com um movimento suave, enfiou a mão na jaqueta de couro, puxou um Smith & Wesson .38 de cano curto, mirou em Gorro e puxou o gatilho. Gorro a viu e tentou alcançá-la, mas não foi rápido o bastante. Ela o derrubou, se virou para Salsicha Quente, que estava retrocedendo, e atirou uma vez nele, no peito, o que fez o velho despencar no deque. Então apontou a arma para Deems.

Parado na ponta do píer, Deems saltou para trás, no porto, quando viu a luz piscar do olho da Smith & Wesson. Quando atingiu a água, sentiu sua orelha, ainda sarando do tiro de Paletó, arder; então as águas frias do East River o cercaram, e uma explosão de dor irrompeu em seu braço esquerdo, a dor parecendo tomar todo o seu corpo, que parecia estar sendo feito em pedaços. Ele tinha certeza de que tinha perdido o braço.

Como a maioria das crianças que cresceu no Habitacional Cause, Deems nunca aprendera a nadar. Ele evitava o porto imundo e a piscina do projeto habitacional, que era usada em geral pelos moradores brancos das redondezas e era vigiada por policiais que desencorajavam as crianças dos projetos. Agora, no rio, batendo as mãos inutilmente, ele estendeu a mão direita, desesperado. Ao fazer isso, engoliu um monte de água do rio e ouviu o barulho de algo mergulhando na água perto de si e pensou: Ah, merda, aquela puta pulou. Então afundou de novo e, pela primeira vez desde que era criança, na escuridão da água, pegou-se chamando por Deus, pedindo ajuda, implorando, "por favor, me ajude", engolindo mais água e entrando em pânico enquanto se debatia. "Me ajude agora, Deus, e se eu não me afogar... Deus, me ajude, por favor". Toda lição que aprendera na escola dominical, cada oração proferida, cada dor que sentira em sua jovem vida, cada lamento que causara que estava preso em suas entranhas e incomodava sua consciência, como o chiclete que grudara embaixo do banco na Igreja Batista das Cinco Pontas quando era criança, pareciam se erguer em rodamoinho para criar um colar ao redor de seu pescoço que o sufocava. Ele sentiu a correnteza agarrar suas pernas, jogá-lo para a superfície, onde deu um gole desesperado de ar antes de ser puxado para baixo de novo — para sempre desta vez. Ele não podia resistir. Sentia-se sendo puxado gentilmente pela correnteza e, de repente, estava exausto e não podia mais lutar. Sentiu a urgência escorrendo por seus pés e sentiu a escuridão chegar.

Então algo o agarrou pelo casaco e o puxou para o ar. Ele estava sendo puxado de costas, jogado contra um dos pilares do cais e ficou preso ali, seguro com firmeza por um único antebraço forte. Fosse lá quem o segurava, estava sem fôlego. Então ele ouviu um sussurro áspero:

— Pssssiiiiiu.

Não dava para ver nada na escuridão. O ombro esquerdo de Deems ardia tanto que parecia ter sido mergulhado em ácido. Ele estava atordoado e sentia o sangue quente escorrer pelo braço esquerdo. Então quem o segurava afrouxou o aperto por um momento para conseguir segurá-lo melhor, puxando-o ainda mais para baixo do cais de madeira e para mais perto da margem. Sentiu que seus pés tocavam no solo rochoso. A água estava na altura do pescoço agora. Quem quer que o estivesse segurando, estava em pé. Deems tentou ficar em pé também, mas não conseguia mexer as pernas.

— Jesus — murmurou ele. Uma mão rapidamente fechou sua boca, e um rosto se moveu para perto dele, falando logo acima de seu ombro.

— Fique quieto — disse a voz.

Mesmo na água, com o fedor do cais e os peixes e a sujeira do East River por todo lado, Deems conseguiu sentir o cheiro de bebida. E o cheiro do homem. O cheiro corporal do velho professor da escola dominical, que uma vez o segurara no colo perto da lareira quente da Igreja Batista das Cinco Pontas quando ele ainda era um garotinho chorão de nove anos com as calças mijadas, porque a mãe estava bêbada demais para ir à igreja aos domingos e o mandava sozinho em suas roupas de passeio cheirando a mijo, sabendo que o velho professor bêbado da escola dominical e sua gentil esposa, Hettie, colocariam nele sapatos e calças limpas, e além de camisa e cueca, roupas que antes foram do filho cego deles, Dedos Gorduchos, sabendo que Hettie, todos os domingos, levava discretamente as roupas sujas de Deems para seu apartamento em uma sacola que levava para a igreja expressamente com esse propósito, juntamente com a caixa do dinheiro do Clube de Natal na qual os dois depositavam fielmente cinquenta centavos toda semana — vinte e cinco centavos para Deems e vinte e cinco centavos para seu próprio filho, Dedos Gorduchos. Então ela lavava as roupas de Deems e as mandava de volta para o apartamento da mãe dele em uma sacola de papel com um pedaço de bolo, ou um pedaço de torta, ou um pouco de peixe frito para as crianças. A verdadeira gentileza cristã. O real amor cristão. Uma mulher dura demonstrando amor duro em um mundo duro. Ela e o marido, um bêbado inveterado, que anos mais tarde mostraria ao menino como arremessar uma bola a cento e quarenta quilômetros por hora e acertar a parte externa da base inicial com isso, que era algo que nenhum garoto de dezoito anos do Brooklyn conseguia fazer.

Paletó segurou Deems contra o pilar, a velha cabeça inclinada para cima, os olhos espiando pelas tábuas do chão do píer. Ele ouvia intensamente até que o som dos passos da garota correndo por cima da cabeça deles ecoou ao longo do cais e desapareceu na direção da fábrica de tinta e pela rua logo depois.

Então tudo era silêncio, exceto pelo som da água batendo contra os pilares. Paletó soltou Deems, virou o garoto de costas e o puxou na direção da margem, arrastando-o como uma boneca de pano até que alcançaram as rochas. Ele o colocou de costas em uma faixa de areia perto das rochas e se sentou ao lado dele, exausto. Então gritou em direção ao cais, diretamente acima de onde estavam:

— Salsicha, você está vivo?

Ouviram uma resposta murmurada no cais.

— Merda — disse Paletó.

Deems nunca ouvira o velho xingar antes. Parecia um sacrilégio. Paletó foi até a beira do cais, pronto para subir, e então se apoiou em um joelho, o rosto cansado iluminado pelas luzes de Manhattan, do outro lado do rio.

— Tenho que recuperar o fôlego, Salsicha — gritou Paletó. — Não consigo me mexer ainda. Só um minuto. Estou indo.

Salsicha murmurou de novo. Paletó olhou de relance para Deems, que ainda estava deitado na areia, e balançou a cabeça.

— Não sei o que deu em você — disse ele, sem fôlego. — Você não escuta ninguém.

— Aquela puta atirou em mim — respondeu Deems com dificuldade.

— Ah, cale-se. Seu braço bom não foi machucado.

— Não sabia que ela estava armada.

— Esse é o problema com vocês, jovens. Se tivessem crescido no sul, saberiam algo. Esta cidade não ensina nada para vocês. Falei para Salsicha te falar. A Irmã Gee avisou que Harold Dean estava vindo matar você.

— Eu estava à espreita.

— Ah, é? Por que não conseguiu ver além do seu piu piu então, que aposto que estava duro como uma pedra? Harold Dean estava segurando sua mão, filho, ronronando como uma gatinha e cheirando a encrenca. Harol-deen, garoto. Haroldeen é um nome de garota.

O velho se levantou e subiu até o deque, onde Salsicha estava. Deems o observou, e então sentiu a doce escuridão chegando. Veio bem na hora.

18

A investigação

A BRIGA PELO QUEIJO GRÁTIS NO PORÃO DA CALDEIRA DE SALSICHA
Quente naquele sábado teria se tornado um tumulto em grande escala
se Sopa Lopez não estivesse lá. A Irmã Gee ficou feliz por tê-lo levado.
Não era tanto pelo fato de Salsicha Quente não estar lá para repartir o
queijo grátis, pensou a Irmã Gee, mas o fato de Salsicha estar morto —
baleado e morto na quarta-feira anterior, juntamente com seu querido
amigo Paletó. Aparentemente, ambos tinham sido baleados e jogados
no porto por Deems, que também se matara com um tiro. Pelo menos
eram as primeiras notícias. Eram apenas rumores. O Cause estava
acostumado a isso, a Irmã Gee sabia. Mesmo assim, a história atingiu
a todos duramente.

— Maldito Deems — disse Bum-Bum. — Ele errou a ordem. Devia
ter atirado em si mesmo primeiro. — Em geral, ela era a primeira na fila
na porta da rampa do porão, levantando-se às cinco da manhã para chegar às seis. Era parte de uma busca que ela começara meses atrás, para
descobrir quem era o doador secreto do queijo. Não descobrira ainda,
mas sua chegada cedo confirmava três pontos: um, que Salsicha Quente
não era o doador do queijo. Dois, que seu lugar na frente da fila estava
sempre assegurado, já que a maioria de seus amigos também chegava

cedo. E três, ela teria a primazia da fofoca, já que todo mundo que ia pegar queijo cedo eram amigos da praça do mastro, que ela conhecia há anos.

Naquela manhã, ela chegou dez minutos mais tarde do que o normal e encontrou a srta. Izi no primeiro lugar da fila, tendo chegado cedo como de costume, conversando com a Irmã Gee, que estava atrás da mesa de distribuição do queijo, tendo sido designada para a triste tarefa de repartir o queijo na ausência de Salsicha. Não muito atrás dela estavam as Primas, Joaquin, o coletor de apostas, e o deleite secreto de Bum-Bum, Dominic, a Sensação Haitiana, cujo rosto, ela observou, parecia recém-lavado e as unhas das mãos pareciam cortadas — sempre um bom sinal de higiene em um homem. Atrás dele estavam as duas outras integrantes da Sociedade do Estado Porto-Riquenho do Habitacional Cause. Todos os melhores rebatedores de notícias, pontos de vista e fofocas estavam ali, em perfeita formação. Naquele dia havia todos os ingredientes para uma boa conversa e uma excelente fofoca quente.

Ela se esgueirou até seu posto honorário na frente da fila, logo atrás da srta. Izi, que lhe guardara um lugar, e se posicionou bem a tempo de ouvir a srta. Izi dar uma geral sobre o assunto.

— Paletó andava bebendo até o limite há vinte anos — disse. — Mas eu não achava que Salsicha bebesse tanto. Talvez tenham entrado em uma briga e atirado um no outro.

— Salsicha não atirou em ninguém — falou Bum-Bum.

Parado na fila atrás dela, Dominic — que por acaso acordou às cinco da manhã e por acaso apareceu na entrada do portão às seis, e, caramba, por acaso descobriu que estava logo atrás de Bum-Bum depois de trocar de lugar com várias pessoas para poder avançar na fila — concordou.

— Salsicha era um bom amigo — lamentou.

Joaquin, vários lugares atrás deles, parecia estranhamente triste.

— Eu peguei doze dólares emprestados de Salsicha — comentou. — Estou contente por não ter pagado de volta.

— Deus, como você é mesquinho — disse a srta. Izi. Ela estava parada uns bons cinco lugares na frente do ex-marido e saiu da fila para falar com ele. — Você segura tanto o dinheiro que seu traseiro range quando você anda.

— Pelo menos eu tenho um traseiro — disse ele.

— Sim. Três. Um está na sua cara.

— Porco!

— *Gilipollas!*

— *Perro!*

Um homem no fim da fila gritou para a srta. Izi retornar o traseiro gordo para a fila.

— Cuide de seus assuntos! — replicou Joaquin.

— Venha me obrigar, Joaquin! — o homem gritou.

Joaquin saiu da fila, e o tumulto geral estava prestes a sair de controle, mas foi sufocado pelo gigante Sopa, que interveio, parecendo sóbrio em seu terno da Nação do Islã. A Irmã Gee interferiu rapidamente, saindo de trás da comprida mesa cheia de queijos empilhados e colocando Sopa de lado com gentileza.

— Será que todos podem manter a cabeça fria, por favor? — pediu ela. — Não sabemos o que aconteceu. Teremos outras notícias mais tarde.

Mais tarde veio logo na sequência, pois houve um pouco de confusão na entrada. A Irmã Gee observou enquanto a fila do queijo que serpenteava porta afora, de repente, mudou de lugar. Várias pessoas se afastaram, e o sargento Potts entrou na sala da caldeira.

Ele era seguido por seu jovem parceiro e por dois detetives à paisana, todos profissionais, que se espremeram para passar pela fila que se amontoava na porta e se enfiar no meio da sala da caldeira repentinamente lotada, que ficou em silêncio.

Potts olhou para a mesa onde estava a Irmã Gee, e depois para os nervosos moradores esperando na fila. Notou um movimento com o canto de olho e viu três pessoas, uma mulher e dois homens, saírem da fila e se esgueirarem até a saída sem uma palavra. Ele imaginou que ou estavam em liberdade condicional ou tinham mandados de prisão contra eles. Um quarto, um porto-riquenho imenso, jovem e bem-vestido, com mais de dois metros de altura, foi atrás. O jovem parecia vagamente familiar para Potts, e enquanto a figura imensa seguia até a porta, o parceiro de Potts, Mitch, deu um tapinha nele e acenou com a cabeça na direção de Sopa.

— Quer que eu o interrogue?

— Está brincando? Você viu o tamanho daquele cara?

Sopa saiu junto com os outros.

Potts voltou sua atenção para a Irmã Gee. Mesmo em um sábado cedo e sombrio, naquele porão úmido e lotado de gente, ela parecia tão adorável quanto uma manhã de primavera irlandesa. Ela usava uma calça jeans e uma blusa amarrada na cintura, e o cabelo estava preso em um coque com uma fita colorida, que destacava suas feições adoráveis.

— Bom dia — disse ele para ela.

Ela sorriu de leve. Não parecia feliz em vê-lo.

— Parece que trouxe a força toda hoje — comentou ela.

Ele olhou de relance para as pessoas na fila, percebeu que Bum-Bum, Dominic e a srta. Izi o encaravam, acenou com a cabeça na direção dos três policiais e disse:

— Vocês podem conversar com esses policiais um minuto? Apenas rotina. Não têm com o que se preocupar. Vi vocês três na igreja, só isso. Só queremos saber mais sobre as vítimas. — Para a Irmã Gee, ele falou: — Posso falar com você lá fora?

A Irmã Gee não se incomodou em dizer para ele que só a Irmã Bum-Bum era, na verdade, membro da Igreja Batista das Cinco Pontas. Em vez disso, virou-se para uma das Primas, Nanette, e disse simplesmente:

— Nanette. Assuma aqui.

Ela seguiu Potts pela rampa até o lado de fora. Quando chegaram na praça, ele se virou para ela, colocou as mãos nos bolsos e franziu o cenho, olhando para o chão. Ela percebeu que ele usava um casaco de sargento trespassado. Ele parecia bem mordaz, ela pensou, e também incomodado. Por fim ele olhou para ela.

— Não vou falar "eu avisei".

— Que bom.

— Mas, como você sabe, houve um incidente.

— Ouvi falar.

— Já sabe de tudo?

— Não. Apenas rumores. Não acredito em rumores.

— Bem, achamos que Ralph Odum... o sr. Odum. Hum, Salsicha Quente, o cara da caldeira, se afogou no porto.

Ela se sentiu suspirar sem nem perceber. Não tinha planos de gritar ou perder a compostura diante dele. De repente, sentiu-se tola. Ele era um desconhecido maravilhoso, um sonho adorável, e agora era só como qualquer outro policial. Trazendo más notícias. E provavelmente relatórios. E mais mandados de prisão. E mais perguntas. Eram sempre perguntas que vinham desses tipos. Nunca respostas.

— Não acreditei quando ouvi — disse a Irmã Gee de modo sombrio. — Achei que talvez fosse Paletó quem tivesse se afogado.

— Não. Salsicha se afogou. Nosso cara... seu cara... Paletó está vivo. Eu o vi esta manhã.

— Ele está bem?

— Levou um tiro no peito. Mas está vivo. Vai sobreviver.

— Onde ele está?

— No hospital Maimênides, no Borough Park.

— Por que o levaram até lá?

Potts deu de ombros.

— Além disso, Deems Clemens levou um tiro no ombro esquerdo. Também está vivo.

— Por Deus. Eles atiraram um no outro.

— Isso é desconhecido. Também teve uma terceira pessoa baleada. Randall Collins. Foi morto.

— Não conheço ele.

— Aparentemente, ele tinha um apelido.

— Todo mundo por aqui tem.

— Gorro.

— Eu o conheço — disse ela bruscamente, para impedir o som sufocante do próprio choro. Ela sabia que, assim que começasse, não conseguiria parar. Não ia chorar na frente dele. Então a primeira onda de choque e dor passou. Com Potts ainda em silêncio, ela falou novamente, apenas para manter a compostura: — O que precisa de mim?

— Tem algum motivo pelo qual seu homem, Paletó, quisesse atirar nesses dois?

— Você conhece o motivo por trás disso tanto quanto eu — falou ela.

O olhar de Potts se moveu para o telhado do edifício na praça diante dele. Notou um garoto espiando pela beirada do telhado e depois desaparecer. Um vigia de policiais, pensou.

— Na verdade, não preciso — disse ele. — Vi seu Paletó no hospital essa manhã. Ele levou um tiro bem perto do coração. Eles o operaram

Diácono King Kong

e tiraram a bala, mas está bem. Está grogue. Sedado. Meio confuso. Só falamos alguns minutos. Ele disse que não atirou em Deems.

— Parece coisa do Paletó. Estava bêbado quando fez isso... pelo menos da primeira vez. Diz que não lembra coisa nenhuma. E provavelmente não lembra mesmo.

— Seu Paletó, ele diz que uma mulher atirou em todos eles.

— Bem, eu acho que uma alma diria qualquer coisa para ficar fora da cadeia.

— Contei que o amigo dele, Salsicha Quente, se afogou. Isso o atingiu duramente.

Potts ficou em silêncio por um instante enquanto ela mordia o lábio e controlava as lágrimas.

— Tem certeza de que ele se afogou? — perguntou ela.

— Tenho certeza de que não conseguimos encontrá-lo. Achamos seu Paletó com um uniforme de árbitro. Randall, o garoto morto. E Deems, que estava ferido. Mas nada do Salsicha Quente.

Ela ficou em silêncio.

— Eu falei para você que esse negócio era sério, não falei? — perguntou Potts.

Ela afastou o olhar e não disse nada.

— Eram amigos próximos, esses dois: Thelonius Ellis, seu Paletó, e o sr. Odum? — perguntou Potts.

— Bem próximos. — A Irmã Gee pensou por um momento em falar para Potts que não existia nenhum Ralph Odum. Que Ralph Odum era, na verdade, um nome falso de Salsicha Quente. Que o nome verdadeiro dele era Thelonius Ellis. E que o nome verdadeiro de Paletó era Cuffy Lambkin. E que aqueles dois dividiam a mesma carteira de motorista, uma semana cada um. Mesmo assim, Potts não falara uma palavra sobre Cuffy Lambkin. Tinha algo errado.

— Paletó pareceu preocupado com o amigo afogado. Estava atordoado, mas continuou falando de seu amigo. Eu falei para ele que não tínhamos certeza se o sr. Odum tinha se afogado, mas o fato é que temos. Está bem claro. Temos uma testemunha da velha fábrica de tintas que ouviu os tiros e viu Deems cair. A testemunha viu Deems se arrastar para fora. Não o velho. Alguns pertences de Salsicha Quente estavam na água também. O boné da Autoridade Habitacional. O casaco da Autoridade Habitacional. A correnteza estava levando embora quando os mergulhadores chegaram. A correnteza nesta época do ano é muito rápida. A água é fria. Os corpos afundam na água fria e não flutuam. Os mergulhadores vão lá hoje mais tarde recuperar o corpo.

— Você perguntou a Deems o que aconteceu?

— Ele não está falando.

— Eu pensaria que foi o contrário — disse a Irmã Gee. — Que Deems atirou em Paletó. Ou atirou nos dois. Salsicha não suportava Deems. Mas Salsicha não atiraria em ninguém. Nem Paletó. Não em seu juízo perfeito. Paletó gostava de Deems... ele amava Deems. Mesmo tendo atirado nele, ainda amava o garoto. Foi professor de Deems na escola dominical por anos. Treinou ele no beisebol. Isso significa algo, não é?

Potts deu de ombros.

— Só porque você assa marshmallows com um garoto em uma viagem para acampar, não quer dizer que ele vai se tornar escoteiro.

— É engraçado — comentou ela. — Paletó escapou da morte tantas vezes... Salsicha nunca se meteu em encrenca com ninguém. Tem certeza de que não houve um engano? Os dois são muito parecidos, sabe.

— É Paletó, sem dúvida. Nós verificamos a carteira dele. Sua carteira de motorista, com a foto.

— A carteira de motorista dele?

Ela sentiu uma faísca se acender em sua mente, lembrando da festa de Sopa, quando Salsicha disse que Paletó tinha ido no escritório de trânsito tirar uma carteira de motorista com o nome verdadeiro de Salsicha Quente: Thelonius Ellis. Que Salsicha tinha pegado de Paletó na festa de Sopa.

— Ele estava até usando um uniforme de árbitro — acrescentou Potts. — Que, me contaram, ele usava às vezes.

— É ele mesmo. — Ela assentiu, mas então pensou bem. Embora tivesse visto Paletó entregar a carteira de habilitação para Salsicha com seus próprios olhos, era provável que os policiais levassem semanas para descobrir que o verdadeiro Thelonius era Salsicha Quente, e não Paletó. É possível, ela pensou, que os dois tenham trocado o documento de novo depois da festa de Sopa, na chance de que, se os policiais prendessem Salsicha, isso daria a Paletó uma chance de fuga? Achou que não era aquilo. Não. Paletó não faria isso. Ele estava muito bêbado. Era preguiçoso demais para pensar tão adiante. Mesmo assim, suas esperanças se acenderam um pouco. Se Salsicha Quente ainda estava atordoado demais para lhes contar o que tinha acontecido e quem era quem, havia uma chance.

— A roupa de árbitro salvou a vida do sr. Ellis — disse Potts. — A bala pegou de lado e o protetor peitoral diminuiu a velocidade. Caso contrário, ele teria se estrepado. A coisa é que ele está meio atordoado e confuso para falar. Não tinha voltado a si totalmente. Então voltaremos em um ou dois dias para vê-lo novamente, quando estiver se sentindo melhor.

— Ok.

— Ah, sim, ele estava falando sobre uma mulher. Como você disse que era o nome da esposa dele?

— Hettie.

— Não, não era Hettie. Algo sobre uma Denise Bibb.

— Irmã Bibb? — A Irmã Gee sentiu outra faísca se acender em sua mente. Encarou o chão, lutando para manter uma expressão neutra. — Ela toca órgão na nossa igreja. Ministra da música é seu título verdadeiro.

— Seu Paletó disse que uma mulher era a atiradora e mencionou essa mulher várias vezes. Denise Bibb. Por que ele faria isso? Eu pensei que a esposa dele estivesse morta.

A Irmã Gee mordeu o lábio.

— Acho que ele devia estar fora de si. Você disse que ele estava atordoado, certo?

— Bastante. Bem atordoado, na verdade. Ele disse umas coisas estranhas sobre a sra. Bibb. Algo sobre ela ser matadora. Uma máquina de moer. Forte como um homem. Uma metralhadora. Esse tipo de coisa. Ela tem algo contra ele? Acha que ela pode estar envolvida de algum modo?

A Irmã Gee sentiu a faísca em sua mente se transformar em fogos de artifício. Eu sabia, pensou. Salsicha e a Irmã Bibb tinham alguma coisa. Ela continuou olhando para ele, querendo que sua expressão continuasse sem emoções, antes de tentar falar.

— A Irmã Bibb não machucaria uma mosca — ela conseguiu dizer.

— Chamamos de evidência. Eu tenho que perguntar.

— Chamamos de "quando você fica velho, tudo o que lhe resta é sua imaginação" — disse a Irmã Gee. Ela tentou fazer seu rosto assumir um sorriso severo, mas estava com dificuldade. O sorriso agora era verdadeiro.

Potts a encarou. Este sorriso, pensou, é como um arco-íris. Ele tentou manter a voz neutra, oficial.

— Não há outro motivo para pensar que essa sua Irmã Bibb tinha algo contra Paletó? Uma briga de amantes, talvez?

A Irmã Gee deu de ombros.

— Tem muita coisa acontecendo na igreja, como em qualquer outro lugar do mundo. As pessoas têm sentimentos, sabe? Elas se sentem solitárias, mesmo quando são casadas. Existe amor neste mundo, senhor. Não é detido por nada nem por ninguém. Nunca viu isso?

Ela o fitou com tanto desejo que ele teve que conter a vontade de levantar a mão como um menino da terceira série em uma sala de aula, esperando ser chamado — e segurar a mão dela. Ela o desmascarara. Ela nem sabia que tinha feito isso.

— Claro — ele conseguiu responder.

— Mas não acho que havia algo entre eles — disse ela. — Por que não pergunta para a própria Irmã Bibb?

— Onde ela está?

— Ela mora no Edifício 34. Mas, como hoje é sábado, ela está trabalhando em seu emprego. Aos sábados, ela cozinha em uma cafeteria em Manhattan.

— Você a viu noite passada?

— Não. — Aquela era a verdade. Ela a vira há três minutos. Na fila do queijo. Mas ele não perguntou aquilo. A Irmã Gee se sentiu um pouco melhor. Pelo menos não estava "mentindo completamente", como sua mãe diria. Além disso, ele saberia? Ela descobriu que esperava que o policial soubesse. Isso significava que provavelmente ele voltaria e ela o veria de novo, e de novo, e de novo. Vou continuar mentindo, pensou ela, só para me dobrar naquele ombro grande e vê-lo sorrir e contar uma piada com aquela voz bonita e pesada que ele tem, do jeito que fez naquele primeiro dia na igreja. Então ela sentiu o ácido subir em sua garganta. Se não sou uma sonhadora, pensou amarga. Ele vai embora quando tudo isso acabar. Talvez eu o veja algum dia, do lado de fora do

Rattingan's, brincando com os amigos enquanto eu varro as garrafas que largaram na calçada. Pensar naquilo a fazia se sentir miserável.

Potts viu a expressão dela se entristecer e não tinha certeza do motivo.

— Vamos voltar mais tarde e conferir com ela — disse ele.

Ela sorriu, um sorriso triste e genuíno desta vez, e sentiu seu coração despencar no chão quando disse as palavras que lhe traziam luz cada vez que ele as ouvia.

— Volte depois, então. Volte, se quiser.

Potts se obrigou a controlar suas emoções. Teria batido a porta na cara dela se pudesse. Ele estava a trabalho. Pessoas tinham morrido. Ele tinha famílias para notificar. Detetives para ajudar. Papelada para preencher. Iam agitar esse caso no 76ª Delegacia até que alguém se cansasse. O melhor que podia tirar disso tudo estava parado diante de si agora: uma mulher linda e gentil como jamais vira. Ele deu um suspiro profundo, deu um sorrisinho e olhou de relance para a fila na porta do porão, enquanto os outros policiais o aguardavam.

— É melhor descermos, para que não pensem que estamos aqui pedindo comida chinesa.

Ele se virou e começou a seguir para a rampa até que ela tocou em seu braço, detendo-o.

— Tem certeza de que Salsicha caiu no porto? — perguntou ela.

— Na verdade, não — admitiu ele. — Nunca dá para ter certeza antes de ver o corpo.

Ela o seguiu pela rampa. Ele reuniu os outros três policiais, e os quatro saíram em silêncio.

**

QUANDO A POLÍCIA FOI EMBORA, A IRMÃ GEE SE VIROU PARA OS aliviados moradores que estavam ali para pegar o queijo, reunidos em grupos, a fila agora desfeita. Eles ignoraram o queijo, que continuava em organizadas pilhas na mesa, sob a guarda de Nanette. Em vez disso, todos se reuniram em torno de Irmã Gee.

— Achei que tinha pedido para você assumir — ela disse para Nanette.

— Esqueça isso — replicou Nanette. — O que o tira falou?

A Irmã Gee olhou para as pessoas que a encaravam: Dominic, Bum--Bum, a srta. Izi, Joaquin, Nanette e o restante, pelo menos quinze pessoas ao todo. Ela conhecia a maioria deles a vida toda. Eles a encaravam com aquela expressão, aquela expressão típica dos projetos habitacionais: a tristeza, a desconfiança, o cansaço, o conhecimento que vinha de viver em uma miséria especial em um mundo de misérias. Quatro deles tinham partido — sumido, mudado para sempre, mortos ou não, não importava. E haveria mais. As drogas, as drogas pesadas, heroína, estavam ali. Nada podia impedi-las. Eles sabiam daquilo agora. Outra pessoa pegaria o lugar de Deems no banco da praça do mastro. Nada mudaria. A vida no Cause seguiria em frente como sempre. Você trabalhava, era escravizado, lutava contra os ratos, os camundongos, as baratas, as formigas, a Autoridade Habitacional, os policiais, os assaltantes e, agora, os traficantes. Vivia-se uma vida de desapontamento e sofrimento, de verões muito quentes e invernos muito frios, sobrevivendo em apartamentos com fogões horríveis que não funcionavam, janelas que não abriam e vasos sanitários cuja descarga não funcionava, e tinta de chumbo que descascava das paredes e envenenava seus filhos, vivendo em apartamentos horríveis e sombrios construídos para abrigar italianos que vieram para a América trabalhar nas docas, que tinham sido esvaziados dos barcos, navios, petroleiros, sonhos, dinheiro e oportunidades no momento em que os negros e os latinos chegaram. E Nova York ainda culpava você por todos os problemas. E quem você podia culpar? Você, que escolhera viver aqui, nesta cidade dura de pessoas duras, a capital financeira do mundo, terra de oportunidades para os brancos e a tundra dos sonhos desperdiçados e das promessas vazias para todos os outros estúpidos o bastante para acreditar na propaganda exagerada. A Irmã Gee olhou para seus vizinhos que a cercavam e, naquele momento, os viu como jamais os vira antes: eram migalhas, dedais, farelos de açúcar polvilhado em um biscoito, invisíveis, pontos esporádicos na grade das promessas, aparecendo ocasionalmente nos palcos da Broadway ou nos times de beisebol com slogans como "Você tem que acreditar", quando de fato não havia nada no que acreditar, além do fato de que um negro no ambiente é pouco, dois é bom e três significa que é hora de fechar a loja e todo mundo ir para casa; todos vivendo o sonho de Nova York no Habitacional Cause, com vista da Estátua da Liberdade, uma lembrança gigantesca de cobre de que esta cidade era uma máquina de moer que cortava os sonhos do pobre mais do que qualquer descaroçador de algodão ou plantação de cana-de-açúcar do velho país. E agora a heroína estava lá para tornar os filhos deles escravos novamente, escravos de um inútil pó branco.

Ela olhou para todos eles, os amigos de sua vida, que a encaravam. Eles viam o que ela via, percebeu a Irmã Gee. Ela lia em seus rostos. Eles nunca venceriam. O jogo estava marcado. Os vilões teriam sucesso. Os heróis morreriam. A visão da mãe de Gorro gritando no caixão do filho assombraria todos eles nos próximos dias. Na próxima semana ou no próximo mês, em algum momento, alguma outra mãe tomaria o lugar dela, gritando em sua dor. E outra depois disso. Enxergavam o futuro também, ela conseguia ver. Isso continuaria para sempre. Era tudo muito sombrio.

Mas então, ela pensou, de vez em quando há um vislumbre de esperança. Só um pontinho no horizonte, um empurrãozinho bem no nariz do gigante que o colocava de volta aos calcanhares ou na lona, algo que dizia: "Adivinha o quê, você, fulano de tal, eu sou filha de Deus. E eu. Ainda. Estou. Aqui". Ela sentiu a bênção de Deus naquele momento, agradeceu-O de coração e, naquele exato instante, viu o brilho no rosto deles também, viu que eles entenderiam o que ela estava prestes a contar sobre o homem que estivera entre eles durante quase toda sua vida adulta, cujos linfonodos cresceram até o tamanho de bolinhas de gude quando ele tinha dezoito anos, que cambaleou com escarlatina, doenças hematológicas, infecção viral aguda, embolia pulmonar, lúpus, uma órbita ocular quebrada, dois episódios de sarampo adulto, e cujo corpo cem por cento à prova de qualquer coisa tinha sobrevivido a mais cirurgias em um ano do que a maioria deles em uma vida inteira, e ela se sentia grata que o Senhor Deus lhe dera a oportunidade e a presença de espírito de compartilhar aquilo com eles, porque em seu coração aquilo era a prova que Deus era sempre generoso com Seus presentes: esperança, amor, verdade e a crença da indestrutibilidade da bondade em todas as pessoas. Se ela pudesse, teria ficado em pé no alto do Edifício 17 com um megafone para gritar aquela verdade para que todo mundo no projeto pudesse ouvir.

Mas dizer para aquele pequeno grupo, ela sabia, seria o suficiente. Ela sabia que a notícia chegaria longe.

— Salsicha não está morto — disse ela. — Levou um tiro, mas ainda está vivo. Está no hospital.

— E Paletó? — perguntou Bum-Bum.

Um lençol de silêncio cobriu a sala.

A Irmã Gee sorriu.

— Bem, isso é uma história...

***

POTTS E OS TRÊS POLICIAIS ATRAVESSAVAM A PRAÇA SOMBRIOS, em direção às viaturas. Não tinham dado nem cinco passos quando um som inesperado da sala da caldeira, no porão, os fez parar. Ficaram imóveis e ouviram por um instante. O barulho diminuiu rapidamente, e depois de um momento os policiais começaram a andar novamente, desta vez mais devagar.

Um dos detetives reduziu o passo para seguir ao lado de Potts, que estava atrás do grupo.

— Potts, não entendo esse pessoal. São bárbaros.

Potts deu de ombros e continuou andando. Ele sabia que haveria reuniões de estratégia, telefonemas do gabinete do prefeito e memorandos da nova força-tarefa antidrogas do escritório da Narcóticos, em Manhattan. Tudo perda de tempo. No fim, ainda haveria gente que argumentava que não valia a pena gastar dinheiro e mão de obra nos casos dos projetos habitacionais. E agora havia mais três policiais que acabaram de ouvir o que ele escutara, o que só tornaria o argumento dele, de que deviam ir atrás deste caso, muito mais difícil e inexplicável para os superiores, porque o que os três policiais tinham ouvido da sala da caldeira era ultrajante — impossível para qualquer pessoa que não trabalhasse no Habitacional Cause há vinte anos como ele.

Era o som de gargalhadas.

19

Traído

ERAM DUAS DA MANHÃ QUANDO JOE PECK PAROU O IMENSO GTO
bem diante da doca do vagão de carga de Elefante, com os faróis
acesos. Como sempre, Peck chegou na hora errada. O Elefante estava
no meio de uma operação, parado perto da porta de seu vagão, contando
cuidadosamente o último dos trinta e quatro aparelhos de televisão
Panasonic, último modelo, que quatro de seus homens transferiam às
pressas de um pequeno barco ancorado até a traseira de um caminhão
de entregas do *Daily News*.

O caminhão fora "emprestado" das gráficas do jornal na avenida
Atlantic às onze daquela noite por um de seus homens, um motorista
de caminhão do jornal. Deveria ser devolvido às quatro, quando a edição
da manhã era distribuída.

Os faróis de Peck iluminaram a doca e surpreenderam dois dos
homens de Elefante, que estavam segurando uma caixa. Os dois, lutando
para não derrubar a carga, correram para a sombra. O movimento
frenético deles chamou a atenção do nervoso capitão do barco, que
mantivera os motores a diesel em funcionamento. Antes que o Elefante
pudesse dizer uma palavra, o capitão fez um gesto para o marinheiro, que
desfez o nó que prendia o barco ao cais, e o barco seguiu rapidamente

para o porto com as luzes apagadas, desaparecendo na noite com os dois últimos Panasonic ainda a bordo.

Peck saiu louco do carro, indo até Elefante, que estava parado na porta do vagão.

— Nunca vi isso antes — disse Elefante com frieza. Não seria bom entrar em uma briga com Joe naquele momento, não enquanto o caminhão estava sendo carregado. Ainda havia dinheiro a ser ganho.

— Viu o quê? — quis saber Peck.

— Nunca vi alguém desamarrar um barco tão rápido. Ele fez isso com um puxão só.

— E daí?

— Ele ainda está com os últimos dois televisores a bordo — falou. — Eu paguei ele por trinta e quatro aparelhos. Só estou com trinta e dois.

— Eu compro os últimos dois — disse Peck. — Preciso falar com você.

Elefante olhou para o caminhão. A última TV tinha sido carregada e a porta do baú estava fechada. Fez sinal para seus homens levarem o caminhão, e então entrou no vagão de carga, foi até a escrivaninha e se sentou. Peck o seguiu e se sentou em uma cadeira ali perto, acendendo um cigarro Winston.

— O que foi agora? — disse Elefante. Podia ver que Peck ainda estava zangado. — Eu já falei para você que não vou me meter naquela coisa do Líbano.

— Não estou aqui por causa disso. Por que você quer ferrar com meu carregamento?

— Do que está falando?

— Você quer que eu me foda, Tommy? Não consigo fazer nada agora. A polícia toda está em cima de mim.

— Pelo quê?

— Pela coisa que aconteceu no porto de pesca, no píer Vitali.

— Que coisa?

— Pare de sacanear, Tommy.

— Se vai falar em círculos, Joe, vá para um circo. Não sei do que está falando.

— Seu cara... O velho, ele deixou a cagada no píer do Enzo Vitali noite passada. Atirou em três pessoas.

Elefante pensou com cuidado em sua resposta. Anos de prática fingindo ignorância o ajudaram a manter o rosto firme e sério quando necessário. Em seu mundo, onde o *rigor mortis* era um risco da profissão, era sempre melhor fingir não saber, mesmo quando sabia. Mas, nesse caso, ele não tinha ideia do que Joe estava falando.

— Que velho, Joe?

— Pare de me sacanear, Tommy!

Elefante fechou a porta do vagão de carga, então tirou a gravata, jogou-a na mesa, abriu a gaveta e pegou uma garrafa de Johnnie Walker e dois copos.

— Tome uma bebida, Joe. Me conte o que aconteceu.

— Não banque o *bartender* comigo, Tommy. Você acha que sei ler mentes, porra? O que se passa na sua cabeça? Está perdendo o juízo?

Elefante podia sentir sua paciência se esvaindo rápido. Joe tinha o dom de irritá-lo. Ao olhar para Peck, seu rosto assumiu uma expressão calma e sombria.

Peck viu a expressão mudar e esfriou rapidamente. Quando Elefante ficava bravo, era mais assustador do que vodu.

— Calma, Tommy. Estou com um problema.

— Mais uma vez, pela Virgem Maria, o que foi, Joe? — perguntou Elefante.

— O carregamento do Líbano é em nove dias, e eu estou ferrado. Tive que chamar o Ray, de Coney Island, para fazer a...

— Não quero saber nada disso.

— Tommy, pode me deixar terminar? Sabe a velha fábrica de tintas, onde costumávamos nadar? O velho píer do Enzo Vitali? Seu velho, seu atirador, atirou em três pessoas ali ontem.

— Não tenho nenhum velho atirador fazendo nada para mim — garantiu Elefante.

— Diga isso para o cara morto que está tirando uma soneca com um buraco de bala na cara. Agora os tiras estão em cima de mim.

— Dá para prestar atenção, Joe? Eu não tinha ninguém no Vitali ontem. Passamos a noite nos preparando para este carregamento. Trinta e quatro aparelhos de TV do Japão... até você chegar. Agora são trinta e dois. Os outros dois devem estar no fundo do porto.

— Já falei que pago por eles.

— Guarde seu dinheiro e use para ir dançar da próxima vez que eu tiver uma operação. Vai tornar minha vida mais fácil. Mas estou feliz que tenha aparecido. Me mostrou o que eu já sabia: aquele capitão de barco é exatamente o lagarto que eu imaginava que fosse.

— Então você não mandou atirar naqueles caras?

— O que eu pareço ser, Joe? Acha que sou estúpido o bastante para botar fogo em dinheiro no meu próprio bolso? Por que eu ia querer os policiais azucrinando nas docas quando tenho um carregamento para transportar no dia seguinte? Eu tinha algo acontecendo.

A raiva de Peck diminuiu um pouco. Ele pegou um copo e se serviu uma dose de Johnnie Walker. Deu um bom gole e então falou:

— Você se lembra daquele garoto? O pequeno garoto prodígio que trabalhava para mim no Habitacional Cause? Aquele que levou um tiro de um pássaro velho? Bem, noite passada, o tal pássaro velho voltou com um segundo pássaro velho para terminar o trabalho. Os dois atiraram no garoto de novo... não o mataram, se dá para acreditar. Esse garoto vai cansar qualquer atirador antes de tombar. Mas eles mataram um menino da gangue dele. Um dos velhos também foi baleado. O velho, acho que o seu cara, também está morto, pelo que ouvi. Flutuando em algum lugar no porto. A polícia vai tentar procurar o corpo amanhã.

— Por que fica falando que ele é meu cara? Não sei quem é.

— Devia. É o seu jardineiro.

Elefante pestanejou e endireitou o corpo.

— Como é que é?

— O velho. Aquele que atirou no garoto e foi jogado no porto sem instruções. É seu jardineiro. Trabalhava na sua casa. Para sua mãe.

Elefante ficou em silêncio por um instante. Olhou a escrivaninha e depois ao redor do aposento, como se a resposta para este novo problema estivesse escondida nas estantes ou nos cantos do velho e úmido vagão de carga.

— Não pode ser.

— Mas é. Soube de um passarinho da 76ª.

Elefante mordeu o lábio inferior, pensando. Quantas vezes dissera para a mãe ter cuidado com quem deixava entrar em casa? Por fim, falou:

— Aquele velho bêbado não consegue atirar em ninguém.

— Mas atirou.

— Aquele velho bebe tanto que dá para ouvir o líquido balançar em seu estômago. Aquele maldito não consegue ficar em pé. Ele usa um pote de vidro como coqueteleira.

— Bem, ele está bebendo tudo o que quer agora. Água do porto.

Elefante esfregou a testa. Serviu outra dose e bebeu um gole. Encheu as bochechas de ar e depois xingou baixinho.

— Merda.

— Bem?

— Estou te dizendo, Joe. Não sabia nada sobre isso.

— Claro. E eu sou uma borboleta de ressaca.

— Juro sobre o túmulo do meu pai. Não sei nada a respeito.

Peck se serviu de mais uma dose do Johnnie Walker. Era uma negativa bem pesada: nunca ouvira Elefante mencionar o falecido pai. Todo mundo sabia que Elefante e seu velho eram bem próximos.

— Isso ferrou comigo — comentou Peck. — Os policiais não saem mais do píer Vitali. E adivinha onde Ray ia pegar minha carga?

Elefante assentiu. O píer Vitali teria sido um bom lugar. Sem uso. Vazio. Águas profundas. Ainda dava para usar o cais. Isso era um azar, sem dúvida.

— Quando as coisas do Líbano vão chegar?

— Em nove dias.

Elefante pensou rápido. Agora ele via um problema, ou pelo menos o início de um. Mais uma vez, Joe joga uma bomba na minha cabeça, pensou. O tiroteio atrairia — tinha atraído — a polícia. Ele percebeu que a única razão pela qual a encrenca não tinha chegado até ele naquela noite era porque o capitão do turno na 76ª, pago com regularidade, era um bom irlandês que mantinha sua palavra. Elefante tentara falar com o capitão durante o dia e não conseguira. Agora sabia o motivo. O pobre idiota devia estar fazendo um malabarismo digno de um polvo para manter as viaturas e os detetives da Homicídios longe de sua doca, e provavelmente estava com receio de atender ao telefone, pensando que a Corregedoria poderia estar de olho nele. Esse tipo de encrenca — três baleados, pelo amor de Deus — chamaria os jornais e a atenção total da polícia central na rua Centre. Nenhum tenente ou capitão de delegacia poderia controlar aquele tipo de coisa por muito tempo. Elefante fez uma nota mental para mandar um agrado extra para o capitão pela diligência.

— As coisas já terão esfriado até lá, Joe.

— Claro. E o bastardo de Bed-Stuy que está querendo meu território está em uma conferência de paz neste momento — Joe se irritou.

— Talvez ele seja o cara por trás disso.

— Foi o que vim perguntar. Acha que seu velho trabalhava para ele? Ele era desse tipo?

— Não o conheço — falou Elefante. — Falei com ele uma vez. Mas ele não conseguiria fazer esse tipo de tramoia. É um velho, Joe. O cara é tão bêbado que recebe mensagens espirituais da esposa morta. Ele é... — Fez uma pausa. Queria dizer "diácono da igreja", mas não tinha certeza do que isso queria dizer. O velho lhe falara, mas, no impulso do momento, ele se esquecera.

A voz áspera de Peck interrompeu seus pensamentos.

— Ele é o quê?

— Um alcóolatra, Joe. Um bêbado, porra. O cara não conseguiria ver direito para atirar em um elefante em uma banheira. Muito menos em alguém no píer Vitali no meio da noite. Como um velhote vai acertar dois jovens que provavelmente vão sair correndo e atirar de volta no escuro? O cara mal ficava em pé. Ele é jardineiro, Joe. Trabalha com plantas. É por isso que minha mãe o contratou. Sabe como ela é louca por plantas.

Peck pensou naquilo.

— Bem, ela vai precisar de um jardineiro novo.

— Não sei se ele tinha alguma coisa a ver com esse garoto. Qual é o nome dele? Do garoto que começou tudo isso?

— Clemens. Deems Clemens. Um menino honesto. Traficante. Não começou nada.

Elefante ouviu, ciente da ironia. Garoto honesto. Traficante. Não começou nada.

— Eu quero perguntar uma coisa. Você tem tanto dinheiro que não sabe quem está pagando?

— Minha mãe o pagava! Não consigo nem lembrar o nome dele. Ele é da igreja aqui perto. — Ele acenou com a cabeça por cima do ombro na direção do quarteirão seguinte, onde ficava a Cinco Pontas. Então falou. — É diácono.

Peck pareceu intrigado.

— O que um diácono faz? — perguntou.

— Carrega ovos por aí, paga as contas no bar, cozinha espaguete... eu não sei — disse Elefante. — Essa não é a pergunta a ser feita. A questão é quem está por trás disso. Se eu fosse você, é isso o que eu estaria perguntando.

— Sei quem está por trás disso. O maldito negro bastardo em Bed-Stuy, Bunch Moon está tentando...

— Não quero ouvir nomes, Joe. E não quero saber mais nada sobre o seu carregamento. É negócio seu. Meu negócio é esta doca. É tudo o que me preocupa. Posso trabalhar com você em qualquer coisa que envolva minha doca. É isso. Do jeito que está, aquela coisa no píer Vitali vai me deixar radioativo por enquanto.

— O que você espera? — disse Joe.

— Tenho uns dois passarinhos lá na 76ª. Tenho uma ou duas formigas naquela colônia também. Vamos descobrir o que aconteceu.

— Sabemos o que aconteceu.

— Não, não sabemos. Aquele cara era tão velho que tinha que beber de canudinho. Não ia conseguir atirar em dois traficantes jovens. Mesmo com um segundo velho, ele não ia conseguir. Esses traficantes jovens são rápidos e fortes. Quem quer que tenha te contado essa história, está errado.

— Um tira me contou.

— Alguns desses valentões da 76ª não conseguem preencher o remetente em um envelope. Aqueles garotos iam sair correndo a menos que estivessem amarrados. Aqueles meninos do Cause que vendem essa merda são garotos grandes e fortes, Joe. Eu costumava vê-los jogando beisebol contra o Habitacional Watch. Já viu um deles sem camisa? Eles iam deixar um velho... ou dois, se é que eram dois... amarrá-los e atirar neles? O único jeito de atirar em um desses meninos seria se estivessem se beijando como menina e menino. — Fez uma pausa para pensar nisso. — Aí poderia ser. Se fossem dois adolescentes se beijando ou algo assim, aí sim, poderia ser.

— Bem, ele falou algo sobre uma garota.

— Quem falou?

— Meu passarinho na 76ª. Ele leu o relatório. Disse que não falava nada sobre uma garota. Mas alguém mencionou uma garota.

— Quem mencionou uma garota?

— Bem, essa é outra coisa que esqueci de contar para você. Potts Mullen está de volta à 76ª.

Elefante ficou em silêncio por um instante, e então suspirou.

— Tenho que reconhecer, Joe. Quando traz problema, você sempre traz logo três. Achei que Potts tinha ido embora.

— Pelo que está me culpando? — perguntou Joe. — Potts tinha ido embora. Meu cara me disse que Potts foi mandado para a 103ª, no Queens, mas cruzou com um capitão que estava lá tentando ser o supertira, perdeu o posto de detetive e voltou para a patrulha. Ele é sargento, ou algo assim. Dizem que Potts estava falando para os caras nas viaturas procurarem por uma garota atiradora. Dizem que ele ouviu dizer que tinha uma garota no píer.

— Como ele descobriu isso?

— Potts contou para o meu cara que foi até a velha fábrica de tinta atrás do píer Vitali e encontrou um bêbado lá que viu tudo. O cara contou para Potts que tinha uma garota.

— Você falou com Potts?

Peck pareceu desdenhoso.

— Ah, claro. Potts e eu vamos tomar umas cervejas e cantar músicas irlandesas. Não suporto aquele bastardo imbecil.

Elefante pensou por um momento.

— Potts e eu nos conhecemos há muito tempo. Vou falar com ele.

— Você seria burro em tentar agradá-lo — disse Peck como aviso.

— Não sou estúpido. Disse que ia falar com ele. Vou até ele antes que ele venha até mim.

— Por que vai arrumar encrenca? Ele não vai te falar nada.

— Você se esquece, Joe. Tenho negócios aqui. Alugo barcos. Tenho uma construtora. Administro um depósito. Minha mãe anda pela vizinhança atrás de plantas. Posso perguntar para ele sobre um cara morto no porto, se ele trabalhava para mim... para minha mãe, na verdade.

Peck balançou a cabeça devagar.

— Essa área costumava ser segura. Antes da chegada dos negros.

Elefante franziu o cenho.

— Antes de as drogas chegarem, Joe. Não são os negros. São as drogas.

Peck deu de ombros e tomou um gole de sua bebida.

— Vamos trabalhar nisso juntos — disse Elefante. — Mas me deixe fora daquele outro negócio. E espalhe por aí para esses seus garotos ditos honestos que minha mãe não tem nada a ver com o tiroteio no Vitali. Porque, se algo acontecer com ela enquanto estiver andando por aí pegando narcisos e samambaias e o que mais diabos ela achar que precisa pegar, se levar um tombo e ralar o joelho, eles estarão fora do negócio. E você também.

— Por que está fazendo tanto estardalhaço? Sua mãe anda por esses terrenos há anos. Ninguém a incomoda.

— É isso. Os negros velhos a conhecem. Os jovens, não.

— Não posso fazer nada a respeito, Tommy.

Elefante se levantou, tomou sua bebida, colocou a garrafa de Johnnie Walker dentro da gaveta da escrivaninha e a fechou.

— Você já está avisado — falou.

20

O homem das plantas

PALETÓ ESTAVA LARGADO NO SOFÁ SURRADO NO PORÃO DE RUFUS. Pelas suas contas, já estava lá há três dias, bebendo, dormindo, bebendo, comendo um pouco, dormindo e, principalmente, Rufus concordava seco com ele, bebendo. Rufus ia e vinha, trazendo notícias que não eram tão boas, mas não tão ruins. Salsicha e Deems estavam vivos e no hospital no Borough Park. A polícia procurava por ele. Assim como todo mundo em seus vários trabalhos: o sr. Itkin; as senhoras da Cinco Pontas, incluindo a Irmã Gee; a Senhora Quatro Tortas; e os clientes variados para quem ele fazia trabalhos estranhos. Também havia alguns brancos de aparência incomum que já tinham aparecido no Cause antes.

Paletó não se importava. Estava consumido pelos acontecimentos que cercavam o resgate de Deems da água, a sensação de mergulhar no porto à noite. Nunca tinha feito isso. Uma vez, há muitos anos, logo que chegara a Nova York, quando Hettie e ele eram jovens, tinham concordado que tentariam fazer isso um dia — pular no porto à noite para ver a costa a partir da água, sentir a água e ver como Nova York pareceria dali. Era uma das muitas promessas que fizeram um ao outro quando eram jovens. Havia outras. Ver as sequoias gigantes no norte da Califórnia. Visitar o irmão de Hettie em Oklahoma. Visitar o jardim botânico no

Bronx e ver as centenas de plantas que ficavam lá. Tantas resoluções, a maioria delas jamais realizada — exceto aquela. No fim, no entanto, ele fizera aquilo sozinho. Tinha sentido aquela água à noite.

Naquele dia, o terceiro dia, à tarde, ele adormeceu e sonhou com ela.

Pela primeira vez desde sua morte, Hettie apareceu jovem. Sua pele marrom era resplandecente, úmida e límpida. Seus olhos estavam arregalados e brilhavam de entusiasmo. Seu cabelo estava trançado e bem repartido. Ela usava o vestido marrom que ele recordava. Ela mesma o fizera, com a máquina de costura da mãe. Era enfeitado com uma flor amarela costurada do lado esquerdo, logo acima do seio.

Ela surgiu na sala da caldeira do porão de Rufus parecendo ter acabado de sair de um piquenique da igreja em Possum Point. Sentou-se na velha pia que estava largada em um canto. Empoleirou-se ali com facilidade, como se estivesse sentada em uma poltrona e pudesse sair flutuando se quisesse. Suas belas pernas estavam cruzadas. Seus braços estavam apoiados no colo. Paletó a encarou. Com o vestido marrom, a flor amarela e o cabelo partido, a pele marrom brilhando com alguma fonte de luz secreta no porão úmido e escuro, ela parecia dolorosamente bonita.

— Eu me lembro desse vestido — disse ele.

Ela lhe ofereceu um sorriso triste e tímido.

— Ah, pare com isso — falou ela.

— Eu lembro, sim — garantiu ele. Era seu jeito estabanado de compensar pelas brigas que tinham tido, lançar um elogio de vez em quando.

Ela olhou para ele de um jeito triste.

— Parece que você tem vivido de um jeito muito errado, Cuffy. Qual é o problema?

Cuffy. Ela não o chamava assim há anos. Não desde que eram jovens.

Ela o chamava de "papai", "querido" ou "tolo" — algumas vezes até de "Paletó", um nome que desprezava. Mas raramente Cuffy. Era algo de muito tempo atrás. Uma época diferente.

— Tudo perfeitamente bem — ele disse animado.

— Mesmo assim, tanta coisa deu errado — retrucou ela.

— Nem um pouco — disse ele. — Está tudo bem agora. Tudo consertado. Menos aquele dinheiro do Clube de Natal. Você pode consertar isso.

Ela sorriu e lhe deu o olhar. Ele tinha se esquecido do "olhar" de Hettie, o sorriso de compreensão e aceitação que dizia: "Tudo o que é intangível está perdoado, eu o aceito, e muito mais — seus erros, suas oscilações, tudo, porque nosso amor é forjado com o martelo de Deus, nem nossos atos mais tolos e irracionais podem parti-lo". Aquele olhar. Paletó achou aquilo inquietante.

— Estou pensando em voltar para casa — disse ela.

— Ah, isso é coisa dos velhos tempos — ele falou, acenando com a mão.

Ela ignorou aquilo.

— Eu estava pensando sobre as damas-da-noite. Lembra como eu costumava ir até o bosque buscar damas-da-noite? Aquelas que florescem à noite? Eu era louca por essas coisas. Amava o cheiro delas! Eu tenho me esquecido dessas coisas.

— Ah, isso não é nada — disse Paletó.

— Ah, vamos lá! O cheiro que aquilo tem. Como pode esquecer?

Ela se levantou, cruzando as mãos perto do peito, encorajada pelo entusiasmo do amor e da juventude, uma forma de ser que ele tinha se esquecido há muito tempo. Aquele apego era de tanto tempo atrás, que parecia nunca ter acontecido. A novidade do amor, o frescor absoluto da juventude. Ele estava assombrado, mas tentou disfarçar fazendo um barulho de "pfff" com os lábios. Queria se virar, mas não conseguia. Ela era tão bonita. Tão jovem.

Hettie se sentou na pia novamente e, percebendo a expressão dele, inclinou-se para a frente e tocou seu antebraço de um jeito brincalhão. Ele não se moveu, mas franziu o cenho: estava com medo de ceder ao momento.

Ela se endireitou, agora séria, e toda a brincadeira se foi.

— Em casa, quando pequena, costumava caminhar pelo bosque colhendo damas-da-noite — disse ela. — Meu pai me avisou para parar com isso. Você sabe como ele era. A vida de uma garota negra não valia dois centavos. E ele queria que eu fosse para a faculdade e tudo mais. Mas eu gostava da aventura. Tinha sete ou oito anos, pulando pelo bosque como um coelho, me divertindo, fazendo o que tinham dito para eu não fazer. Eu tinha que percorrer uma boa distância para encontrar as flores.

Estava bem no meio do bosque um dia quando ouvi uns gritos e berros, dei um pulo para me esconder. A gritaria era tão alta que fiquei curiosa, então saí de fininho e quem eu vejo, além de você e seu pai cortando uma árvore? Vocês estavam cortando um velho bordo imenso com uma serra transversal. — Ela fez uma pausa, recordando. — Bem, ele estava serrando. Ele estava bêbado e você era uma coisinha minúscula. E ele balançava você para a frente e para trás como uma boneca de pano, trabalhando naquele corte transversal até a morte, serrando a árvore.

Ela deu risada com a lembrança.

— Você fazia o melhor possível, mas ficou cansado. Ia para a frente e para trás, até finalmente largar tudo. E seu pai estava tão bêbado que largou a ponta dele da serra e deu um passo forte em sua direção. Ele pegou você com uma mão e gritou de um jeito que nunca esqueci. Ele não falou nada além de duas palavras.

— Continue serrando — Paletó disse de um jeito triste.

Hettie ficou pensativa por um momento.

— Continue serrando — repetiu ela. — Imagine só. Falar com uma criança daquele jeito. Não há nada nesta terra tão baixo quanto uma mãe ou um pai que trata o filho com crueldade.

Ela coçou o queixo, pensativa.

— Então o mundo começou a ficar claro para mim. Ver como vivíamos, subalternos aos brancos, como eles nos tratavam, como tratavam uns aos outros, sua crueldade e fraqueza, as mentiras que diziam uns para os outros, as mentiras que aprendemos a contar. O sul era difícil.

Ela se sentou e ficou pensando por um instante, coçando o queixo comprido e adorável.

— "Continue serrando", ele falou. Gritando com um garotinho. Um menino fazendo o trabalho de um homem. E ele mesmo estava bêbado.

Ela o encarou e disse com suavidade.

— E, apesar de tudo, você tem tanto talento.

— Ah, os velhos tempos já se foram — disse ele.

Ela suspirou e lhe deu aquele olhar novamente, aquele de paciência e compreensão, que ele conhecia desde a infância de ambos. Por um momento, o cheiro de terra vermelha fresca pareceu entrar por suas narinas, e o aroma das flores de primavera, dos pinheiros, da magnólia azul, da liquidâmbar, do benjoim, do solidago, da tiarela, das samam-baias, das asters e o cheiro avassalador da dama-da-noite invadiram o ar. Ele balançou a cabeça, achando que estava bêbado, porque, naquele momento, deitado entre a bagunça da sala da caldeira no porão do decadente Habitacional Watch, no sul do Brooklyn, ele sentia como se estivesse sendo levado de volta à Carolina do Sul, e viu Hettie sentada sobre o pônei de seu pai no jardim, dando tapinhas no pescoço dele, o pônei parado perto do jardim do pai dela, os tomates, as abóboras e a couve. Hettie parecia tão alta, jovem e bonita, olhando para o belo quintal do pai, cheio de plantas.

Hettie fechou os olhos e levantou a cabeça, cheirando o ar.

— Agora você consegue sentir o cheiro, não consegue?

Paletó continuou em silêncio, com medo de admitir que conseguia.

— Você costumava amar o cheiro das plantas — comentou ela. — Qualquer planta. Você podia dizer o nome de cada planta, distinguir uma da outra, só pelo cheiro. Eu amava isso em você. Meu homem das plantas.

Paletó balançou a mão no ar.

— Ah, você fala de coisas antigas, mulher.

— Sim, falo, sim — disse ela melancólica, encarando um ponto acima da cabeça dele. Ela parecia estar olhando algo muito distante. — Lembra-se da sra. Ellard? A velha senhora branca para quem eu costumava trabalhar? Já contei para você por que a deixei?

— Porque veio para Nova York.

Ela deu um sorriso triste.

— Você é como os brancos. Muda cada história para atender ao seu propósito. Me escute, só para variar.

Ela coçou o joelho enquanto começava a história.

— Eu tinha quatorze anos quando comecei a cuidar da sra. Ellard. Cuidei dela por três anos. Não havia ninguém em quem ela confiasse mais do que em mim. Eu fazia a comida dela, fazia pequenos exercícios e coisas com ela, lhe dava todos os remédios que o médico receitava. Ela estava muito doente quando cheguei, mas eu cuidava de gente branca desde que tinha doze anos, então conhecia o ofício. A sra. Ellard não podia ir ao médico, a menos que eu fosse com ela. Ela não se mexia antes que eu chegasse na casa pela manhã. Ela não ia para a cama à noite, a menos que eu a colocasse para dormir. Conhecia todos os pequenos detalhes dela, que tinha um bom coração. Mas sua filha era outra coisa. E o marido da filha, esse era o demônio.

— O marido veio falar um dia comigo, dizendo que algumas coisas tinham sumido da casa. Perguntei que coisas eram, ele ficou bravo e disse que eu estava falando mal dele, que eu lhe devia onze dólares. Ele teve um ataque por causa daqueles onze dólares. Falou: "Vou descontar do seu próximo pagamento".

— Bem, eu sabia o que ele queria. A velha mulher estava morrendo e eles queriam que eu fosse embora. Tinha acabado de receber quando ele me acusou de roubar aqueles onze dólares, e eu só ganhava quatorze dólares por semana, então pedi duas semanas de aviso-prévio. Mas a filha disse: "Não conte para minha mãe. Ela vai ficar chateada com sua partida e está morrendo, isso vai fazê-la se sentir pior". Ela prometeu me pagar e ainda me dar algum dinheiro extra para ficar quieta. Então concordei.

— Bem, eu via o que eles estavam fazendo. Eles sabiam tanto sobre os cuidados de que a pobre sra. Ellard precisava quanto um cachorro sabe sobre feriados. Eles reclamavam dela, colocavam coisas na comida que ela não devia comer, deixavam-na deitada em sua própria sujeira, se esqueciam de dar os remédios e tudo mais. Eu era só uma adolescente, mas sabia que aquilo era problema. Onde quer que a faca caísse, sabia onde a ponta afiada iria aterrissar, então me preparei para ir embora.

— Uns três dias antes do meu tempo acabar, fui até o quarto alimentar a sra. Ellard, que começou a chorar. Ela disse: "Hettie, por que está me deixando"? Eu sabia que a filha tinha contado uma mentira. Eu mal tinha fechado a porta depois de sair do quarto e a inútil da filha já estava na minha cara, fingindo estar zangada comigo por eu ter contado para a mãe dela que estava indo embora. Eu sabia que aquilo significava que tinha trabalhado duas semanas por nada. Soube naquele momento que o pouco pagamento que eu ia receber, bem... já era, entende?

Ela deu de ombros.

— Acho que o marido da filha mostrou a ela toda a maldade. Ele era inteligente enquanto ela era simples. Eu mesma jamais teria pensado em um negócio tão podre. Ficaria envergonhada só em pensar no assunto. Me demitir por causa de onze dólares. A verdade é que ele podia ter dito que eu roubei um dólar ou mil. Não importava. Ele era branco, então a palavra dele era o Evangelho. Nada neste mundo acontece a menos que os brancos digam que acontece. As mentiras que contam uns para os outros soam melhor para eles do que a verdade que sai de nossas bocas.

— Foi por isso que vim para Nova York — falou ela. — E, se você se lembra, você não queria que eu viesse. Estava tão bêbado naqueles tempos que não sabia se estava indo ou vindo. Nem o que eu passava no dia a dia. Tínhamos que deixar o sul ou eu ia matar alguém. Então, eu vim para cá. Me matei de trabalhar aqui por três anos, esperando que você tivesse coragem para vir. E você finalmente veio.

— Mantive minha promessa — disse ele debilmente. — Eu vim.

O sorriso dela desapareceu, e a miséria familiar tomou conta de seu rosto.

— Lá na nossa terra, você dava a vida a coisas que ninguém dava o mínimo de atenção: flores, árvores, arbustos e plantas. Eram coisas que a maioria dos homens passava por cima. Mas você... Todas as plantas, flores e milagres do coração de Deus... Você tinha um toque para essas coisas, mesmo quando estava bebendo. É quem você era quando estava lá.

Ela suspirou.

— O homem que veio para Nova York não era o homem que eu conhecia na Carolina do Sul. Em todos os anos que estivemos aqui, nunca teve uma planta na nossa casa. Nenhuma coisa verde pendurada no teto nem na parede, nada além do que eu levava de tempos em tempos.

— Fiquei doente quando cheguei aqui — disse Paletó. — Meu corpo quebrou.

— Claro que sim.

— É isso mesmo. Eu fiz aquelas cirurgias e tudo mais, você não lembra?

— Claro que lembro — disse ela.

— E minha madrasta...

— Sei tudo sobre sua madrasta. Sei tudo: como ela se mostrava para Jesus todos os domingos e vivia como o demônio no resto da semana, fazendo coisas impróprias com você quando era um menininho. Tudo o que ela fez com você foi errado. Os hábitos que adquiriu foram dados a você pelas mesmas pessoas que deviam ajudá-lo a ser alguém melhor. É por isso que você gosta tanto do Deems. Ele veio da mesma estrada. Aquele garoto foi espancado e machucado desde o dia em que chegou à vida.

Paletó ouviu aquilo em silêncio atordoado. Havia um som de martelo em seus ouvidos: ele olhou pela sala, mas não viu nada se movendo. Será que aquele martelo estava dentro dele? O som de seu próprio coração batendo? Sentia como se parte dele estivesse se abrindo ao meio e, dentro de seu antigo eu, a pessoa que ele fora um dia, o jovem com força física e olhos arregalados em busca de sabedoria e conhecimento, de repente se sentasse, abrisse os olhos, e olhasse pela sala.

A cabeça dele doía. Estendeu a mão na lateral do sofá, procurando a garrafa, mas não estava lá.

— Essa velha Nova York é uma coisa, não? — Hettie disse baixinho. — Viemos para cá para sermos livres e encontramos a vida pior do que era em casa. Os brancos aqui só se pintam de forma diferente. Eles não se importam se você está sentado ao lado deles no metrô ou se senta nos bancos da frente do ônibus, mas se você pede para receber um pagamento igual, se quer viver na casa ao lado ou se ficar tão abatido que não vai querer cantar como a América é grande, eles vão partir para cima de você com tanta força que vai sair pus do seu ouvido.

Ela pensou por um instante.

— O hino nacional — disse ela com desprezo. — Nunca gostei daquela velha canção mentirosa, hipócrita, metida a guerreira. Com as bombas explodindo no ar e tudo mais.

— Minha Hettie não falaria assim — desabafou Paletó. — Você não é minha Hettie. Você é um fantasma.

— Pare de desperdiçar o que resta dessa sua vida patética com seu medo vergonhoso da morte! — replicou ela. — Não sou um fantasma. Sou você. E pare de andar por aí falando para as pessoas que eu teria adorado meu funeral. Eu odiei aquilo!

— Foi um belo funeral!

— Nosso showzinho barato pelos mortos me deixa enjoada — ela comentou com calma. — Por que as pessoas na igreja não falam da vida? Dificilmente falam do nascimento de Jesus na igreja. Mas nunca se cansam de cantar e celebrar a morte de Jesus. A morte é só uma parte da vida. Jesus, Jesus, Jesus, o dia todo, a morte de Jesus.

— É você quem está sempre gritando sobre Jesus! E como ele lhe deu seu queijo!

— Eu grito por causa do queijo de Jesus, porque Jesus podia transformar merda em açúcar! Porque se não tivesse Jesus e seu queijo, eu mataria alguém. É isso o que Jesus fez por mim durante sessenta e sete anos. Ele me manteve sã e no caminho certo da Lei. Mas ele cansou, querido. Ele se cansou se mim. Não O culpo, pois foi o ódio em meu coração que fez isso. Não podia ver o homem que eu amava tanto, meu homem das plantas, parado na janela do nosso apartamento chupando patas de caranguejo e olhando a Estátua da Liberdade do lado de fora da nossa janela e falando sobre nada, quando sabia que tudo o que ele queria era que eu fosse para a cama para que ele pudesse deixar uma garrafa de bebida acabar com suas entranhas no minuto que eu dormisse de novo. Então, em vez disso, fui até o porto. Eu me coloquei nas mãos de Deus.

Pela primeira vez na vida, Paletó sentiu algo se partir dentro de si.

— Está feliz agora? Onde você vive agora, Hettie? Está feliz lá?

— Ah, pare de choramingar como um cão e seja homem.

— Não precisa me ofender. Eu sei quem sou.

— Você ter arrastado Deems para fora da água não quer dizer nada. Ele foi levado à ruína por aqueles que o criaram, não por você.

— Não estou preocupado com ele. Estou preocupado com o dinheiro do Clube de Natal. A igreja quer o dinheiro. Não posso pagá-los. Não tenho nada para viver sozinho.

— Lá vai você de novo. Culpando outra pessoa por seus problemas. A polícia não estaria circulando a igreja se você não tivesse ficado bêbado.

— Não foi minha culpa que Deems começou a vender veneno.

— Ele não está se destruindo, bebendo até morrer!

— Pare com isso, mulher. Me deixe em paz. Pare. Pare com isso agora!

— Não posso — disse ela baixinho. — Eu gostaria. Essa é a coisa. Você precisa me deixar fazer isso.

— Me diga como.

— Não sei. Não sou tão inteligente. Tudo o que sei é que você precisa ficar bem. Para me deixar ir, você precisa ficar bem.

***

MEIA HORA MAIS TARDE, RUFUS ENTROU NA SALA CARREGANDO um sanduíche bolonhesa, uma lata de Coca-Cola e duas aspirinas. Encontrou Paletó sentado no sofá velho do porão, com uma garrafa de King Kong no colo.

— Você precisa comer alguma coisa antes de tomar esse Kong, Paletó.

Paletó olhou para ele, olhou para a garrafa e depois para Rufus novamente.

— Não tenho fome.

— Coma alguma coisa, Paletó. Vai se sentir melhor. Não pode ficar largado aí, falando sozinho como se tivesse duas cabeças pelo resto da vida. Nunca vi um homem deitar no sofá e ir e vir como você faz. Já está bêbado?

— Rufus, posso perguntar uma coisa? — quis saber Paletó, ignorando a questão.

— Claro.

— Na nossa terra natal, onde seu pessoal morava?

— Lá em Possum Point?

— Isso.

— Vivíamos onde você vivia. No fim da estrada.

— E o que seu pessoal fazia?

— Trabalhava na roça. Como o seu. Trabalhava para a família Calder.

— E a família de Hettie?

— Bem, você sabe mais do que eu.

— Não consigo lembrar.

— Bem, eles também trabalhavam na roça com os Calder, por um tempo. Então o pai de Hettie deixou disso e comprou aquele pedacinho de terra perto de Thomson Creek. A família de Hettie era gente com visão de futuro.

— E eles ainda vivem lá?

— Não sei, Paletó. Ela era sua esposa. Não tinha contato com eles?

— Não depois que nos mudamos para cá. Eles nunca gostaram muito de mim.

— Eles já se foram há muito tempo, Paletó. Esqueça isso. Hettie era a mais jovem, pelo que me lembro. Os pais dela morreram há muito tempo. É provável que o restante da família tenha deixado Possum Point.

Talvez tenham ido para Chicago ou Detroit. Sei que não vieram para cá. Hettie pode ter algum parente ainda em algum lugar por lá. Alguns primos, talvez.

Paletó ficou em silêncio por um momento. Por fim, falou:

— Sinto falta do campo.

— Eu também, Paletó. Quer comer? Não quero aquele Kong na sua barriga sem nada de comida.

Paletó destampou a garrafa, ergueu-a e então parou, com a garrafa ainda no ar, e perguntou:

— Me diga, Rufus. Quando veio para cá, quantos anos você tinha?

— O que é isso, Paletó? Sessenta e quatro perguntas? Eu tinha quarenta e seis.

— Eu tinha cinquenta e um — Paletó falou pensativo.

— Cheguei aqui três anos antes de você — lembrou Rufus. — De fato, eu fui o terceiro membro da Cinco Pontas a vir para cá do sul. O primeiro foi meu irmão Irving. Depois a Irmã Paul, a filha dela, Eddie, e o marido. Depois eu e minha falecida esposa, Clemy. Depois Hettie apareceu. A Irmã Paul já estava aqui quando eu, Hettie e Clemy chegamos. Você foi o último.

— Deixa eu perguntar para você. Quando começaram a construir a Cinco Pontas, o que Hettie fazia?

— Além de ficar por aí com saudade de você? Bem, ela trabalhava como diarista para os brancos durante a semana. Nos finais de semana, cavava as fundações da igreja. Em geral éramos eu, Hettie e Edie, e as duas mulheres no início. A Irmã Paul e o marido fizeram um pouco. A Irmã Paul cavava. O marido dela, o Reverendo Chicksaw, não era muito bom cavando. E depois veio o italiano com os homens dele. E outras pessoas apareceram depois. Os pais da Irmã Gee. E os pais das Primas. Mas foi o italiano que deu certo. Depois que ele chegou, nós nos livramos daquilo. Foi quando Hettie fez aquele jardim grande que tinha atrás da igreja, que agora é só mato. Ela queria um grande jardim ali. Disse que você ia vir e encher aquilo com todo tipo de couves, inhames e até um tipo especial de flor, algo que só dava para ver à noite, eu esqueci como chamava.

Paletó sentiu a vergonha subir em seu rosto.

— Dama-da-noite — falou.

— Isso mesmo. Dama-da-noite. Claro que você não apareceu por três anos. E estava doente quando chegou. Além disso, quem tem tempo para fazer um jardim? Não dá para plantar nada em Nova York.

Rufus ficou parado ao lado de Paletó, ainda segurando o sanduíche.

— Essa coisa vai criar orelhas, Paletó. Você quer ou não?

Paletó negou com a cabeça. O som de martelos batendo em seu cérebro tinha voltado. Ele queria que parasse. Com um suspiro, olhou para a garrafa de King Kong que estava em seu copo. Bebida, pensou ele. Preferi a bebida em vez da dama-da-noite.

Estendeu a mão pelo apoio de braço para pegar a tampa da garrafa. Colocou-a na garrafa, fechando-a gentilmente, então tirou a garrafa do colo e a colocou com cuidado no chão.

— Onde você disse que a Irmã Paul está? — perguntou ele.

— Em Bensonhurst. Perto do hospital onde estão Salsicha e Deems.

Rufus olhou a garrafa de King Kong.

— Se não vai beber, eu vou — falou. Abaixou-se, pegou a garrafa e tomou um bom gole, antes de se virar para entregar a bebida para Paletó.

Mas o velho já tinha saído pela porta e ido embora.

21

Sujeira nova

POTTS PASSOU PELO VAGÃO DE CARGA DO ELEFANTE POR TRÊS VEZES, verificando as vielas vazias e as ruas próximas. Fez isso tanto como precaução quanto para avisar sua chegada. Era quase noite e, nesse horário, os pedestres nos arredores do Habitacional Cause eram esparsos. Não havia necessidade de se preocupar com vigias. Nos velhos tempos, até crianças jogando *stickball* nas docas interrompiam o jogo para mandar alguém em disparada, e a notícia da vinda de um tira chegava nos mafiosos que jogavam cartas e nos agiotas mais rápido que qualquer telefone.

Hoje em dia não havia mais crianças brincando perto das docas destruídas e desertas, ele percebeu, e pelo jeito já fazia um bom tempo. Mesmo assim, nunca era uma boa ideia surpreender o Elefante, então ele fez o exercício mesmo assim, circundando o quarteirão três vezes antes de entrar no cais onde ficava o vagão de carga. Deixou a viatura seguir bem devagar, até parar na porta do vagão, e deixou o carro em ponto morto. Ficou sentado atrás do volante por vários minutos, à espera.

Tinha vindo sozinho. Tinha que vir. Suas suspeitas em relação ao seu jovem parceiro, Mitch, o tenente na 76ª e o capitão acima dele eram grandes demais. Ele não os culpava por estarem com o rabo preso.

Se queriam subir o poste engordurado das propinas, mordiscando um pedaço aqui, outro ali, para a família, olhando para o outro lado enquanto os vigaristas faziam a festa, era problema deles. Mas a três meses da aposentadoria, Potts não via motivo para arriscar sua pensão. Estava feliz por ter permanecido limpo durante toda sua carreira, em especial agora, porque um tiroteio como aquele no píer Vitali, há três dias, podia desencadear uma guerra de drogas ou uma luta política no departamento. Ambos os casos eram armadilhas perto das quais nenhum policial próximo à aposentadoria queria estar. Era só meter o pé naquilo e, antes mesmo que soubesse, estaria por conta própria, no meio do nada, totalmente sozinho, quebrado, se perguntando para onde sua pensão tinha ido, todo cozido em Benzedrine e café, esperando que algum golpe político o viesse libertar, o que era o mesmo que esperar um bando de crocodilos.

Sujeira, ele pensou amargo, olhando pelo para-brisa. Como a bela faxineira da igreja, a Irmã Gee, dissera: "Você e eu temos o mesmo trabalho. Limpamos a sujeira". E era uma sujeira daquelas, ele pensou. E não era qualquer sujeira. Era sujeira nova aparecendo. Ele conseguia sentir o cheiro, senti-la chegando, e era grande, o que quer que fosse. O Cause estava mudando, dava para ver a transformação por toda parte. Era 1969; o New York Mets, antes motivo de chacota da liga principal do beisebol, venceria o World Series em uma semana.

A América mandara um homem para a Lua em julho, e o Cause estava desmoronando. Mil novecentos e noventa e nove. Vou chamar de "o ano em que o Cause caiu aos pedaços", ele pensou amargo. Dava para ver a desintegração: os velhos inquilinos negros que vieram do Sul para Nova York décadas antes, no momento estavam se aposentando ou mudando para o Queens; os adoráveis bêbados, os vagabundos, os ladrões de loja, as prostitutas, criminosos habituais e inofensivos de baixo nível que antes lhe causavam risadas e até consolo em seus longos dias como patrulheiro e detetive, estava indo embora, cada vez mais, e logo de uma vez por todas, mudando-se, morrendo, desaparecendo, sendo presos. Garotas jovens que antes acenavam para ele tinham amadurecido e se transformado em mães solteiras viciadas. Algumas tinham caído na prostituição. Crianças que costumavam brincar com ele no caminho para casa enquanto ele patrulhava com seu carro, tirando trombones das caixas de instrumento e tocando músicas horríveis enquanto ele passava rindo, tinham desaparecido — a cidade estava cortando as aulas de música das escolas, alguém disse. Crianças que antes se gabavam de seus jogos de beisebol se tornaram taciturnas e silenciosas, e os campos de beisebol estavam vazios. Quase todas as crianças, que antes acenavam, agora andavam para o outro lado quando a viatura aparecia. Até seu velho amigo, Dub Washington, o vagabundo que ele resgatara das ruas da vizinhança em incontáveis noites de frio, estava desgastado pela mudança. Ele vira Dub há dois dias, e o velho trazia más notícias. Ele parara Dub um dia depois do tiroteio no píer Vitali, apenas rotina, sua tarefa usual uma vez por mês de levá-lo até as proximidades das Irmãs da Misericórdia, na avenida Willoughby, onde as gentis freiras o alimentavam, o deixavam tomar um banho e seguir seu caminho. Dub era inofensivo e sempre divertido, um maravilhoso aficionado pelas notícias da cidade: ele afirmava ser o único no Habitacional Cause que lia o *The New York Times* diariamente. Mas naquele dia Potts encontrou o velho carrancudo e abalado.

— Vi uma coisa ruim — disse Dub.

— Onde? — perguntou Potts.

— Ali no píer Vitali. Dois velhos se meteram numa bela encrenca.

Dub explicou o que tinha visto. Garotos jovens. Uma menina atiradora. Dois homens velhos. Dois homens jovens. Dois deles caídos. Um terceiro, talvez um quarto, caído no porto.

— Quem eram eles? — perguntou Potts.

— Paletó era um — disse Dub. — Salsicha Quente era o outro.

Era isso, pensou Potts. Isso encerrava tudo. Ele passara duas semanas buscando informações sobre o velho. Ninguém sabia nada, é claro. Todos desviavam. Deixaram para o velho e bom Dub aparecer com algumas respostas. Era o velho trabalho da polícia: uma antiga fonte, desenvolvida ao longo dos anos, que valia a pena. Ainda havia um quebra-cabeças aqui, claro, mas aparentemente Paletó recebera por trás o que entregara de frente. Claro que sim. Não era assim que essas histórias acabavam sempre? Ele tentou avisar a Irmã Gee.

Mesmo assim, ainda havia perguntas. Era uma guerra de drogas?

Ou só uma vingança para equilibrar as contas com o velho ponto-final? Não tinha tanta certeza.

Potts levara Dub até as irmãs e então foi atrás de informações sobre as duas vítimas do tiroteio que estavam no Centro Médico Maimônides, em Borough Park. Por algum motivo, seu pedido estava vários dias atrasado. Até então, presumia-se que a quarta pessoa presente no tiroteio estivesse morta, mas o corpo ainda tinha que aparecer. A garota assassina, se é que ela era isso, tinha fugido há muito tempo.

Este bairro e este maldito departamento, ele pensou amargo, estão mudando rápido demais para mim. Ambos estão piores do que jamais foram.

O novo normal no velho Brooklyn, ele decidira, era a heroína. Havia muito dinheiro nisso. Era impossível deter. Quanto tempo levaria antes que as drogas que assolavam os negros no Habitacional Cause se espalhassem pelo distrito até o resto do Brooklyn? Agora eram os negros no Cause e alguns italianos nas redondezas. Amanhã, pensou...

Estava irritado e sentia necessidade de se mexer. Abriu a porta da viatura e saiu, deixando o motor ligado. Apoiou um braço no teto do carro e o outro no alto da porta aberta. Daquela posição, podia ver o vagão de carga na sua frente, o cais e a Igreja Batista das Cinco Pontas a um quarteirão de distância, facilmente visível acima do mato alto do terreno baldio que ficava ao lado. Nunca lhe ocorrera que o vagão de carga e a igreja, ambos nos arredores áridos do Habitacional Cause, ficassem à vista um do outro. Dava para ir diretamente de um lugar até o outro, de tão perto que estavam entre si. Mesmo assim, eram dois mundos distintos. O vagão da orgulhosa família Elefante — o velho Guido, que cambaleava com um braço e uma perna defeituosos após o derrame sofrido enquanto cumpria doze anos em Sing Sing por manter a boca fechada, junto ao seu filho esperto e calado, Tommy, e a estranha esposa que andava pelos terrenos baldios coletando plantas. E então os orgulhosos negros em sua igreja dilapidada com a linda líder que amava sujeira. Ele não conseguia tirá-la da mente. Irmã Gee. Veronica Gee. Até o nome parecia maravilhoso. Veronica. Irmã Veronica. Como a Veronica na Bíblia que oferecera a Jesus o véu para secar o rosto enquanto ele carregava a cruz até o Calvário. Gloriosa. Ela podia secar o rosto dele com o lenço quando quisesse. Ele suspirou. Imaginou que ela estivesse no trabalho agora, seu rosto escuro, régio, curvado em concentração, tirando o pó dos corredores do belo sobrado que ficava diante do Rattigan's, ou talvez limpando o banheiro de alguma criança ranhenta ou tirando pó de um candelabro e pensando em todas as coisas que aquela sujeira representava. "Você e eu temos o mesmo trabalho", ela lhe dissera. "Nós limpamos a sujeira".

Eu preciso me limpar, pensou ele. Se eu a deixar me limpar pelo resto da minha vida, talvez tenha uma chance de felicidade. Mas por que ela se incomodaria?

Ele bateu a porta da viatura e seguiu na direção do vagão, bem quando Tommy Elefante saiu, com as mãos nos bolsos. Ele sabia que Elefante o vira na primeira vez que ele passara.

— O que o traz até meu cais, Potts? — perguntou Elefante.

— Solidão.

— Sua ou minha?

— Pare de reclamar, Tommy. Pelo menos, você é rico.

Elefante deu uma gargalhada.

— Isso traz um nó na minha garganta, Potts.

Foi a vez de Potts rir.

Havia três escadas improvisadas até a porta onde Elefante estava, uma porta de tamanho normal cortada na parede do vagão. Elefante se sentou no degrau de cima, numa posição mais alta que a dele. Potts percebeu que Elefante tomou o cuidado de fechar a porta atrás de si. Claramente, pensou Potts, não seria convidado a entrar.

Elefante pareceu ler seu pensamento.

— Tenho uma Ferrari lá dentro — falou, acenando com a cabeça para a porta atrás de si. — Só deixo que meus amigos mais próximos a vejam.

— Como conseguiu colocá-la aí?

— Orações. E seguro. As únicas duas coisas de que um bom católico precisa.

Potts sorriu. Sempre gostara de Tommy Elefante. Tommy era como o pai — mas com palavras. Por mais silencioso que fosse o velho Guido, existia uma bondade sombria no velho, uma honestidade e um senso de humor que Potts, mesmo sem querer, sempre apreciara. Os dois homens — o policial mais embaixo e o mafioso mais em cima — olharam na direção do porto, observando as gaivotas deslizando na água, seguindo até a Estátua da Liberdade que brilhava na distância sombria.

— Não paro minha viatura aqui há vinte anos — comentou Potts.

— Não sabia que já tinha estacionado.

— Eu conversava muito com seu pai nos velhos tempos.

— Mais alguma mentira?

— Eu ultrapassei o limite de seis palavras por dia dele algumas vezes. Já contei a história de como eu o conheci?

— Se há uma história — disse Elefante —, é só de um lado.

— Eu patrulhei a pé por seis anos, e finalmente deram minha primeira viatura. — Potts deu uma risada. — Deve ter sido, ah, em quarenta e oito. Houve uma denúncia de que o velho Guido Elefante, nosso contrabandista local, recém-saído da cadeia, tinha um carregamento de cigarro ilegal chegando em seu vagão de carga. Em uma certa noite, em um certo horário. Você sabe como funciona: compra os cigarros a um preço barato na Carolina do Norte. Tira da embalagem. Coloca em uma nova. Vende com cinquenta por cento de lucro.

— É assim que faziam?

Potts ignorou o comentário e prosseguiu.

— Enviaram um esquadrão para impedir a operação. Acho que estavam cansados dele. Ou talvez ele não tivesse subornado alguém. Qualquer que fosse o caso, tínhamos três viaturas e um sargento. Deviam ser três ou quatro da manhã. Entramos aqui, fazendo o maior tipo, luzes piscando, fazendo barulho, o de sempre. Eu era jovem e me importava naquela época. Cheio de energia. Ainda animado da guerra. Por fim tinha minha própria viatura. A cereja do bolo, falavam. Eu estava fervendo. Chutamos a porta e não tinha nada. O lugar estava escuro. Guido obviamente estava em casa, dormindo. Então fomos embora. Os dois outros carros saíram antes. Eu fui o último a partir. Em geral, andava sozinho naquela época. Então entrei no carro e, ao fazer isso, vi um cara correndo do cais. Onde ele estava escondido, não sei. Não sei nem por que estava correndo, mas imaginei que estivesse fugindo de mim. Então dei partida no carro para ir atrás dele, mas a maldita viatura não ligou. Não estou brincando. É a primeira coisa que dizem: "Não desligue o carro". Então agora estou ferrado, por ser novato. Não falei por rádio com os outros dois carros sobre haver um suspeito a pé. Em vez disso, saí correndo a pé atrás do cara. Ele estava na frente, mas eu era jovem na época. Quase o alcancei na Van Marl com a Linder, mas ele conseguiu acelerar de algum jeito e se afastou alguns metros de mim. Na esquina da Slag com a Van Marl, já estava quase em cima dele. Então, no meio do cruzamento, o maldito se virou e apontou uma arma para mim. Tirou a arma do nada. Ia me matar, sem dúvida. E então aparece esse caminhão do nada, a cerca de sessenta quilômetros por hora. Bum... Acertou bem no cruzamento. Matou o cara na hora. O motorista do caminhão disse: "Não vi o cara. Não vi ele". Ele estava certo. Estava escuro. O cara pulou no cruzamento do nada. Não tinha como o motorista vê-lo. Foi um acidente. Aconteceu rápido. O motorista do caminhão continuou se desculpando. Eu disse que estava tudo bem. Diabos, estava grato. De todo modo, corri até o telefone da polícia na outra esquina para pedir ajuda. Quando voltei, o caminhão tinha sumido. Tudo o que pudemos fazer foi tirar o cara do chão e levar para o necrotério. Bem, seis meses depois, me mandaram lá de novo, dizendo que pegaram esse tal de Guido para transportar uns tratores ou algo do tipo. Então dirigi até aqui com pressa de novo, desta vez sozinho. Mas em vez de transportar a merda, vejo uma grande escavadeira bem ali onde fica o local de depósito agora. É como um trator imenso que recolhe a terra e tem um cara lá operando a coisa. Ele só tem uma mão boa e uma perna boa. Chego perto e olho na cabine. Era o cara que estava dirigindo o caminhão. Eu digo: "Você é o motorista do caminhão!". Ele não hesitou: "Não vi o cara. Se você não tivesse desligado o carro, a coisa toda jamais teria acontecido".

Potts deu uma risadinha.

— Acho que foi uma das duas ou três coisas que Guido me disse.

Elefante tentou reprimir o sorriso, mas não conseguiu se conter.

— Muitos santos não começam bem, mas terminam assim.

— Está dizendo que ele era santo?

— De jeito nenhum. Mas nunca esquecia um rosto. E era leal. Os santos não são leais?

— Falando em santos — disse Potts. Apontou para a igreja das Cinco Pontas. — Conhece alguém de lá?

— Vejo eles de tempos em tempos. Gente boa. Nunca incomodam ninguém.

— Lembro de uma ocorrência de uma senhora que morreu aqui no porto há alguns anos.

— Uma senhora gentil. Deu um mergulho. Não se pode culpá-la, na verdade.

— Aconteceu depois que fui transferido para a 103ª, no Queens — disse Potts.

— Nunca soube como esse filme acabou — disse Elefante.

— Não acabou bem.

— Por que não?

Potts ficou em silêncio por um momento.

— Vou me aposentar em três meses, Tommy. Não vou te incomodar mais.

— Eu também.

— Como assim?

— Não importa. Vou dar o fora mais ou menos nessa época. Menos, se eu puder. Estou vendendo este lugar.

— Está encrencado?

— Nada disso. Estou me aposentando.

Potts digeriu aquilo por um longo minuto. Olhou por sobre o ombro para Elefante. Estava tentado a perguntar: "Se aposentar do quê?". O tempo todo ouvia dos criminosos que iriam se aposentar. Mas Elefante era diferente. Um contrabandista, sim. Eficiente, sim. Mas um criminoso mau? Potts não tinha mais certeza do que era aquilo. Elefante era ranzinza, inteligente, imprevisível. Nunca movia a mesma coisa duas vezes em um curto período de tempo. Nunca parecia ser ganancioso demais. Nunca mexia com drogas. Mantinha seu local de depósito e os carregamentos normais de seu vagão de carga para acobertar seus rastros. Subornava os policiais, como os outros, mas com um instinto de sobrevivência e — Potts tinha que admitir — decência. Podia sentir o cheiro de um policial jovem e faminto, como também podia farejar um limpo. Nunca incriminava policiais ou encurralava aqueles que estavam na sua folha de pagamento. Raramente pedia favores. Aquilo era apenas um negócio para ele. Era esperto o bastante para nunca tentar subornar

Potts ou qualquer um dos poucos policiais corretos que Potts conhecia na 76ª. Isso dizia muito sobre Elefante.

Mesmo assim, Elefante era parte da Família, e eles faziam algumas coisas terríveis. Potts tentava descobrir a diferença entre um mundo injusto e um terrível. Pensar a respeito o deixava confuso. Qual era a diferença entre um cara que roubava uma dúzia de geladeiras e as vendia por cinco mil dólares e outro que vendia cinquenta mil em geladeiras e sonegava impostos para ajudá-lo a ganhar oitenta mil? Ou um vagabundo traficante de drogas cuja heroína destruía famílias inteiras? Para qual deles fechar os olhos? Para algum deles? Eu deveria ser um avestruz, pensou amargo. Porque não dou a mínima. Estou apaixonado por uma faxineira. E ela não conhece meu coração.

Através das bolhas do pensamento, viu Elefante observando-o.

— Ouço caras falando que vão se aposentar — falou, por fim.

— Você nunca ouviu de mim.

— É difícil para você aqui? — perguntou Potts. — Com todas essas mudanças?

Houve uma leve contração na sobrancelha de Elefante.

— Um pouco. E quanto a você?

— O mesmo. Mas os caras no meu ramo se aposentam.

— No meu também.

— Como? *Rigor mortis?*

Elefante deu uma risadinha.

— O que quer de mim, Potts? Está esperando que fique com as pálpebras doloridas por piscar demais? Quero cair fora. Estou cansado. Sabia que um carvalho só produz bolotas depois dos cinquenta anos?

— Então você quer ser um carvalho?

— Quero ser um cara que cada policial da 76ª não vem ver duas vezes por ano, como o dentista.

— Eu vim porque ouvi dizer que você queria me ver.

— Quem falou isso? Eu não liguei.

— Você não é o único que tem passarinhos na 76ª, Tommy. Mas se você é Tarzan, eu sou Jane. Estou ouvindo coisas que não entendo sobre um caso. Esperava que pudesse me esclarecer.

— É realmente sobre um caso?

— Maldição, só porque todo mundo naquela delegacia quer esfolar o vizinho por um pedaço de pão não quer dizer que eu seja igual a eles. Sim, é realmente sobre um caso. Meu último caso, se eu tiver sorte. Vim aqui falar com você. Talvez você possa esclarecer algumas coisas para mim. Talvez eu possa fazer o mesmo por você. Parece bom? Então, podemos nos aposentar juntos.

— Temos interesses conflitantes, Potts. Como exatamente vou dar o fora disso não é da sua conta. Mas vou dar o fora. Já te contei demais.

— Não seja esperto. Eu já sei demais.

— Não estou sendo esperto. No meu ramo, os problemas aparecem como cobranças antigas. Então, você resolve com os caras que não vão esfaqueá-lo pelas costas e espera que o restante para quem você deve tenha amnésia. É assim que funciona. Mas onde nossos interesses se ligam, estou interessado em fazer negócio.

— É justo.

— Então o que você tem?

— Tenho um garoto morto no píer Vitali. E dois feridos. E um velho foragido.

— Quem é o cara?

Potts olhou para Elefante.

— Vamos lá, Tommy.

— Já pensou nisso? Que eu posso não conhecê-lo?

— Ele trabalha para sua mãe, pelo amor de Deus.

Elefante suspirou.

— Vamos falar a real, ok? Sabe como ela é. Ela é a mesma de quando você começou a andar por aqui. Ela perambula pelos terrenos vazios procurando tudo que não tenha cheiro de merda para poder enfiar no meu quintal.

— O que tem de errado nisso?

— Você conhece a vizinhança. Não é mais seguro por aqui.

— Nem para ela?

— Não conheço essa gente nova, Potts. E não conheço esse cara.

— Ele estava na sua casa.

— Não estava. Estava no quintal. Por alguns meses. Talvez três meses. Uma vez por semana. Plantando no jardim. Um velho. Chamava a si mesmo de diácono. Eles o chamam de Casaco ou algo assim. É bom com plantas. Consegue fazer qualquer coisa crescer. Muitas famílias na minha rua usavam seus serviços.

— Então para que ele meteu uma bala no peito de Deems?

— Não sei, Potts. Eu ia perguntar a você.

— Você parece um cara na conferência de paz, Tommy — comentou Potts, exasperado. — Está cheio de perguntas e nenhuma resposta.

— Estou dizendo para você que não conheço o cara. Troquei algumas palavras com ele em três meses. Ele trabalhava no quintal. Fazia crescer qualquer mato que minha mãe lhe pedisse. Ela pagava algum dinheiro e ele ia embora. É um bêbado. Um desses caras que morre aos vinte anos e é enterrado aos oitenta. É um cara da igreja. Um diácono daquela igreja ali.

— O que um diácono faz? — perguntou Potts.

— Você é a segunda pessoa que me pergunta isso essa semana. Como diabos vou saber? Canta, talvez, ou faz homilias para gorilas, ou dorme como lesma, ou baba enquanto arrecadam dinheiro da igreja e distribui os hinários.

— Então ele bebe, cuida de plantas e vai à igreja — disse Potts. — Até agora, ele parece católico.

Elefante deu uma gargalhada.

— Sempre gostei de você, Potts. Ainda que você fosse uma dor de cabeça.

— Fosse?

— Você disse que está caindo fora.

— Estou.

— Talvez então possa me fazer um favor. Porque também estou caindo fora.

— Está mentindo, exagerando ou apenas sonhando alto?

— Estou dizendo: realmente vou cair fora.

— Se está tentando usar isso como desculpa para se safar de qualquer que seja o buraco no qual está enterrado, não vai funcionar, Tommy. Ouço isso o tempo todo.

— Mas não de mim.

Potts ficou em silêncio. Elefante parecia falar sério, pensou.

— Juro por Deus, Potts. Estou caindo fora. Minha mãe já está chegando lá. E eu estou trabalhando em... estou... pode guardar um segredo? Vai iluminar seu dia. Vou me mudar para o Bronx.

— Para quê? O time de beisebol deles é horrível.

— Isso é problema meu. Mas não quero deixar dívidas para trás. Quero sair limpo. Você conhece as pessoas com quem trabalho.

— Se está preocupado com isso, devia ter escolhido amigos melhores. A propósito, seu amigo Joe Peck está encrencado.

Elefante ficou quieto por um momento.

— Está com escuta? — perguntou.

Potts bufou.

— A única escuta que uso é aquela que o capitão usa para enfiar na minha bunda. Eles me odeiam na 76ª. Aqui está a verdade, Tommy, queira ou não: se você é tira, seja tira. Se não, então seja um patrulheiro, como eu. Ou um vagabundo, como Peck. Ou um desses traficantes que vendem merda para essas crianças. Não há meio-termo. Os Gorvino estão tão ocupados vendendo drogas para os negros com uma mão e saudando a bandeira com a outra que não veem o que está vindo. Os filhos deles serão viciados em droga. Você vai ver. Acha que os negros por aqui são estúpidos? Eles têm armas e também gostam de dinheiro. Não é como nos velhos tempos, Tommy. Não é como antes. Potts sentiu a raiva crescer e tentou controlá-la. — Não vou cair fora como os velhos antes de mim — disse. — Zangado, irritado e ferrado. — Olhou para a igreja e pensou na Irmã Gee. Naquele momento, ela parecia distante. Um sonho longínquo. Então ele disse. — Acho que é uma mulher — falou. — Não o seu jardineiro. Se fosse eu, eu me mudaria para o Bronx por uma mulher.

Elefante não respondeu.

Potts mudou de assunto.

— O tiroteio no píer. Você sabe algo sobre essa garota?

Elefante negou com a cabeça.

Potts suspirou.

— Tem um velho vagabundo que conheço que fica perto da fábrica de tinta no píer Vitali — contou ele. — Ele mais ou menos vive ali. Você o conhece. Eles o chamam de Dub.

— Já vi ele por aí.

— O velho Dub estava dormindo depois de uma farra naquela noite, embaixo da janela do primeiro andar, lutando contra os ratos. Ele acordou com uma conversa no píer. Espiou pela janela e viu o que aconteceu. Assistiu à cena toda. Eu o peguei por vadiagem e para um banho no dia seguinte. Por uma garrafa de vinho de quatro dólares, ele contou tudo o que viu.

— Era um bom vinho?

— Foram meus quatro dólares. Era um vinho muito bom.

— Então foi dinheiro bem gasto.

Potts suspirou.

— Agora que compartilhei minha canção, você tem alguma para compartilhar também?

— Não posso fazer isso, Potts. Não me importo em deixar alguns escrúpulos de lado para ganhar a vida, mas falar com os tiras pode acabar com a vida de um cara. E não de velhice.

— Eu entendo. Mas deixe-me perguntar assim. Tem um negro em Bed-Stuy. Um cara esperto. Chamado Moon. Bunch Moon. O nome soa familiar?

— Pode ser.

— Os Gorvino conhecem esse nome?

— Deveriam.

Potts assentiu. Era o bastante. Colocou o chapéu na cabeça.

— Se vai se aposentar, este é um bom momento. Por que as coisas vão ficar agitadas, e não vai ser bonito.

— Já estão agitadas — disse Elefante.

— Vê? Eu falei que não vai ser bonito. Mas a garota é.

— Que garota?

— Não banque o tonto, Tommy. Estou lhe dando alguma coisa. É uma garota. Uma garota negra. Uma atiradora. Das boas. Matadora de aluguel. De fora da cidade. É tudo o que sei. É bonita. E tem nome de homem. Atira como homem também. Seu amigo Peck deveria se cuidar. Bunch Moon é ambicioso.

— Qual o nome dela?

— Se eu dissesse, iria me odiar pela manhã. Especialmente se tiver que tirá-la do fundo das águas do porto.

— Não tenho nada para discutir com garota alguma. De qualquer modo, o que é um nome?

Potts se levantou. Aquela entrevista estava encerrada.

— Quando se aposentar no Bronx, Tommy, vai me mandar um cartão?

— Posso mandar. O que vai fazer quando se aposentar?

— Vou pescar. E quanto a você? — perguntou Potts.

— Vou fazer *bagels*.

Potts conteve um sorriso.

— Você é italiano, caso tenha esquecido.

— *Grazie*, mas desde quando um macaco parou o show? — disse Elefante. — Vou pegar o que puder. É assim quando se cai fora e ainda está respirando. Todo dia é um mundo novo.

Potts olhou para a Igreja Batista das Cinco Pontas no final da rua. As luzes estavam acesas. Ao longe, dava para ouvir o canto. Ensaio do coro. Ele pensou em uma mulher adorável sentada no banco da frente, balançando as chaves de casa na mão enquanto cantava. Suspirou.

— Eu entendo — disse.

22

Rua Delphi, 281

O SOBRADO NA RUA DELPHI, 281, PERTO DA ESQUINA DA AVENIDA Cunningham, era um imóvel solitário, com terrenos baldios dos dois lados. Era o perfeito ponto defensivo. Lá dentro, no segundo andar, Bunch Moon estava sentado perto de uma janela, olhando a rua abaixo. De sua posição, podia ver qualquer um que dobrasse a esquina e se aproximasse. Crianças brincavam nas carcaças de carros nas ruas. Era um dia excepcionalmente quente de outubro, e as crianças tinham aberto o hidrante de incêndio de novo. Ele fez uma anotação mental para levar sua caminhonete velha até o hidrante mais tarde, para que as crianças pudessem ganhar um trocado lavando-a. Ele já tinha notado uns dois garotos que já estavam quase prontos para serem empregados.

Ele abriu a janela e espiou para fora, olhando para a direita, depois para a esquerda, e para a direita de novo. A direita não era um problema. Dava para ver vários quarteirões, até chegar na avenida Bedford. A esquerda era mais complicada. A rua Delphi terminava em um T, bem na esquina. Ele queria uma casa em uma rua sem saída. Mas quando saiu pela primeira vez para procurar um local para uma reunião secreta naquele quarteirão deserto, havia tantos sobrados vazios e com as janelas lacradas com tábuas, que poderia escolher entre vários ao longo da rua, e decidiu que aquele lugar serviria bem. Escolhera o número 281 porque tinha uma vista melhor do trânsito que se aproximava do que qualquer outra casa. À direita, dava para ver qualquer um que se aproximasse vindo da Bedford. À esquerda, parte do "T" era formado por um terreno limpo, com várias casas abandonadas à esquerda do cruzamento que não dava para ver. Mas, à direita daquilo, à vista, havia um armazém abandonado do qual só era possível ver uma parte. Quem quer que viesse daquele lado da rua pela direita, se estivesse de carro, estaria visível cerca de três metros antes de entrar na rua Delphi e podia chegar rápido em sua porta. Não era ideal, mas o local funcionava. Era o mais próximo de um ponto de vigilância que ele conseguira sem atrair atenção dos tiras. Ele quase nunca dirigia por ali; em geral pegava o metrô. Sempre usava um uniforme da Autoridade de Transporte Metropolitano, então seus vizinhos acreditavam que ele era um funcionário dos transportes enquanto ia e vinha. Poucos de sua gangue ou entre seus empregados que processavam os carregamentos de heroína bruta sabiam sobre a 281. Era seguro. Mesmo assim, cuidado nunca era demais. Parado na janela, ele olhou mais uma vez nas duas direções.

Quando ficou satisfeito, colocou a cabeça para dentro e fechou a janela. Sentou-se à mesa de jantar, olhando rapidamente para as manchetes do The New York Times, do Daily News e do Amsterdam News que estavam diante dele, e depois para a bela e jovem mulher do outro lado da mesa. Ela estava analisando as próprias unhas.

Haroldeen, a Rainha da Morte, estava no mesmo lugar onde Earl, aquele informante filho da puta chorão e estúpido, se sentava. Ela arrumava as unhas com uma lixa. Ele conteve um impulso de xingá-la e disse:

— Como chegou aqui?

— De ônibus.

— Não tem um carro?

— Não dirijo.

— Como você se vira na Virgínia?

— Isso é problema meu.

— Você fodeu muito. Sabe disso, certo?

— Fiz meu melhor. O que aconteceu era inevitável.

— Não estou pagando por isso.

— Vou consertar. Preciso do dinheiro. Vou para a faculdade.

Bunch bufou.

— Por que desperdiçar seu talento?

Haroldeen ouviu aquilo em silêncio e continuou a lixar as unhas.

Ele deixou de mencionar que se aproveitara dos outros "talentos" dela, quando ela tinha quatorze anos e morava em uma rua como esta com a mãe, carregando tudo o que possuíam em um carrinho de compras de um lugar para outro.

Ele prosseguiu.

— A porta do porão leva ao jardim. No fim da cerca, se você empurrar, tem um portão. Saia daqui deste jeito.

— Tudo bem — disse Haroldeen.

— Onde está morando?

— Com minha mãe, no Queens.

— Isso não é inteligente. Para uma garota de faculdade.

Haroldeen lixou as unhas em silêncio. Ele deixou de mencionar, ela observou, que sua mãe estava ocupada cozinhando heroína com bicarbonato de sódio, farinha e água em uma das casas de processamento dele, em Jamaica. Ele achava que ela não sabia. Ele também achava que ela não sabia que ele tirara vantagem dos "talentos" de sua mãe também, quando ela era jovem. Mas assim, pensou amarga, era como ela sobrevivera. Fingindo não saber. Fingindo ser idiota. Uma idiota bonita. Bastava de ser idiota. Estava cansada disso.

— Vou estudar contabilidade — comentou ela.

Bunch deu uma gargalhada.

— É melhor aprender a tirar leite de camelo. Não dá para ganhar dinheiro com isso.

Haroldeen não disse nada. Pegou um vidro de esmalte da bolsa e começou a pintar as unhas. Não estava confortável por ter atirado nos dois garotos. Não eram homens endurecidos como Bunch, homens que conheciam o jogo e que haviam feito muito por ela quando ela era jovem e bonita além da idade, com os cabelos compridos, pele cor de café com leite e as pernas grossas, perambulando com sua mãe gentil e tímida que empurrava os pertences delas em um carrinho de compras depois que seu pai morreu, os caras apertando os seios de sua mãe por alguns centavos e deixando traficantes usarem Haroldeen como prostituta e isca para armar roubos de drogas. "Bunch nos salvou", sua mãe costumava dizer. Mas esse era o jeito de sua mãe processar a dor. Era a filha quem as salvara, as duas sabiam. A assistente social que as ajudava disse isso de um jeito melhor. Haroldeen lera o relatório da assistente social depois que ela deixou Nova York. "A filha criou a mãe", a senhora escrevera, "não o contrário".

A salvação dela veio com um preço. Todo o cabelo da linda cabeça de Haroldeen, herança de seu belo pai dominicano e de sua linda mãe afro-americana, tinha desaparecido. Aos vinte anos, ele ficou careca. Seu cabelo simplesmente caiu certo dia. Resultado, presumia ela, da vida difícil que levava. Agora ela usava uma peruca, além de mangas compridas para cobrir as costas, os ombros e os braços, que estavam queimados, graças a um trabalho que dera muito errado há dois anos. Nada era certo para ela agora, exceto seu adorável apartamento em Richmond e os remédios que tomava às vezes, à noite, para manter os gritos dos homens que matara longe de seus sonhos. Eram filhos da puta horríveis — homens que atacavam uns aos outros com soldadoras, que queimavam uns aos outros com ferros quentes e jogavam Clorox uns nos olhos dos outros por causa da droga; homens que obrigavam as namoradas a fazerem coisas horríveis, servindo quatro, cinco ou oito homens por noite, que obrigavam suas mulheres a fazerem abdominais sobre pilhas de bosta de cachorro por uma dose de heroína, até que, exaustas, as garotas caíam na merda e então os homens davam risada. Esses eram os homens que a mãe permitira em sua vida. Ela permanecera com a mãe mais por um sentimento de dever do que por qualquer outro motivo. Ela comprava comida para a mãe de vez em quando, lhe dava um pouco de dinheiro. Mas as duas quase já não se falavam.

— Vou ganhar dinheiro suficiente como contadora. Sei economizar.

— Como vai sua mãe ultimamente? — perguntou Bunch.

Como se ele não soubesse, Haroldeen pensou. Deu de ombros.

— O que isso vai fazer com o preço do chá na China?

— Você já parece uma moça de faculdade. Consegue contar os dedos das mãos e dos pés também?

Haroldeen pensou naquilo por um instante e então respondeu:

— Tenho que partir em dois dias. Já terei terminado tudo até lá. Depois disso, vou para casa.

— Qual é a pressa?

— Tenho outro trabalho em Richmond.

— Que tipo de trabalho?

— Eu não me meto nos seus assuntos — disse ela.

— Eu que estou pagando.

— Ainda não vi um centavo — disse ela. — Nem mesmo uma passagem de trem.

Bunch se afastou da mesa.

— Você fala muito para quem fez muita merda.

Haroldeen mordeu o lábio inferior.

— Aqueles dois velhos apareceram do nada.

— Estou pagando você para resolver esse tipo de problema.

— E eu disse que vou resolver. Estou falando sério.

Bunch suspirou. Como impedir que a coisa toda desabasse — ou pior, que explodisse em sua cara? Certamente Peck já vira seu jogo.

— Tem certeza de que não tinha mais ninguém no píer?

— Ninguém que eu tenha visto. Só os dois caras jovens e os dois velhos bêbados.

— E quanto ao pessoal na praça? Lá no mastro da bandeira. Eles a viram, certo? Você ficou uma semana por lá para se aproximar de Deems.

— Não vou voltar lá. Vou cuidar de Deems e do velho em outro lugar.

— O que você pensa que é? Vai usar um maldito disfarce? Deems está no hospital. Pelo que ouvi dizer, o velho bêbado desapareceu.

— Já falei que vou resolver isso em outro lugar.

— E onde vai ser isso? Como posso ter certeza?

Haroldeen ficou sentada em silêncio, seu rosto impassível. Ele tinha que admitir que ela era o muro de pedra mais bonito que ele já vira. Uma maldita beleza fria. Você nunca sabia o que estava olhando. Ela podia bancar a beleza petulante em um momento, e a adolescente alegre e inocente no outro. Era a maior descoberta dele. Tinha ouvido rumores de que, quando trepava, ela latia como um cão. Lembrava-se vagamente dela no tempo em que andava por aí, procurando um jeito de subir na vida, mas isso fora há muito tempo, e ela era tão jovem. Talvez quatorze ou quinze anos? Ela não latia como um cão naquela época. Ele se lembraria. Ela não dizia nada. Não gemia, grunhia nem perdia o fôlego. Mesmo quando criança, aquela linda garota de traços suaves era dura como uma rocha por dentro. Agora, aos vinte e nove, ela ainda podia passar por vinte, mas se alguém olhasse de perto, as rugas nos cantos de seus olhos sugeriam que talvez tivesse vinte e três ou vinte e cinco. Foi há tanto tempo assim que a teve? Quatorze anos?

Ela acenou com a cabeça na direção dos jornais na mesa diante dele.

— Quando eu terminar, você vai ler sobre o assunto. Mas preciso do meu dinheiro.

— Você não terminou.

Haroldeen olhou de lado para ele, e as linhas de seu rosto, que tinham assumido um ar de petulância ao falar da faculdade, tinham sumido. Em vez disso, havia uma frieza sombria em seu olhar, e Bunch ficou feliz naquele momento por ter insistido em se encontrarem em um lugar que ele sugeriu. Ela certamente tinha verificado a casa segura dele e presumira que ele, não ela, estava seguro com seu pessoal, todos ali por perto, mas que ela não conseguia ver. O vazio da sala era um aviso para ela de que havia perigo nas proximidades, porque morte significava testemunhas, e quanto menos testemunhas, melhor. Ele tinha certeza de que ela entendia que o vazio da sala em seu velho sobrado no meio de Bed-Stuy, sua área, significava que a vida dela estava em perigo, não a dele, embora a verdade fosse que ele não tinha reforços. Nenhum homem cercava o número 281 da rua Delphi, ninguém trabalhando nas ruas, nem em veículos, nem fingindo estar na vizinhança, ninguém passando de carro. O número 281 da rua Delphi era seguro porque era um segredo. Ele não tinha certeza se ela sentia isso, mas decidiu que não importava. Ela queria pegar seu dinheiro e se mandar da cidade antes que a coisa esquentasse, o que era a maneira como ele agiria se estivesse em seu lugar. De todo modo, tinha um revólver no assento da cadeira ao lado dele. Não precisava de mais testemunhas para dizer que ele e Haroldeen, a Rainha da Morte, estavam no mesmo lugar, não depois que Earl fodera com tudo.

Descobrir que Earl era um dedo-duro fora um golpe de sorte, um encontro casual com um policial negro na 76ª que lhe dissera:

— É melhor você se cuidar.

Saber disso quase o derrubou. Ele confiava em Earl mais do que em qualquer um. Quem fizera Earl, alguém que antes tinha colhões, tão melindroso? Era a ideia de acabar com a rede de distribuição de Joe Peck, talvez derrubar o dito-cujo e criar a própria rede que fizera isso? Era porque Joe Peck era branco? Ou era aquela merda da igreja com a qual Earl sempre se preocupava? Por que os negros, ele pensou amargo, sempre têm tanto medo dos brancos? O que tem na alma deles que os fazem ser desse jeito? Tinha que ser a merda da igreja.

— Você cresceu na igreja, acreditando em Jesus? — perguntou para Haroldeen.

Ela bufou.

— Por favor.

Ele a olhou por um instante, a expressão sombria, os olhos brilhantes, o rosto que podia suavizar até a ternura em um estalar de dedos, inspirando confiança, e depois endurecer até virar gelo.

— Eu podia ter dez de você — disse ele.

— Que tal pagar esta uma aqui?

— Vou lhe dar metade agora. Além da passagem de trem. A outra metade quando você terminar.

— Como vou receber a outra metade?

— A cavalo. Pelo correio noturno. Como quiser.

— Pareço tão estúpida assim?

— Eu mesmo vou levar. Levo até você.

— Não, obrigada.

— Por que não? A Virgínia não é tão longe. A menos que você viva em algum daqueles lugares que têm o capacho pintado em inglês arcaico e que não gosta de negros. Se for este o caso, posso fingir que sou o leiteiro. Ou o jardineiro. Você deve conhecer jardineiros.

Ela franziu o cenho.

— Achei que tinha dito que não sabia muita coisa do que tinha acontecido.

— As merdas voam longe, irmã.

— Tudo bem. Me dê metade agora. Depois que eu terminar, digo para onde deve mandar o restante.

— Tenho uma pilha de merda agora por sua causa. Joe Peck está na minha cola. Ele vai ficar de olho em todo o meu pessoal. Vai tentar trocar meu pessoal pelos negros obedientes.

— Vou limpar meu lado — disse ela. — É tudo o que posso dizer.

Bunch se levantou. Foi até a janela, falando de costas para ela.

— Esta é a última vez que você e eu fazemos negócio — disse ele, olhando pela janela e observando uma moto descendo a rua, seguida por um carro, um GTO. Mas eles vinham da direita, do lado seguro, em plena vista. Não pela rua lateral, então não eram perigosos. Mesmo assim, ele se perguntou: já tinha visto os dois veículos antes? Decidiu continuar olhando para ver se faziam a volta no quarteirão, e então viu a moto ligar a seta antes de dobrar a esquina, e a garota estava falando novamente, então ele se virou.

— Onde está meu dinheiro? — perguntou ela.

Ele acenou com a cabeça na direção da porta.

— Lá embaixo. Tem um armário ao lado da porta dos fundos.

— Onde fica a porta dos fundos?

— Por acaso chamam de porta dos fundos porque fica na frente?

— É a porta dos fundos do porão ou do térreo?

Aquilo o afastou da janela da frente. Ele foi até a porta da sala de jantar e apontou para as escadas. Estavam no segundo andar.

— Vá até o porão. Use a porta dos fundos. Não saia pela porta da frente. Não saia pela porta da frente do térreo. Vá até a porta dos fundos do porão. Perto daquela porta tem um armário. Abra a gaveta de cima. Tem um envelope lá. Tem metade do seu dinheiro. E a passagem de trem.

— Tudo bem.

— Estamos entendidos sobre quem é quem?

— Deems e o diácono. E o outro cara.

— Que outro cara?

— O velho com o diácono.

— Eu não falei nada sobre um terceiro cara. Não estou pagando você para fazer nada com um terceiro cara.

— Não me importa — disse ela. — Ele me viu.

Ela desceu as escadas com rapidez e habilidade. Bunch ficou olhando-a se afastar, sentindo-se um pouco arrependido. Aquelas escadas rangiam, e ela desceu como um fantasma, silencioso e rápido, mal fazendo um ruído. Aquela garota, ele pensou, tinha habilidade. Decidiu vigiá-la pela janela dos fundos para ter certeza de que nenhum vizinho a veria sair pelo quintal — ele não a queria perto de ninguém. Então se lembrou do carro que vira pela janela da frente e foi lá rapidamente verificar. Tinha ido embora. Estava seguro.

***

HAROLDEEN ENCONTROU O ARMÁRIO AO LADO DA PORTA DOS FUNDOS do porão e pegou o envelope. Estava escuro ali embaixo, então ela ergueu-o até uma fresta de luz que vinha de uma pequena janela no nível do chão ali perto, para verificar o conteúdo, e depois guardou tudo rapidamente no bolso da calça jeans. Ali, tirou os sapatos, subiu os degraus de dois em dois até o térreo, destrancou a porta da frente e voltou correndo para o porão, calçou os sapatos e saiu no quintal pela porta dos fundos.

O quintal estava repleto de lixo e entulho, e cheio de mato. Ela seguiu devagar, como se não tivesse certeza de onde estava indo, e olhou para cima.

Como era de se esperar, Bunch a observava pela janela aberta do segundo andar, de cara feia.

Era tudo o que ela precisava ver. Virou-se e correu na direção do portão dos fundos, o mais rápido que pôde, saltando as pilhas de tranqueiras que estavam no meio do caminho, seguindo até o portão com o máximo de rapidez.

No segundo andar, Bunch a viu sair em disparada até o portão, ao mesmo tempo em que ouviu o barulho de passos na escada, e um pavor súbito tomou conta de suas entranhas. Ele olhou em pânico na direção de onde estava a cadeira, a vários metros de distância, com sua arma embaixo do assento. Ainda estava olhando quando a porta se abriu e Joe Peck entrou apontando um revólver, seguido por dois outros homens, um deles com uma espingarda.

Pouco antes de chegar ao portão e ouvir o disparo da espingarda, Haroldeen ouviu o grito e teve a impressão de ter ouvido alguém gritar:

— Sua negra maldita!

Mas não tinha certeza. Saiu pelo portão dos fundos e foi embora.

23

Os últimos outubros

NO TERCEIRO DIA NO HOSPITAL, DEEMS ACORDOU COM O BRAÇO engessado e com o doloroso zumbido familiar em sua orelha, que fazia seu sangue latejar e subir à cabeça. A cama de hospital estava um pouco inclinada, o que o impedia de virar sobre o ombro esquerdo e piorar ainda mais seu ferimento. Não que fosse fazer isso. Cada vez que se inclinava naquela direção, a dor em suas costas e na coluna era tão poderosa que sentia vontade de vomitar, então deitar do lado direito era obrigatório. Mas isso significava que não podia se virar se algum visitante chegasse. Não que viria alguém além da polícia, da Irmã Gee e de algumas "irmãs" variadas da Cinco Pontas. Ele não dissera nada para ninguém. Nem mesmo para Potts, o tira dos velhos tempos, que, Deems lembrava, costumava aparecer para vê-lo, de sua viatura, arremessar nos jogos de beisebol. Não dissera nada para Potts. Potts era legal, mas, no fim do dia, era só um policial. O problema de Deems era maior do que a polícia ou o pessoal idiota da Cinco Pontas. Tinha sido traído por alguém — provavelmente Lâmpada, imaginava — e Gorro estava morto.

Ele se mexeu levemente para deitar de costas, movendo-se devagar, e então pegou o copo de água que as enfermeiras deixavam ao lado de sua cama.

Em vez de um copo, uma mão o segurou; ele olhou para cima e viu o rosto enrugado de Paletó parado ao seu lado.

Por um momento, quase não o reconheceu. O velho tolo não estava usando o paletó usual, feio e esfarrapado, de alguma era passada. O paletó xadrez verde e branco — aquele que o velho bêbado usava em ocasiões especiais e na igreja — costumava causar gargalhadas em Deems e seus amigos todas as vezes que viam Paletó com ele, saindo orgulhoso do Edifício 9. O paletó xadrez fazia o velhote parecer uma bandeira ambulante. Em vez disso, o velho usava a calça e a camisa azuis dos funcionários da Autoridade Habitacional e o chapéu *porkpie*. Na mão direita, ele segurava um tipo de boneca artesanal, uma coisa de aparência horrorosa do tamanho de uma pequena almofada, marrom com cabelos de lã e botões costurados no pano para criar um rosto. Na outra mão havia uma pequena sacola de papel.

Deems apontou com a cabeça para a boneca.

— Para que é isso?

— É para você — respondeu Paletó com orgulho. — Lembra-se de Dominic, a Sensação Haitiana? Ele mora no nosso prédio. O velho Dominic faz isso. Diz que são mágicas. Trazem boa sorte. Ou azar. Ou o que ele quiser que elas tragam. Esta aqui é para sarar. Ele a fez especialmente para você. E esta aqui — enfiou a mão na sacola de papel, remexeu lá dentro e pegou uma bola cor-de-rosa — eu mesmo trouxe para você. — Ele estendeu a bola. — É uma bola de exercício. Aperte ela. Vai deixar seu arremesso mais forte.

Deems franziu o cenho.

— Que diabos está fazendo aqui, homem?

— Filho, essa língua suja não adianta de nada. Vim de muito longe para ver você.

— Já me viu. Agora se manda.

— Isso não é jeito de falar com um amigo.

— Quer que eu agradeça você, Paletó? Ok. Obrigado. Agora se manda.

— Não vim aqui para isso.

— Bem, não venha me fazer perguntas. Os tiras já fizeram isso por dois dias.

Paletó sorriu, colocou a boneca na beira da cama.

— Não me importo com seus negócios — falou ele. — Eu me importo com os meus.

Deems revirou os olhos. O que esse velho tinha que o fazia ser tolerante com tanta estupidez?

— Que tipo de negócios você tem neste hospital, Paletó? Fazem sua grapa aqui? Seu King Kong? Você e sua bebida. O diácono King Kong. — Deu uma risada irônica. — É assim que chamam você.

Paletó ignorou o insulto.

— Os apelidos deles não podem me ferir. Tenho amigos neste mundo — disse orgulhoso. — Dois deles neste hospital. Também mandaram Salsicha Quente para cá, sabia? No mesmo andar. Dá para acreditar? Não sei por que fizeram isso. Acabei de vir de lá. Ele começou a me cutucar no minuto que entrei no quarto. Dizia: "Se não tivesse me amolado tanto, eu nunca teria ido lá vestido de árbitro para incomodar Deems por causa desse jogo estúpido".

— De que diabos você está falando? — quis saber Deems.

— Ahn?

— Cale a boca, seu maldito filho da puta!

— O quê?

— Quem quer saber de você, seu bêbado bastardo? Você é um fodido, cara. Você fode com tudo. Não se cansa de se ouvir falar? Diácono King Kong.

Paletó pestanejou, parecendo levemente intimidado.

— Eu já disse para você, suas palavras não podem me ferir, menino, pois eu nunca fiz nada de errado para você. Além de me importar um pouco com você.

— Você atirou em mim, crioulo idiota.

— Não me lembro de nada disso, filho.

— Não venha com "filho" para o meu lado, seu merda! Você fodeu por aí e me deu um tiro. O único motivo pelo qual não dei um pipoco no seu traseiro foi por causa do meu avô. Foi meu primeiro erro. Agora Gorro está morto por sua causa... e do Salsicha, aquele ajudante de encanador preguiçoso e covarde. Dois idiotas, velhotes imbecis.

Paletó ficou em silêncio. Olhou para sua mão, segurando a bola rosa de exercício.

— Não tem motivo para você usar esse tipo de palavra perto de mim, filho.

— Não me chame de "filho", seu bastardo do caralho!

Paletó olhou para ele de um jeito estranho. Deems notou que a expressão do velho bêbado estava estranhamente clara. Os olhos de Paletó, em geral vermelhos, suas pálpebras normalmente caídas e semicerradas, estavam bem abertos. Ele suava e suas mãos tremiam de leve. Deems também percebeu, pela primeira vez, que embaixo da camisa da Autoridade Habitacional, o velho bêbado tinha o peito e os braços fortes. Nunca tinha notado isso antes.

— O que fiz de errado para você, filho? — disse Paletó baixinho. — Todas as vezes que jogamos beisebol e tudo mais. Eu encorajando você e... na escola dominical, te ensinando a Palavra do bem.

— Dá o fora daqui, velho. Cai fora!

Paletó encheu as bochechas de ar e soltou um longo suspiro.

— Tudo bem — concordou. — Só mais uma coisa. Aí vou embora.

O velho foi até a porta, enfiou a cabeça para fora, olhou para os dois lados do corredor e fechou-a bem fechada. Voltou até a cama de Deems e se inclinou sobre ele, para sussurrar algo em seu ouvido.

Deems replicou:

— Dá o fora...

E então Paletó estava sobre ele. O velho ergueu o joelho rapidamente, prendeu contra seu corpo o braço que Deems ainda conseguia utilizar e, com a mão direita, pegou a boneca-almofada na cama e enfiou-a no rosto virado para cima do rapaz.

Deems, preso, não conseguia sequer se mexer. Sentia que seu suprimento de ar de repente fora interrompido. Sua cabeça estava presa com força. Paletó o segurava firme, prendendo-o, enquanto Deems lutava freneticamente para conseguir respirar. Paletó falou lenta e calmamente:

— Quando eu era um garotinho, meu pai fez isso comigo. Disse que me faria crescer grande e forte. Meu pai era um homem ignorante. Mesquinho como o diabo. Mas era fraco no que dizia respeito ao homem branco. Uma vez ele comprou uma mula de um branco. A mula estava doente quando meu pai a comprou. Mas o branco disse para ele que a mula não podia morrer porque ele, um homem branco, tinha ordenado que ela vivesse. Sabe o que aconteceu?

Deems se debatia, em pânico, em busca de ar. Não havia nenhum.

— Meu pai acreditou nele. Levou a mula para casa. E claro que enquanto estava lá a mula morreu. Eu disse para não fazer aquilo, mas ele não me ouviu.

Paletó sentiu a luta de Deems ganhar força por um instante, pressionou a almofada com mais força e continuou falando com a voz baixa, insistente e assustadoramente calma.

— Veja só, meu pai achava que eu era inteligente demais. Acreditava que minha mente era minha inimiga. Então enfiou aquele travesseiro na minha cabeça para esmagar minha mente. Queria ter certeza de poder controlar minha mente e meu corpo. Ele era como todo homem branco que conheci, que queria poder.

Ele apertou ainda mais a almofada contra o rosto de Deems e sentiu que o garoto estava desesperado agora; Deems arqueava as costas da cama, lutando para viver. Mas Paletó não parou, apertando a almofada com mais força do que nunca; e continuou falando:

— Mas é claro que não posso afirmar com certeza que, caso um homem de cor estivesse em uma posição de poder, ele não seria igual.

Sentiu que Deems lutava de um jeito frenético, desesperado, agora, os murmúrios embaixo da boneca-almofada pareciam o miado de um gato, sons de algo se engasgando, como o balido abafado de uma cabra, e então os movimentos agitados de Deems ficaram mais fracos, mas Paletó continuou apertando e falando com calma:

— Veja bem, Deems, naquela época tudo era decidido para você. Você tinha que obedecer. Nem mesmo sabia que estava obedecendo. Não sabia que havia outra coisa a se fazer. Nunca se perguntava sobre mais nada. Você ficava trancado em um tipo de pensamento. Não ocorria a ninguém fazer algo além do que lhe era dito para fazer. Nunca perguntei por que estava fazendo algo ou por que não estava fazendo algo. Eu só fazia o que me mandavam. Então, quando meu pai fez isso comigo, não achei que era errado. Era só outra coisa natural do mundo.

A luta de Deems tinha parado. Ele desistira de brigar. Paletó soltou a almofada, e o barulho de Deems puxando o ar para os pulmões parecia o de um carro sendo ligado, um zumbido longo e alto, seguido de vários suspiros sufocados. Quase inconsciente, Deems tentou se virar, mas não conseguia; Paletó ainda segurava sua cabeça com uma mão firme e a outra ainda segurando a boneca-almofada.

Então o feitiço foi quebrado, e Paletó largou casualmente a boneca no chão e se levantou, tirando o joelho do braço direito de Deems.

— Você entende? — perguntou ele.

Mas Deems não entendia. Ainda tentava respirar e lutava para permanecer consciente. Queria alcançar o botão para chamar a enfermeira, mas seu braço bom, o direito, estava paralisado por ter sido esmagado por Paletó. Seu braço esquerdo, quebrado, urrava de dor. O barulho em seus ouvidos parecia um zumbido estridente. Com grande esforço, estendeu a mão direita para apertar o botão da enfermagem, mas Paletó deu um tapa em sua mão e, de repente, agarrou Deems pela camisola do hospital com as mãos que eram firmes e fortes de sete décadas arrancando mato, cavando buracos, plantando árvores, abrindo garrafas, arrancando vasos sanitários, apertando alicates, puxando vigas de aço e guiando mulas. As mãos o colocaram em uma posição quase sentada, segurando-o como se fossem garras de aço, puxando Deems com tanta força que o fez dar um grito, e Deems viu Paletó a poucos centímetros de distância de seu rosto. E de tão perto, viu no rosto do velho o que sentira na escuridão do porto, quando Paletó o arrastara para um lugar seguro: a força, o amor, a resiliência, a paz, a paciência e, desta vez, algo novo. Algo que jamais vira em todos os anos que conhecia o velho Paletó, o bêbado alegre do Habitacional Cause: uma raiva absoluta e indestrutível.

— Agora eu sei porque tentei matar você — disse Paletó. — Pois a vida do bem não é aquela que seu pessoal escolheu para você. Não quero que você acabe como eu, ou minha Hettie, morta de tristeza no porto. Estou nos últimos outubros da vida, rapaz. Não me sobram muitos abris. É um fim certo para um velho bêbado como eu e um fim certo para você também, que vai morrer como um garoto bom, forte, bonito e inteligente, como me lembro de você. O melhor arremessador do mundo. O garoto o qual podia arremessar até ganhar um bilhete para fora deste buraco em que todos nós vivemos. Melhor lembrar de você daquele jeito do que como o esgoto que você se tornou. Era um bom sonho. Um sonho que um velho bêbado como eu merece ter no final de seus dias. Pois desperdicei cada centavo que tinha nos caminhos da bondade há muito tempo, já não me lembro mais.

Ele soltou Deems e o jogou de volta na cama com tanta força que o garoto bateu a cabeça na cabeceira e quase desmaiou de novo.

— Nunca mais chegue perto de mim de novo — disse Paletó. — Se fizer isso, acabo com você onde estiver.

24

Irmã Paul

MARJORIE DELANY, A JOVEM RECEPCIONISTA DESCENDENTE DE irlandeses que trabalhava no Lar para Idosos Brewster Memorial, em Bensonhurst, estava acostumada à variedade de visitantes estranhos que chegavam fazendo perguntas estúpidas. O amálgama de pais, filhos, parentes e velhos amigos que perambulava pelo *lobby* para ir até os quartos e, às vezes, até os bolsos dos residentes permanentes do lar — os idosos, os moribundos e os quase mortos — variava de gângsteres a vagabundos, até crianças sem-teto. Ela tinha um senso de humor apurado sobre tudo aquilo e uma grande dose de compaixão, apesar de já ter visto de tudo. Mas depois de três anos no emprego, até Marjorie estava despreparada para o idoso negro e disforme que apareceu usando o uniforme azul da Autoridade Habitacional da Cidade de Nova York naquela tarde.

O rosto dele estava marcado com um sorriso torto. Ele parecia ter dificuldade para andar. Suava com profusão. Parecia, pensou ela, louco como um chapeleiro. Se ele não estivesse usando uniforme, ela teria pedido para Mel, o segurança que se sentava perto da porta e passava as tardes lendo o *Daily News* e acenando com a cabeça, para colocá-lo para fora. Mas ela tinha um tio que trabalhava na Habitacional, e ele tinha vários amigos negros, então ela o deixou se aproximar da escrivaninha. Ele não parecia ter pressa, olhando pelo *lobby* e parecendo impressionado.

— Estou procurando pela Irmã Paul — o velho murmurou.

— Qual é o nome?

— Paul — disse Paletó, apoiando-se na mesa.

Ele sentia uma dor de cabeça insuportável, o que não era comum. Também estava exausto, o que tampouco era comum. Não bebia nada desde que falara com Hettie, quatorze horas antes — embora parecesse anos atrás. O efeito de não beber era enorme. Ele se sentia fraco e agitado, com o estômago enjoado e trêmulo, como se estivesse em um pesadelo, caindo de um despenhadeiro e preso no ar, girando e girando sem parar enquanto despencava, sem fundo, de cabeça para baixo, apenas caindo. Tinha acabado de ver Deems e Salsicha no hospital e não conseguia se lembrar do que dissera para nenhum dos dois ou mesmo como chegou ali.

A casa de repouso ficava a quinze quarteirões do hospital, perto em Borough Park. Normalmente, Paletó faria aquele tipo de caminhada com facilidade. Mas teve que parar várias vezes, tanto para descansar quanto para pedir orientações sobre o caminho. Da última vez, estava na verdade parado na frente da casa de repouso quando perguntou para um homem branco, que simplesmente apontou por sobre o ombro de Paletó, xingando baixinho e se afastando. Agora ele estava parado diante de uma jovem mulher branca atrás de uma escrivaninha que tinha a mesma expressão no rosto que o pessoal do escritório da Previdência Social no centro do Brooklyn quando ele fora falar sobre os benefícios de sua falecida esposa. O mesmo olhar, as perguntas irritadas, a impaciência, a exigência de documentos que tinham nomes estranhos, dos quais ele nunca ouvira falar, empurrando formulários pelo guichê na direção dele, com títulos que ele não conseguia pronunciar ou entender; formulários que exigiam listas, datas de nascimento e mais documentos, e até alguns que exigiam nomes de outros formulários, tudo tão complicado que bem que podia estar em grego, com todo o conglomerado de nomes desaparecendo no ar no instante em que os funcionários os proferiam.

Ele não conseguia lembrar o que era uma "Folha vitalícia para registro de trabalhos pró-forma" no instante que as palavras saíram da boca do funcionário, ou o que ele supostamente deveria fazer, o que significou que, no instante em que deixou o escritório da Previdência Social, jogando o formulário no lixo ao sair, estava tão confuso com a experiência que se esforçou para esquecê-la, o que significava que era como se nem tivesse estado ali.

Agora parecia um desses momentos.

— É o nome ou sobrenome? — perguntou Marjorie, a recepcionista.

— Irmã Paul? É o nome dela.

— Isso não é um nome de homem?

— Não é um homem. É uma mulher.

Marjorie deu um sorriso afetado.

— Uma mulher chamada Paul.

— Bem, esse é o nome pelo qual eu a conhecia antigamente.

Marjorie olhou rapidamente uma lista de nomes em uma folha de papel em sua mesa.

— Não tem nenhuma mulher chamada Paul aqui.

— Tenho certeza que ela está aqui. Paul. Irmã Paul.

— Antes de mais nada, senhor, como eu disse, esse é um nome de homem.

Paletó, suando, sentia-se irritado e fraco. Olhou por sobre o ombro e notou o segurança idoso, de cabelos brancos, perto da porta. O guarda dobrou o jornal. Pela segunda vez naquele dia, Paletó sentiu algo pouco comum: raiva, que foi sobrepujada pelo medo e pela sensação usual de completa confusão e impotência. Não gostava de ficar tão longe do Habitacional Cause. Qualquer coisa podia acontecer aqui, em Nova York.

Ele se voltou para Marjorie.

— Senhorita, existem mulheres com nome de homem neste mundo.

— Agora existem — disse ela, o sorriso afetado aumentando.

— Vi uma mulher com nome de homem atirar em três caras na quarta-feira passada. Matou um deles, que Deus o abençoe. Agora, ela era uma Haroldeen, aquela lá. Má como qualquer homem. Bonita como um pavão também, com penas e tudo mais. Era uma pessoa totalmente má, homem e mulher combinados. Um nome não é nada.

Marjorie ergueu os olhos e viu que Mel, o segurança, se aproximava deles.

— Algo errado? — perguntou ele.

Paletó viu o segurança se aproximar e percebeu seu erro. Agora os brancos estavam prontos para começar a contar os dedos das mãos e dos pés. A cabeça dele latejava tanto que ele via pontinhos diante do rosto. Dirigiu-se ao segurança.

— Estou aqui para ver a Irmã Paul — disse. — É uma senhora da igreja.

— De onde?

— Eu não sei qual o país natal dela.

— País natal? Ela é americana?

— Claro que é!

— Como você a conhece?

— Como alguém conhece alguém? Eles se encontram em algum lugar. Ela veio da igreja.

— Que igreja?

— Cinco Pontas é a igreja. Sou diácono lá.

— É mesmo?

Paletó estava se sentindo frustrado.

— Ela manda dinheiro por carta toda semana. Quem manda carta toda semana? Nem a companhia elétrica manda carta toda semana.

O segurança olhou pensativo para ele.

— Quanto dinheiro?

Paletó sentiu a raiva crescendo, crua, aguda e dura como gelo, uma que jamais sentira antes. Falou com o branco de um jeito com o qual jamais falara com uma pessoa branca em toda sua vida.

— Senhor, eu tenho setenta e um anos. E, a menos que eu seja Ray Charles, você está perto da minha idade. Agora, esta jovenzinha aqui — apontou para a recepcionista — não acredita em nada do que digo. Ela tem uma desculpa, sendo privilegiada e jovem, pois o pessoal novo acha que eles têm charme e autoridade, e ela provavelmente passou a vida ouvindo gente falando o tempo todo o que achavam que ela queria ouvir, em vez do que precisava ouvir. Não sou contra isso. Se alguém está ouvindo uma canção e não sabe nada além daquela canção, bem, nada pode ser feito. Mas você é velho como eu. E deve ver claramente que um homem na minha idade que não bebe há um dia inteiro precisa de um pouco de crédito por ainda ser capaz de ouvir seu próprio coração bater... e talvez até mereça um ou dois pirulitos... por não falar em línguas o tempo todo, sendo que estou com tanta vontade de tomar algo no momento que poderia ordenhar um camelo por uma gota de Everclear ou mesmo vodca, que eu não suporto. São quatro dólares e treze centavos, a propósito, que ela manda para a igreja toda semana, se precisa saber. E eu não devia saber, pois é uma igreja. E eu sou só o diácono. Não sou o tesoureiro.

Para sua surpresa, o segurança branco assentiu, com simpatia, e perguntou:

— Há quanto tempo está sem beber?

— Mais ou menos um dia.

O segurança assobiou baixinho.

— O quarto dela é por ali — falou, apontando para um corredor comprido atrás da escrivaninha. — Quarto um, cinco, três.

Paletó olhou para o corredor, depois se virou irritado e grunhiu:

— Qual é seu interesse em saber quanto ela dá para Deus?

O velho segurança pareceu envergonhado.

— Sou eu quem vou até o correio e posto o dinheiro — contou ele.

— Toda semana?

O velho deu de ombros.

— Preciso me mexer. Se ficar muito tempo sentado aqui, eles me arranjam um quarto.

Paletó o cumprimentou com o chapéu, ainda reclamando, e seguiu até o corredor, sendo observado pela jovem recepcionista e pelo segurança ao se afastar.

— O que foi aquilo? — perguntou Marjorie.

Mel observou as costas de Paletó, que cambaleava pelo corredor, parou, endireitou a roupa, tirou o pó das mangas e continuou se arrastando.

— A única diferença entre ele e eu — disse Mel — são duzentos e quarenta e três dias.

***

SUANDO AGORA, SENTINDO-SE DELIRANTE, ATORDOADO E FRACO, Paletó marchou até o quarto um, cinco, três e não encontrou ser humano algum ali. Em vez disso, encontrou um urubu sentado em um canto, olhando a parede, em uma cadeira de rodas, segurando o que parecia uma cesta de novelos de lã. A ave o ouviu entrar e, de costas para ele, falou:

— Onde está meu queijo?

Então a ave virou a cadeira para encará-lo.

Paletó precisou de um minuto inteiro para perceber que a criatura que encarava era um ser humano de cento e quatro anos de idade. A mulher era quase toda careca. Os músculos de seu rosto estavam caídos, dando a impressão de que uma poderosa força magnética puxava sua mandíbula, lábios e órbitas oculares na direção da terra. A boca pendia até o queixo e estava virada para baixo nos cantos, dando-lhe uma carranca eterna. O que sobrava de cabelo parecia ovo mexido em fio, em montes desorganizados e mechas soltas, dando-lhe a aparência de uma professora nervosa, atormentada, aterrorizada e velha. Dava para ver a barra de uma camisola sob o cobertor que a cobria, e seus pés descalços estavam enfiados em um par de chinelos dois números maiores. Ela era tão pequena que ocupava só um terço do assento da cadeira de rodas, estava sentada curvada, inclinada, na forma de um ponto de interrogação.

Ele não tinha uma lembrança clara da Irmã Paul. Passara bêbado grande parte dos anos em que ela fora ativa na igreja, antes de ela se mudar para a casa de repouso. Ela fora embora antes que ele fosse santificado e salvo. Ou seja, ele não a via há quase duas décadas e, mesmo se tivesse visto, percebeu que ela devia estar irreconhecível para qualquer um que não a conhecesse bem.

Paletó oscilou um momento, sentindo-se atordoado e esperando não desmaiar. Uma explosão súbita de sede quase tomou conta dele. Viu uma jarra de água na mesa de cabeceira do outro lado da cama da mulher. Apontou e disse:

— Posso?

Sem esperar resposta, cambaleou até lá, pegou e tomou um gole direto da jarra, e então percebeu que estava quase seco e tomou a coisa toda. Quando terminou, bateu a jarra na mesinha, respirou fundo e deu um arroto barulhento. Sentiu-se melhor.

Ele olhou de relance para ela novamente, tentando não encarar.

— Você é algum tipo de fofoqueiro — disse ela.

— Ahn?

— Filho, você parece um personagem que testemunhou um pesadelo. É feio o bastante para ter seu rosto tampado.

— Nem todo mundo pode ser bonito — resmungou ele.

— Bem, você não é nenhuma pedra preciosa, filho. Tem a cara para um anúncio de sunga.

— Tenho setenta e um anos, Irmã Paul. Sou um frangote se comparado à senhora. Não vejo nenhum homem dando cambalhota na porta para te ver. Pelo menos tenho rugas suficientes na cara para guardar dez dias de chuva.

Ela o olhou intensamente, os olhos escuros como carvão, e, por um momento, Paletó teve a impressão assustadora de que a velha podia se transformar em uma bruxa e lançar um feitiço nele, um encanto horrível. Em vez disso, ela jogou a cabeça para trás e gargalhou, mostrando a boca cheia de gengivas e só um dente amarelo, parado como um pedaço de manteiga em um prato. Seus uivos e cacarejos pareciam o balir de um bode.

— Não é de se estranhar que Hettie tenha aguentado você. — Gargalhou ela.

— Você conhecia minha Hettie?

Levou um momento antes que ela recuperasse a compostura, movendo as mandíbulas vazias em um movimento de mastigação e dando risadinhas.

— Claro que conheci, filho.

— Ela nunca me falou de você.

— E por que deveria? Você era um bêbado e não ouvia nada. Mal se lembrava de alguma coisa. Aposto que não se lembra de mim.

— Um pouco...

— Aham. Os homens costumavam me chamar para suas camas em oito idiomas. Agora não mais. Você bebe agora?

— Não desde que vi... não, agora não.

— Você parece precisar de um gole. Aposto que precisa.

— Preciso, de fato. Mas estou tentando. Ah... não. Não quero um gole.

— Bem, aguente firme, senhor. Eu vou contar a você algumas coisas que levariam qualquer um a beber. E, depois que eu acabar, vá em frente e faça o que tiver que fazer. Mas, primeiro, onde está meu queijo?

— O quê?

— Meu queijo.

— Não tenho nenhum queijo.

— Essa é a coisa que vou falar primeiro para você — disse ela —, pois está tudo conectado. Vou dizer isso só uma vez. Mas não escureça minha porta de novo se não estiver com meu queijo.

***

PALETÓ SE SENTOU CALMAMENTE EM UMA CADEIRA PERTO DA janela, esfregando a mandíbula, respirando fundo, depois que a Irmã Paul fez sinal para que ele a empurrasse mais para perto da janela, onde ambos podiam ver o sol. Assim que ele travou a cadeira de rodas como ela pediu e pegou uma cadeira para si, ela começou:

— Todos nos conhecíamos — disse ela. — Hettie, eu, meu marido, minha filha Edie, os pais da Irmã Gee... eles eram a tia e o tio das Primas, a propósito. Nanette e Milho Doce. E, é claro, seu amigo Rufus. Todos tínhamos vindo de várias partes do sul mais ou menos na mesma época. Hettie e Rufus eram os mais jovens. Eu e meu marido éramos os mais velhos. Viemos seguindo Edie, que nos trouxe do sul. Eu e meu marido começamos a igreja na sala de casa. Depois conseguimos a congregação, e depois de um tempo juntamos dinheiro suficiente para conseguir comprar um pedaço de terra vizinha ao Habitacional Cause. A terra era barata naquela época. Esse foi o início da Cinco Pontas. Foi como tudo isso começou.

— Veja bem, o Cause tinha só italiano nos anos quarenta, quando chegamos. Tinham construído os projetos habitacionais para os italianos que descarregavam navios no porto. O negócio estava morto quando chegamos. Os barcos tinham partido. As docas estavam fechadas, e então os italianos não queriam a gente. O fato é que não dava para caminhar pela rua Silver para ir até o centro. Você tinha que pegar o ônibus, o metrô ou conseguir uma carona... Ninguém tinha carro... você tinha que dar um jeito se precisasse. Ninguém descia a rua Silver a menos que quisesse perder os dentes, ou se era muito tarde e não tinha dinheiro para o ônibus. Bem, a gente não se importava muito. O sul era pior. Eu mesma não me atentava mais aos italianos que prestariam atenção em um passarinho pegando migalhas no chão.

— Mas eu trabalhava para uma senhora branca em Cobble Hill. Uma noite ela deu uma festa e trabalhei até tarde. Bem, estava frio e os ônibus estavam demorando, então fui andando para casa. Eu fazia isso uma vez ou outra quando estava tarde. Não descia pela rua Silver. Eu desviava por fora. Fui andando até a Van Marl e, quando cheguei na rua Slag, virei e segui por ali, desviando do porto onde ficavam as fábricas. Era como os negros caminhavam até em casa à noite.

— Eu estava andando pela Van Marl naquela noite... Acho que devia ser mais ou menos três da manhã, e eu vi, a uns dois, talvez três quarteirões, dois homens correndo freneticamente na minha direção. Homens brancos. Em perseguição. Vindo bem na minha direção. Um bem atrás do outro.

— Bem, sou uma mulher negra, estava escuro e sei que não importa onde a banda toque, eu provavelmente seria culpada por qualquer coisa errada. Então me escondi na entrada de um edifício e deixei que viessem. Eles passaram correndo por mim. O primeiro cara corria rápido e, bem atrás dele, vinha o segundo. O segundo era um tira.

— Quando chegaram na esquina da Van Marl com a Slag, o primeiro cara correndo parou no cruzamento, se virou e puxou uma pistola para o segundo cara, o policial. Pegou o policial de surpresa. Parecia pronto para estourar os miolos do tira.

— E você não sabe, do nada apareceu um caminhão e... Bum! Acertou o cara parado no cruzamento. Acertou ele em cheio. Atingiu direto. Então o caminhão parou e ficou quieto.

— O policial correu até a rua e verificou o cara com a arma. Estava mais morto que espaguete amanhecido. Então foi falar com o motorista. Ouvi o motorista dizer: "Eu não vi ele". Então o tira falou: "Não se mova. Vou até um telefone de emergência". Ele saiu correndo para procurar um telefone da polícia para pedir ajuda. Dobrou a esquina e saiu de vista.

— Bem, era minha hora de ir embora. Saí da entrada do edifício e caminhei rápido pela calçada, passando pelo caminhão. Como estava passando rápido, o cara dirigindo o caminhão gritou: "Me ajude, por favor". Eu queria continuar andando. Estava assustada. Nada daquilo era problema meu. Então dei mais alguns passos. Mas o cara dirigindo o caminhão implorou. Disse "Por favor, por favor, me ajude, me implorando para ajudá-lo".

— Bem, acho que o Senhor me disse: "Vá em frente e ajude. Talvez ele esteja machucado, ferido". Então fui até o lado em que estava o motorista e disse: "Está machucado"? Era um italiano. Ele falava com tanto sotaque que era um inferno entender. Mas o resumo do que ele disse foi: "Estou encrencado".

— Eu falei: "Você não fez nada errado. O homem pulou na sua frente. Eu vi". Ele diz: "Esse não é o problema. Preciso levar esse caminhão para casa. Dou cem dólares para você dirigir o caminhão".

Aqui a Irmã Paul fez uma pausa e deu de ombros, como se estivesse se desculpando pelo problema ridículo no qual se metera. Então a idade pesou e ela bocejou antes de continuar:

— Eu era só uma velha mulher do campo. Não estava há tanto tempo na cidade, veja bem. Mas eu reconhecia um problema. Então falei: "Cai fora, senhor. Não vou me meter nos seus assuntos. Não vi nada. Vou para o Habitacional Cause, onde moro. Adeus". Bem, eu me virei para ir embora e ele me implorou para ficar. Não queria que eu me fosse. Ele abriu a porta do caminhão e disse: "Olhe meu pé. Está quebrado". Eu olhei. Parece que ele atingiu o pedal com tanta força que quebrou o pé direito de algum jeito. O pé direito dele estava meio torto. E então ele ergueu a perna esquerda com o braço e me mostrou o outro pé. O pé esquerdo, o pé da embreagem, ele tinha que segurar aquela pena com a mão. Aquele pé não funcionava. Ele disse: "Eu tive um derrame. Só tenho um lado bom. Não tenho pé para dirigir". Eu falei: "Não posso dar meu pé para você dirigir, senhor. Isso é trabalho de Deus, dar um pé para um homem". Ele falou: "Por favor. Tenho esposa e filho. Darei cem dólares para você. Você não gostaria de cem dólares"? "Claro que gostaria", respondi. "Mas gosto de ser livre por aqui. Além disso, sou velha. Não sei dirigir nada além de uma mula, senhor. Nunca dirigi um carro ou caminhão na vida".

— Ele ficou implorando e pedindo tanto, Senhor, que eu não sabia o que fazer. Era um homem italiano e parecia sincero, mesmo que eu mal entendesse uma palavra do que ele falava. Mas ele ficava dizendo: "Eu dou cem dólares para você. Vamos dirigir o caminhão juntos. Por favor. Vou para a cadeia por vinte e cinco anos desta vez. Tenho um filho. Já falhei na criação dele".

— Bem, meu pai foi para a cadeia quando eu era uma garotinha. Ele foi para a prisão por começar um sindicato de meeiros na minha terra natal, no Alabama. Conheço o sentimento de não ter seu pai quando você ainda precisa dele. Mesmo assim, não queria fazer aquilo. Mas já tinha colocado um pé na coisa toda, de um jeito ou de outro, só de parar ali para conversar com ele às três da manhã. Mas me voltei para Deus e ouvi a voz dele dizer: "Eu a terei na palma da Minha mão". Falei: "Tudo bem, senhor. Vou ajudar você. Mas não quero dinheiro. Se eu for para a cadeia, vou pelo que o Senhor me mandou fazer".

— Bem como Deus queria, levei aquele caminhão de algum jeito. Meu marido, o Reverendo Chicksaw, era motorista de caminhão, e o vi dirigir um caminhão muitas vezes lá no Alabama, então fiz o que tinha que fazer com os pedais, virei o volante de um lado e de outro, como o homem me dizia para fazer, e ele mudava as marchas, e conseguimos fazer aquela coisa avançar alguns quarteirões. Não muito distante na rua Silver, ele desligou o motor virando a chave e eu o ajudei a entrar em casa. Tinha outro italiano esperando por ele. "Por onde você andou?" E correu até o caminhão. Um segundo homem saiu correndo da casa até o caminhão e eles saíram dirigindo aquela coisa e eu nunca mais vi aquilo. Enquanto isso, ajudei o aleijado a entrar em casa. A perna boa dele estava toda torta. Ele estava bem estragado.

— A esposa dele desceu as escadas e ele disse para ela: "Dê cem dólares para a senhora". Eu falei: "Não quero seu dinheiro, senhor. Vou para casa. E não vi nada". Ele disse: "O que posso fazer por você? Tenho que fazer alguma coisa por você". Eu disse: "Você não precisa realizar coisa alguma. Fiz o que Deus me falou para fazer. Rezei antes de fazer o que você pediu e Deus disse que ele me teria na palma das mãos d'Ele. Espero que Ele o guarde do mesmo jeito. E à sua esposa também. Só, por favor, não conte para ninguém o que eu fiz... nem mesmo para meu marido se encontrar ele um dia, pois vivo no Habitacional Cause e você pode ver ele por aí, pregando nas ruas". E eu fui embora. A esposa dele não me falou uma palavra. Nem uma palavra. Se ela disse uma palavra, não sei dizer. Eu fui embora.

— Bem, eu não o vi mais até que resolvemos construir a igreja. Veja, a gente não encontrava ninguém que quisesse nos vender a terra. Tínhamos economizado o dinheiro, a igreja tinha, mas os italianos não queriam a gente ali. Toda vez que oferecíamos para comprar um lugar, a gente procurava no jornal, telefonava e eles diziam que estava à venda, mas assim que nos viam diziam "Não, nós mudamos de ideia. Não estamos vendendo". E a coisa é que quem quer que estivesse administrando as docas estava fechando todas elas, e então os italianos estavam indo embora o mais rápido que podiam. Mesmo assim, não vendiam para a gente. Todos estavam vendendo o que podiam, o diabo marcando pontos. Mas nosso dinheiro não era bom. Bem, a gente ficava perguntando por aí; por fim, alguém falou: "Tem um cara ali na rua Silver que está vendendo um terreno. Ele fica ali no cais, naquele velho vagão de carga". Então eu e meu marido fomos até lá e batemos à porta. E quem atendeu era aquele cara.

— Aquilo quase me fez cair de costas. Não falei uma palavra. Agi como se nunca tivesse o visto antes. Ele fez o mesmo. Não fez estardalhaço. Disse para meu marido: "Vou vender aquele lote para vocês. Estou erguendo um local de depósitos deste lado do terreno. Você pode construir sua igreja do outro". E foi assim que a Cinco Pontas ficou ali.

Paletó ouviu, os olhos fixos de tão concentrado.

— Você acha que ainda lembra o nome do cara?

A Irmã Paul respirou e recostou a cabeça na cadeira de rodas.

— Lembro exatamente o nome dele. Um dos melhores homens que conheci. O velho Guido Elefante.

— O Elefante?

— Não. O pai do Elefante.

***

PALETÓ SENTIU SEDE DE NOVO. LEVANTOU-SE DA CADEIRA PERTO da janela, pegou a jarra vazia de água e foi até o banheiro, onde encheu-a de novo, bebeu tudo e voltou a se sentar no mesmo lugar.

— Juro por Deus, se não estivesse me contando, diria que está exagerando. É a coisa mais estranha que já ouvi — disse ele.

— É a verdade de Deus. E não é tudo. O velho Guido nos deixou ter nosso lote por seis mil dólares. Nenhum banco emprestou nada. Fizemos um acordo direto com ele. Tomamos conta do lote sem gastar um centavo no banco de ninguém. Demos quatro mil dólares para ele e começamos a escavar: eu e meu marido fizemos um pouco, mas a maioria foi minha Edie, Rufus e Hettie. Os pais da Irmã Gee e os pais das Primas chegaram mais tarde. No começo éramos principalmente nós. Não chegamos longe. Não tínhamos máquinas nem dinheiro para nada. Cavávamos com pás. Fazíamos o que podíamos.

— Certa tarde, o sr. Guido viu a gente cavando, veio com um daqueles tratores grandes e cavou toda a fundação, incluindo o porão. Ele fez isso em três dias. Não falou uma palavra. Ele nunca falava muito. Nunca disse muita coisa para ninguém, exceto para mim, mas nem comigo ele desperdiçava muitas palavras. Mas éramos gratos a ele.

— Depois que começamos a erguer as paredes com blocos de concreto, ele parou lá de novo, me puxou de lado e disse: "Quero retribuir o que você fez". Eu falei: "Você já fez isso. Estamos construindo uma igreja". Ele disse: "Você tem uma dívida comigo naquela igreja. Eu dou o terreno se me deixar colocar um presente dentro da igreja". Eu disse: "Você não precisa fazer nada. Vamos comprar a terra com o tempo". Ele disse: "Vocês não precisam fazer isso. Vou dar para vocês. Pegue a escritura e queime, se quiser". Eu disse: "Bem, não sei nada sobre queimar escrituras, sr. Guido. Devemos cinco mil e seiscentos dólares em um empréstimo direto com você. Vamos pagar tudo em cinco anos". Ele diz: "Não tenho alguns anos. Vou acabar com o empréstimo agora mesmo se me deixar colocar algo bonito na parede de trás da igreja". Eu disse: "Você está salvo em Jesus?" Aquilo pegou ele de jeito. Ele disse: "Não posso mentir. Não estou. Mas tenho um amigo que está. Tenho que guardar uma coisa para ele. Fiz uma promessa de guardar uma coisa para ele. Planejo manter essa promessa. Quero pedir para alguém desenhar uma imagem na parede de trás da igreja onde ele possa ver, para que quando ele vier até essa igreja algum dia, ou seus filhos, ou os filhos dos seus filhos aparecerem, vão olhar e saber que está lá por minha causa, e que eu mantive minha palavra". Ele disse que ninguém podia saber, exceto nós... ele e eu.

Diácono King Kong

— Bem, eu conversei sobre isso com meu marido, pois ele era o reverendo da igreja. Ele tentou falar pessoalmente com o velho Guido, mas o velho italiano não disse uma palavra para ele. Nem murmurar uma palavra ele murmurou para meu marido ou para qualquer outra pessoa na Cinco Pontas. Eu o vi conversando com o inspetor de obras da cidade, que veio dizer que a gente tinha que fazer isso e aquilo quando íamos começar a construir. Não sei o que foi dito ali, mas era preciso falar com o inspetor porque não se pode começar a construir nada em Nova York sem permissão, nem mesmo naquele tempo. Você tem que pedir para a prefeitura. Bem, o sr. Guido conversou com ele. Mas não desperdiçava uma palavra com nenhum negro exceto comigo, até onde eu sei. Então meu marido finalmente falou: "Se está ok para você, está ok para mim, já que você é a única com quem ele fala".

— Então fui até o sr. Elefante e disse: "Ok, faça o que quer fazer". Alguns dias mais tarde, ele chegou lá com três de seus italianos e os caras começaram a trabalhar nas paredes de bloco. Eles sabiam o ofício, então deixamos eles lá e começamos a trabalhar do lado de dentro. Arrumamos o chão e terminamos o telhado. Foi assim que aconteceu. Eles trabalhavam do lado de fora. A gente trabalhava do lado de dentro. Negros e brancos trabalhando juntos.

— Depois que os homens do sr. Elefante construíram as paredes até a altura da cintura, ele veio falar comigo no almoço. — Ela fez uma pausa e então se corrigiu: — Bem, isso não está certo. Eu fui até ele na hora do almoço. Veja bem, naquela época, quando a gente parava para o almoço, os italianos iam para um lado, comer em casa, e os negros iam para o outro. Mas eu sempre levava alguma coisinha para o sr. Guido almoçar, porque ele não comia muito, e levava para ele alguns minutos mais cedo, porque ele dificilmente saía para almoçar. Eu voltei mais cedo uma tarde e o encontrei trabalhando como sempre, erguendo os tijolos daquela parede. Quando me aproximei, ele falou: "Está sozinha?" Eu disse: "Só trouxe umas coisas para você comer porque sei que não almoça". Ele olhou ao redor para ter certeza de que não tinha ninguém por perto, e disse: "Tenho algo para mostrar para você. É um amuleto da sorte". Ele pegou uma caixinha de metal e a abriu. Disse: "Essa é a coisa que pagou a terra da sua igreja".

— O que era? — perguntou Paletó.

— Não era nada — disse a Irmã Paul. — Parecia um pedaço de sabão no formato de uma garota gorda. Tinha a cor parecida com a de uma trombeta velha. Uma senhorinha de cor, era isso o que parecia. Ele fechou a coisa de sabão na caixa de metal, colocou a caixa na parte oca do bloco de concreto, colocou cimento em cima, fez alguma coisa na parte de baixo para que pudesse acomodar bem e colocou outro bloco por cima. Não dava para diferenciar um do outro. Então me falou: "Você é a única que sabe. Nem minha esposa sabe". Eu disse: "Por que confia em mim?" Ele falou: "Uma pessoa que confia é de confiança". Eu disse: "Bem, não tenho nada a ver com onde você guarda seu sabão, sr. Guido. Deixo meu sabão no banheiro. Mas você é um homem crescido, e o sabão é seu. Não vai servir de nada para você onde está, mas acho que deve ter mais sabão em casa". Acredito que foi uma das poucas vezes que vi aquele homem gargalhar. Ele era um homem sério, sabe?

— Quando os homens dele voltaram, eles terminaram de erguer aquela parede antes que o dia acabasse. No dia seguinte, veio outro cara italiano com uma imagem em preto e branco de uma pintura. Ele chamava de Jell-O ou algum tipo de pintura. O cara copiou o desenho exatamente igual, bem na parede de trás da igreja. Levou dois dias. No primeiro dia ele desenhou um círculo grande e coloriu uma parte. Fez o esboço do restante, acho. No segundo dia, desenhou Jesus em seu manto bem no meio do círculo... Jesus com as mãos estendidas. As mãos tocam o lado de fora do círculo que ele desenhou. Uma das mãos, a mão esquerda de Jesus, está bem no bloco de concreto onde está o sabão. Bem em cima.

Ela fez uma pausa e assentiu.

— E aquela coisa está lá até hoje.

— Tem certeza? — perguntou Paletó.

— Tão certa quanto estou sentada aqui. A menos que o prédio tenha se transformado em pó. Então eles terminaram as outras paredes, nos ajudaram a terminar a parte de dentro, fizeram o piso e tudo mais. E, no fim, o mesmo pintor voltou e colocou as palavras na parede, em cima da cabeça de Jesus, que diz: "Que Deus o tenha na palma de Sua mão". Era a coisa mais bonita.

Ela bocejou, a história terminada.

— Foi assim que a igreja ganhou o lema.

Paletó coçou o queixo, perplexo.

— Mas você não me contou do queijo — disse ele.

— O que tem ele? Eu contei para você — disse ela.

— Não, não contou.

— Contei sobre o caminhão, não foi?

— O que tem o caminhão a ver com isso?

Ela balançou a velha cabeça.

— Filho, sua mente velha encolheu até ficar do tamanho de uma ervilha. O que um caminhão carrega? O caminhão que eu dirigi para o sr. Guido estava cheio de queijo. Queijo roubado, eu acho. O velho Guido começou a me mandar aquele queijo cinco minutos depois que abrimos a porta da igreja. Depois que o deixei enviar aquele sabão da sorte com a boneca de cor ou o que quer que fosse naquela parede, eu não tinha defeitos para ele. Pedi várias vezes para ele parar de mandar aquele queijo, pois era um queijo bom. Um queijo caro. Era demais para nossa igrejinha. Mas ele dizia: "Quero mandar. As pessoas precisam de comida". Então, depois de um tempo, falei para ele mandar para o Edifício 17 no Cause, pois Salsicha Quente começou a administrar aquele prédio. Salsicha é honesto e eu sabia que ele distribuiria no Cause para quem tivesse uso. O sr. Guido enviou aquele queijo por anos e anos. Depois que ele morreu, continuou chegando. Quando vim para esta casa de velhos, ainda chegava. Chega até hoje.

— Então quem está mandando agora?

— Jesus — disse ela.

— Ah, pare — sibilou Paletó. — Você parece Hettie. Aquele queijo tem que vir de algum lugar.

A Irmã Paul deu de ombros.

— Gênesis, vinte e sete, vinte e oito diz: "Assim, pois, te dê Deus do orvalho dos céus, e das gorduras da terra, a abundância de trigo e de mosto".

— Isso é queijo.

— Filho, uma bênção favorece quem precisa dela. Não importa como vem. Só importa que chegue.

25

Faz

ERA UM SONHO TÃO VIVO — E TANTOS DELES PARECIAM MORTOS antes de começar — que às vezes Elefante sentia como se estivesse levitando quando pensava no assunto. Segurou o volante de seu Lincoln com força enquanto pensava nisso. Melissa, a filha do Governador, seguia ao lado dele em silêncio. Eram quatro da manhã. Ele estava feliz. Não tanto por Melissa ter aceitado seu convite para "investigar os assuntos de seu pai", mas pelo jeito como ela lidava com os próprios assuntos — e os dele.

Nunca conhecera alguém como ela. Melissa era, como dizem em italiano, *una stellina*, uma estrela, a mais bonita delas. No início, era tímida e reticente, como ele vira. Mas sob a reserva havia uma certeza na conduta, uma segurança que disfarçava confiança profunda e engendrava responsabilidade. Ao longo das semanas em que namoravam, ele a vira lidar com os funcionários na loja e na fábrica de *bagels*, o jeito como resolvia os problemas importantes para eles sem fazê-los se sentir estúpidos, a polidez que demonstrava para com eles, o respeito e a deferência em relação às pessoas mais velhas em geral, incluindo o velho diácono, o vagabundo que trabalhava para sua mãe, a quem ela finamente conhecera há um mês. Ela não se referia a ele como "de cor" ou "negro". Ela o chamava de "senhor" e se referia a ele como "afro-americano", o que, para Elefante, soava perigoso, estranho e exótico. Aquilo era conversa de *hippie*. Isso o fazia se lembrar de Bunch Moon, o negro bastardo. Tinha ouvido boatos que de Peck despachara Bunch — e de um jeito bem ruim. O perigo estava por toda parte agora, tiroteios em massa por causa dos brancos, dos negros, dos hispânicos, dos tiras irlandeses, das famílias italianas, da guerra às drogas. Não ia parar. Mesmo assim, apesar de os dias sombrios que ainda teriam, ele se sentia caminhando em uma luz de um tipo diferente. O panorama de luz maravilhoso, arrebatador, deslumbrante e revelador que o amor pode trazer à vida de um homem solitário.

O romance era um território novo para ambos. Alguns almoços e um rápido jantar em um restaurante no Bronx tinham se transformados em jantares compridos e pacíficos na Peter Luger Steak House, em Williamsburg, depois em passeios encantadores ao longo da Esplanada do Brooklyn enquanto o casulo de afeto e luxúria florescia no caleidoscópio de explosões apaixonadas de um belo amor. Mesmo assim, ele pensava enquanto dirigia o carro na FDR Drive, com o edifício da Chrysler, na rua 42, se afastando ao longe, amar um homem à luz do dia, quando o sol está brilhando e há promessa de amor é uma coisa. Mas invadir os projetos habitacionais do Brooklyn em seu Lincoln para resgatar o velho diácono na calada da noite era outra bem diferente.

Ele pensava nisso enquanto virava o Lincoln no túnel Battery, as luzes fluorescentes ao longo do teto refletindo no rosto de Melissa sentada ao seu lado. Até então, ele sempre acreditara que um sócio traria preocupação, medo e fraqueza para um homem, em especial um com o tipo de trabalho dele. Mas Melissa trazia coragem, humildade e humor a lugares que ele nunca soube que existiam. Ele nunca fizera sociedade com uma mulher antes, se não incluir sua mãe, mas a franqueza tranquila de Melissa era uma arma de um novo tipo. Aquilo atraía as pessoas, deixava-as desarmadas. Tornava-as amigas — e isso era uma arma também. Ele vira aquilo acontecer com a velha negra na casa de repouso em Bensonhurst que chamava a si mesma de Irmã Paul.

Ele agradecia a Deus por ter levado Melissa até a casa de idosos na semana anterior. Quase não fizera isso. Resolveu levá-la junto no último momento, para mostrar sua sinceridade e abertura. Ela virou o jogo a favor dele.

O velho diácono tinha garantido que contara tudo sobre Elefante para a Irmã Paul. Mas quando ele entrou no quarto, a velha mulher, enrugada e coberta com um cobertor cinza, lhe deu o *malocchio*, o mau-olhado. Ela ignorou seu cumprimento e, sem uma palavra, estendeu uma garra velha, apontando para uma velha lata de café perto da cama. Ele pegou e entregou para ela. Ela cuspiu dentro.

— Você parece seu pai, mas mais gordo — disse ela.

Ele colocou a cadeira perto da cadeira de rodas dela e se sentou de frente para ela, tentando abrir um sorriso. Melissa se sentou na cama, atrás dele.

— Comi mais amendoins que ele — disse ele como piada, para desanuviar o ambiente.

Ela acenou com a mão velha e enrugada.

— Até onde me lembro, seu pai não comia amendoim. E ele não dizia mais do que quatro ou cinco palavras por dia. O que significa que você não é só mais gordo, mas usa mais sua matraca.

Ele sentiu a cor se esvair de seu rosto.

— O diácono não falou com você?

— Não me venha aqui todo petulante e inventando castelos no ar sobre um velho diácono! Você faz?

— Ahn?

— Você faz?

— Faço o quê?

— Eu fiz uma pergunta, senhor. Você faz?

— Escute, senhora...

— Não me atrapalhe — exclamou ela. — Estou fazendo uma pergunta. Sim ou não. Você faz?

Ele levantou o dedo para chamar a atenção, para tentar fazê-la se acalmar.

— Só estou aqui por...

— Coloque este dedo no bolso e escute, filhinho! Você entra aqui sem uma lata de sardinhas, nenhum presente, nenhuma tigela de feijão, nem mesmo um copo de água para oferecer para alguém que pretende dar carta branca para aquilo que você vem buscar. E você nem sabe se vai acertar o alvo ou não. Você é como a maioria dos brancos. Acredita que tem direito a algo que não tem a ver com você. Tudo no mundo tem um preço, senhor. Bem, agora, o jogo virou, pois pisaram em mim durante toda minha vida, e eu não te conheço. Você poderia ser italiano, já que o terno velho que está usando tem manchas de vinho por todo lado. Por outro lado, você poderia ser algum bêbado fantasioso fingindo ser o filho do sr. Guido. Não sei por que veio até aqui, senhor. Não conheço o diácono tão bem. Ele não me explicou nada sobre você. Como a maioria dos homens, ele não achou que tinha que explicar algo para uma mulher, incluindo sua própria esposa, que cozinhava e alisava o cabelo enquanto ele vadiava por aí enfiando o suco da alegria goela abaixo por todos os longos anos que fez isso. Dei a volta ao redor do sol cento e quatro vezes, e ninguém explicou nada para mim. Li o livro sobre não ser explicado. Isso se chama ser uma velha mulher negra, senhor. Agora eu pergunto de novo. Pela última vez... e se não mostrar a que veio aqui, então pode enfiar os calos naqueles seus sapatos Hush Puppy com moedinhas dentro e dar o fora. Você faz?

Ele pestanejou, exasperado, e olhou de relance para Melissa que — graças a Deus — disse baixinho.

— Sra. Paul, ele faz.

O rosto contraído da velha senhora, uma massa de rios enrugados e zangados, se soltou quando ela virou a cabeça idosa para olhar para Melissa.

— Você é a esposa, senhora?

— Noiva. Vamos nos casar.

A raiva da velha carcomida se soltou um pouco mais.

— Humm. Que tipo de cara é ele?

— Ele não fala muito.

— O pai dele também não falava muito. Falava muito menos do que ele, isso é certo. Por que quer casar com esse perdedor? Ele entra aqui, todo áspero e errado, fazendo perguntas como se fosse a polícia ou algum pastor mandado por Deus. O pai dele só me fez uma única pergunta. Nunca mais me perguntou nada depois. Ele é esse tipo de homem, esse seu cara? É o tipo que é bom com sua palavra? É o tipo que faz as coisas e não fala sobre isso com ninguém depois? Ele fala ou ele faz? Qual é a dele?

— Eu espero que sim. Eu acho que sim. Vou ver isso. Acho que ele... faz.

— Tudo bem então. — A velha pareceu ficar satisfeita. Virou-se para encarar Elefante, mas continuou falando com Melissa, como se Elefante não estivesse no quarto. — Espero que esteja certa, senhora, para o seu bem. Se está, você tem algo. Pois o pai dele escutava. O pai dele não andava por aí lançando perguntas e soprando ar e fazendo pronunciamentos e apontando a garra como se fosse o cachorro alfa. O pai dele não apontava o dedo para ninguém. Ele nos deu aquela igreja de forma gratuita e clara.

— Eu gostaria que alguém me desse uma igreja — disse Melissa.

De repente, a velha parecia indignada. Ficou furiosa. Arqueou a cabeça para trás, olhando feio para Melissa, enraivecida e, de repente, jogou a cabeça para trás e caiu na gargalhada, a boca aberta, mostrando um único dente manchado e rançoso.

— Ah! Você é uma figura, garota.

E então Melissa continuou, amansando as coisas, conversando, papeando com facilidade com o velho crocodilo pelas duas horas seguintes, até que o sal da velha senhora se dissolveu, desapareceu totalmente, revelando a alma estranha e gentil que vivia por baixo, compartilhando sua vida e seu passado, derramando a *soul music* do sofrimento, da tristeza e da alegria de uma velha mulher negra: o marido falecido, a filha amada que passara a juventude construindo a Igreja das Cinco Pontas e morrera quatorze anos antes. Com o incentivo de Melissa, a Irmã Paul falou do início da vida na fazenda de meeiros em Valley Creek, no Alabama, e no norte de Kentucky, onde conheceu o marido, e a mudança deles para Nova York acompanhando a filha. Então ele recebeu o chamado para ensinar a sabedoria de Cristo e, quando chegou neste ponto de sua narrativa, sobre o nascimento da Igreja Batista das Cinco Pontas e do papel do velho sr. Guido em sua construção e, claro, a caixa que ele escondera lá, ela já estava falando com os dois. Mas não parou ali, pois, conforme falou, revelou um tesouro ainda maior, o antigo bairro do Cause da infância de Elefante, aquele que ele se esquecera ao longo dos anos de dificuldades e lutas, trazendo de volta o bairro que ele lembrava quando era menino, as crianças italianas brincando de pega-pega e esconde-esconde na rua nas tardes de domingo; as crianças irlandesas da rua Treze martelando *stickballs* rosa do comprimento de dois esgotos; as crianças judias em Dikeman gargalhando enquanto jogavam balões de água nos transeuntes pelas janelas dos andares superiores do edifício de inquilinos, onde seu pai tinha um armazém no térreo; os velhos estivadores, italianos, negros e hispânicos discutindo por causa do Brooklyn Dodgers em três idiomas enquanto jogavam dados; e, é claro, os negros do Habitacional Cause, passando apressados nas melhores roupas de domingo na direção do centro do Brooklyn, rindo nervosos enquanto ele agia como um idiota diante deles em seus anos de adolescente, bêbado, zangado, ameaçador, irritado atrás de um carro estacionado enquanto os negros passavam, até mesmo perseguindo seus filhos pela rua Silver à noite. Como podia ter sido tão burro? Via a si mesmo então como sua mãe se referia a ele com raiva quando ficava sabendo de seu comportamento: um *paisan* idiota, preocupado que os negros, os irlandeses, os judeus, os forasteiros estavam invadindo nosso quarteirão. "Não temos quarteirão", ela dizia. "Os italianos não são donos do quarteirão. Ninguém é dono do quarteirão. Ninguém é rei de nada em Nova York. É a vida. Sobrevivência". Como ele podia ter sido tão estúpido?, pensou ele. É isso o que o amor faz? Muda você desse jeito? Permite que você veja o passado com clareza?

Quando a velha terminou, ele sentia como se tivesse sido abençoado e estivesse em comunhão, seus pecados limpos pela confissão. Era noite, e ela tinha falado quase até dormir. Ele se levantou para agradecê-la e ir embora quando ela perguntou:

— Sua mãe ainda vive?

— Sim — respondeu ele.

— Você deve honrá-la, filho. Pois qualquer bem que seu pai tenha feito, foi ela quem o levou a fazer isso. O que ela faz hoje em dia?

— Cuida do jardim.

— Isso é bom. Talvez você não devesse dizer a ela que você e eu conversamos.

— Quem disse que ia fazer isso?

A Irmã Paul olhou pensativa para ele por um momento e disse:

— Tenho cento e quatro anos, filho. Conheço todos os truques. Você vai querer confirmar minha história, na esperança de que ela se lembre daqueles cem dólares que seu pai me ofereceu por dirigir aquele caminhão. Claro que ela vai lembrar, pois era muito dinheiro na época, e acho que foram minutos tensos para ela, sentada em sua sala de estar, no meio da madrugada, como o pé direito do marido apontando para um lado enquanto o calcanhar apontava para o outro, e aquele caminhão cheio de encrenca na frente da casa dela, e você deitado no andar de cima, roncando com um lenço cheio de ranho e uma vida cheia de dores de cabeça pela frente, pois aposto que criar você não foi um mar de rosas. Uma esposa sabe tudo, filho. Se ela quisesse que você soubesse o que aconteceu naquela noite, acho que teria contado há muito tempo. E por que preocupar o coração de uma velha mãe? Se acontecer algo de ruim com você por causa do que acabei de contar, então vou carregar a dor dela também. Sou velha, filho. Não tenho motivo para mentir.

Elefante pensou naquilo por um momento e falou:

— Tudo bem. — Fez uma pausa. — Obrigado... por tudo. Tem alguma coisa que eu possa fazer pela senhora?

— Se é um homem de orações, ore para que o Senhor me mande um pedaço do meu queijo.

— Seu o quê?

— Seu pai gostava do meu rango, entende...

— Rango?

— Da minha comida. Ele gostava de como eu cozinhava. Ele se matava pelo meu frango frito. Eu levei um prato para ele uma tarde, quando estava construindo a igreja. Ele me deu um pedaço de queijo em troca. Queijo italiano. Não sei o nome. Mas era um queijo e tanto. Falei isso para ele. Depois que construímos a igreja, me mandou aquele queijo por anos. Ele morreu faz muito tempo, mas ouvi dizer que o queijo continua chegando. Como mágica. De Jesus, eu acho.

Aquela era uma abertura para Elefante, e ele pigarreou, todo importante de novo:

— Posso descobrir quem manda e...

— Eu pedi isso, filho?

— Talvez minha mã...

— Filho, por que continua querendo colocar sua mãe nessa encrenca? Você me perguntou o que queria, e eu disse. Falei isso para o velho Paletó também, mas ele está sem ultimamente. Jesus manda aquele queijo, filho. Ninguém mais. Vem de Jesus. Estou pedindo que peça para Jesus me mandar um pouco. Só um pedaço. Não como aquilo há anos.

— Humm... ok. — Elefante se levantou e foi para a porta. Melissa o seguiu. — Mais alguma coisa? — perguntou.

— Bem, se puder, pode dar uma gorjeta para o sr. Mel antes de ir.

— Quem é o sr. Mel?

— Aquele velhote branco na porta da frente que toma conta para que nenhum velhinho escape.

Elefante olhou para Melissa, que acenou com a cabeça na direção do corredor que seguia até a entrada do prédio, onde dava para ver o velho segurança, cochilando sobre um *Daily News*.

— Tenho mandado meu dízimo para a Cinco Pontas toda semana durante doze anos — disse a Irmã Paul. — Quatro dólares e treze centavos, da minha aposentadoria. Ele vai até o correio para mim toda semana. Consegue uma ordem de pagamento, coloca no envelope e despacha. A menos que o correio pague em cervejas e licores, devo doze anos de selos e envelopes para ele. Além do custo de transformar aqueles quatro dólares e treze centavos em ordem de pagamento. Agora, Mel manda bala no uísque desde que estou aqui, embora tenha parado há um ano mais ou menos. Mas, sendo honesta, ele é um bom homem. Eu gostaria de pagar o que devo a ele antes de ganhar minhas asas. Acha que pode dar algo para ele? Ele não aceita dinheiro. Diz que é velho demais.

— Ele gosta de algo além de bebida?

— Ele gosta de chocolate Mars.

— Darei barras suficientes para o restante da vida dele.

* * *

ELES FORAM ATÉ A PAREDE DE TRÁS DA IGREJA NAQUELA NOITE, às 4h20 da madrugada. Elefante e Paletó. Melissa ficou no carro, parada no meio-fio, as luzes apagadas e o motor ligado. Não era preciso que ela se arriscasse a ser pega. Ela fizera o trabalho, e a pesquisa também. Depois de ouvir a descrição do objeto, ler alguns jornais da época e telefonar para o homem na Europa a fim de fazer os acertos para a transferência e a venda, ela sabia o que era. Aparentemente, "o sabão" que seu tio Macy — o irmão do Governador — escondera e trouxera para a América entre sua "coleção" roubada da caverna, em Viena, em 1945, não era sabão nenhum. Era o objeto em três dimensões mais antigo do mundo. A Vênus de Willendorf, a deusa da fertilidade. Uma pequena peça em calcário, esculpida no formato de uma mulher grávida, que diziam ter milhares de anos. E estava sentada na palma da mão de Jesus, uma mão negra, pintada na parede de blocos de concreto dos fundos da Igreja Batista das Cinco Pontas do Habitacional Cause, no Brooklyn, Nova York, por Zeke, filho da Irmã Bibb, com a ajuda de Paletó e Salsicha, sob a direção do Reverendo Gee, que anos antes sentira que Jesus devia ser transformado de um Jesus branco em um homem negro. A mão que estava ali parecia uma bolha. Mesmo assim, era uma mão.

Não havia lua no céu enquanto Elefante e Paletó seguiram pela lateral do edifício até o quintal escuro como breu nos fundos da igreja, escondidos pelo mato alto, pelas luzes brilhantes de alguns arranha-céus de Manhattan à distância. Elefante tinha uma lanterna, coberta com um tecido negro, um martelo e um cinzel de pedreiro. Paletó olhou para as ferramentas de Elefante e falou:

— Não preciso de luz.

Mas, quando levou Elefante até a parede dos fundos, acendeu a lanterna por um momento, revelando o retrato de Jesus, agora já bem desbotado, um homem branco pintado de negro, os braços estendidos, as mãos separadas por uns dois metros e meio de distância. Então devolveu a lanterna para Elefante.

— A Irmã Paul falou se era na mão direita ou na esquerda? — perguntou Elefante.

— Não lembro. Mas só tem duas mãos aqui — disse Paletó incisivo.

Começaram na mão esquerda, batendo com cuidado ao redor do tijolo. Quebraram a argamassa até que o tijolo ficou quase totalmente solto.

— Espere — disse Paletó. — Me dê um minuto para entrar na igreja, aí você empurra o tijolo para mim. Não tem nada na parede interna.

Toque nele. Não bata com muita força. Está oco. Esse martelo vai arrebentar um buraco nele.

Com a cabeça do martelo, Elefante foi dando pancadinhas suaves nas bordas do bloco de concreto.

O bloco cedeu depois de alguns golpes de martelo e caiu dentro do salão da igreja.

Quando o bloco caiu lá dentro, ele pensou: E se a coisa cair?

Ouviu o velho do outro lado reclamar ao pegar o bloco. Elefante falou pela parede:

— Tem alguma coisa aí?

— Onde?

— No bloco de concreto. Tem algo parecido com uma barra de sabão aí?

— Não. Nenhum sabão.

Aquilo pegou Elefante desprevenido. Dava para ver o rosto do velho no buraco deixado pelo bloco. Ele enfiou a cabeça no espaço vazio de onde o bloco fora removido e olhou, em ângulo, iluminando com a lanterna o bloco de concreto de baixo e o de cima. Nada. Conseguia ver dentro da igreja, e viu o velho espiando-o.

— Não tem nada aqui — disse Elefante. — Esses blocos são escalonados. A coisa pode ter caído pela borda e se espatifado na parede, quebrada em pedaços. Teríamos que botar a parede inteira da igreja abaixo para ver o fundo. Vamos tentar a outra mão.

Ele foi para o outro lado e começou a bater no bloco de concreto da mão direita de Jesus, quando o som da porta da igreja se abrindo e os pés do velho soando no chão o detiveram.

— Você precisa ficar lá dentro para pegar o bloco quando ele cair — disse Elefante.

— Preciso? — disse Paletó.

— Sim. Estamos procurando uma caixa de sabão. Não pode quebrar. É valiosa.

— Bem, isso não é sabão — disse Paletó. Levantou uma caixa de metal empoeirada.

— Por que está tentando arrancar meus *cojones*! — disse Elefante, pegando a caixa.

— Seu o quê?

— Minhas bolas!

— Não tenho nada a ver com essas coisas.

— Você disse que não tinha nada lá.

— Você falou em sabão. Isso não parece sabão. É uma caixa. Estava presa com cimento na lateral do tijolo.

— Lateral do quê?

— Do bloco de concreto. Alguém colocou uma placa de metal na lateral e prendeu isso lá.

— Achei que tivesse dito que não tinha nada lá.

— Você disse "sabão", senhor.

— Pare de me chamar de senhor! — exclamou Elefante, animado. Ficou de joelhos e entregou a lanterna para Paletó segurar. — Toma, ilumina aqui.

Paletó obedeceu. Elefante abriu a caixa e tirou uma estatueta de pedra gorducha, com cerca de dez centímetros e seios grandes.

— Quem diria — comentou Paletó. Resistiu à vontade de dizer "uma senhorinha negra". Em vez disso, murmurou: — É uma boneca.

— Bem como ele disse. Quase do tamanho de um sabonete Palmolive — murmurou Elefante, virando a peça de um lado para o outro.

— Já vi ratos do campo maiores — disse Paletó. — Posso tocar nela?

Elefante lhe entregou a estátua.

— É pesada — falou Paletó, devolvendo-a. — É uma mulherzinha robusta. Vi algumas assim na minha época.

— Você gosta disso?

— Mulheres robustas com peitos grandes? Claro. A igreja é cheia delas.

Elefante ignorou aquilo, olhando ao redor instintivamente. O quintal estava escuro. Não havia uma vivalma. O Lincoln estava na calçada, o motor ligado. Ele tinha conseguido. Estava livre. Hora de se mexer.

— Vou deixar você em casa. Entro em contato depois. Vou tomar conta de você, amigo.

Paletó não se mexeu.

— Espere um minuto. Você acha, já que a Irmã Paul e eu ajudamos nisso tudo, que poderia me ajudar a encontrar a caixa de Natal também?

— Encontrar o quê?

— A caixa de Natal. Todo o dinheiro do Natal. Dinheiro economizado pelas pessoas da igreja para comprar presentes para seus filhos. Minha Hettie recolhia todo ano e escondeu em algum lugar da igreja. Falta um mês para o Natal.

— Onde está?

— Se eu soubesse, não estava pedindo sua ajuda.

— Quanto dinheiro tem lá?

— Bem, se somar tudo e descontar os mentirosos que afirmam que tinham isso e aquilo, acho que provavelmente três ou quatro mil dólares. Em dinheiro.

— Acho que posso cuidar disso, sr. Paletó.

— Como é que é? Senhor?

— Sr. Paletó.

Paletó levou a mão enrugada à testa. Havia uma claridade no mundo agora que parecia nova, não que fosse desconfortável, mas às vezes a novidade daquilo parecia estranha, como a sensação de estrear uma nova peça de roupa. As dores de cabeça e a náusea que foram suas companhias depois de deixar as bebedeiras de décadas tinham desaparecido. Era como se ele fosse um rádio sintonizado em uma nova estação, uma que começava a entrar no alcance, ficando clara aos poucos, apropriada, do jeito que sua Hettie sempre quisera que ele fosse. A nova sensação o fazia se sentir humilde. Religioso também. Fazia com que se sentisse mais perto de Deus e dos homens, dos filhos honrados de Deus.

— Nunca fui chamado de Sr. Paletó por ninguém.

— Bem, e como quer ser chamado?

Paletó pensou por um instante.

— Talvez de filho de Deus.

— Tudo bem. Filho de Deus. Posso cuidar disso. Vou conseguir uma caixa de Natal nova para vocês.

Elefante se virou para ir para o carro.

— Espere!

— O que foi agora?

— Como vamos explicar o bloco que falta na parede?

Mas Elefante já estava indo embora.

— Amanhã estará consertado. Apenas oriente que ninguém da igreja comente a respeito. Diga para perguntarem para a Irmã Paul. Eu cuido do restante.

— E quanto à mão de Jesus? Vão ficar bravos com isso. Precisa ser consertada.

— Diga que Jesus terá uma parede nova. E uma mão nova. E um prédio novo, se quiserem. Vocês têm minha palavra.

26

Lindo

O FUNERAL DE PALETÓ, VINTE E DOIS MESES DEPOIS QUE DEEMS Clemens foi baleado foi, sem dúvida alguma, o maior funeral na história do Habitacional Cause. E foi a catástrofe de sempre na Igreja Batista das Cinco Pontas, claro. O Reverendo Gee chegou vinte minutos atrasado porque seu Chevy novo — novo, mas com seis anos de idade — não ligou. Um dos caras que fazia entrega das flores caiu na frente da igreja e quebrou o braço, depois de tropeçar em um tijolo rebelde largado ali, que fazia parte das reformas que pareciam estar em curso — com dinheiro vindo só Deus sabe de onde. Ele caiu pela porta aberta da casa do pastor, mandando as flores para todo lado. As Primas, Nanette e Milho Doce, entraram em uma disputa de gritos no banco do coro para saber quem era dona de um chapéu. O carro que transportava o corpo vindo da casa funerária estava atrasado, como sempre, desta vez porque o velho Morris Hurly, conhecido carinhosamente como Hurly Garotinha, alegou ter sofrido uma batida leve de um caminhão de óleo na via expressa Brooklyn-Queens, o que o obrigou a fazer um rearranjo rápido no corpo de Paletó, que jazia no caixão dentro do veículo, estacionado de qualquer jeito no meio do jardim novo em folha que ficava atrás da igreja, por falta de espaço para parar na frente. Vários dos presentes ficaram zangados, olhando feio para a porta dos fundos da igreja — incluindo Bum-Bum, Irmã Bibb e vários membros da agora lotada Sociedade do Estado Porto-Riquenho do Habitacional Cause, graças à nova presidente, srta. Izi — observavam com desgosto que não havia arranhões ou amassados na limusine brilhante, e imaginaram corretamente que, quando viu a fila de gente parada do lado de fora da igreja que dobrava a esquina e ia até o pátio do projeto habitacional, Hurly Garotinha entrou em pânico e resolveu ajeitar Paletó.

— Morris quer impressionar novos clientes — bufou Bum-Bum, observando enquanto dois homens em ternos pretos da casa funerária de Hurly vigiavam a porta de trás aberta da limusine, enquanto a traseira do velho Morris, uma alma de aparência sombria com um afro completamente branco que chegava nas costas, entrava pela parte de trás do veículo, os sapatos brilhantes ficando enlameados da terra negra do novo jardim. Os sapatos iam e vinham, para dentro e para fora da limusine, enquanto ele fazia ajustes de última hora em Paletó.

— Olhe para ele — disse Bum-Bum desgostosa. — Morris parece um furão.

Mesmo assim, foi uma volta ao lar que colocou todas as outras no chinelo, a celebração das celebrações. Todo o pessoal do Habitacional Cause compareceu. Gente de Monte Tabernáculo, de St. Augustine e até o sr. Itkin e dois membros do templo judeu da rua Van Marl apareceram. A fila se estendia além do vagão de carga do Elefante, subia a avenida Ingrid, descia a avenida Slag e se estendia até a praça do Habitacional Cause, chegando quase no mastro da bandeira. A distribuição grátis de queijo no funeral deve ter ajudado, alguns diziam, e de onde vinha ninguém sabia, mas chegou na noite anterior em volume, peso e quantidade nunca vistos antes, caixas cheias, empilhadas organizadamente no porão da igreja, esperando, quando a Irmã Gee chegou para abrir o prédio às cinco da manhã.

O velório durou nove horas.

A Cinco Pontas só comportava cento e cinquenta pessoas — era o que a licença do Corpo de Bombeiros permitia. Duas vezes mais pessoas se espremeram lá dentro para a cerimônia. Havia tanta gente que alguém telefonou para o Batalhão 131 do Corpo de Bombeiros, que enviou um caminhão. Os bombeiros deram uma olhada na multidão e foram embora, entrando em contato por rádio com a polícia, que mandou duas viaturas da 76ª Delegacia. Os policiais deram uma olhada na multidão e na fila dupla de carros estacionados, que gerariam várias multas e anunciaram que tinham sido chamados de emergência para ver um acidente em Bay Ridge, que os ocuparia por aproximadamente três horas, exatamente o tempo que o Reverendo Gee precisava para gritar seu sermão para todos sobre o grande homem que Paletó tinha sido e para que as Primas lide-rassem o coro da Cinco Pontas em alguns dos mais santos e celestiais alvoroços que alguém já ouvira, acompanhadas no fim por Joaquin e Los Soñadores, que conseguiram, graças a Jesus, abafar os berros das Primas, que, como sempre, roubaram o espetáculo.

Foi uma morte extravagante, só que, desta vez, os suspeitos de sempre — a Irmã Gee, a Irmã Bibb, Salsicha Quente, Dedos Gorduchos, agora legalmente sob os cuidados das Primas, que lutaram por ele com a mesma tenacidade que brigavam por todo o restante — tinham sido corrigidos pela Irmã Paul que, aos cento e seis anos, desfrutava de um assento especial no estrado, acompanhada por ninguém menos que o ex-diácono Rufus Harley, zelador no Habitacional Watch, que jurara em alto e bom som que nunca, jamais colocaria os pés naquele viveiro de hipocrisia e impotência sagrada conhecido como Igreja Batista das Cinco Pontas enquanto pudesse respirar. Também estava ali a srta. Izi, cercada por todos os dezessete recém-juramentados membros da Sociedade do Estado Porto-Riquenho do Habitacional Cause. O gentil gigante Sopa Lopez também estava presente, junto à prima de Joaquin, Elena, do Bronx, e Calvin, o operador do guichê do metrô — e esses dois não paravam de falar. Bum-Bum, acompanhada por seu novo marido, Dominic, a Sensação Haitiana, e o melhor amigo dele, Mingo, o curandeiro, estavam participando, assim como vários membros do time de beisebol All-Cause Boys de Paletó, agora todos crescidos e aposentados do beisebol, exceto um. E um conglomerado pouco comum de gente de fora: Potts Mullen, o policial aposentado, e seu antigo parceiro iniciante, Jet Hardman, que atualmente trabalhava para o Patrulha do Porto da Cidade de Nova York, o primeiro negro a romper a barreira racial no Esquadrão de Bombas da Polícia de Nova

York, na Corregedoria, no departamento de contabilidade, na divisão de trânsito e na divisão de transporte mecânico, que consertava viaturas — e todas elas quebravam cinco minutos depois que Jet terminava de arrumá-las.

E por fim os dois presentes mais interessantes: Thomas G. Elefante, antes conhecido como o Elefante, resplandecente em um terno cinza, junto à sua mãe e à sua nova esposa, uma irlandesa tímida e robusta que diziam ser do Bronx; e o próprio Deems Clemens, o antigo terror do tráfico do Cause — agora um arremessador iniciante de vinte e um anos no Iowa Cubs, um afiliado da liga secundária do infeliz Chicago Cubs da liga principal, acompanhado pelo técnico de beisebol Bill Boyle, da Universidade St. John's, com quem ele morou por um ano enquanto arremessava para a St. John's nas finais da NCAA em sua única temporada universitária. O ferimento que o arremessador destro Clemens sofrera no tiroteio há vinte e dois meses fora, felizmente, no ombro esquerdo, e sarara bem, junto ao seu estado mental, que melhorara dramaticamente depois que deixou o Habitacional Cause para viver na casa do treinador Boyle.

O aparecimento de Deems — que chegou vinte minutos atrasado — e as notícias sobre sua boa sorte no beisebol profissional se espalharam como um ciclone entre os enlutados na igreja.

— E só nossa sorte — murmurou Joaquin. — O único cara do Cause que entra para os grandes é convocado pelos nojentos Cubs. Aquele time não ganha uma World Series há sessenta e três anos. Quem vai apostar neles? Não vou ganhar um centavo com isso.

— Quem se importa? — comentou a srta. Izi. — Você viu o carro dele?

Ela tinha razão. Clemens, que tinha um Pontiac Firebird usado em sua época de traficante, agora chegara em um Volskwagen Beetle novinho em folha.

Depois da cerimônia e do enterro, um grupo de cerca de quarenta vizinhos e moradores se reuniram no porão da Cinco Pontas e conversaram até tarde da noite, em parte porque ainda havia muita coisa para comer, e porque ainda sobrava muito queijo para distribuir e eles não tinham ideia do que fazer com tudo aquilo. A discussão sobre a distribuição do queijo levou horas. Depois ficou determinado, a partir do relato da

Diácono King Kong

353

testemunha ocular Bum-Bum, a sempre vigilante detetive do queijo, e do velho Dub Washington, que adormecera na velha fábrica no píer Vitali e saíra andando no meio da noite para revirar o lixo na rua Silver, que o queijo chegara na noite anterior em um caminhão refrigerado de cinco metros, contendo quarenta e uma caixas, cada uma com vinte e oito pedaços de dois quilos do delicioso, deleitável, maravilhoso queijo do homem branco. Tinha que ser distribuído porque não podia ser armazenado, mas, apesar da multidão presente, a igreja ficou sem gente para levar o queijo, então foi resolvido às pressas que, depois do funeral de Paletó, eles espalhariam amor por todo o distrito do Habitacional Cause. Enfiaram oito pedaços no porta-malas das duas viaturas dos policiais da 76ª que voltaram da "emergência de trânsito" em Bay Ridge. Os policiais protestaram, dizendo que era queijo demais, então foram instruídos pela Irmã Gee a entregar metade no Batalhão 131 do Corpo de Bombeiros, na rua Van Marl, e dividir com os demais funcionários do município. Os policiais concordaram, mas não deram nem uma migalha aos bombeiros, já que policiais e bombeiros do Distrito Cause se odiavam, assim como acontecia por toda Nova York. A notícia também chegou no Habitacional Watch. Uma fila se formou do lado de fora da igreja, moradores dos dois projetos habitacionais voltaram em massa e, mesmo assim, não levaram embora o suficiente. Muitas das pessoas que apareceram eram obrigadas a levar para casa muito mais do que dariam conta. Os pedaços de queijo eram levados em carrinhos de supermercado, sacos, sacolas de compra, carroças, bolsas, carrinhos de bebê e carrinhos de correio roubados de uma agência próxima. Nunca houve tanto queijo no Distrito Cause. E, infelizmente, nunca mais haveria queijo ali novamente.

É difícil dizer se foi o queijo, ou Clemens e seu Volkswagen, ou a presença de Elefante que causou mais confusão no grupo central da igreja que ficou lá à noite, discutindo os assuntos, argumentando, brincando e se divertindo até altas horas, acusando um ao outro da traição de saber o paradeiro de Paletó e as circunstâncias de sua misteriosa morte. Ninguém parecia saber. Ninguém jamais vira algo assim no Cause. Mas, às sete da noite, depois que as mesas foram limpas, os pratos lavados e os últimos pedaços de queijo distribuídos, a igreja varrida, os restos de dama-da-noite doados porque havia flores demais, os vizinhos de fora foram embora, deixando apenas as almas centrais da Igreja Batista das Cinco Pontas: Irmã Gee, Salsicha Quente, Irmã Bibb e Bum-Bum, junto a dois visitantes, srta. Izi e Sopa. Os dois últimos não eram membros da igreja, mas tiveram participação especial como representantes de suas diferentes instituições: a srta. Izi como a recém-eleita presidente da Sociedade do Estado Porto-Riquenho, e Sopa, que não atendia mais pelo nome de Sopa, mas usava o apelido de Rick X, um orgulhoso membro da Nação do Islã e também o principal vendedor da divisão comercial da Mesquita 34 do Brooklyn, tendo vendido a maioria das tortas de feijão e de jornais na história daquela mesquita. Ele também era procurado no Kansas por prisão ilegal relacionada a violência doméstica e roubo, mas isso, ele assegurara ao grupo, era uma longa história.

Os seis conversaram até tarde da noite.

A conversa dançava para cima e para baixo, cobrindo as paredes de conjecturas enquanto destrinchavam várias teorias em jogo, depois esqueciam e voltavam a ela novamente. Onde Paletó estivera nos últimos quatorze meses? Será que Paletó tinha bebido até o fim? Como morrera? Por que o Elefante aparecera? E de onde viera todo aquele queijo?

A questão do queijo era a mais quente de todas.

— Depois de todos estes anos, ninguém sabe ainda — comentou a srta. Izi. — É uma estupidez.

— Eu peguei o motorista do caminhão — disse Bum-Bum com orgulho. — Vi o caminhão chegando lá pelas três e meia, corri até lá e peguei ele antes que fosse embora. Eram dois homens. Um tinha acabado de entrar no caminhão. O outro, o motorista, estava saindo da igreja. Eu o agarrei pelo braço antes que ele chegasse no caminhão. Perguntei: "Quem é você?" Ele não falou muito. Tinha sotaque italiano. Acho que era um gângster.

— Por que diz isso? — perguntou a srta. Izi.

— Ele tinha muitas marcas na cara.

— Isso não é nada — comentou a srta. Izi. — Pode ser de aprender a usar o garfo.

Isso causou uma onda de risos e comentários.

Ninguém parecia saber muito mais que aquilo.

Então todos miraram em Salsicha Quente. Durante quase uma hora, eles prensaram o melhor amigo de Paletó. Salsicha Quente alegou ignorância.

— O homem foi para a cadeia — disse ele. — Estava no jornal.

— Não estava no jornal — garantiu a srta. Izi. — O homem devia ir para a cadeia. Ele devia ir a julgamento. Isso estava no jornal. Paletó não foi a lugar algum.

— Bem, ele não estava aqui — disse Salsicha.

— Onde estava, então?

— O que vocês acham que eu sou? Um tabuleiro Ouija? Eu não sei — garantiu Salsicha Quente. — O homem está morto. Fez muita coisa boa em vida. Com o que estão preocupados?

A discussão continuou até meia-noite. Onde Paletó tinha ido? Quando fora visto? Ninguém parecia saber.

Por fim, lá pela uma da manhã, eles se levantaram para ir embora, mais insatisfeitos do que nunca.

— Depois de vinte anos adivinhando como o velho idiota partiria deste mundo, isso é demais — reclamou Bum-Bum, olhando feio para Salsicha enquanto ia embora. — Não aguento quando alguém que tem a reputação de contar tudo de repente fica calado quando sabe algo que você não sabe.

Salsicha Quente não prestou atenção nela. Estava ocupado de olho na Irmã Bibb, sua amante secreta, que se aprontava para ir embora. Ele a observara taciturno durante a última hora, esperando uma piscadela, um aceno ou balanço de cabeça, algum sinal de que estava tudo bem e de que a barra estava limpa para ele acompanhá-la até em casa para um pouco de nheco-nheco em honra a Paletó. Mas a Irmã Bibb não deu sinal algum. Em vez disso, quando o relógio marcou a hora, ela pegou a bolsa e foi para a porta. Quando virou a maçaneta em silêncio, fez um aceno com a cabeça para ele. Salsicha Quente ficou de pé em um pulo, mas a Irmã Gee colocou uma mão em seu braço.

— Salsicha, pode ficar um minuto? Preciso de uma palavra em particular.

Salsicha olhou de relance para a Irmã Bibb, que já estava saindo pela porta.

— Precisa ser agora? — perguntou ele.

— É só um minuto. Não vai demorar muito.

Parada na porta, a Irmã Bibb moveu a sobrancelha para cima e para baixo duas vezes, em um movimento rápido, que fez o coração de Salsicha disparar, e então ele a viu ir embora. Ele se sentou desanimado em uma cadeira dobrável.

A Irmã Gee ficou parada em pé diante dele, as mãos nos quadris. Salsicha olhou para ela como um cachorrinho arrependido.

— Tudo bem. Bote para fora — disse ela.

— Botar o quê para fora?

A Irmã Gee pegou outra cadeira dobrável, colocou-a virada de costas e se sentou de frente para ele, os antebraços apoiados no encosto, as pernas abertas uma de cada lado, o vestido puxado para baixo para esconder suas coxas. Seu rosto moreno comprido encarou-o, o lábio inferior pressionado contra os dentes de baixo. Ela pensou por um instante, assentiu devagar e balançou para frente e para trás com calma.

— O homem realmente é uma criatura curiosa, não acha? — disse ela de forma casual.

Salsicha olhou para ela, desconfiado.

— Acho que sim.

Ela parou de balançar e se inclinou para a frente, sorrindo. Seu sorriso era desarmador, e Salsicha Quente se sentiu nervoso.

— Não sei por que tenho vontade de me meter nos assuntos dos outros — disse ela. — Acho que é a criança em mim. Mas acontece que a vida toma conta de você assim que sai de sua mãe. Não sei o que é isso. Mas quanto mais velha fico, mais me torno quem realmente sou. Você acha isso, Salsicha? — perguntou ela.

Salsicha Quente franziu o cenho.

— Irmã Gee, estou esgotado. Se está a fim de começar a falar sobre sujeira, os jeitos dos homens e as coisas que aconteceram em Chattanooga em 1929, que leu em um livro em algum lugar, então podemos falar sobre isso amanhã.

— A verdade será a mesma amanhã — disse ela. — Só não vai demorar tanto contá-la.

Salsicha Quente estendeu as mãos.

— O que há para saber? O homem está morto. Bebeu até morrer.

— Então a bebida acabou com ele? É mesmo verdade? — perguntou ela.

— É, sim.

Foi como se uma bigorna tivesse caído sobre ela. Seus ombros despencaram, e Salsicha viu, pela primeira vez naquele dia — depois de horas cuidando da cerimônia do funeral, bancando a titereira para o marido inepto, arrumando as flores, acalmando as Primas, confortando os enlutados, distribuindo os programas, arrumando a maneira de servir, recebendo as pessoas, cuidando dos policiais, dos bombeiros, do estacionamento, essencialmente fazendo o trabalho do marido em uma igreja moribunda, uma igreja que, como muitas ao redor, era cada vez mais mantida por mulheres como ela —, a tristeza profunda e sincera dela. A Irmã Gee baixou a cabeça e cobriu o rosto com as mãos abertas, e, ao fazer isso, sua própria dor libertou a dele, e ele engoliu em seco, pigarreando.

Eles ficaram sentados em silêncio por um longo momento, o rosto dela coberto com as mãos. Quando ela tirou as mãos, ele viu que seu rosto estava molhado onde as lágrimas tinham manchado a maquiagem.

— Eu achei que ele tinha parado — disse ela.

Salsicha guardou a própria dor e considerou a situação. Pensou naquilo rapidamente. Sua chance de uma brincadeira noturna com a Irmã Bibb, percebeu, estava arruinada. De todo modo, ele estava cansado demais para um pouco de ação. A Irmã Bibb o deixaria exausto. Ele podia muito bem contar o que sabia. Quando pensou no caso, viu que não havia problema algum. A Irmã Gee fizera muito por ele. E pela igreja. Por todos eles. Ela merecia aquilo. Ele falou.

— Bem, é verdade — disse ele. — E não é.

A Irmã Gee pareceu surpresa.

— O quê?

— Tudo isso. E nada disso.

— Do que está falando? Ele bebeu até morrer ou não?

Salsicha coçou a cabeça devagar.

— Não. Não bebeu.

— Como ele acabou no porto? Foi onde alguém falou que ele foi encontrado. Ele pulou lá?

— Não, não pulou. Eu não vi ele pular em nenhum porto.

A Irmã Gee quis saber:

— Que diabos aconteceu, então?

Salsicha franziu o cenho e disse:

— Só posso contar o que aconteceu depois que saí do hospital, pois foi quando o vi em seu juízo perfeito.

— Bem?

Salsicha prosseguiu.

— Depois que saí, encontrei Paletó. Ele estava em casa. Não tinha sido preso. Não estava na cadeia. A polícia não tinha falado com ele, nem mesmo seu amigo, o sargento que veio no velório hoje. Paletó estava andando livre por aí. A primeira coisa que ele disse quando eu o encontrei foi: "Salsicha, parei de beber". Bem, eu não acreditei nele. Então não o vi por alguns dias. Foi quando o Elefante apareceu. Agora, daqui para frente, você sabe mais do que eu, Irmã Gee. Pois foi com você que o Elefante falou. Com você e com o Paletó. Não sei o que conversaram, pois o prédio da Igreja Batista das Cinco Pontas foi construído antes da minha época. Mas Paletó estava falando umas coisas malucas no fim. Eu achei que era porque tinha parado de beber.

— Não foi isso — disse a Irmã Gee. — Ele queria refazer o jardim atrás da igreja, fazer um jardim cheio de damas-da-noite lá. Foi de onde veio a ideia de fazer o jardim da igreja. Não foi minha ideia, nem do sr. Elefante. Foi do Paletó.

— E por que isso?

A Irmã Gee acenou com a cabeça para a parede dos fundos da igreja, recém-reformada e pintada.

— O sr. Elefante tinha alguma coisa naquela parede, que pertencera ao pai dele. Aquela velha pintura que vocês estragaram tentando tornar Jesus negro não era só um desenho antigo. Era uma cópia de algo famoso. O sr. Elefante escreveu em um pedaço de papel. Ele me mostrou. Era algo chamado Julgamento Final. De um italiano chamado Giotto.

— Giotto? Como Jell-O?

— Estou falando sério, Salsicha. É um pintor famoso e aquela é uma pintura famosa e bem ali no fundo da nossa igreja tinha uma cópia dela. Por vinte anos.

— Bem, se o sr. Gelato ficou famoso por isso e está morto faz tempo, eu devia ficar famoso também. O fato é que Paletó e eu pintamos aquilo direitinho para seu marido há alguns anos, quando ele quis deixar o Jesus negro.

— Lembro dessa desgraça — comentou a Irmã Gee. — Tinha algo dentro da pintura que o sr. Elefante queria. Estava escondido em um bloco de concreto bem atrás da mão de Jesus.

— O que era?

— Não vi. Pelo que a Irmã Paul disse, era uma caixa chique com uma barra de sabão dentro.

— Nada de ouro, dinheiro ou pedras? — perguntou Salsicha.

— Pedras?

— Joias.

— Não. Bem, tinha uma boneca dentro da caixa. Uma pequena estátua. No formato de uma mulher gorda. Da cor de sabão marrom, disse a Irmã Paul. Eles a chamam de Vênus de alguma coisa.

— Hummm. Nada que alguém em seu trabalho diário encontraria no emprego, eu acho.

— Muito engraçado.

Ele pensou por um minuto.

— Isso parece estranho — admitiu. — O que mais a Irmã Paul falou?

— Ela disse que estava lá quando o velho Guido Elefante escondeu o negócio na parede e ficou feliz em viver o bastante para ver o filho dele recuperar. Não fiz perguntas ao filho. Você viu o que o sr. Elefante fez para a igreja, não viu? Ele me perguntou quanto tinha na caixa de Natal desaparecida de Hettie. Eu disse para ele o que achava que era... quatro mil dólares. Disse para ele que essa quantia incluía alguns mentirosos que diziam que colocavam dinheiro ali e provavelmente não colocavam. Ele não falou nada e me deu essa quantia mesmo assim. Além disso, refez o púlpito. Reconstruiu a parede de trás inteira depois que a quebrou. Criou todo um jardim novo. Pediu para alguém consertar aquela pintura idiota que vocês fizeram e fez um Jesus negro normal. E refez o lema sobre o homem estar nas mãos de Deus. Nunca imaginei por que aquela frase estava ali. Mas é uma boa frase, e vamos mantê-la.

— E quanto ao queijo? — perguntou Salsicha.

360   James McBride

— Era o pai do Elefante quem mandava.

— O pai dele já está morto há mais tempo que Moisés. Faz vinte anos, pelo menos.

— Sendo bem honesta, Salsicha, não sei de onde vinha — disse a Irmã Gee. — Paletó sabia. Quando perguntei para ele de onde vinha o queijo, tudo o que ele disse foi "Jesus mandou" e nenhuma palavra mais.

Salsicha assentiu pensativo, e a Irmã Gee prosseguiu.

— A única outra vez que ele fez referência a isso foi quando Elefante levou ele e eu para visitar a Irmã Paul na casa de idosos em Bensonhurst naquela vez. Acontece que a Irmã Paul e o pai do Elefante eram velhos amigos, foi tudo o que consegui descobrir. Como isso aconteceu, não sei. Sobre o que o Elefante e a Irmã Paul conversaram, bem, isso também era particular. Eu não estava no quarto. Eu ouvi a Irmã Paul falar algo para o Elefante sobre cem dólares e sobre dirigir um caminhão. Ouvi os dois rindo a respeito. Mas não vi dinheiro na mão de ninguém. E vi eles apertarem as mãos. Paletó e o Elefante.

— Por Deus! O Elefante e Paletó apertaram as mãos? — perguntou Salsicha Quente.

— Juro por Deus — disse a Irmã Gee. — Eles apertaram as mãos. E quando o Elefante estava fuçando nos fundos da igreja, na calada da noite, sem nossa permissão... embora você e eu saibamos que ele tinha permissão suficiente, na verdade, ele tinha toda a permissão que quisesse... Paletó foi o único da nossa congregação de quem ele aceitou ajuda. Eu vi, também, é claro. Não devia ter visto. Mas o diácono me disse que eles iam aparecer, então eu me escondi atrás do banco do coro e vi a coisa toda. Eles estavam juntos nessa, os dois. Mas depois que tiraram aquela bonequinha da parede, nunca mais vi os dois juntos de novo.

— Então o quê?

— Então Paletó sumiu de vista. E não o vi mais. Nunca mais. Agora me diga o resto, Salsicha, pois já contei tudo o que eu sabia.

Salsicha assentiu.

— Ok.

E então ele contou. Contou o que sabia e o que tinha visto. E quanto terminou, a Irmã Gee o encarou com admiração, então estendeu os braços de sua cadeira e o abraçou ainda sentado.

— Salsicha Quente, você é um homem e tanto — disse ela com suavidade.

***

A BALSA DE STATEN ISLAND ATRACOU PREGUIÇOSAMENTE NO terminal Whitehall, em South Ferry, e os passageiros embarcaram. Entre eles estava uma mulher negra, bonita, com um chapéu clochê preso com uma fita no alto de seu cabelo bem penteado, que ficou parada na grade, a mão cobrindo parte do rosto. Não que a Irmã Gee achasse que ia ser reconhecida. Quem do Habitacional Cause já tinha pego a balsa para Staten Island? Ninguém que ela conhecia. Mas nunca se sabia. Metade das pessoas no Cause, ela se lembrou, pareciam trabalhar no setor de transportes. Se alguém a visse, ela teria dificuldade em explicar por que estava no barco. Cuidado nunca era demais.

Ela estava vestida para o verão, com um vestido azul fresco, com azaleias bordadas nas laterais e nos quadris e com uma abertura casual na parte de trás, revelando braços morenos e elegantes. Ela tinha feito cinquenta anos no dia anterior. Vivera em Nova York trinta e três de seus cinquenta anos, e nem uma vez andara na balsa para Staten Island.

Enquanto a balsa se afastava do cais e fazia um arco no porto de Nova York, dirigindo-se para sudoeste, ela teve uma visão clara dos tijolos vermelhos dos projetos habitacionais do Cause de um lado e a Estátua da Liberdade e Staten Island do outro. Um lado representava a certeza do passado. O outro lado, a incerteza do futuro. De repente, se sentiu nervosa. Tudo o que tinha era um endereço. E uma carta. E uma promessa. De um recém-aposentado, recém-divorciado branco de sessenta e um anos que passara metade da vida, como ela, limpando a sujeira dos outros e fazendo tudo por todo mundo, menos para si. Não tenho nem o número de telefone dele, pensou ela ansiosa. Estava bem assim, resolveu. Se quisesse desistir, seria fácil.

Conforme o barco castigado pelo tempo cruzava o porto com facilidade, ela ficou parada no convés, vendo o Habitacional Cause desaparecer ao longe, e a Estátua da Liberdade flutuando à sua direita, e então refletiu enquanto uma gaivota passeava no vento perto dela, deslizando na água na altura da vista, escorregando sem esforço ao longo do convés antes de se afastar e ganhar altura. Ela observou a ave bater as asas, subir cada vez mais alto e voltar em direção ao Habitacional Cause. Só então sua mente passou da semana anterior para Paletó e para a conversa que tivera com Salsicha Quente. Conforme Salsicha contava sua história no porão naquela noite, era como se seu próprio futuro estivesse sendo revelado, desenrolando-se diante de si como um carpete, um cujo desenho e trama mudavam conforme se estendiam adiante. Ela se lembrava claramente de cada palavra que ele dissera:

Quando estavam fazendo o jardim nos fundos da igreja, Paletó veio me ver. Disse:

— Salsicha, tem uma coisa que você precisa saber sobre aquela imagem de Jesus no fundo da igreja. Preciso contar para alguém.

Eu falei:

— O que é?

Paletó disse:

— Não sei bem como chamar aquela coisa. E não quero saber. Mas, o que quer que seja, pertencia ao Elefante. Ele encontrou o negócio naquela parede e pagou para a igreja um monte de dinheiro para ficar com ele... Mais dinheiro do que qualquer caixa de Natal podia ter. Então você não precisa mais se preocupar com Deems. Nem com ninguém do pessoal dele. Ou com o dinheiro do Natal. O Elefante cuidou de tudo.

Eu falei:

— E quanto ao policial?

— O que o Elefante tem a ver com a polícia? Isso é problema dele.

Eu falei:

— Paletó, não estou falando do Elefante. Estou falando da polícia. Ainda estão procurando você.

Ele falou:

— Deixem procurar. Estive conversando com Hettie.

Eu falei:

— Você andou bebendo?

Porque em geral ele falava com Hettie quando estava bêbado. Ele disse:

— Não. Não preciso beber para vê-la, Salsicha. Eu a vejo com muita clareza agora. Nos damos bem como quando éramos jovens. Eu era um

homem melhor naquela época. Sinto falta de beber. Mas gosto de ser um homem com minha esposa agora. Nós não brigamos mais. Conversamos como nos velhos tempos.

— Sobre o que vocês falam agora?

— Principalmente sobre a Cinco Pontas. Ela ama aquela velha igreja, Salsicha. Ela quer que a igreja cresça. Quer que eu arrume o jardim atrás da igreja e plante damas-da-noite por muito tempo. Eu me casei com uma boa mulher, Salsicha. Mas fiz algumas escolhas erradas.

— Bem, tudo isso ficou para trás — eu disse. — Você conseguiu limpar tudo.

— Não — falou ele. — Eu ainda não limpei. O Senhor pode não me dar a redenção, Salsicha. Não consigo parar de beber. E não tomei uma gota ainda, mas quero beber de novo. Vou beber de novo.

E então ele pegou uma garrafa de King Kong do bolso. Coisa boa. Feita em casa por Rufus.

Eu falei:

— Você não quer fazer isso, Paletó.

— Sim, eu quero. E vou fazer. Mas vou te falar uma coisa, Salsicha. Hettie estava tão feliz quando fiz o jardim atrás da igreja. Era algo com que ela sempre sonhou. Não para si. Ela queria as damas-da-noite, e o jardim grande com todas as plantas e coisas atrás da igreja não para si... mas para mim. E quando consegui que a igreja concordasse, falei para ela: "Hettie, as damas-da-noite vão chegar logo". Mas, em vez de ficar feliz, ela ficou triste e falou: "Vou te dizer uma coisa, querido, que eu não devia te dizer. Quando terminar aquele jardim, você não vai me ver mais". Eu perguntei: "O que quer dizer?". Ela disse: "Assim que estiver pronto. Assim que as damas-da-noite estiverem lá, vou para a Glória". Então, antes que eu pudesse entender, ela perguntou: "O que vai ser de Dedos Gorduchos?". Eu falei para ela: "Bem, Hettie, eu tenho na minha mente assim. O que é uma mulher além do parto e de seus filhos? Deus colocou todos nós aqui para trabalhar. Você era uma garota cristã quando me casei com você. E durante os quarenta anos que fiquei bebendo e bancando o idiota, não havia um osso preguiçoso em seu corpo. Você criou Dedos Gorduchos bem. Você era rígida consigo mesma e foi fiel a mim e a Dedos Gorduchos, e ele será forte em sua vida por isso".

— Verdade seja dita, Salsicha, Hettie não podia ter filhos. Dedos Gorduchos não era dela. Ele chegou até ela antes que eu viesse para Nova York. Eu ainda estava na Carolina do Sul. Ela estava em Nova York sozinha, esperando por mim no Edifício 9. Ela abriu a porta do apartamento uma manhã e viu Dedos Gorduchos vagando pelos corredores. Ele não tinha mais do que cinco ou seis anos, andando sozinho por aí, tentando descer as escadas para pegar o ônibus das crianças cegas. Ela bateu à porta da senhora onde ele vivia, e a senhora disse: "Você pode cuidar dele até segunda-feira? Preciso ver meu irmão no Bronx". Ela não viu um fio de cabelo da mulher desde então.

— Quando cheguei aqui, Hettie já tinha um filho. Nunca escondi isso. Eu amei Dedos Gorduchos. Eu não sabia como ele tinha aparecido. Até onde eu sabia, Dedos Gorduchos podia ser do sangue de Hettie com outro homem. Mas eu confiei nela, e ela conhecia meu coração. Então eu disse para ela: "As Primas vão cuidar do Dedos Gorduchos. Não posso cuidar dele". E ela disse: "Tudo bem". Eu falei: "Você está preocupado com ele? É por isso que ainda está por aqui?". Ela respondeu: "Não estou preocupada com ele. Estou preocupada com você. Porque eu nasci de novo para a Palavra, e isso me dá força. Você entendeu isso?". Eu falei: "Eu entendi. Nasci de novo para a Palavra há um pouco mais de um ano. Eu disse que tinha nascido antes, mas não tinha. Mas agora nasci". "Então meu trabalho acabou aqui. Amo você, pelo amor de Deus, Cuffy Lambkin. Não pelo meu amor. Não pelo seu. Mas pelo amor de Deus." E então ela se foi. E não a vi mais desde então.

Ele ainda estava segurando aquela garrafa de Kong quando me contou isso, e nesse momento ele a abriu. Não bebeu. Só tirou a tampa e disse:

— Quero beber essa garrafa inteira — e então falou: — Caminhe comigo, Salsicha.

Ele estava agindo de um jeito engraçado, então eu o acompanhei e seguimos até o píer Vitali, o mesmo lugar onde ele tinha tirado Deems do porto. Descemos até a água e paramos na areia, e eu contei as novidades de Deems. Falei:

— Paletó, Deems me ligou. Ele está indo bem na liga secundária. Deve ir para a liga principal em um mês, mais ou menos.

Paletó disse:

— Eu falei que ele ainda podia arremessar só com uma orelha.

Então ele me deu um tapinha nas costas e disse:

— Cuide das damas-da-noite atrás da igreja para minha Hettie.

E então caminhou até a água. Entrou direto no porto, segurando aquela garrafa de King Kong. Eu disse:

— Espere um minuto, Paletó, que a água está fria.

Mas ele seguiu em frente.

Primeiro a água chegou até seus quadris, depois até a cintura, depois até o alto dos braços, depois até o pescoço. Quando chegou no pescoço, ele se virou para mim e falou:

— Salsicha, a água está tão quente! É linda.

Agradecimentos

Agradeço ao humilde Redentor, que nos dá a chuva,
a neve, e tudo mais.

Primeira edição (agosto/2021)
Papel de miolo Pólen Soft 70g
Tipografias Arnhem, Geomanist e American Typewriter
Gráfica LIS